天边蛾眉月

王　芳　著

北方文艺出版社

图书在版编目(CIP)数据

天边蛾眉月 / 王芳著. —— 哈尔滨：北方文艺出版
社，2021.8

ISBN 978-7-5317-5189-2

Ⅰ.①天… Ⅱ.①王… Ⅲ.①散文集 – 中国 – 当代
Ⅳ.①I267

中国版本图书馆 CIP 数据核字 (2021) 第 133458 号

天边蛾眉月
TIANBIAN EMEIYUE

作 者 / 王 芳

责任编辑 / 李正刚　　　　　　　封面设计 / 力扬文化

出版发行 / 北方文艺出版社　　　网 址 / www.bfwy.com
邮 编 / 150008　　　　　　　　经 销 / 新华书店
地 址 / 哈尔滨市南岗区宣庆小区 1 号楼
发行电话 / (0451) 86825533

印刷 / 成都兴怡包装装潢有限公司　开 本 / 880mm×1230mm　1/32
字 数 / 276 千　　　　　　　　　印 张 / 12
版 次 / 2021 年 8 月第 1 版　　　印 次 / 2021 年 8 月第 1 次印刷

书 号 / ISBN 978-7-5317-5189-2　定 价 / 68.00 元

序

任 蒙

宜昌作家王芳新著的《天边蛾眉月》终于脱稿了，我为此感到欣慰。几年前，得知她已着手完成这个创作计划，我就对她的这部书充满期待。说到"和亲"，很多读者都可能会想到王昭君和文成公主，因为历史课本和成千上万的普及性读物将她们的故事讲述给了我们几代读者，而更多的读者对于历史上"和亲"的了解，也大致停留在知晓这两个著名历史人物的层面。

和亲是古代统治集团之间的一种独特的政治联姻现象，多半发生在中原王室与少数民族区域性政权顶层之间。如果追溯起来，比较早的和亲事件在战国周襄王时期就出现过，襄王准备伐郑，为了取得戎狄的支持，争取对方联手发兵，他特意娶了狄女为王后。和亲的历史源远流长，几乎与中国的古代史一样久远。

由于中国历史上特殊的地缘构成，东部与南部早在几千年前就孕育了发达的农耕文明，中原政权借此衍生更替，建立起一代又一代强盛帝国。而帝国西部和北部的边邻，则处于辽阔无际的高原，天高草肥，游牧民族凭借这种地理条件，多次从大漠深处崛起，形成一个又一个强大的马背部落。游牧民族与农耕民族在生存条件上的巨大差异，使其难以融入中原文明却又必须高度依赖中原的农耕社会。天长日久，生存矛盾升级为军事冲突。一次次，中原王朝强硬的帝王挥师出击，或将其大部歼灭，或将其击溃驱散，但多年后，他们又像丰茂的青草一样，出现在旷远的天际，新一轮的间歇性劫掠和兵戎相见在所难免。

中途，也曾经有强大的草原部落集团在其开明君王的主导下，称雄中原，并且主动融入中原文明。后来，更有强大的游牧王国入主中原，取代汉民族建立封建王朝，这种变迁推进了中华民族的统一和历史进步。然而，如此"角色转换"之后，他们同样要面临如何处理好与边远地区少数民族的关系这个难题。因为，时过不久草原深处再次崛起一些新的游牧部落，同样的矛盾重新出现，同样的冲突可能再次上演。

矛盾如此不断地反复出现，和亲作为一种外交手段的历史使命就不会终结。元朝统治全国不足百年时间，可他们与少数民族部落实现和亲的次数之多，范围之广，超越了此前的一些王朝。清王室更是将和亲外交推向"高潮"，外嫁公主20多位，加上外嫁"乡君"共计70余人。

不难看出，和亲是伴着冷兵器时代的终止而告别历史舞台的。从和亲的主流历史来看，大量的和亲史实主要是在游牧民族在军事上占有某种优势的历史背景下发生的。

最早，不妨从"白登之围"说起。刘邦和他的先头部队被匈奴大军围困于平城附近的白登山上，长达七天七夜，是陈平献上"秘计"，才使刘邦得以脱险。是何秘计？史家"正宗"的解释，是汉军向冒顿单于的阏氏重金行贿。那么，汉朝皇帝和他的千军万马被匈奴层层包围，可以说汉军连人带物尽在冒顿囊中，难道阏氏果真是"妇人之见"，就那么在意他们所携带的金银财宝？即使是阵前汉军真有那么多财宝献给阏氏，她又藏于何处？由于司马迁的叙述很简略，后世有人考证，认为陈平还向阏氏"透露"了一个重要信息，说刘邦从内地征调了大量美人过来，正在路上，如果她们落入冒顿之手，对阏氏的威胁不言而喻。这样的信息，当然能够打动这个高贵的妇人，这样的计谋堪称"奇计"。

不过，又有人不赞同这种解释，认为汉军即使说动了阏氏，阏氏不一定就能说动单于。冒顿对其随从进行过一项严格训练，他拉弓搭箭指向哪里，跟随者也必须指向哪里。在一个温馨的上午，其父头曼兴高采烈地带着他这个儿子行进在狩猎的路上，没料到被儿子蓄谋的一阵箭雨所射杀。此前，冒顿为了训练这种"箭指靶心"的一致性，竟然拿自己心爱的王妃当了靶子，可怜的女人至死都不明白，她为何在瞬间全身被插满箭矢，几个不忍向王妃出手的随从也被冒顿处死。这都是史书上记载的，所以说通过阏氏说服单于的计策可能性不大。极有可能是刘邦向单于许以重金、财物和美人，冒顿才答应将汉军解围放行。但是，那时的刘邦刚刚夺取天下，作为大汉皇帝实在"丢不起这个人"，对外就严加掩盖，只称是"秘计"。

刘邦在战乱中立国，天下百废待兴，他逃过这次劫难之后，决定息战图强。朝廷除了向匈奴兑现承诺之外，刘邦还采纳大臣所献的和亲之策，准备将公主嫁与冒顿单于，但吕后为此日夜哭泣，坚决不允许，刘邦只得改以宗室之女作为公主远嫁匈奴。

叱咤风云的开国帝王希望借助这种"情感战略"，来强化与匈奴的关系，实现避免战争、让百姓休生养息的建国思路。这是西汉和亲的开端，也是历史上严格意义上和亲的起点。

从此，漫漫和亲之路一直往后延伸，不绝于史。据相关学者统计，自西汉至清代，大概发生了400多次和亲事件。除了一部分和亲事件发生在少数民族政权之间，多数和亲还是中原王朝与少数民族王室的联姻，所以历史上又称"和番"。

曾经有学者根据和亲的功能和性质，将这种联姻分为不同类型，比如：以汉室与匈奴的和亲为代表的安抚型；以隋唐与突厥的和亲为代表的分化瓦解少数民族政权型；以唐朝与吐蕃、契丹、南诏的和亲为代表的发展关系型；以满蒙联姻为代表的政治联盟型，等等。无论属于哪一种类别的和亲，都是出自政治的动因。可以说，和亲是古代政治和外交的产物，是民族关系的产物，不是所谓爱情的产物。

美丽公主爱上白马王子，不但门当户对，而且洋溢着青春和爱情的气息，这类故事很多出自西方童话，但中国古代踏上和亲之路的公主和美女的命运，却没有这种浪漫和幸福。她们都是奔着一种政治目的去的，她们要嫁的也不是王子，而是王者本人，历朝历代基本如此。把这些生活在宝殿深宫、尚未明白世事的小女孩儿送往遥远的大漠，目的极其现实，极其功利：谁能够决定大计，就把美人献给谁。

和亲女子的命运如何，王室的目的能否实现，主要取决于双方的外交局势和决策者的大政方略。决定和亲的王室当然更明白这一点。送上一个公主或若干美女，并非一送百了。草原缺乏的不仅是中原水土养育出来的美人，更缺的是农耕产品，是千万个牧人家庭每日赖以生存的衣食物资，这比那些只能给王者带来一时之欢的绝色之物重要千倍万倍。因此，处理好双方关系，实现和平互利，才是根本之策，和亲联姻只是一种辅助手段。

对史上的和亲之举，学界的看法历来存在很大分歧，有的学者认为和亲是一种妥协，是忍辱退让，虽然能够换来一时之安，但最终导致对方越来越骄横。也有学者对此持肯定态度，但他们过高评价和亲在化解民族矛盾中的作用，甚至认为和亲是封建时代建立和保持民族友好关系的一种最佳选择。事实上，历代知识界对和亲政策的评说也是大不相同的。唐人苏郁写过一首《咏和亲》，其中感叹："君王莫信和亲策，生得胡雏虏更多。"几百年后，北宋王安石却赞叹匈奴单于和王昭君的爱情："汉恩自浅胡恩深，人生乐在相知心。"

然而，不管怎么说，和亲毕竟延续了几十个世纪，无论中原王朝怎么更替，无论周边少数民族发生怎样的变异，和亲之策始终没有废除，始终被历代王室所袭用。有专家说，和亲是历代王朝民族政策的一个组成部分，成为历史上民族关系的一种表现形态，说明和亲具有一定的实效，所以不能一概抹杀它的实际效果。因此，我比较倾向一种比较客观的态度，对和亲的作用既不能估计过高，但也不应全面否定。纵观历史，送亲一方是出于被迫也好，还是出于自愿也好，联姻成功也好，失败也好，和亲之计总体上或多或少地有利于缓和民族矛盾，有利于双方和平安定，有利于各民族之间的经济文化交流，有利于民族间的相互往来和了解，有利于多民族国家的形成和巩固。即使是在王室没有良策处理好双边关系的情况下，不得已才送女和亲，也应该予以理解。和亲一旦成功，就是以很小的代价换取了边境安宁和双方的友好相处。

当然，如果以现代法制的理念来审视和亲，无论从人性和人格来看，还是从女权和亲情来看，和亲之策都是荒诞不经的。因而，今天研究和亲历史，一定要将和亲事件置于当时的时代环境和历史条件下加以分析。

王芳是湖北兴山县的一名语文教师，与王昭君是地地道道的同乡，同时也是一个颇具创作实力的年轻作家，文笔娴熟，功底厚实，想象力丰富，尤其是她钟爱文史，能够驾轻就熟地把握历史题材，在千年时空纵横穿插中，再现古远历史现场和边地沧桑。近些年，她创作勤奋，曾经获得过全国教师文学奖等奖项。

王芳一直生活和工作在昭君故里，这使她产生了很深的昭君情结，成为近些年参与昭君文化与和亲史学术研究的年轻骨干。她多次奔走于湖北兴山与内蒙古之间，参加昭君文化及和亲历史研究的相关会议，承担了不少相关的写作任务，《昭君文化》杂志曾经为她开设专栏。可以说，她选择和亲历史作为研究课题，撰写这样一部历史知识丰富的文学读物，有其"不可替代"的必然性。

王芳穿越历史，沿着一道道古老的和亲之路仔细寻觅，从中挑选了刘细君等22位比较具有代表性的和亲女子作为她的写作对象。通过记述她们的事迹，刻画她们的形象，向读者展示一代代和亲女子为了完成自己的使命而付出自己的青春、幸福，乃至付出生命的人生历程，展示历史上延绵不绝的和亲路上的一幕幕悲壮的故事，展示几千年和亲事件背后翻腾不息的历史烟云。

毫无疑问，王芳的《天边蛾眉月》不但是此前学术专著《中国古代和亲史》的补充，更是一部"文学版"的《中国古代和亲史》。

可我最初翻开她快递给我的书稿，还是有些吃惊，几乎每一页都标有引文"脚注"，好些页码的"脚注"多达十几个。我判断，书中所引用的史料基本上是她从史籍原著里寻觅出来的，大量引文也是原汁原味的第一手资料。写这本书，她是下了很大功夫的。

顿时，稿子在我手中变得沉重起来。

此书可信，可读！

几天后又看到她写的后记，果然，她是在几乎通读了二十五史和《资治通鉴》《蒙古秘史》《高丽史》等历史文献的基础上写作这本书的。难道她像司马迁一样，是"究天人之际，通古今之变，立一家之言"吗？至少在"和亲"这个历史课题上是如此。但是，这毕竟是一本文学读物，不是学术著作，大量的"脚注"可能影响读者阅读，我建议她考虑变通处理，将那些脚注全部取消。

这本书自始至终坚持文学叙事，尽力以文学笔触记述和亲事件，刻画事件主角。《天边蛾眉月》这个书名，富有诗意，也符合这本文学读物的特征。天边，非常遥远的地方；蛾眉，意即娥眉，是指历朝历代的和亲女子。她们肩负着使命跋涉而去，像一弯新月，以自己的青春和生命照亮遥远的天际，闪现在中国历史的夜空。

我相信一些爱好文史的读者会看重这本书。

2019 年 7 月 22 日，汉口

目 录 contents

永远的白兰鸽

在新疆伊犁州昭苏县乌孙山夏特大峡谷谷口，坐落着一座古墓——刘细君墓。

墓地距夏特古城约八公里，西接哈萨克斯坦，北扼奔腾不息的夏特河，南依巍峨挺拔的汗腾格里峰，东临乌孙山。墓高近十米，底部长近四十米，是乌孙草原中规模最大的古墓之一。距墓约五六百米处，塑有刘细君的立像。

雕像背后，是碧草茵茵的乌孙草原和延展到天际的连绵雪峰。在碧草雪峰的衬托下，汉白玉雕刻而成的刘细君雕像，秀颀，高洁，挺拔。放眼望去，广袤的乌孙草原，分外宁静，亭亭玉立的刘细君，惹人神思。

恍惚间，就有震人心魄、裂人耳鼓的金戈铁马之声破空而来，满天的刀光剑影，从两千多年前的华夏西部边陲直刺中原大地，锐不可当。广袤的沃野，寸寸断裂。在族亡国破、人悲马嘶的喧嚣声中，一个纤弱的身影，怀抱琵琶，从惊惶的人群中婷婷走出，西行而去。频频回首间，终是消逝在远去西域乌孙的千里古道之中。满天的刀光剑影，暂时隐没。

那个背影，就是细君。是自和亲之路蹚开后，身负救国重任远嫁乌孙，在无数和亲的汉家女儿中第一个青史流芳的和亲公主——西汉武帝刘彻的侄孙女、江都王刘建的女儿刘细君。

一

和亲不自细君始。早在先秦时期，就有"和亲"一说，但这个和亲主要是指普通嫁娶姻亲之事，而非华夏与"蛮夷"或各诸侯、家族权力集团之间的往来修好活动，名实相符的和亲始于西汉。

在春秋争霸、战国竞雄、秦朝暴政的废墟上建立起来的西汉政权，因国势极弱、根基不稳，其北疆遭到了匈奴的公开叫板，屡受侵犯，频频告急。面对匈奴的嚣张，西汉并不是没有反击过，但屡屡败北，损失惨重。无奈之下，公元前 200 年，汉高祖刘邦御驾亲征，率领三十二万大军讨伐匈奴，准备毕其功于一役，一举击败匈奴，永除北方边患。没想到，恰逢雨雪天气，天寒地冻，士兵冻伤者不计其数。匈奴大军假装败走，诱惑汉军深入。汉军果然上当，三十二万汉军挥师北上，追伐匈奴。据《汉书》记载，"高帝先至平城，步兵未尽到，冒顿纵精兵三十余万骑围高帝于白登，七日，汉兵中外不得相救饷"。结果，汉军在白登被三十多万匈奴军队团团围住。

匈奴这一围，就围了整整七天之久，差点让汉高祖刘邦就此覆灭。情急之中，刘邦采用大臣建议，派人私会匈奴阏氏，送重礼贿赂，并以欲送美女于单于相要挟，请阏氏出面说情，放刘邦一条生路。《汉书》记载，阏氏对冒顿说："两主不相困。今得汉地，单于终非能居之。且汉主有神，单于察之。"因为先前约好的韩信的兵马久等未到，早已起了疑心的冒顿，便听从阏氏之言，打开一角，放了刘邦。经此一役，汉朝实力更弱，更难与匈奴抗衡了。于是，"汉亦引兵罢，使刘敬结和亲之约"。自此，汉族与匈奴族开始联姻。汉朝"遣宗室女翁主为单于阏氏，岁奉匈奴絮缯酒食物各有数，约为兄弟以和亲"，希望以此求得边境安宁。

但是，两族有了姻亲关系之后，烽烟并未熄灭。匈奴一边通过和亲从汉朝获取大批财物，一边仍不断侵扰边境，对汉朝进行军事掠夺。不过，虽然匈奴并未完全停止对西汉的骚扰，西汉还是稍得喘息之机，国力得到了发展。等到汉武帝当政时，经过多年的休养生息和"文景之治"的汉王朝，国力大增，汉王朝开始主动出击匈奴。公元前121年春，汉朝调兵遣将，征伐匈奴。大将卫青出击河套南部、霍去病横扫河西走廊的威武和胜利，让横行北方多年的匈奴退出河西走廊，匈奴连丢祁连、焉支两山。这两个重要牧场的丢失，令匈奴人悲歌不已："失我祁连山，使我六畜不繁息；失我焉支山，使我妇女无颜色。"

两年之后，即公元前119年春，汉朝决定利用翕侯信让匈奴单于远居漠北，以为汉军不会攻到漠北的侥幸心理，派军出兵匈奴，打它个措手不及。于是，汉武帝再次派出大将卫青与霍去病，令他们率军越过大漠，分兵出击，讨伐匈奴。结果，与大将军卫青交战的匈奴部众，死伤惨重，单于落荒而逃。骠骑将军霍去病呢？《汉书》记载："票骑封于狼居胥山，禅姑衍，临瀚海而还。是后，匈奴远遁，而漠南无王庭。"骠骑将军霍去病封狼居胥山，更是重创匈奴，令匈奴正式退出漠南。但剽悍的匈奴岂肯善罢甘休，他们将受控于自己的西域楼兰等五十多个国家作为自己坚实的后盾，伺机再起。

汉王朝的威胁并未彻底根除。张骞便为汉武帝献上了一个良策。这个良策，在《汉书》中是这样记载的："今单于新困于汉，而昆莫地空。蛮夷恋故地，又贪汉物，诚以此时厚赂乌孙，招以东居故地，汉遣公主为夫人，结昆弟，其势宜听，则是断匈奴右臂也。既连乌孙，自其西大夏之属皆可招来而为外臣。"

自此，汉王朝和亲的目光，投向了西域五十国中最为强大的乌孙，准备联乌制匈，断其右臂。

二

于是，在远去西域的和亲古道上，就有了刘细君瘦弱的身影。

刘细君是谁？她就是西汉江都王刘非的儿子刘建的女儿。据《汉书》记载，江都王刘非当年凭满腹才华、一身功名挣得了一壁江山，称王一方。他死后，他的儿子刘建继嗣了他的王位，成为第二任江都王。可是，刘建与他才华横溢、功名卓著的父亲截然相反，他荒淫无道，从父亲的爱妾到自己的妹妹再到宫人，他都肆意奸淫。刘建不仅淫逸成性，还残忍暴虐，以虐杀人命为乐。恶贯满盈的刘建，也自知罪孽深重，害怕被杀，便暗中准备谋反，最终因事情败露，落得个自杀身死、族人被诛、封国被废的凄惨下场。

在这一场诛杀中，只有年幼的刘细君被赦无罪，幸免于难。叔祖父汉武帝刘彻将她收养在宫中，渐渐长成一位容貌秀美、能诗善文、精通音律、才貌双全的女子，深得刘彻的喜爱。

生长在皇室中的女子，生来就承载着家国命运。在汉朝定下

"联乌抗胡"的安边政策后，便派张骞出使乌孙，联乌抗匈。张骞率领多达三百多人的使团，抵达乌孙。他将汉武帝的礼物送给乌孙王，并转达了汉武帝的旨意，让乌孙东迁，再与乌孙和亲，结为兄弟，共拒匈奴。可是，此时的乌孙远离汉朝，不知道汉朝势力强弱，又临近凶悍的匈奴，臣服匈奴时间太久，乌孙的大臣们都不敢东迁，乌孙王也没有明确表态。乌孙虽然没有听从汉朝的意见东迁和亲，但仍然派使者送张骞回汉，并献上数十匹马作为答谢。结果，乌孙的使者到汉朝一看，汉朝国富民丰，生活幸福，根本就不是远在西域大漠中的乌孙可以比拟的。乌孙使者回国后，将他在汉朝的所见所闻如实奏报给乌孙昆莫，从此，乌孙便与汉朝开始互通来往，并日益倚重汉朝了。

乌汉友好互通的举动，激怒了匈奴，匈奴厉兵秣马，准备攻打乌孙。乌孙忙派使者向汉朝献马求亲，希望与汉结为兄弟，得到汉朝的帮助。得到汉朝准许后，乌孙获得了迎娶汉朝公主的殊荣。据《汉书》记载："汉元封中，遣江都王建女细君为公主，以妻焉。赐乘舆服御物，为备官属宦官侍御数百人，赠送甚盛。"《资治通鉴》里也有详细记录："乌孙以千匹马往聘汉女。汉以江都王建女细君为公主，往妻乌孙，赠送甚盛。"

于是，"汉元封中"，即公元前105年，刘细君被封为公主，和亲乌孙。她怀抱着刘彻特命乐工根据琴、筝、箜篌等乐器为她制作的琵琶，上路了。

风沙漫漫，草原茫茫，这一去，何日是归期？西域的荒凉粗犷，容不下焚香抚琴、品茗赏曲的优雅，平静安宁的日子至此结束。悲思中，刘细君那粉红的绣足迟迟不肯落下，娇美的面上，止不住的，是行行泪。可是，又怎能不去！国家边境不宁、父亲获罪自杀、家族因罪被诛的种种焦灼和痛楚，像大山一样沉沉地压在刘细君身上。身为罪臣之女，值此国家危难之间、民族兴亡之际，她不去乌孙，谁去乌孙！此时此刻，个人悲怨，女儿情怀，都被扑面的风沙湮没，被没膝的枯草绞杀了，唯有国家的安危和民族的兴亡，横置在刘细君心头。

那就去吧！

可能是怜其悲苦，恨国不争吧，唐代诗人李颀曾在乐府诗《古从军行》中借古长叹：

> 白日登山望烽火，黄昏饮马傍交河。
> 行人刁斗风沙暗，公主琵琶幽怨多。
> 野营万里无城郭，雨雪纷纷连大漠。
> 胡雁哀鸣夜夜飞，胡儿眼泪双双落。
> 闻道玉门犹被遮，应将性命逐轻车。
> 年年战骨埋荒外，空见蒲桃入汉家。

诗中的"公主"，就是刘细君。

满载着金银珠宝、绫罗绸缎的和亲车队，一路西进。那辘辘的车轮声和深深的辙印，抵不住朔风的呼啸和黄沙的迅疾，瞬时无声，也无痕。只有细君途经安徽灵璧，手抚岩石东望乡关迟迟不肯前行时留下的手印，徒候主人，千年长存。

见此手印，元代诗人钱惟善也挥笔题诗一首：

> 万里穷愁天一方，曾驻鸣镳倚灵璧。
>
> 灵璧亭亭立空雪，石痕不烂胭脂节。

几多心痛、愤恨与哀怜，尽抒诗中。

三

和亲乌孙，细君满怀伤悲。

远在西部的乌孙，气候寒冷，以放牧牲畜为生，与匈奴习俗相同。而匈奴的习俗，《汉书》中是这样记载的："其俗，宽则随畜田猎禽兽为生业，急则人习战攻以侵伐，其天性也。其长兵则弓矢，短兵则刀铤。利则进，不利则退，不羞遁走。苟利所在，不知礼义。自君王以下咸食畜肉，衣其皮革，被旃裘。壮者食肥美，老者饮食其余。贵壮健，贱老弱。父死，妻其后母；兄弟死，皆取其妻妻之。其俗有名不讳而无字。"远嫁乌孙的刘细君，过不惯逐水草、饮牛乳的生活，住不惯轻飘飘、矮窄小的毡房，也听不懂乌孙语言，她的丈夫乌孙昆莫猎骄靡也已白发苍苍，年方二八的刘细君那满腹的心事与情愫，皓首难懂。

虽然被汉军打败，却仍不死心时时想卷土重来的匈奴，见汉乌结亲，恼怒异常，立即也送一女嫁入乌孙。匈奴女被以左为贵、惧怕匈奴的乌孙封为左夫人，与细君争锋。这样一来，虽然刘细君深得乌孙人喜欢，并被乌孙人亲切地称为"柯木孜公主"，也深得乌孙昆莫猎骄靡疼爱，被封为右夫人，但在细君的心底，只有无边的寂寞和孤独了。更何况，自细君抵达乌孙后，就另建宫室独居一处，白发老夫与细君，终年难聚一两次，花季少女，几乎夜夜空房。

于是，身处异域、乡关远离、倍感孤独的细君，怀抱琵琶，日夜徘徊在伊犁河畔，哀哀地弹唱着自写的歌谣：

> 吾家嫁我兮天一方，
>
> 远托异国兮乌孙王。
>
> 穹庐为室兮旃为墙，
>
> 以肉为食兮酪为浆。
>
> 居常土思兮心内伤，
>
> 愿为黄鹄兮归故乡。

刘细君抚弦哀歌，弦声凄恻，听者惨然。当刘细君自作的诗歌传到汉朝，汉天子听到以后，心中顿生怜悯之情，不惜两国相距万里，每隔一年就派使者带着帷帐锦绣去乌孙探望刘细君。这首诗歌，也就载入史书《汉书·西域传》了，白纸黑字，字字分明。

其实，不管是远嫁的孤寂、异域的陌生，还是肩负的重任、政治的斗争，都不是细君心中最深最痛的结。猎骄靡为她建造的仿汉宫廷，免了她居无定所的惊惶；随行的众多官员仆佣，稍解她思念故乡的愁绪；带去的金银布帛，拉近了她与乌孙君臣的距离；在细君宫殿里飘逸的汉家美食的芳香里，汉乌两族的情谊日渐深厚；而细君和亲时随身带去的无数车柔软无比、乌孙君臣梦寐以求的绸衣丝巾，更成了细君手中所向披靡的利器，伴着她高贵的气质和优雅的谈吐，让她成功击败贵为左夫人的匈奴公主，为汉朝在西域的势力拓展挥戈铺路。是的，即使在和亲一事和异域生活上有千般不愿万般不适，柔弱的刘细君也从来没有忘记自己肩负的政治使命，总是想方设法为汉乌两族的结盟友好努力着。细君的努力，怎么能不令人对她更增一份怜惜、心痛，心生深深的敬意！

令细君伤心欲绝的，是她不能接受丈夫乌孙老昆莫猎骄靡的一片好意，想在他生前将她再嫁给他年轻的孙子军须靡一事。深爱着汉家公主的乌孙昆莫猎骄靡，面对着如花的刘细君说出的那句"我老"，让他的孙子迎娶刘细君时，他的心中，该是生出了多少"我生君未生，君生我已老"的悲哀与无奈啊！可是，自幼深受儒家道德熏陶的刘细君，怎能接受这种对她而言极其违反伦理纲常、大逆不道的事情！《汉书》记载，"公主不听，上书言状"。细君苦求无果的情况下，上书汉武帝，请求回归故里。可她万万没有想到，故国难回！日夜期盼中，她等到的是"从其国俗，欲与乌孙共灭胡"的诏令。彻底的伤心绝望之中，细君含悲忍辱，再嫁给昆莫猎骄靡的孙子岑陬军须靡。

新婚的夫君，与细君年龄相当，爱极细君。昆莫猎骄靡死后，岑陬被立为昆莫，名军须靡。刘细君仍为乌孙国母。可备感屈辱的细君，哪有心思去感受丈夫对她的怜爱及身为国母的尊贵！本就郁郁寡欢的细君，更加沉默。那一份违背纲常的屈辱，被她隐刻到了心底。

"岑陬尚江都公主，生一女少夫。公主死。"一年后，与军须靡生育、被细君视为孽障的女儿少夫的出生，将细君心中固守的道德底线与羸弱的身体彻底击溃。纵使身不由己，纵使受命于国，可秉承儒家文明的刘细君，内心仍纯洁如兰啊！于是，太初三年，即公元前101年，年轻的刘细君，只在乌孙生活了五年的刘细君，丢下尚在襁褓中的女儿，郁郁而逝，魂断雪域，空留"愿为黄鹄兮归故乡"的心愿，在朔风呼啸的伊犁河畔随风悲旋，成为千古绝唱。

四

被誉为"汉室和亲第一人"的细君公主，去了。但她以柔弱的身躯肩负和亲重任，为后来西域正式纳入祖国版图，促进中原与西域文化交流，形成多民族融合的中华民族奠定了基础。刘细君的生命是短暂的，但刘细君给汉乌两族乃至世人留下的物质和精神财富，何其丰富！

刘细君走过的丝绸之路自此打开，绵延千年；中原王朝与遥远的西域由刘细君亲手结下的友好关系，至今未断；边疆西域因刘细君开启的数千年的屯田历史，厚载史册。还有，如果你追随细君当年的足迹西行，你会听到迎亲的唢呐年年和着风声还在和亲古道上回响，琵琶的叮咚岁岁随着伊犁河水还轻叩着人们的心房。那把据说由她亲自设计、兼采众长而别创新声、伴她远嫁的琵琶，甚得人们的喜爱，由此流传下来，成为中国具有代表性的一种民族乐器。晋人傅玄《琵琶赋·序》对之考证甚详，云："闻之故老云：'汉遣乌孙公主，念其行道思慕，使知音者裁琴、筝、筑、箜篌之属，作马上之乐。'"宋人苏轼《宋书达家听琵琶声诗》："何异乌孙送公主，碧天无际雁行高。"唐人段安节在《乐府杂录》中明确指出："琵琶，始自乌孙公主造。"或隐指，或明言，都认为刘细君是琵琶的首创者。而她留下的那首《悲愁歌》，也成为后世女性自叹自哀，抒发情绪时竞相模仿的一种诗体，并成为我国古代诗歌开始由"言志"向"抒情"回归的一种标志，因此，细君在中国古代的诗坛上也占有了一席之地。还有，相传西域桑蚕业的起源，也与细君有关。

千百年来，在伊犁和她的故乡扬州，人们纷纷建馆、绘画、塑像、编剧，采用多种艺术形式来纪念这个远嫁万里、为汉乌两族团结友好献出生命的好女儿。2004 年，国家文物局古建筑专家组组长、中国文物学会会长罗哲文先生在昭苏为细君公主墓题词；2005 年 6 月，在昭苏夏塔举行了盛大的细君公主墓揭幕仪式；而被后人们列为扬州八大美女之首的，就是刘细君——那只飞向西域深处的白兰鸽。

后人缅怀和纪念细君的形式很多，但最能表达人们对细君的深切缅怀之情的，还是历代文人墨客们的吟唱咏叹。

北魏诗人祖叔辨《千里思》算是最早的感叹：

> 细君辞汉宇，王嫱即虏衢。
> 寂寂人径阻，迢迢天路殊。

唐代大诗人白居易写下《河阳石尚书破回鹘迎贵主过上党》为之咏叹：

> 塞北虏郊随手破，山东贼垒掉鞭收。
> 乌孙公主归秦地，白马将军入潞州。
> 剑拔青鳞蛇尾活，弦抨赤羽火星流。
> 须知乌目犹难漏，纵有天狼岂足忧。
> 画角三声刁斗晓，清商一部管弦秋。
> 他时麟阁图勋业，更合何人居上头？

宋代大诗人黄庭坚也在《忆帝京（赠弹琵琶妓）》中发出千年之叹：

> 薄妆小靥闲情素。抱著琵琶凝伫。慢捻复轻拢，切切如私语。转拨割朱弦，一段惊沙去。万里嫁、乌孙公主。对易水、明妃不渡。泪粉行行，红颜片片，指下花落狂风雨。借问本师谁，敛拨当心住。

到了民国初年，就要数细君故乡的著名国学大师刘师培所作的《乌孙公主歌》最为殷切了：

> 胡筝拨怨黄金徽，尘縠凝香纰繐帏。
> 镜里青鸾知惜别，歌中黄鹄宁羁飞？
> 狼望春花雪絮积，龙堆秋草阳晖稀。
> 到此应输青冢骨，芳魂犹共佩环归。

在众多的诗词中，与众人的悲切缅怀不同，当代著名诗人赵朴初老先生留下的词作《塞鸿秋》，却是对细君和亲的盛赞：

> 漫等闲帝女乌孙嫁，长留着王子金杯话。为的是和亲民族安戎马，为的是交欢琴瑟传文化。重任付儿家，雪岭冰川跨。论功勋岂在萧房下？

越过两千多年的历史长河，仍能得到后人如此的赞颂，伊犁河边的那一缕芳魂，当是真正安息了吧！

居常土思兮心内伤，愿为黄鹄兮归故乡！现在，一想到细君，不管是在北疆的伊犁，还是在江南的水乡，所有爱好和平的人们的心里，定有这么一位静立的美人，东望乡关！

怒放在雪域上的铿锵玫瑰

一

　　和亲，是中国自汉朝以来稳定边疆、扩展领土、一统天下的一个重要政治手段。被烙上了政治印痕的和亲，不谈风月，无关爱情。那些正值花季的和亲女儿们，生生掐断心中对美好爱情的憧憬和向往，为国远嫁。等待着这些少女的夫君，难有少年郎；婚床上绣着大红鸳鸯的锦被里，多是娇女独卧；更有甚者，喋血大漠，美目难瞑。因此，自和亲伊始，两千多年来，在中国那长长的和亲古道上，迎亲唢呐吹出的长调再欢快，也掩不住和亲公主们因被迫和亲而别故国、愁远嫁的伤心，一路悲声。

　　和亲公主多为远嫁伤悲，有一个却是例外。这一个，就是虽然也是被迫远嫁，却在接诏之后毫无怨言、勇挑重担，和亲乌孙的汉朝公主刘解忧，就是只要熟悉中国汉代史的人，都会由衷佩服、伸指赞她一句"这可是个中国历史上少有的奇女子"的刘解忧。

　　就是这个刘解忧，和亲乌孙五十年，历经乌孙四朝更迭，先后嫁给父子两代三位昆莫，在无数的惊涛骇浪、腥风血雨中，饱经沧桑，受尽委屈。但令天下男儿也无不钦佩的是，无论是卷入惊涛骇浪，还是直面腥风血雨，刘解忧都无所畏惧、勇敢出击。从中原走出的刘解忧，身着红斗篷的刘解忧，如一朵怒放的铿锵玫瑰，纵马驰骋在乌孙的草原和大漠上，为国一战五十年，最终彻底斩断匈奴右臂，真正实现汉王朝对西域的统治，让西域边疆安宁了五十年，而汉乌的深情厚谊，更是绵延了五百年！

刘解忧为汉王朝稳定边疆、一统西域建立的丰功伟绩，都在《汉书》的《西域传》《乌孙传》《匈奴传》《汉宣帝纪》等传记里面，一一记载。对其和亲事迹记载的那一份详细，可以说，翻尽两汉正史，都是前无古人，后无来者，真个是彪炳史册，传颂千秋！

二

刘解忧的奇，奇在虽然只为一介女流，但她是真有一颗滚烫的赤子之心，真有一腔火热的报国之情。

这一颗心的炽热，这一份情的真挚，竟让她，也让众人忘记了她的身份，忘记了这个丰腴健美、端庄大方、英姿飒爽的和亲公主，竟是一个来自民间的罪臣之女。

是的，历史上有名的"吴楚七国之乱"的乱臣之首、淫暴的楚王刘戊，就是刘解忧的祖父。刘戊的祖父是楚元王刘交，父亲是第二代楚王刘郢客，刘戊是第三代楚王。三代为王，门庭是足够显贵的了。遗憾的是，刘戊目无尊长，不学无术，生活淫荡，性情骄狂。他父亲去世以后，他把前辈的遗训都抛到了脑后，远君子，亲小人。他父亲请来的贤达受到刘戊的无端侮辱后，都纷纷告老还乡。目无王法的刘戊，还超越国家礼制为自己修建规模宏大超过他祖宗汉高祖刘邦的陵墓，甚至因为犯下私奸罪（皇帝皇后丧期里寻欢作乐），险些被晁错诛杀在京城。犯下了滔天罪行的刘戊，本当该死，但汉景帝看在血亲的分上，免他一死，下诏削去了楚王直属的东海、下邳两个郡。逃过一死的刘戊却不知感恩，反而心怀不满，七国之乱时，他趁机起兵，参与吴王造反，最后兵败自杀了断。刘戊死了，可他的罪过却连累到子孙后代。

刘戊自杀，家族被灭，偌大的楚王府，顷刻坍塌。那一番惨景，真如清代孔尚任在《桃花扇》［离亭宴带歇指煞］里的放声悲歌："俺曾见，金陵玉树莺声晓，秦淮水榭花开早，谁知道容易冰消！眼看他起朱楼，眼看他宴宾客，眼看他楼塌了。"好在是，虽然削去了刘戊这一族的楚王封号，汉景帝并未赶尽杀绝，而是将在叛乱后存活的刘戊后人贬为庶民。在侥幸存活的族人中，有刘解忧的父亲，这才有了三十多年后出生的刘解忧，才有了中国和亲史上荡气回肠的五十年。

叛乱平定后，五十多年的时间转眼逝去。曾经的荣华富贵，都成过往烟云。曾经的血流成河，也已尘飞土灭。刘解忧，已然成人。这只自幼戴着枷锁成长于民间、已是双十年华的金凤凰，爽朗干练、意志坚强、成熟刚毅。更难能可贵的是，在儒家思想的影响教化下，熟知朝廷和亲政策的刘解忧，不慕繁华，在她心里反复默念的是：既为汉家子，当为国分忧。据《汉书》记载，公元前101年，和亲乌孙的刘细君公主因病去世。"公主死，汉复以楚王戊之孙解忧为公主，妻岑陬。"随着汉武帝一声令下，流落民间的刘解忧被封为公主，和亲乌孙。

灞桥两侧，长长的一排唢呐，仰天齐奏。那高亢的乐音，在刘解忧听来，就是出征的长号，催人奋进。于是，这个本来如花儿一样的女子，却似一位威震四海的将军，昂首阔步，别灞桥，出阳关，越天山，迎着凛冽的寒风和冰雪，走入茫茫草原，向着西域那个充斥着刀光剑影的历史舞台，慷慨出征。这一路，没有眼泪，没有悲歌，有的是昂扬的斗志，有的是满腔的激情。

三

刘解忧的奇，奇在她以国为重，摒弃汉俗，舍身为国。

刘解忧出征的疆场，就是由在汉家和亲史上第一个青史留名的刘细君开拓出来的西域乌孙。她要嫁的丈夫，是刘细君的第二任丈夫乌孙昆莫军须靡。接过因病早逝的刘细君留下的重担，聪慧的刘解忧早有准备，毫无惧色。更何况，她并不是孤军奋战，与她并肩战斗的，还有她的贴身侍女，一个和刘解忧一样聪慧勇敢、精忠报国的女子冯嫽。

这两个来自中原的女子，这两个喝惯了米粥、坐惯了车轿的女子，纤纤细足一踏上乌孙的夏都特克斯草原，就立刻从心里抹去米粥香甜的记忆，抓过奶酪，端起牛乳，硬生生地咽下去。连那剽悍的骏马，也被她们挽缰在手，在不长的时间内便骑坐自如。自此，在乌孙那广阔的草原上，多了两个纵马驰骋的汉家女子，也多了一道亮丽的风景。

生活习俗的适应，为刘解忧迅速融入乌孙奠定了良好的基础，而对乌孙语言的掌握，更成为刘解忧迅速击败身为乌孙左夫人的匈奴公主、在乌孙争得一席之地的制胜武器。同是汉家女子，吃奶酪、喝牛乳、学骑马、学异族话，这些无数和亲公主应做而不愿做或者想做却做不到的事，刘解忧都愿做，并且都做到了。因为，在她的心里只有一个信念，那就是：既出国门，不辱使命！重担在肩，她怎能不知，她和左夫人匈奴公主之间的战争，并不是市井乡野里的两个世俗女人为争夫爱的战争！两个女子的背后，一个是汉王朝，一个是匈奴国，谁得夫爱，谁就得乌孙支持，这分明就是两国之争啊！国家安危，系于一身，她怎敢懈怠！

这都还是其次。令和亲公主们最不可忍受的，就是异族违背儒家伦理道德的婚姻习俗。刘解忧前面和亲乌孙的刘细君，就是因为解不开这个结，年纪轻轻就郁郁而逝。可这个让无数和亲公主翻不过去的心坎，到了刘解忧这里，不再是难题。为保国家平安，生命尚不足惜，更何况个人小节！那一种凛然正气，直逼近代匈牙利诗人裴多菲的大义："生命诚可贵，爱情价更高。若为自由故，两者皆可抛！"

于是，这个深谙儒家伦理道德的中原女子，为了大汉王朝，委屈自己，先嫁军须靡。军须靡死后，再嫁军须靡的堂弟翁归靡，一步一步地建立起牢固的汉乌联盟友好关系，自己也成为名副其实的乌孙国母。而当汉乌联盟遭遇波折，行将解散之时，年逾五十的刘解忧，又挺身而出，为国而战，再嫁第一任丈夫军须靡的儿子、比自己小得多的新昆莫泥靡，力挽狂澜，扭转乾坤。

五十年的西域生涯，两代三任的婚姻生活，也只有刘解忧这个奇女子，才受得下去啊，在她的心里，早已没有了她自己。什么叫忘我，什么叫舍身为国，和亲公主刘解忧，用她的言行给世人做出了最完美的诠释。

四

刘解忧的奇，还奇在她身为纤纤弱女，却有着卓越的见识、凌云的壮志、英雄的气概，还有雷霆般的政治手腕。

中国女子，自古巾帼不让须眉。先有替父从军的孝烈将军花木兰，后有随夫出征的抗金英雄梁红玉。这两个女子，戴盔披甲，横戈跃马，纵横沙场，奋勇杀敌，真刀实枪地立下了赫赫战功。如果说花木兰和梁红玉是武将军，那么刘解忧就是文英雄了。她不会武功，但她有文略。花木兰和梁红玉用铁血保家卫国，刘解忧则用柔情结盟护国。一旦涉及国家的安危和民族的兴亡，那丝丝柔情，总是与斑斑泪水相伴，与缕缕血痕共生啊。

善解人意、进退有度、聪明开朗的刘解忧，赢得了乌孙两个昆莫的厚爱。一个是她的第一任丈夫军须靡，在匈奴公主未曾生育之前，她只用短短的时间便让军须靡对她宠爱有加。可遗憾的是，这种宠爱在匈奴公主生子之后受到了威胁，《汉书》中记载："岑陬胡妇子泥靡尚小，岑陬且死，以国与季父大禄子翁归靡，曰：'泥靡大，以国归之。'"岑陬临死之时，虽然把王位传给了翁归靡，但留下遗言，等匈奴夫人生的儿子泥靡长大后，王位必须归还给泥靡。一个小小的婴儿，差一点令和亲几年却未生一男半女的刘解忧功亏一篑，刘解忧辛苦建立的外交天平顷刻倾斜。正当刘解忧焦急万分却又无可奈何之时，军须靡因病去世。依俗再嫁继承王位的军须靡的堂弟翁归靡后，刘解忧迎来了爱情与事业上的春天。

胸怀大志的翁归靡，不久就被有胆有识、英姿飒爽的刘解忧折服，两个人很快坠入爱河，恩爱无比。自此，在乌孙广阔的草原上，身着乌孙服饰、头戴孔雀翎羽帽、肩披狼尾、骑着骏马的刘解忧，和翁归靡并辔齐驱巡视各部的情景，成了乌孙儿女艳羡不已并回味数百年的美丽而又温馨的画面。

上天总是眷顾有情人。再嫁翁归靡，刘解忧生下了三子二女，《汉书》记得清楚："翁归靡既立，号肥王，复尚楚主解忧，生三男两女：长男曰元贵靡；次曰万年，为莎车王；次曰大乐，为左大将；长女弟史为龟兹王绛宾妻；小女素光为若呼翕侯妻。"乌孙国母之位，被刘解忧牢牢坐定。儿女成群、心怀天下的翁归靡，更是喜出望外，对刘解忧万般宠爱。他在生活上对刘解忧呵护有加不说，就连国家大事，对刘解忧也是言听计从。乌孙昆莫翁归靡，是诚心亲汉了。匈奴，在日益强大的汉王朝和日益友好的汉乌联盟面前，渐被疏远。

不过，结盟乌孙，控制匈奴，并不是刘解忧唯一的目标。她就像一个胜券在握、胸怀天下的王者，将她那雄心勃勃的眼光投向了整个西域。不错，她要的是整个西域。因为她知道，她的国家、她的大汉王朝，要的是整个西域。西域定，国家才定。

于是，"楚主侍者冯嫽能史书，习事，尝持汉书为公主使，行赏赐于城郭诸国，敬信之，号曰冯夫人"。《汉书》记载，刘解忧的侍女冯嫽，以汉朝公主使者的身份，手持汉节，驾着马车，雄赳赳气昂昂地向着西域三十多个城郭国家，出发了！通晓史书、熟悉西域政务的冯嫽，所到之处，备受欢迎。被诸国尊称为"冯夫人"的冯嫽的出访，让西域诸国对大汉有了比较充分的了解，诸国竞相对汉示好。这样一来，刘解忧在乌孙的地位，就更加坚固和牢靠了。至此，和亲政策初显成效。

在刘解忧的不懈努力和汉王朝的有力支持下，乌孙国国力空前强大，在西域的政治地位蒸蒸日上，及至傲视群雄。其他诸国，面对乌孙俯首称臣，均以求得刘解忧的子女为王或为妻为荣。与乌孙南面接壤的龟兹国，就苦求刘解忧长女弟史为妻，并因爱极了妻子弟史，主动向汉朝上书，愿与弟史一起入朝，与汉朝交好。《汉书》记载，"龟兹前遣人至乌孙求公主女，未还。会女过龟兹，龟兹王留不遣，复使使报公主，主许之。后公主上书，愿令女比宗室入朝，而龟兹王绛宾亦爱其夫人，上书言得尚汉外孙为昆弟，愿与公主女俱入朝"。公元前 66 年，乌孙公主弟史嫁给龟兹王降宾为妻。绛宾钟爱汉朝文化礼仪制度，身为一国之君，即使遭到其他诸国的辱骂，他也在龟兹国内带头着汉服，行汉仪。在他死后，他的子孙以汉朝外孙自居，长期与汉朝保持着亲密友好的关系。不仅如此，"宣帝时，乌孙公主小子万年，莎车王爱之。莎车王无子，死，死时万年在汉。莎车国人计欲自托于汉，又欲得乌孙心，即上书请万年为莎车王。汉许之，遣使者奚充国送万年"。在史书记载中，除了龟兹国求娶刘解忧女儿的佳话外，还有莎车国也诚请刘解忧次子万年为王、借机臣服汉朝的盛事。这些史实，都成为刘解忧和亲乌孙、为汉立威的铁证。

边疆的稳定，让汉王朝得到了快速发展。而汉王朝的迅速强大，也为刘解忧在西域长袖善舞提供了坚实的后盾。刘解忧在西域发挥的威力，让雄霸草原数百年之久的匈奴感到了害怕。汉昭帝时，匈奴与西域诸侯国之一车师一起攻打乌孙。危急之中，刘解忧迅速上书汉朝，请求派兵相救，没想到汉朝还未出兵，昭帝驾崩，出兵之事由此搁下。强弩之末的匈奴，趁乱数次逞强入侵乌孙，并要挟乌孙交出解忧。等宣帝即位后，解忧公主和乌孙昆莫再次上书，请求汉朝出兵相救。汉朝慨然应允，汉朝与乌孙共计出兵二十多万，联手向匈奴开战，战果辉煌：先是匈奴闻风远遁，后是如《汉书》所记："至右谷蠡王庭，获单于父行及嫂、居次、名王、犁汙都尉、千长、骑将以下四万级，马、牛、羊、驴、橐驼七十余万头，乌孙皆自取所虏获。"匈奴在汉朝和乌孙联手合攻之下，损失惨重，势力锐减。已走上没落之路的匈奴，对乌孙更加怨恨了。战事完毕，汉朝论功行赏，重赏了乌孙有功之士，大大激发了乌孙的士气。

对乌孙心生怨恨的匈奴，不甘惨败。同年冬天，单于亲自率领一万兵马攻打乌孙，在丁令、乌桓、乌孙三国的夹击及汉朝的相助下，又逢大雨雪，匈奴大败，气数终尽，隐入大漠深处，再也无力对汉王朝构成威胁，汉王朝几代人梦寐以求的"联乌断臂，击败匈奴"的战略计划，终于在刘解忧手中完美实现，边境安宁。

和亲乌孙的刘解忧，真可谓是不辱使命了。她的这一出征，不仅成功地实现了大汉王朝的凤愿，还让已分崩离析的匈奴，不仅不再与大汉王朝对抗，数十年后，还主动向汉称臣和解，请求准许单于当汉家女婿，使他有缘亲近汉朝。于是，在刘解忧去世十多年后，在通往匈奴的古道上，便有了王昭君美丽的身影，有了昭君出塞、汉匈一家的千古美谈，这一切，刘细君和刘解忧，自是功不可没了。

五

刘解忧的奇，还奇在她胜不骄，败不馁，忍辱负重，沉着稳健，反败为胜。

刘解忧在乌孙的和亲生活，并不是一帆风顺。与刘解忧琴瑟和弦的翁归靡的突然去世，令乌孙国势瞬息万变。翁归靡在位时，曾向汉朝上书言明愿意让刘解忧的儿子元贵靡继承王位，并娶汉朝公主为妻，与匈奴断绝关系。汉朝答应了翁归靡的请求，将刘解忧弟弟的女儿相夫公主嫁给元贵靡。相夫一行人一路风尘仆仆行至敦煌，就停下了。因为，天不从人愿。没等相夫公主抵达乌孙，翁归靡病死，相夫随之返回长安，一桩本来皆大欢喜的和亲盛事，就此偃旗息鼓。

当年岑陬死的时候，左夫人匈奴公主生的儿子泥靡还小，岑陬就将国事托付给了侄儿翁归靡，留下遗嘱说："泥靡大，以国归之。"当初因为泥靡还小才得以继承王位的翁归靡，现在死了，一直在一旁虎视眈眈的匈奴公主立即采取行动，要求乌孙人遵从原来的约定，将她的儿子泥靡立为乌孙昆莫。这样一来，刘解忧苦心经营多年的汉乌友好关系，随着匈奴公主与军须靡所生之子泥靡的继位，即将崩溃。为挽救汉乌关系，保持大汉对乌孙的影响，不让多年的努力付之东流，已年过半百的刘解忧，毅然再披嫁衣，成为比她小得多的新昆莫泥靡的妻子，还生了一个儿子，叫鸱靡。

大汉王朝和刘解忧都没有想到，这一嫁，差一点就让刘解忧命丧乌孙，魂断西域。

因为汉乌关系的亲善友好，身为匈奴公主儿子的泥靡，自幼就不被宠爱，受尽了欺负，尝够了孤独。因此，他一上位，便与汉家公主刘解忧不和，加上生性暴虐，倒行逆施而不得民心，成了一个人人惧怕的狂王。泥靡对结盟乌孙、断臂匈奴的刘解忧当然是不满的，甚至是仇恨的。虽然两人育有一子，却是同床异梦、剑拔弩张。其实，泥靡与刘解忧之间的仇恨，就如当初刘解忧与泥靡母亲匈奴公主争夫一样，哪是两个人之间的仇恨呢？那是两个国家和民族之间的恩怨啊！

是坐以待毙，还是先发制人？备受煎熬的刘解忧，不甘命运摆布的刘解忧，思谋之后，行动了！谁都没有想到，这个弱女子采取的行动，竟是刺杀狂王！这只有男人才敢动心的计策，这个女人想了，用了。遗憾的是，刺杀失败。这一败，让多少汉人的人头落地，才保住了被狂王的儿子围困数月，狂王也欲杀之而后快的刘解忧啊！《汉书》中记载："其子细沈瘦会兵围和意、昌及公主于赤谷城。数月，都护郑吉发诸国兵救之，乃解去。汉遣中郎将张遵持医药治狂王，赐金二十斤，采缯。因收和意、昌系锁，从尉犁槛车至长安，斩之。车骑将军长史张翁留验公主与使者谋杀狂王状，主不服，叩头谢，张翁捽主头骂詈。主上书，翁还，坐死。副使季都别将医养视狂王，狂王从十余骑送之。都还，坐知狂王当诛，见便不发，下蚕室。"

刘解忧的命保住了且维持了数十年的汉乌友好关系，已然破裂。乌孙国内，狼烟四起，动荡不安。动乱之中，匈奴公主与翁归靡所生的儿子乌就屠寻机刺杀了狂王泥靡，自立为乌孙国王，与大汉脱离了关系。眼看刘解忧、冯嫽等人做出的种种努力，所受的种种委屈都将失去意义，汉王朝一边厉兵秣马准备讨伐乌孙，一边迅速安排已回汉探亲的冯嫽收拾行囊，出使乌孙。此时，冯嫽已嫁给乌孙右大将为妻，她的丈夫右大将与乌就屠关系很好，西域都护郑吉就派遣冯嫽出使乌孙，劝说乌就屠投降汉朝，以免被灭。乌就屠听说汉朝大军将至，害怕了，赶紧说，愿意做一个小昆莫，不再与他人争锋。就这样，汉朝暂时稳住了乌孙局势。

为彻底解决乌孙问题，据《汉书》记载，汉宣帝亲自召见冯嫽，询问乌孙事宜，然后"遣谒者竺次、期门甘延寿为副，送冯夫人。冯夫人锦车持节，诏乌就屠诣长罗侯赤谷城，立元贵靡为大昆弥，乌就屠为小昆弥，皆赐印绶"。让冯嫽以汉朝使节的身份持节前往乌孙处理乌孙动乱。熟知乌孙国情并在乌孙极具威望的冯嫽未负众望，在她的极力周旋下，乌孙人放下刀箭，和平议事，最后商定立刘解忧与翁归靡所生长子元贵靡为乌孙大昆莫，乌就屠为小昆莫，平息了一场一触即发的战火。只是，一场恶战是免了，汉乌多年的友好建交，也得以持续，但原本统一的乌孙国，却从此一分为二。所幸的是，汉王朝对乌孙内乱的平息迅速有力，使汉王朝在西域的地位，得到了进一步的提升。乌孙国内乱的稳妥解决，除了汉王朝当机立断，冯嫽聪明睿智，更多的原因，还是得益于刘解忧数十年在乌孙辛苦经营打下的厚实基础。

儿子当上了大昆莫，为乌孙和汉朝的友好关系呕心沥血的刘解忧，总算可以清闲一下了。可是，不幸的是，两年后，当上了大昆莫的长子元贵靡不幸英年早逝。还未等刘解忧从丧子之痛中解脱出来，她的幼子鸱靡也不幸因病夭折。白发人送黑发人，是天下哪一位母亲都不能承受的致命打击啊！向来坚强的刘解忧，终于被击倒了。丈夫没了，儿子没了，数十年的奋斗到头来也成了一场空，那裂肺穿骨的孤独、悲伤与痛苦，让刘解忧彻底崩溃。

刘解忧怎能不伤悲！从她于双十年华走进乌孙，与乌孙昆莫琴瑟和弦、儿女绕膝，建立汉乌友好关系，到现在国破家亡，孑然一身，竟已整整过去了五十年！揽镜自顾，那横生的皱纹，如霜的白发，昏黄的孤灯，都在告诉她，已将自己全部的青春年华与满腔的心血智慧奉献给大汉王朝的她，无论她在乌孙待了多久，她的根，还是在南方那片有着熟悉的乡音的故土上。那么，现在，该是回家的时候了。

于是，"公主上书言年老土思，愿得归骸骨，葬汉地"。据《汉书》记载，在刘解忧的上书请求下，公元前47年，为汉乌友好奉献了五十年时光与智慧的刘解忧，回到了长安。对这个国家和民族的功臣，汉王朝是感激的、尊敬的，"天子闵而迎之，公主与乌孙男女三人俱来至京师。是岁，甘露三年也"。汉朝天子以极其隆重的礼仪将年已七十的刘解忧接回长安后，以大汉公主的礼遇待之，赐给她大量田宅、奴婢，让她安享晚年。到了这个时候，人们是真正地不在意她来自哪里，是什么身份了。有的，只是对她深深的敬意。

啊，终于回家了，刘解忧终于可以享受平静的生活了。可是，快乐总是那么短暂。两年后，只真正过了两年幸福安逸生活的刘解忧，安然辞世。这朵在乌孙大草原上怒放了五十年的铿锵玫瑰，花谢人逝。

刘解忧走了，她离开乌孙，回到了故里，又作别长安，魂归天国。但她对汉乌友好关系的建立和乌孙蓬勃发展做出的贡献，并没有被乌孙人忘记，直到她去世一百多年后，乌孙后人还珍藏着这位来自中原的传奇国母的遗物，作为纪念。她离开乌孙后，她建立的汉乌友好关系也由她的子孙后代延续下去，保持久远。她的长子元贵靡死后，元贵靡的儿子星靡继位为乌孙大昆弥。星靡死后，星靡的儿子雌栗靡继位。后来贵人乌日领假装投降，将雌栗靡刺杀身死，乌孙仍拥立刘解忧的孙子伊秩靡为大昆弥。这样，乌孙的政权一直在刘解忧的儿孙之间代代相传，与汉朝保持着友好往来。直到公元 4 世纪末的南北朝时期，柔然的势力发展到西域，实际控制了车师、焉耆、龟兹、姑墨等国后，乌孙才在柔然的挤压下南迁葱岭一带。北魏兴起后，乌孙与北魏保持友好关系，并且为北魏恢复对西域诸国的管辖及中亚粟特等国的友好关系做出了巨大贡献。在乌孙与中原王朝长达五百年之久的友好关系中，解忧公主及其后代对乌孙的影响是深远的，解忧公主对西域的影响更是重大而久远。

离刘解忧时代太远的事情不说也罢，就说《汉书》记载的"哀帝元寿二年，大昆弥伊秩靡与单于并入朝，汉以为荣"一事吧，若知道昔日的敌人有朝一日竟能并肩入汉朝，化干戈为玉帛，刘解忧也当含笑九泉了。

六

刘解忧和亲乌孙能取得成功，不是偶然。

同为罪臣之女、先刘解忧一步和亲乌孙的刘细君，始终放不下父辈的罪责，也始终解不开个人得失与国家利益相冲突的结，香魂早逝。但刘解忧却不，家族遭变对她来说时间相隔太远影响不深固然是个原因，更重要的，是与她出身的楚王家族有关。

楚王家族，声名显赫。刘解忧的先祖楚元王刘交，是汉高祖刘邦最小的弟弟。在刘邦打天下的过程中，刘交立下赫赫战功。汉朝建立后，按照论功行赏的规矩，刘邦分封刘交为第一代楚王。刘交死后，因太子刘辟非早死，就由刘交的次子刘郢客承继了楚王王位，成为第二代楚王。这两代楚王，一个博学多才，恭谨为官，重用贤才，国富民安；一个美名远扬，受人拥戴。

刘交和刘郢客所交之人，均非俗子。唐代刘禹锡曾说他的陋室"谈笑有鸿儒，往来无白丁"，出入楚王府里的人，也是如此。天下名师，九州俊才，齐聚楚国都城彭城。传授学业的是两代楚王交好的申培公，他是鲁学诗经派的祖师爷；辅佐政事的是三代楚王的老师韦孟，他是举世闻名的儒学家。楚王府的书香氛围，可谓得天独厚。所幸的是，这得天独厚的家学氛围，这书香浸润的文化精髓，并未因第三代楚王刘戊的淫暴作乱和楚王府的覆灭而湮灭，在刘解忧的血液里，汩汩流淌的就是中华民族舍生取义、杀身成仁的精神因子。

秉承着家学渊源的刘解忧，不计前嫌，以国为重，建立了赫赫的功勋，创造了一个不朽的时代。是她，携手乌孙昆莫翁归靡带领乌孙走进乌孙盛世；是她，将汉文化以及先进生产技术在西域全方位传播；是她，征服四方令西北边疆安然无事；还是她，铺开繁荣的丝绸之路，将汉朝的威仪远播天山南北，大漠上下。这种种功绩，有诗为证，唐代诗人常建在《塞下曲》中这样赞道：

玉帛朝回望帝乡，
乌孙归去不称王。
天涯静处无征战，
兵气销为日月光。

刘解忧的功绩，不独古人在心，就是在隔了两千多年的后人心中，也时时忆起，深刻缅怀。有诗为证：

胡域别常伦，解忧定乾坤。

纵入漩涡里，拼却女儿身。

兴亡多少事，离索五十春。

谁知和亲苦，汗青略香魂！

这首《解忧公主赞》的作者，可谓是解忧的知音了。是啊，刘解忧功勋赫赫不假，可又有几人想到这赫赫功勋后面，饱含着多少辛苦与血泪！而另一首《解忧公主历沧桑》，则说得更加明白：

解忧公主，历经沧桑；和亲边陲，名震四方。西行万里饱艰辛，下嫁三代乌孙王。伊犁河畔，五十余载之风风雨雨；莎车古城，异国他乡之恩恩怨怨。英雄之鲜血，美人之清泪，汇成千古青史悠远绵长。太平若为将军定，何许红颜苦边疆。天若有情天亦老，解忧无奈历沧桑。

解忧的功绩，又岂在和亲成功。人生之旅，难有顺途。在命运安排的逆境中，有的人要么终日沉沦，最终被灰暗岁月吞噬，就如那些以悲剧收尾的和亲公主；要么自强奋发，燃烧如炬，照亮别人也照亮自己，那就如光耀史册的刘解忧了。什么是自强不息，什么是精忠报国，刘解忧再一次用她的言和行，做出了最好的诠释。

于是，在厚厚的史册上，"刘解忧"三个字，千古流芳。而坐落在新疆伊宁市的江苏大道上的汉家公主纪念馆也向世人昭示着：刘解忧，这朵历经了五十年大漠风云的铿锵玫瑰，将永远绽放在每一个华夏儿女的心中！

锦车、旌节和女人

一

大漠，黄沙。雪域，高原。旌旗猎猎，车辚声声。

那是一辆五彩的锦车，一辆奉汉室皇命出行的锦车，在西域辽阔的疆土上往返奔驰。如是三次，汉室的威仪、皇恩与政令如东风劲吹，随着车辙的前伸席卷西域全境，将这片远离中原的疆土，最终收归汉室。中国历史上的第二个封建统一政权版图就此正式确定，天下归一。

天下大势，合久必分，分久必合。疆土的分裂与统一，政权的更迭与废立，在中国长达五千年的历史长河里，如激流拍岸，浪花翻卷，层叠不息，周而复始，实在是不足为奇。真正令人击节赞赏、扼腕叹息、光照史册的，是那些"到中流击水，浪遏飞舟"的风流人物和他们主天地、定乾坤的不朽功绩。炎黄二帝，开启华夏文明；文武二王，盛德成就霸业；秦汉二朝，强权威震寰宇。政权更迭、兵燹频仍中，男人，成了这个世界的主宰。

是的，自古以来，喋血沙场，斡旋天地，补缀乾坤，已成雄性男儿的专利。战争，让女人走开。但是，彼时穿风踏雪、生死不顾，手持大汉旌节，端坐于锦车在两千年前的西域疆土上奔驰行走的，是个女人。这个女人，叫冯嫽。翻开大汉史册，摩挲着这个频频出现在史册中但却罕见有浓墨重彩的女性名字，人们心中满满地洋溢着的，是由衷的佩服和敬仰之情。

人们不得不服。

随西汉和亲公主刘解忧远嫁乌孙的冯嫽，出身卑微。卑微到厚厚的史册中那么多有关冯嫽的记载里，对于她的身份与身世，仅用两个字定了论：侍女。《汉书》中也只简单记了一句："初，楚主侍者冯嫽能史书，习事。"侍女，即古代宫中侍奉君王后妃的女子。可此侍女非彼侍女，冯嫽不只是学会了拂尘洒扫、端茶递水、挑花绣朵这些普通侍女们应知应会的事务，她还广泛涉猎了在封建传统礼制的教化下，即使是大家闺秀也鲜能接触到的经史子集。她的博学，让她成了一个通晓古今、胆识过人、才干出众的非凡女子。在中国奉行了几千年"女子无才便是德"的封建礼教思想的桎梏下，满腹诗书、通晓古今的冯嫽，在彼时人们的眼中，应该是女子中的一个异类了。

幸运的是，冯嫽生正逢时。她出生在西汉，出生在一个为使边疆相对稳定而和亲频繁的时代，出生在一个需要贤才辈出而举贤不避亲仇的时代，也恰逢大汉皇帝武帝刘彻雄心勃勃、胸怀天下、志在四方的时代。时势造英雄。因此，在维护民族团结、巩固国家政权、收服边疆异域和完成大汉帝国梦想的大背景下，这个出身卑微的非凡女子英雄有了用武之地。有着雄韬大略的汉武帝，慧眼独具，颇具战略眼光地安排才华横溢的冯嫽陪同同样聪慧多才的公主刘解忧和亲乌孙。主仆二人，就如大汉王朝两柄出鞘的剑，直指西域。

于是，从陪刘解忧踏上和亲之路的那一刻起，侍女冯嫽就注定了将会拥有一个不平凡的人生。走进乌孙草原和西域大漠的冯嫽，自觉承担起公主刘解忧政治顾问的重任。亲自问政西域的和亲公主刘解忧诸多英明的政治谋略，都出自冯嫽。因此，虽名为侍女，但随着时间的推移，聪慧的冯嫽在汉乌友好关系的建立与征服西域各国的诸事中作用和影响越来越大，她的侍女身份也就逐渐淡化了。并且，在和亲乌孙的数十年时光里，不管冯嫽是代和亲公主刘解忧出使西域，还是受汉皇之命持节赴边疆，都因她施展自己出色的政治才华，为汉朝与西域诸国的友好做出的不懈努力，赢得了西域诸国君臣的无比尊重。据《汉书》记载，她"尝持汉书为公主使，行赏赐于城郭诸国，敬信之，号曰冯夫人"。人们不再记得侍女冯嫽，西域诸国上下，都尊之为"冯夫人"。

冯嫽的一生，传奇、精彩、悲壮。最为后人称道、被史官不惜笔墨详载史册的，是她三走"丝绸之路"的辉煌壮举。

二

公元前 101 年，和亲乌孙的汉家公主刘细君病故。汉武帝一声令下，被封为公主的刘解忧应诏出征，继刘细君之后再嫁乌孙昆莫军须靡。陪她出征的侍女冯嫽，第一次走上丝绸之路。

与第一个和亲乌孙的公主刘细君身体娇弱、多愁善感不同，公主刘解忧爽朗干练、刚毅成熟，虽为女子，且是罪臣之女，却和当朝皇帝汉武帝刘彻一样，颇具经世之才。一到乌孙，她便在冯嫽的帮助下，运用自己的聪明才智，迅速走上了乌孙国母的宝座，牢牢地结下了汉乌友好关系，并参与乌孙的国事管理，成为西汉王朝对外和亲公主中唯一一位参与军国大事的公主，与汉朝君臣遥相呼应，为西汉王朝在西域开拓新的疆域和势力勠力而战。不仅如此，刘解忧还将侍女冯嫽嫁给位高权重的乌孙右大将为妻，与自己同心协力，将乌孙局势控制在主仆二人手中。在如愿实现了结盟乌孙、控制匈奴的既定政治目标后，雄心勃勃的刘解忧便将视线投向了整个西域。因为她知道，西域定，国家才定！于是，侍女冯嫽以汉朝公主刘解忧使者的身份，手持汉节，驾着锦车，雄赳赳气昂昂地向着西域三十多个城郭国家出发！

通晓史书、熟悉西域政务的冯嫽所到之处，备受欢迎。她不辞辛苦地翻雪山，越大漠，历严冬，踏酷暑，遍访天山以南的城郭诸国。每到一处，冯嫽都顾不上舟车劳顿、身心疲惫，迅速开展工作，积极地为各诸侯国排内忧，解外患，讲礼仪，说道德，扬善抑恶，推心置腹，使大汉王朝的恩义广布西域的大小绿洲。"冯夫人"的美名，由此而来。冯嫽的出访，为增进西域诸国对汉朝的了解，促进西域都护府的建立奠定了良好的基础。

在刘解忧和冯嫽的努力下，汉乌结盟，并有了五十年之久的友好关系，但这五十年并不太平。被汉乌联手打击逃向大漠深处的匈奴，并不甘心就这么落败，随时准备伺机反扑，恢复对西域的掌控，甚至挥军南下，逐鹿中原。

汉昭帝末年到宣帝初年，匈奴多次侵袭乌孙，汉朝与乌孙合兵反击，大败匈奴。但不幸的是，乌孙昆莫翁归靡死后，他的弟弟，也就是昆莫岑陬与匈奴左夫人生的儿子泥靡，已然长大。按照岑陬留下的"等泥靡长大，将国王之位归还于泥靡"的遗嘱，泥靡继承了王位，人称狂王。狂王依俗娶了刘解忧，但成婚后，狂王和刘解忧关系不和，又生性凶暴残恶，不得民心，因此，当汉朝使者送乌孙侍子回乌孙后，刘解忧对汉使诉说了被狂王所苦的烦恼，然后与汉使一起谋定，摆酒设宴，安排人刺杀狂王。结果仓促之下，"剑旁下，狂王伤，上马驰去。其子细沈瘦会兵围和意、昌及公主于赤谷城。数月，都护郑吉发诸国兵救之，乃解去"。据《汉书》记载，解忧公主和汉使谋杀狂王未果，反而让自己身陷险境，最后由汉军相救，才得以脱困。而参与谋划的几个汉使，都被汉帝杀了头，以此来平息狂王的怒气，缓解汉乌骤然紧张起来的关系。

在乌孙国内，刺杀一事则引发了政治动乱。昆莫岑陬与匈奴夫人生的另一个儿子乌就屠，趁乱拥兵自立，杀死推行暴政、民怨沸腾的新国王泥靡，聚集一部分人马上了北山，并扬言要请匈奴兵来乌孙助他成就乌孙霸业。眼见汉乌联盟行将破裂，汉朝立即派兵进驻甘肃敦煌，密切关注乌孙的动向。战火，即将在乌孙的土地上点燃！

由刘解忧和冯嫽受尽屈辱、辛苦经营了数十年才建立起来的乌汉同盟，就这样毁于一旦，是刘解忧、冯嫽不愿看到的，也是汉朝政府不愿看到的。而人们更不愿看到的是，已友好往来、相濡以沫数十年的汉乌百姓，兵戎相见！更何况，在这数十年间，刘解忧的子孙和汉朝王侯将相的子女大量联姻，让汉乌两族不仅有了休戚相关的联盟关系，更有了血浓于水的骨肉亲情，刀剑挥出，无异于同室操戈，倒下的都是自己的亲人啊！危急之中，汉朝负责管理西域，熟悉乌孙国情的长官西域都护郑吉出面了。他知道冯嫽的丈夫右大将与乌就屠关系很好，也知道冯嫽才干出色，赶紧请冯嫽前往北山劝说乌就屠。

此时此刻，郑吉的这一个"请"字，在冯嫽听来，没有了中华礼仪中的温良与和谐，涌入冯嫽耳中的，是呼啸而来的杀伐之气。是啊，私交再好，可在民族兴衰和个人生死存亡之际，这一份交情怎么可能放在乌就屠心上！由此，这一声"请"，怎么也掩不住"风萧萧兮易水寒，壮士一去兮不复还"的悲壮与凄凉了！可是，为了维护汉朝与乌孙的团结，冯嫽不能不去，慨然上路。冒着生命危险，冯嫽亲至北山，面见乌就屠，向他陈说利害。最终，在汉朝大军的威慑和国内人民激烈反对的重重压力之下，乌就屠害怕了，不得不改变了主意。《汉书》记载："乌就屠恐，曰：'愿得小号。'"乌就屠是一个识时务、有抱负的俊杰之才，在冯嫽的劝说和汉朝强大的压力之下，他仍未放弃自己想建立霸业的初衷，没有完全向汉朝妥协。他请冯嫽从中斡旋，解除驻扎在乌孙东部，对乌孙虎视眈眈的汉朝大军的威胁，并希望汉朝给他一个"小昆莫"的封号，争得一分权力在手。

事情发展至此，一场一触即发的战火暂时熄灭。这次成功的政治斡旋，让侍女冯嫽非凡的政治才华和人格魅力得到充分体现，使她正式走上中国历史的政治舞台，成为中国历史上第一位女政治家、女外交家，光耀中华。

三

战火虽然暂时熄灭，但事情仍未得到最终解决，汉乌联盟是破是立，成为一个未了的结，横亘于汉乌君臣和所有渴望和平的人们心中。

冯嫽奉西域都护郑吉之命前往北山调解乌孙内乱一事，传回中原。《汉书》记载："宣帝征冯夫人，自问状。"时掌江山的汉宣帝得知此事，大是欣慰，立即征召冯嫽万里入朝，当面向她了解乌孙的情况。冯嫽侃侃而谈，透彻地陈述了自己的见解。一代明君汉宣帝听后，对她十分器重，在征求了她对这场动乱的处理意见后，随即做出了史无前例的一个决定，正式任命冯嫽为出使乌孙的持节正使，代表皇帝颁旨行事。唯贤是举，不避亲仇，这一个自古以来就被有道之君推崇的真理，在西汉时期的历任皇帝这里，得到了最好的证明。而史实证明，正因为汉朝的数代皇帝能践行此理，才有了西汉王朝的蓬勃发展、繁荣昌盛。

使节冯嫽，再次踏上丝绸之路。

据《汉书》记载，汉宣帝"遣谒者竺次、期门甘延寿为副，送冯夫人"。这一次，冯嫽彻底摒弃了侍女的身份，她乘锦车，持汉节，率领副使和随从人员从都城长安出发，作为汉朝的使节，前往乌孙。

那柄象征着汉朝权力与国威的旌节，汉使苏武被困匈奴十九年也须臾不肯放手的汉节，竟然被一个应谨遵三从四德，在家相夫教子的女人握在手中，奔驰在茫茫的草原和大漠之上，可谓千古奇景。中国古代的政治外交历史因为冯嫽而改写。而中国古代的女人，也第一次走下绣楼，步出闺房，走上政治舞台，在这个由男人主宰的世界里，在男尊女卑的岁月里，演绎了一出叱咤风云的时代正剧，在厚厚的青史上留下了熠熠生辉的历史篇章。

《汉书》记载，抵达乌孙后，"冯夫人锦车持节，诏乌就屠诣长罗侯赤谷城，立元贵靡为大昆弥，乌就屠为小昆弥，皆赐印绶"。冯嫽手持汉节，代表皇帝诏令乌就屠前来赤谷城觐见，正式册立刘解忧的儿子元贵靡为"大昆弥"，乌就屠为"小昆弥"，并赐二人金印绶带。至此，乌孙的动乱得到了圆满解决，汉与乌孙的友好关系得以恢复和延续。

从以"和"为主要目的的角度来说，冯嫽此行，算是出色地完成了出使任务，一场箭在弦上、一触即发的战火，被她从容熄灭。但是，自冯嫽奉帝命入乌，册立了大小两个昆弥后，乌孙王国就此一分为二。自此，大小昆弥内部争斗不断，相互残杀不止；大小昆弥之间也硝烟四起，攻击不断。而汉朝呢，则为乌孙国操碎了心，《汉书》中说，"自乌孙分立两昆弥后，汉用忧劳，且无宁岁"。由此，乌孙王国逐渐衰落下去，在延续了数百年后，这个先被月氏所灭，却借匈奴复兴，后在西汉的帮助下一度雄霸西域的诸侯王国，最终因分崩离析、各自为政、势单力薄而再度被后起强国柔然灭于葱岭一带。

这个结局，恐怕是冯嫽和汉朝政府当初压根儿就没有想到的，也是后人所不能接受的了。由此，后人对乌孙灭亡的惋惜，便变成了对刘解忧和冯嫽二人的口诛笔伐，将乌孙的灭亡归罪于刘解忧惹祸在先，冯嫽分裂乌孙在后。人们忘了，冯嫽纵然锦车在座，汉节在手，但她毕竟不是号令天下的女王，而只是一个奉皇命出行的使节，只为皇帝代言而已，乌孙是分是合，哪由她来做主呢？因此，人们加诸冯嫽身上的灭乌之罪，岂是冯嫽所能承受之重！

冯嫽的这一次出访，史称"冯嫽定局"。

四

历史的车轮滚滚向前，时间如水一样倏忽而逝。弹指间，冯嫽和公主刘解忧已和亲乌孙五十年。当年的青春少女，已是白发皓首。公元前51年，年逾七旬、故国情深、思归心切、为缔结汉乌友好关系耗尽一生心血的公主刘解忧，回到阔别了五十年的故土长安。

忠诚的冯嫽，虽已在乌孙成家、生子，但她放心不下相伴了五十年，并肩战斗了五十年，现在因夫丧子亡陷入深深的孤寂之中的公主刘解忧，随同解忧公主一起返回都城长安，为解忧公主做伴。在政治漩涡中搏击了五十年，在草原和大漠上奔波了五十年的主仆二人，回到长安，受到了汉宣帝的隆重接待，并被赐予了丰厚的财产，真正过上了安逸、舒适的生活。两年后，为汉乌结盟、巩固边疆而付出了毕生心血的和亲公主刘解忧在长安安然去世。

一心系挂着汉乌两族友好关系发展的冯嫽，却是福薄。当她和刘解忧回到长安后，安逸的日子没过几天，乌孙就出了事。《资治通鉴》记载："元贵靡子星靡代为大昆弥，弱。冯夫人上书，愿使乌孙镇抚星靡。"当时，乌孙国由乌孙大昆弥元贵靡的儿子星靡代行大昆弥事务，但因星靡性情怯弱，国内的分裂势力趁机起乱，局势又不稳定了。眼看好不容易巩固下来的局势又将被毁，心急如焚的冯嫽马上上书当朝皇帝汉元帝，请求再次出使乌孙，协助星靡治国。心忧国事的冯嫽，已完全忘记，她已老矣！手捧奏书的，是一位年逾花甲的老妇人。

接过冯嫽言辞恳切的奏书，再看看冯嫽一脸的风霜和满头的白发，汉元帝心下何忍！他劝说冯嫽不必亲去，可另派他人前往乌孙稳定政局，可是冯嫽力请前往。"汉遣之，卒百人送焉"，同样心挂边疆安危的汉元帝，一时也再找不出一个比冯嫽更熟悉乌孙国事的人去出使乌孙了，在冯嫽的坚持下，只得准奏。

于是，公元前51年，归国不久、白发苍苍的冯嫽，为了巩固汉朝与乌孙的友好关系，第三次以汉朝使节的身份走上了"丝绸之路"，开始万里西行的征程。在那辆西域诸国已十分熟悉的锦车四周，簇拥着冯嫽的，是一百多名汉军官兵。那车声辚辚、威武雄壮的汉家军容，雄姿勃发、傲然持节的使者英姿，怎不令人想长啸出声：凭谁问，廉颇老矣，尚能饭否！

白首冯嫽，重返乌孙。她的坚持是对的。这位数十年来受到西域臣民敬重爱戴的汉朝使者，这位备受西域臣民尊敬的"冯夫人"，受到了乌孙臣民的热烈欢迎。听说冯嫽回来了，许多人骑着马，不顾风沙阵阵，一路狂奔数百里，迎接冯嫽。得道者得人心，冯嫽为乌孙的发展、繁荣和昌盛立下的汗马功劳，由此可见一斑。因为，公道自在人心。

冯嫽重返乌孙，不是只端坐帐中发号施令。一回到乌孙，冯嫽便忙起来了。白天，她忙着协助星靡和大臣们一起处理国政。夜晚，她忙着教授星靡学习经史子集，向他讲授做仁君的道理。在冯嫽的不懈努力下，乌孙的局势很快就稳定下来，昆莫星靡也渐能独当一面了。而冯嫽，这个为了大汉社稷的安危，为了汉乌两族的友好，为了国家和人民的安宁和发展的汉家女子，这一去，就再也没有回到长安，永远地留在了她倾尽一生心血的乌孙——这块荒僻的疆土之上。

鞠躬尽瘁，死而后已，大抵就是如此吧。

五

千古奇女，冯嫽唯一。身为一个女子，两次被朝廷任命为正式使节出使异邦，在妇女被剥夺了参加政治活动权利的封建社会中，这种情况绝无仅有。个中原因，无非有三：一是冯嫽自强不息、饱读诗书，为她的出彩人生奠定了基础；二是时逢盛世、和亲盛行为她搭建了人生舞台；三是幸遇明君、唯贤是举给她一展才华提供了机会。《周易》曰："天行健，君子以自强不息。地势坤，君子以厚德载物。"唯有如此，才有了光照史册的冯嫽，才有了威震天下的大汉帝国。

刘解忧和冯嫽为了加强汉族与西域少数民族的团结所做出的不朽贡献，并没有被历史的烟尘湮没。她们的功绩都被史官一一记载在册，成为史册中少有的记载翔实的和亲公主和女官，光照古今。后人念其不易，挥毫赋诗，以"西域双星"相赞二人：

咏西汉名媛解忧冯嫽

一

楚王是非任评说，寄人篱下苦娇娥。

寒门奴婢祖无寻，主仆相怜命蹉跎。

自古和亲不归路，逆境拚就普度歌。

骸骨归汉情难了，魂驻昆仑伊犁河。

二

峥嵘岁月契金兰，比翼双飞西天山。

携手共建兴国路，相得益彰挽狂澜。

三十六国誉美名，五十春秋功德满。

巾帼星宿冲霄彩，西域双星万古传。

虽然作者无名，但作者在两首诗中先述二人凄惨身世，再叹和亲难归之实，然后以寥寥数语，言尽主仆二人立下的丰功伟绩，最后以"西域双星"对二人的贡献、影响和意义做出的高度概括和评价，得到了世人的共鸣。而清代《无双谱》人物四十奇律诗绝句中的第二十六首，虽题为《谯国夫人冼氏》，但读其内容，很多人也都认为应该是为冯嫽而作：

侍女才标锦车使，知书巾帼若麒麟。

图形未得传名阁，英杰何消问出身。

彤笔天生美仪态，文星德缀妙红唇。

钗车如易当年史，堪是云中第几人？

细读此诗，就会发现，这种说法并非没有道理。因为谯国夫人冼氏家族世代为俚人首领，凭着卓越的武功与文治才华，冼夫人威震岭南，一生都统领着南方各族，维护朝廷稳定大局，是一个被三朝皇帝尊为"冼夫人"的巾帼英雄。诗歌首句"侍女才标锦车使"中的"侍女"一说，与冼夫人身份不符，而与冯嫽才符。冼夫人虽也曾奉诏出使岭南各族，令其归附隋朝，但她是骑着骏马翻山越岭四处传诏，只有冯嫽是坐着锦车、手持汉节出使西域，其情节与此诗相符。因此，这首诗，确如大家所言，多半是为冯嫽而作了。其实，同为中国历史上举世无双、流芳千古的巾帼英雄，她们的事迹与精神都激励着无数后人奋勇前进，这首绝句讴歌的主人公是谁，并不重要。

或许是为弥补心中的缺憾吧，有人专为冯嫽另作了一首《多少须眉无语》，读来倒也荡气回肠：

多少须眉无语
——咏冯嫽

铁与火，血与泪，多少须眉无语。
谁能将女儿志男儿胆比个高下。
龙堆秋草朝晖稀，骢马晨迎瀚海风。
大漠关山来复去，何问天涯远与近。
血浓的亲，酒香的情，只叫绝域开云道。

铁与火，血与泪，多少须眉无语。
谁能将女儿志男儿胆比个高下。

狼望春花雪絮积，紫鞍夜渡交河月。

羽檄纷飞锦车匆，干戈玉帛怎舍取？

血浓的亲，酒香的情，不图荣名在画麟。

　　吟咏着这些脍炙人口的诗词，徜徉于坐落在伊宁市江苏大道上汉家公主纪念馆中，凝视着冯嫽的雕像，人们心中升腾的，是对这个两千年前在中国的政治舞台上叱咤风云的女子的由衷的敬意。

　　长眠于乌孙草原的女子，请你安息！

身行万里，名垂千秋

　　2004 年，中国，武汉。一个重大的国际会议——国际人口与发展论坛暨南南合作伙伴组织成立十周年纪念大会在这里召开。会议上，一位两千年前就已魂归草原的汉家和亲女子的塑像，被定为永久性雕塑标志，并用三句话定位这位女子：长江女儿、伟大母亲、和平使者。而随着现代社会的飞速发展，时代格局的风云变幻，这三句话被联合国有关会议又赋予了新义：长江女儿、草原母亲、和平使者。

　　这位女子，就是西汉时期和亲匈奴、给胡汉两族带来近半个世纪安宁的王昭君。和亲异族，固国宁邦，并不是从王昭君始，也并不是只有王昭君和亲成功。为什么独独只有王昭君获此殊荣，时过两千年还让人念念不忘，并且给予这么高的评价呢？人们探询的视线忍不住穿越两千年的时空隧道，回到彼时、彼地，探访那人。彼时，为公元前 33 年。彼地，为南郡秭归，即现在的湖北省兴山县。

　　两千年的路，太长。两千年来发生的事，太多。那么，就从一首唐诗说起吧——

咏怀古迹（其三）

群山万壑赴荆门，生长明妃尚有村。

一去紫台连朔漠，独留青冢向黄昏。

画图省识春风面，环佩空归夜月魂。

千载琵琶作胡语，分明怨恨曲中论。

这首脍炙人口、传诵千古的怀古诗，为唐朝诗人杜甫所作。当时正"漂泊西南天地间"的杜甫，人在夔州。虽然距故乡洛阳偃师不像昭君出塞那样远隔万里，但是当时正如杜甫在《风疾舟中伏枕抒怀三十六韵，奉呈湖南亲友》中所写："书信中原阔，干戈北斗深。"洛阳于他，仍然是个可望而不可即的地方。寓居他乡，那浓浓的乡愁与望乡不能归乡的悲切，正好借昭君而发。于是，便有了此诗。但人们对这首诗的热切关注，不是因为杜甫的乡愁，而是在两千年来有关昭君的数千首诗歌作品中，唯有这首诗只寥寥数语便将王昭君的出生地、生平事及心中情道个透彻，把一个形象完备、具体可感的历史人物生动地呈现在纸上、眼前和心中。

"群山万壑赴荆门，生长明妃尚有村。"杜甫仅用"群山万壑""荆门""村"三词，就让人们明白了，明妃王昭君出生于崇山峻岭、沟壑纵横的荆楚大地一隅。根据民间传说和现有的历史文献记载可知，这一隅，即为现在的湖北省兴山县妃台下香溪南岸昭君镇陈家湾，也就是历史上的昭君村。20世纪80年代，为了发展文化旅游，兴山县政府在陈家湾上游3公里另一昭君遗迹地宝坪村，重建昭君宅，并建立昭君纪念馆等一系列纪念设施。宝坪村初名为烟墩坪，后为宝坪，现为昭君村。这一串串名字的变化，当然与王昭君有关。传说王昭君出生前，烟墩坪地荒人穷。王昭君出生后，地足人富，人们便把烟墩坪改为宝坪。两千年后，为纪念王昭君，人们索性把宝坪叫作昭君村，以一方有形的山水，固化人们对一位美人的记忆。

传说固然美好，但《汉书》中明确记载："昭君字嫱，南郡人也。"《兴山县志》中也有文字记载："兴山县城南香溪南岸一里处有一座妃台山，其下为昭君村，昭君生长处也。"由上述文字得知，昭君村所属地，旧为楚始封地，旧治高阳城，县城所在地叫高阳镇，原属南郡秭归县。三国吴永安三年，即公元260年，分秭归县的北界建立了兴山县。因县治兴起于群山，故名兴山。虽然在后来一千多年的历史进程中，秭归和兴山又分分合合多次，但从明朝成化七年，即公元1471年复置兴山县后，至今未曾再变。县城几易其地，北宋端拱二年，县城重新建镇于高阳镇后，也是近千年未变。而高阳镇陈家湾即为王昭君出生地，更是毋庸置疑。可是，沧海桑田，世事总是难料。2002年，因三峡大坝的建立，县城从高阳老城搬迁到古夫新城。而因高阳镇是王昭君的出生地，为更好地传播昭君文化，发展地方经济，2009年8月17日，经湖北省政府批准，兴山县高阳镇更名为昭君镇。因此，王昭君的籍贯，现为湖北兴山，确实无可争议。

兴起于群山之间的兴山，北接神农架，南连秭归，在遥远的西汉时代，真可谓是山大林深、穷乡僻壤之地了。不过，杜诗里写了这里的群山，写了这里的深壑，却没有写到环绕着陈家湾、昭君村和昭君镇，还有一条源出神农架的香溪河。这条贯穿神农架、兴山、秭归的香溪河，流水潺潺，南注长江，给这方土地平增了几多灵动和毓秀。或许就因了这水的灵动，才能在这么一个偏僻之地，孕育了被誉为中国古代四大美人之一，改写了中华民族发展史的伟大女性王昭君吧。这香溪河的名字，据《妆楼记》所载就是因"昭君临水而居，恒于溪中洗手，溪水尽香"而得名。

可是，王昭君的伟大，在长达几千年的历史长河里，又有几人能识？你看，"一去紫台连朔漠，独留青冢向黄昏"。紫台，朔漠，青冢。进宫，出塞，离世。杜甫这简短而雄浑有力的两句诗词，写尽了王昭君不平凡的一生。而即使是诗圣杜甫，他的笔下重重涂抹的，仍然是王昭君无缘汉帝恩宠、身怀家国乡愁香殒荒漠的悲怨。人们的视线，从香溪河畔被一路牵引到灞水桥头、大黑河边，最后哀哀地注目于那座巍峨的青冢，于向晚的暮色中，默默感受美人无边的愁绪，无暇细思这简短的诗句里蕴含的丰富信息了。

据《汉书》记载："初，元帝时，以良家子选入掖庭。"汉元帝时期，美丽的王昭君如一颗璀璨的明珠，被选入宫，她别香溪，离长江，过秦岭，一路北上，进入长安深宫，掖庭待诏。进宫的女子，不可能没有做过《长恨歌》中"一朝选在君王侧""三千宠爱在一身"的美梦，只是美梦并不会都能成真。即使貌美如花、聪慧多才如王昭君，进宫多年也未能见上君王一面，更不用说得到君王的宠爱了。王昭君心中的苦楚，外人不得而知。只能从铮铮作响的琵琶声里，感慨一二。而如王昭君这般一入深宫，便失了自由和爱情的，何止她一人？许多的长发"尼姑"，就这么在深宫中老去、消逝了。是就此沉寂，还是待机新生？王昭君用她的行动给出了答案。

汉朝和匈奴之间绵延了几百年的战火，烧裂了原本强大统一的匈奴，也让身居边塞的汉朝军民不得安宁。到了汉武帝时期，经过多年休养生息政策的调整和汉武帝的强权治国之后，原来一直处于弱势、被动挨打的汉朝，已成为国力强盛、雄霸天下的大汉帝国。而随着汉朝对西域采取的和亲政策逐步成功，匈奴被逐渐瓦解、孤立，到了公元前57年，"屠耆单于使日逐王先贤掸兄右奥鞬王为乌藉都尉各二万骑，屯东方以备呼韩邪单于。是时西方呼揭王来与唯犁当户谋，共谗右贤王，言欲自立为乌藉单于。屠耆单于杀右贤王父子，后知其冤，复杀唯犁当户。于是呼揭王恐，遂畔去，自立为呼揭单于。右奥鞬王闻之，即自立为车犁单于。乌藉都尉亦自立为乌藉单于。凡五单于"。据《汉书》记载，曾经横扫北方的匈奴势力，最终在西汉联合西域各国进行的强烈的军事打击之下，一分为五，不能再成气候，甚至相互残杀、朝不保夕、人人自危了。已然强大的汉朝，并没有乘虚而入。虽然汉朝多数人想就此举兵，将匈奴一举消灭，但汉帝仍听从了御史大夫萧望之的建议，准备善待匈奴，以德服天下。

在各单于的相互攻击中，呼韩邪单于屡屡战败。左伊秩訾王为他献策，劝他称臣事汉，向汉朝寻求帮助，只有这样才能一统匈奴，稳定局势。据《资治通鉴》记载，在各位大臣都持"奈何乱先古之制，臣事于汉，卑辱先单于，为诸国所笑"的强烈反对意见下，左伊秩訾据理分析，"不然，强弱有时。今汉方盛，乌孙城郭诸国皆为臣妾。自且鞮侯单于以来，匈奴日削，不能取复，虽屈强于此，未尝一日安也。今事汉则安存，不事则危亡，计何以过此"。在左伊秩訾的据理力争下，终于统一了意见，达成共识，称臣事汉。匈奴五单于之一的呼韩邪单于便收起弓箭，率众南迁，向汉称臣，送子入侍，寻求汉朝保护了。

随后，为表示诚意，呼韩邪单于频频上书，数次到长安入朝，向汉朝示好。公元前51年，呼韩邪单于第一次到长安入朝称臣。呼韩邪单于入汉称臣，影响巨大，原来害怕匈奴而轻视汉朝的西域诸国，自此也都以汉朝为尊了。公元前36年，将呼韩邪单于逼出北庭的郅支单于，被汉军所杀，匈奴最为强悍的一支单于势力，就此被灭。得到郅支单于被杀的消息，呼韩邪单于又喜又怕，赶紧上书，希望入朝拜见汉帝。

汉朝诛杀郅支单于，帮呼韩邪单于除去了强劲的竞争对手，为他一统匈奴扫平了障碍，也让他对汉朝从心底生发了由衷的敬畏。为了彻底得到汉朝的信任和有力保护，呼韩邪单于想到了和亲的外交手段。不过，这一次，他一改匈奴往昔被动接受汉朝和亲的惯例，主动向汉朝求亲了。这件事，《资治通鉴》记载较为详细："竟宁元年，单于复入朝，礼赐如初，加衣服锦帛絮，皆倍于黄龙时。单于自言愿婿汉氏以自亲。"那么，到这会儿，汉匈之间的关系，也彻底翻了个个儿。汉朝初定天下的时候，为追讨叛将韩信，打击匈奴，高帝刘邦亲自率军北上征讨匈奴，结果在白登被围七天，不得脱身。后来，高帝派人贿赂匈奴阏氏，请阏氏在冒顿面前周旋后方才突围。突围后，汉朝与匈奴缔结了和亲之约，想以此来平息烽火。没想到，虽然双方行了和亲之事，但匈奴仍频频入侵中原。汉匈双方订立的"和亲条约"是"汉与匈奴约为昆弟"，双方成为兄弟之国，享有平等地位。但在强胡屡犯汉地，而汉无力反击的情况下，国力贫弱的汉朝其实是看匈奴颜色行事的。现在，已势单力薄的呼韩邪单于主动上书"自言愿婿汉室以自亲"，大汉朝就一下子翻身做了主人，掌握了与匈奴相交的主动权。

这种主动，首先就体现在和亲人选的确定上。在此之前，汉朝和亲匈奴的汉家女子都是皇亲国戚，身份高贵，并且每年还要给匈奴敬奉大量财物。现在，汉朝再不用担心因和亲女子的身份低微得不到匈奴的欢心了。《后汉书》中说，面对呼韩邪单于的求亲，汉元帝御笔一挥，"以后宫良家子王嫱字昭君赐单于"，而不再是皇亲国戚之女。

只是，纵然汉朝已强，但远嫁塞外，习俗迥异，环境恶劣，更兼四分五裂的匈奴到处是刀光剑影，哪一个女子愿意前往呢？有！那个女子就是王昭君。《后汉书》载："昭君入宫数岁，不得见御，积悲怨，乃请掖庭令求行。"王昭君此举，纵观两千年的和亲历史，前无古人，后无来者，成为中国古代和亲乐章中的千古绝唱。后人惊异于王昭君的壮举，却因史料上文字记载有限，苦苦不得其主动请行的原因。翻遍史籍，虽有记载，但文字了了。《汉书》就写了一句"单于自言愿婿汉氏以自亲，元帝以后宫良家子王嫱字昭君赐单于"，《资治通鉴》也只比《汉书》多写了事件发生的具体时间："竟宁元年戊子，春，正月，匈奴呼韩邪单于来朝，自言愿婿汉氏以自亲。帝以后宫良家子王嫱字昭君赐单于。"只有《后汉书》中的记载稍稍多了几句："昭君名嫱，南郡人也。初，元帝时，以良家子选入掖庭。时呼韩邪来朝，帝敕以宫女五人以赐之。昭君入宫数岁，不得见御，积悲怨，乃请掖庭令求行。"这几句话是说，王昭君被选入宫后，进宫几年却没有见到皇帝一面，心生悲怨，便主动请求和亲出塞。

为何不得见御？再无文字细说。就有人编写了画师毛延寿因王昭君拒不行贿，曲画其像，乱点滴泪痣，令其绝色容颜不得入君王之眼的故事。为何编出个画师？因为《后汉书》里还有几句："呼韩邪临辞大会，帝召五女以示之，昭君丰容靓饰，光明汉宫，顾景斐回，竦动左右。帝见大惊，意欲留之，然难于失信，遂与匈奴。"王昭君在临辞大会上盛装而出，美丽明艳，容貌惊人，宫廷为之生辉，左右为之动容，连汉元帝也大吃一惊，心生悔意，想留下王昭君，却因不能失信于人，只好将王昭君嫁给匈奴。那么，如此美丽的女子，进宫数年却不被皇帝召见，在当时凭画像选美的深宫中，也只有画师能够做到了。

此说并非空穴来风，在东晋葛洪《西京杂记》中有明文记载：

汉元帝后宫既多，不得常见，乃使画工图形，案图召幸之。诸宫人皆赂画工，多者十万，少者也不减五万。独王嫱不肯，遂不得见。后匈奴如朝，求美人为阏氏，于是上案图，以昭君行。及去召见貌为后宫第一善应对举止娴雅。帝悔之，而名籍已定。帝重信于外国，故不复更人，乃穷案其事，画工皆弃市，籍其家资，皆巨万。画工有杜陵毛延寿，为人形，丑好老少必得其真。安陵陈敞，新丰刘白、龚宽，并工狗马，人形不逮延寿。杜阳望亦善画，尤善布色。樊育亦善布色，皆同日弃市。京师画工，于是差稀。

于是，两千年来，世人皆骂毛延寿，唐朝诗人崔涂在《过昭君故宅》中愤然指出："骨竟埋青冢，魂应怨画人。"

从此，在世人眼里，王昭君是含着泪、受着屈出塞了。美人受屈，那是断断使不得的。于是，从汉至清，无数文人墨客通过诗歌、曲赋、小说等各种文学体裁，借题发挥，尽情抒发昭君的怨、自己的恨。就是杜甫，也忍不住慨叹，"画图省识春风面，环佩空归夜月魂"。

更有甚者，竟托名王昭君写下《怨旷思惟歌》一诗：

> 秋木萋萋，其叶萎黄。
>
> 有鸟处山，集于苞桑。
>
> 养育羽毛，形容生光。
>
> 既得升云，上游曲房。
>
> 离宫绝旷，身体摧藏。
>
> 志念抑沉，不得颉颃。
>
> 虽得委食，心有徊徨。
>
> 我独伊何，来往变常。
>
> 翩翩之燕，远集西羌。
>
> 高山峨峨，河水泱泱。
>
> 父兮母兮，道里悠长。
>
> 呜呼哀哉，忧心恻伤。

在诗中塑造了一个活脱脱的恨嫁怨女形象。

不管他人的惊讶、揣测、惋惜、留恋和愤恨，在公元前33年的某一日，王昭君一个华丽的转身，将曼妙的身影留在汉宫和元帝心中，随呼韩邪去了。

王昭君这一去，留给后人解不尽的困惑。毕竟，主动请行之举，显得惊世骇俗。难道她真的只是因为"数岁不得见御，积悲怨"才主动请行的吗？不！随着时间的推移，人们慢慢明白了这位美丽女子的心意。

这位尚在香溪河畔就能抚琴吟诗、弄棋作画的女子，不只有着美丽的容貌。主动请行，也绝不只是因为汉帝的冷落，负恨前行。诚然，作为一个妙龄女子，王昭君首先是不甘为命运所扼，想抓住机遇去追求心中渴望的自由和爱情。但更重要的是，饱读诗书的王昭君，生活在灵山秀水中的王昭君，对人生有了与同龄女子不一样的认识和境界。

《后汉书》记载，王昭君是南郡人。那么，南郡在哪儿呢？现在又是什么地方呢？众说纷纭。

其实，从一本本史书中抽丝剥茧，可以寻找到答案。据《史记》记载，秦王当政时，兼并了巴、蜀、汉中三地，越过宛占有了郢，然后设置了南郡。鲁东大学历史文化学院李炳泉在《松柏一号墓35号木牍与西汉南郡属县》指出："结合其他文献进行研究，可以就西汉南郡属县（包括道和侯国）的变动情况得出几点认识：江陵、巫、宜城、秭归、临沮、夷陵、州陵、夷道、中庐、邔等十个县、道、侯国，均与西汉朝相始终，且当一直属南郡。"而据《汉书·地理志》载："吴永安三年，吴分秭归北部置兴山县。"宋《太平寰宇记》载："兴山县，本汉秭归县地，三国时其地属吴。至景帝永安三年，分秭归县之北界立为兴山县，属建平郡。"清同治版《兴山县志》载："永安三年，分秭归北界立兴山。"

因此，秭归与兴山在三国吴以前，同属南郡。王昭君与战国时期出生于秭归的楚国爱国诗人屈原虽然相隔了近三百年，但他们却是生活在同一方水土之上。屈原忠贞爱国的高尚情操，写下的动人诗篇及投江报国的感人故事，在荆楚大地家喻户晓，或许，自小就在楚辞诗韵中滋养长大的昭君心里，对个人、国家和民族的命运就有了不同于普通女子的思考？

《汉书》记载，公元前35年，"以诛郅支单于告祠郊庙。赦天下。群臣上寿。置酒，以其图书示后宫贵人"。汉朝将领甘延寿和陈汤斩下的匈奴郅支单于的脑袋，被送回长安，在邻族、邻国使者所住的馆舍传看示威，并悬挂城门昭示天下。不仅如此，为庆祝诛杀郅支一事，汉朝祭告祠庙，举朝庆贺，大赦天下，还将讨伐郅支的文书传遍后宫。这些轰动朝廷、声震全国的大事，已进宫数年，身在后宫的王昭君，不可能不知。特别是遍示后宫的讨伐郅支图书，她更有机会亲眼看到。因此，她对汉匈两族的关系，其利害得失，不可能没有自己的想法。还有，和亲乌孙的刘解忧公主荣归故国的盛事，也不过是二十来年前发生的事，身在宫中的王昭君，不可能没听说过。凡此种种，都足以证明，王昭君对出塞和亲一事，应该有自己比较清醒和充分的理解与判断，心里萌动的，是对国家对民族的安宁幸福的担当和责任意识。因此，当呼韩邪单于前来求亲时，她挺身而出，慷慨应召的惊人之举，就不足为怪了。

带着重获自由的欢欣，肩负着胡汉两族人民的重托，王昭君怀抱琵琶，上马北行。可是，前方的路是那么长。远嫁异族，未来的生活难以预测。而熟悉的山水乡音，渐渐远离。王昭君心中那刚刚因重获自由而生出的欢欣，转瞬即逝。是啊，从此后，就只能如元代诗人卢昭所叹"关山北上几时欢，一曲琵琶掩泪弹。独倚穹庐望征雁，举头见月似长安"了，那千愁万绪，犹如秋草，在王昭君的心中簌簌而动。别黄河，经冯翊，过北地，经上郡，抵朔方，一路向北，那离人泪湿了长长的和亲路。

王昭君此去，幸抑或不幸？

所幸的是，说胡语，唱胡歌，住毡房，食羊肉，骑马射猎的草原生活，不管有多困难，她最终是适应了。虽然呼韩邪单于年岁已大，但对她还是疼爱有加，《汉书》中记载，"匈奴郅支单于背叛礼义，既伏其辜，乎韩邪单于不忘恩德，乡慕礼义，复修朝贺之礼，愿保塞传之无穷，边陲长无兵革之事。其改元为竟宁，赐单于待诏掖庭王嫱为阏氏"。一到王廷，他便按汉朝诏令，正式封王昭君为宁胡阏氏，取王昭君给匈奴带来和平安宁之意。汉朝也将这一年改号为竟宁元年，以此寄托王昭君出塞和亲一事的厚望。更让胡汉两族高兴的是，王昭君嫁到匈奴第二年，便为呼韩邪生下了一个儿子，取名伊屠智牙师，被封为匈奴的右日逐王。所以，如果说呼韩邪单于当初赴汉求亲，一心只是为求保国家平安，对未来的阏氏是谁，长什么模样不太上心的话，那么，这时候怀抱着娇妻幼子，呼韩邪单于应该是情根深种了吧。至此，主动请行的王昭君，不但获得了自由身，还收获了一份浓浓的情，与孤守汉宫的凄凉日子相比，当真是幸福的了。

遗憾的是，这种幸福并不长久。公元前 31 年，也就是王昭君只与呼韩邪单于成婚两年，呼韩邪单于就因病去世。丈夫去世的悲凄，儿子尚幼的忧虑，故土难离的思念，让王昭君的一颗心，无比迫切地飞向南方。而更让她难留异族的，是匈奴"父死，妻其后母；兄弟死，皆取其妻妻之"的北方民族风俗。呼韩邪死后，他和前阏氏所生的儿子雕陶莫皋继位，准备依俗迎娶王昭君。据《后汉书》记载，得此消息，王昭君悲痛欲绝，"上书求归，成帝敕令从胡俗"。她等到的是汉成帝的一纸敕令"从胡俗"。

　　王昭君的伟大，就在此时体现。若不想从命，远在万里之外的王昭君，有很多种选择。她可以逃，可以死。何去何从，王昭君做了怎样激烈的斗争，史书上没有留下只字片言，人们不得而知。最终，王昭君既没有逃之夭夭，也没有自我了断，她毅然嫁给了大阏氏的长子雕陶莫皋，再次做了匈奴的阏氏。如果说第一次主动请行和亲匈奴，王昭君心中更多的是想为自己的自由和爱情而争的话，那么这第二次穿上嫁衣，王昭君心中最紧要的，就不再是自己的命运了。于痛苦的抉择中，王昭君已然明白，她的一举一动，关系的是汉匈两族的安危，在国家和个人的安危与荣辱之间，她放下了自己。

　　心中一静，王昭君与年龄相当的雕陶莫皋，也就能上演琴瑟和鸣的完美爱情了，并为雕陶莫皋生了两个女儿须卜居次云和当于居次。可是，王昭君终是福浅，幸福的生活只过了十来年，就又结束。公元前20年，雕陶莫皋去世。王昭君从此寡居单于庭，直至魂归大草原。而至死，她也再未踏上中原一步。她朝思暮想的长安和香溪，永远成了她的梦中景。甚至，她心爱的儿子也在维护汉匈友好关系中失去了年轻生命，"初，单于弟右谷蠡王伊屠知牙师以次当为左贤王。左贤王即是单于储副。单于欲传其子，遂杀知牙师。知牙师者，王昭君之子也"。对于此事，《后汉书》如是记。

　　在王昭君去世后，虽然她的儿子被杀，但她的后人，仍秉承她的生平之志，继续为维护、巩固汉匈两族的和平友好关系而努力奔走。王莽执政时，她的女儿须卜居次云奉命入朝侍奉太后，并得到丰厚的赏赐。匈奴在乌珠留单于死后，一直希望能与汉朝和亲，平常又与咸关系很好的王昭君的女儿伊墨居次云，看到咸前后受到王莽的任命，于是利用丈夫掌权的机会和自己在匈奴的影响，越过原定继承人舆，立咸为乌累若鞮单于，想以此长久实现与中原和亲的愿望。而当乌累若鞮单于因乌珠留单于当初贬低自己的封号、不想把国家传给自己心生怨恨，等他做了单于后，伺机进行报复时，云和须卜当立即果断地劝说他和汉朝和亲，以稳固政权。

王昭君的女儿、女婿的努力并没有白费。据《汉书》记载，公元14年，"云、当遣人之西河虏猛制虏塞下，告塞吏曰欲见和亲侯。和亲侯王歙者，王昭君兄子也。中部都尉以闻。莽遣歙、歙弟骑都尉展德侯飒使匈奴，贺单于初立，赐黄金衣被缯帛，给言侍子登在，因购求陈良、终带等。单于尽收四人及手杀校尉刀护贼芝音妻子以下二十七人，皆械槛付使者，遣厨唯姑夕王富等四十人送歙、飒"。云和当不仅推动了匈奴与汉朝的紧密联系，还在匈奴见到了来自汉朝的亲人——王昭君哥哥的儿子王歙和王飒。如果王昭君地下有知，该是少些遗憾了吧。紧接着第二年，王歙再次出使匈奴，与云、当相见，赏赐匈奴金银珠宝，并按照王莽的旨意劝说匈奴改国号，给当及当的儿子赐封，还将朝廷购求陈良的钱给云和当，让他们赏赐给下级。因为王歙与云和当的不懈努力，虽然匈奴对王莽已生异心，但仍与汉朝继续保持着来往。

公元18年，单于咸死了，他的弟弟左贤王舆继承王位，叫呼都而尸道皋若鞮单于，他贪图汉朝的赏赐，派遣大且渠奢与王昭君另一个女儿当于居次的儿子醯椟王出使长安。心怀野心的王莽趁此机会利用王昭君后人们之间的亲情和信任，再用武力威胁，将王昭君的女儿云和女婿须卜当挟持到长安，准备重新布局匈奴的政权。结果，他的计划还未实行，须卜当病死，王莽自己也被暴动的汉兵杀死。多行不义的王莽自然该死，可王昭君的女儿云和外孙奢也被汉兵一起杀死。一心为了胡汉友好而不惜万里奔波、费尽心血的昭君后人，竟倒在亲人刀下，血洒中原，也是令人无比痛心和惋惜的事了。

王昭君的女儿、女婿一死，汉匈之盟，摇摇欲坠。公元 24 年，汉朝面对日渐脆弱的汉匈之盟，极力挽救，又派王飒出使匈奴，并将云和当的亲人也送回匈奴。可是，已经晚了。面对汉朝的示好，《汉书》中记载："单于舆骄，谓遵、飒曰：'匈奴本与汉为兄弟，匈奴中乱，孝宣皇帝辅立呼韩邪单于，故称臣以尊汉。今汉亦大乱，为王莽所篡，匈奴亦出兵击莽，空其边境，令天下骚动思汉，莽卒以败而汉复兴，亦我力也，当复尊我！'"匈奴单于对汉朝态度十分骄横，认为打败王莽，让汉朝复兴，是靠了匈奴的力量，汉朝应当重新尊重匈奴，而不是再以"婿"的身份来对待匈奴，并且不容汉朝使者抗拒辩论，坚持己见。于是，自王昭君和亲匈奴而始，延续了近半个多世纪的汉匈友好关系，至此破裂。

痛失爱子，身埋他乡，故土难归，应该是信奉叶落归根的中国人心中最惨的痛了吧。王昭君的痛，不仅仅是她一个人的痛。两千年来，无数心怀着家愁国殇的游子、失意者，都心痛着王昭君的痛，悲痛着自己的伤，略去了王昭君痛中的大义，忘了《汉书》中所记载的，王昭君用个人的痛换来的汉匈两族"边城晏闭，牛马布野，三世无犬吠之警，黎庶亡干戈之役"，连续半个多世纪的和平局面，而肆意夸张王昭君的痛，大骂汉朝的耻。身受家破国碎之苦的杜甫，亦不能免俗，怆然写道，"千载琵琶作胡语，分明怨恨曲中论"，现在读来，总觉遗憾。

其实，王昭君和亲所做的贡献，又何止是两族的安宁！王昭君带到大草原去的，除了和平的种子，还带去了五谷的种子，教会匈奴妇女纺纱织布，缝衣绣花。草原农业的发展，解决了饥饿问题；纺织生产的进步，解决了穿衣问题；两族文化的交流，促进了民族发展。因为王昭君的不懈努力和无私奉献，汉匈两族真正实现了民族融合、友好团结、汉匈一家的和平局面，《汉书》载，"至孝宣之世，承武帝奋击之威，直匈奴百年之运，因其坏乱几亡之厄，权时施宜，覆以威德，然后单于稽首臣服，遣子入侍，三世称藩，宾于汉庭"。

现在，两千年过去了，当年的烽火熄灭了，当年的泪水消失了，民族的纷争已成历史。如今的中国，已成为拥有五十六个民族的大家庭，血脉相连，骨肉相亲。正如一头雄狮，雄踞东方。王昭君出塞和亲的重要意义和深远影响，也已得到公正评价。原国家副主席董必武面对数千年来一片悲声，挥笔赋诗《谒昭君墓》：

> 昭君自有千秋在，
> 胡汉和亲识见高。
> 词客各摅胸臆懑，
> 舞文弄墨总徒劳。

一声断喝，止住了悲声，还王昭君一个笑脸和公道。昭君是有怨恨，也怨汉帝的无情。但更多的，还是一个远嫁异域的女子永远怀念乡土，怀念故国的怨恨忧思。而这种怨恨，正是华夏儿女在千百年中世代积累和巩固起来的、对自己的乡土和祖国的最深厚的共同的感情啊，弥足珍贵，何忍斥责！

可喜的是，王昭君的贡献，草原人民没有忘记。草原上那大大小小十余处昭君墓，大黑河畔那背靠大青山、独立苍穹、巍然挺立、草色常青的青冢，表达了草原人民对王昭君最崇高的敬意和最深切的怀念。正如翦伯赞所说，这十几座昭君墓，就是十几座民族友好团结的纪念塔。昭君也好，昭君墓也罢，在两族人民心中，都已不再是一个人物，一个坟墓了，而是一个象征，一个民族团结友好的象征，一个汉匈人民渴望和平、渴求美好生活的象征了。

王昭君的贡献，娘家人也没有忘记。沿着那条潺潺的香溪河，昭君宅、梳妆台、抚琴台、昭君书院、楠木井、浣纱处、琵琶桥、大礼溪、小礼溪等一处处留下王昭君印痕的遗迹，两千年不毁。而盛大的昭君艺术节，年年在昭君故里隆重召开，风雨无阻。这些，不正是王昭君娘家的亲人们最真挚的思念和最永恒的记忆吗？

王昭君的贡献，华夏儿女都不会忘记。两千年来，人们对昭君文化的研究和传播热情始终不衰，并肯定昭君文化是中华民族的先进文化之一，对整个人类文明的历史发展进程起到了不可估量的作用。在内蒙古和湖北，分别成立了昭君文化研究会。2009年，中国民族学学会昭君文化研究分会成立。王昭君，这位沿着长江蹚过黄河走进草原的汉家和亲女儿，从此也走进了世界人民的心中。正如内蒙古学者郝诚之在《长城内外是故乡》一书里所言：她把出生地的长江文明、和亲出发地的黄河文明、出塞地的草原文明紧紧地联系在一起，集中华文明的三大主源于一身，生动再现了我国作为多民族大一统国家的"多元一体格局"，千古罕见。也正因为如此，在以"和平""和谐"为主旋律的当今社会，一个平民女子，才会走上世界舞台，戴上"长江女儿、草原母亲、和平使者"的桂冠。

身行万里，名垂千秋，心与祖国同在，名随诗乐长存。这，就是王昭君。

战乱中的爱情悲歌

　　七百年前，山西的一代文宗元好问在他的《摸鱼儿·雁丘词》中仰问苍天："问世间，情是何物？直教生死相许！"这一问，道出了多少痴男怨女的心声！又让多少人想起了那位传奇的山西女子——和亲北凉的武威公主，于唏嘘中翻开历史的书页，聆听她那曲战乱中的爱情悲歌！

　　武威公主是北魏人。

　　熟悉中国历史的人都知道，历史上的魏晋南北朝时期，是中华民族大混战、大分裂、大融合，战乱最为频仍，政权更迭最为频繁的时期。公元 316 年，西晋被匈奴消灭。西晋被灭之后，中原大乱，群雄并起。匈奴却无力控制当时进入中国北方地区的众多少数民族势力，于是百万之众涌入中原，一时间狼烟滚滚，刀兵四起，英雄豪杰们一个个轮番上场弯弓射雕，飞马逐鹿。

　　几经较量，这些少数民族纷纷建立起自己的政权。公元 386 年，由鲜卑拓跋部的拓跋珪建立，并于第二年定都平城（今山西大同市）的北魏，就是在战乱中雄起的一个少数民族政权。政权一建立，北魏立即四处兴兵，扩张势力，巩固政权。公元 423 年，少主拓跋焘继位，即魏太武帝。此时，经过多年的鏖战，在中国北方与北魏同时并存的，还有北凉、北燕、夏和西秦四个割据政权，南朝则为宋文帝刘义隆元嘉时期。而在漠北，少数民族部落蠕蠕也逐渐强大起来，时时进犯北魏。

中国有句俗话：一山不容二虎。在中国北方有限的疆域内，长期同时并存四五个政权势力，显然是不可能的，谁都想问鼎中原，独霸天下。问题是，实力相当的几个政权，一时间谁也奈何不了谁，无力一统天下。无奈之下，和亲又被提上议事日程，成为各种势力作为建立军事同盟，拉拢、瓦解对手，对付共同强敌，趁机争霸天下的重要而有效的手段。本来与战争和政治无关的女人，不得不走下绣楼，肩负着保家卫国、维系两族友好关系的重担，披上嫁衣，和亲异族。

雄心勃勃的北魏也不例外。当时的北魏，南有强大的刘宋王朝，北有虎视眈眈的蠕蠕，周边还有势力不弱的大夏、北凉和北燕三国。虽然三国势力比不上北魏、蠕蠕和刘宋王朝，但要想把他们一口吞下去，北魏还是没有那么大的胃口的。因此，北魏一面四处征战，扩大疆土；一面通过武力镇压，寻求合作势力，准备各个击破。势力稍弱的北凉，就是在北魏不断征伐下，逐步臣服，与其建交并最终和亲。

北凉是古代以河西走廊为基本疆土的封建割据王国，也是十六国中辖区最小的一个王国，开国之主是沮渠蒙逊。公元 421 年，沮渠蒙逊率军攻打西凉都城敦煌，以水灌城，将敦煌攻破。西凉国王李恂城破自杀，西凉灭亡。沮渠蒙逊于公元 401 年建立北凉国，西域各国便都向北凉国称臣进贡，北凉自此开始进入强盛时期。但与势力强大后的北魏相比，实力还是稍逊一筹。

北凉国颇识时务，立即向北魏俯首称臣。公元424年，太武帝拓跋焘下诏让北魏将领奚斤据守长安。秦、雍的氐人、羌人都叛离胡夏国君主赫连昌，归降奚斤，武都氐王杨玄以及北凉武宣王沮渠蒙逊等也纷纷派遣使者请求归附。公元428年，沮渠蒙逊再派使者到北魏朝贡。短短四年时间内，北凉屡向北魏伸出橄榄枝，频频派遣使者向北魏奉贡示好。紧接着，沮渠蒙逊又派遣儿子到北魏入侍。面对北凉的示好，北魏以赐封沮渠蒙逊各种官职作为回报。

据《魏书》记载，除此之外，北凉还主动与北魏和亲，巩固与北魏的友好关系。"先是，世祖遣李顺迎蒙逊女为夫人，会蒙逊死，牧犍受蒙逊遗意，送妹于京师，拜右昭仪。改称承和元年。"北凉先是准备把沮渠蒙逊的女儿兴平公主嫁给世祖拓跋焘，恰逢沮渠蒙逊去世，没能完成此事。直到公元433年，继承王位的沮渠牧犍才秉承父亲临终嘱咐，把妹妹嫁给了拓跋焘。为此，沮渠牧犍还专门把自己的年号改为承和元年，以示和平之意。对北凉的和亲示好，北魏在赐封沮渠牧犍各种官职作为回报的同时，也做出了和亲的回应。四年后，"牧犍尚世祖妹武威公主，遣其相宋繇表谢，献马五百匹，黄金五百斤"，沮渠牧犍迎娶了拓跋焘的妹妹武威公主，并立即派人以重金相谢。

善于审时度势的拓跋焘，利用北凉的诚意，将亲妹妹武威公主嫁给沮渠牧犍，进一步控制住了北凉，使北凉成了北魏统治河西和西域的稳固基地与得力帮手。至此，北魏与北凉，结成同盟。在北魏看来，既然不能力夺，能够智取也是上策啊。

迎娶武威公主一事，对登上北凉王位不久的沮渠牧犍来说，意义非凡。当初，在北凉王沮渠蒙逊病重时，因为世子菩提幼小软弱，北凉人就将本为沮渠蒙逊第三个儿子、依律没有继承权利的敦煌太守沮渠牧犍立为了世子。等到沮渠蒙逊死后，沮渠牧犍在国人的帮助下，力压众人，登上王位。沮渠牧犍能继承王位，是有足够的资本的，《资治通鉴》中说："牧犍聪颖好学，和雅有度量，故国人立之。"不过，在群雄并起、虎狼环围中登坐王位，沮渠牧犍心中并不踏实，他也和拓跋焘一样，急需帮手。因此，武威公主出嫁北凉，对他来说，如虎添翼。

娶到武威公主，沮渠牧犍的心里又是欢喜又忧。欢喜的是，他刚刚继位四年，立足未稳，国势强盛的拓跋焘此举，无疑帮他灭了各路旁窥者伺机而动的贼心，少了他的担忧，稳了他的王位。发愁的是，如何妥善安置武威公主。因为以北魏的强大势力，武威公主嫁到北凉，理当封为王后，可沮渠牧犍早已于 17 年前，就迎娶了西凉公主李敬爱为王后，那么，武威公主嫁过来后，怎么安置才能让北魏满意呢？

这个李敬爱，是西凉国国王李暠的女儿。公元 420 年，沮渠蒙逊攻打西凉，设计先在东方进攻西秦的浩亹，大军一到浩亹，立即秘密回师，驻军川岩。西凉王李歆不听他母亲的劝告，贸然率兵出战。一代凉王，中计战败，沙场殒命。曾经叱咤北漠的西凉国，也就此灭亡。李后主李歆战死，他的妹妹李敬爱和母亲尹太后成了亡国之奴。母女俩被北凉俘虏，押赴姑臧城。战争结束后，沮渠蒙逊召见了母女俩。这一次召见，《资治通鉴》记载在册，"蒙逊嘉而赦之，娶其女为牧犍妇"。虽已国破家亡，面对沮渠蒙逊，西凉太后尹氏不卑不亢，令沮渠蒙逊心生敬佩，沮渠蒙逊不仅赦免了她的罪行，还向尹太后提亲，请求她把李敬爱嫁给了他的三儿子沮渠牧健。毋庸置疑，沮渠蒙逊愿意迎娶西凉公主为时任酒泉太守沮渠牧健之妻，纯粹出于"羁縻"西凉李氏王室的政治需要。因为，灭了西凉后，沮渠蒙逊仍委任西凉旧臣管理酒泉，让儿子沮渠牧犍任酒泉太守，镇守这方重地。

酒泉是西凉的故都，西凉公主李敬爱人熟地熟，镇守酒泉的沮渠牧健在她的帮助下，迅速实现了社会稳定、经济与文化复苏的局面，赢得了西凉遗民的拥戴，为他日后顺利登上王位打下了坚实的基础。得如此贤妻，沮渠牧健自是欢喜。他一登上王位，就将李敬爱封为了王后。执政前期，他采取的"以儒治国"方略，同尹太后夫妇的西凉政权统治方略如出一辙。从这一点，就可以看到李敬爱王后佐政的影子。因此，对这位来自西凉、对自己治国有功的美丽王后，沮渠牧犍是难以割舍的。

怀着复杂的情绪，沮渠牧犍犯了难。如何妥善安排武威公主和李敬爱，既不怠慢武威公主，又不委屈李敬爱，还不得罪北魏，沮渠牧犍苦无良计。最后，他把这个难题交给了北魏，派人向北魏征求武威公主的封号意见。北魏国当然高度重视武威公主的封号一事了，拓跋焘聚集大臣进行"朝议"，"朝议"结果是："母以子贵，妻从夫爵，牧犍母宜称河西国太后，公主于其国内可称王后，于京师则称公主。"这个结果，在《资治通鉴》中记得清清楚楚。

于是，北魏国国王拓跋焘向北凉下达国书，要求北凉称呼武威公主为王后，毫无商量的余地。再深厚的感情，此时也轻如鸿毛，政治和外交需要的砝码，迫使沮渠牧健的心理天平倾向了武威公主，将她封为北凉王后。

公元 437 年，武威公主的陪嫁队伍抵达北凉边境，沮渠牧健亲自到城外迎接，然后举行了盛大的国婚。当武威公主抵达北凉武威后，前王后李敬爱和她的母亲西凉尹太后黯然离开武威城，踏上了西去酒泉之路。不久，于腊月飞雪中，一代美后李敬爱，在酒泉别宫忧愤而死。她的母亲尹氏抚尸不哭，暗恨国破家亡的李敬爱死得太晚。没过多久，尹氏自己逃向伊吾，并义正词严地喝退追兵，最后死于伊吾。武威公主的婚姻，刚走出第一步，就染上了他人的血和泪，在踩着刀尖、踏着鲜血走过红地毯的新人眼中，只有天下，没有爱人。

政治和亲，与爱情无关。即使亲哥哥拓跋焘可以左右北凉，但爱情这东西，也不是他人能时时掌控的了。因此，与历史上大部分和亲女子一样，武威公主也是满怀忧戚，出了平城，到了凉州，成为北凉的新王后。新婚宴尔，纵然无爱，年轻的武威公主和沮渠牧犍也还是过了一段温馨无比的小日子。这时候，武威公主心中的忧戚应该是被新婚的快乐和夫君的柔情销蚀得无影踪了吧。而在她还不自觉中，一种叫爱情的东西在她的心里潜滋暗长。一桩政治婚姻造就的土地，竟然生长出了爱情的萌芽，也算是一件幸事了。

可惜，好景不长。不久，沮渠牧犍就难得再回到武威公主的宫中，只留下她夜夜独守空房了。据《魏书》记载，当时，整个北凉王室浮淫成习，"姊妹皆为左道，朋行淫佚，曾无愧颜"。不仅是北凉王室的男性成员"淫忌"，就是女性成员也跟随一个叫昙无谶的和尚学习淫秽之术，身为这样一个淫风成习的国家的国王，沮渠牧犍自然也是在花丛中流连忘返，乐不思归。再加上他深爱的李王后香魂已逝，无人督政，沮渠牧犍完全忘记了他治政前期"以儒治国"的方略，而彻底沦落为一个荒淫之主了。

更为不妙的是，沮渠牧犍还有一位如花似玉的寡嫂李氏，和沮渠牧犍兄弟三人都纠缠不清。李氏是北凉第一任世子即沮渠牧犍的大哥沮渠政德的妻子，沮渠政德在抵御柔然国入侵时，轻敌疾进，陷入重围，力战身死。沮渠政德战死后，李氏年轻守寡。花容月貌且生性风流的李氏，将沮渠牧犍迷得神魂颠倒。沉溺于温柔乡的沮渠牧犍，哪里还想得起来独守空房的武威公主呢？

对沮渠牧犍情根已种的武威公主，知道了丈夫不归寝的原因后，当然不肯坐以待毙。仗着有个越来越强大的哥哥做后盾，武威公主端起了公主的架子，摆起了公主的威风，哭着闹着要回娘家。慑于北魏的压力，武威公主一闹，沮渠牧犍就赶紧收敛几天，回到宫中陪伴武威公主。等武威公主一安静，沮渠牧犍就又跑了。这边公主频频发难，那边想做个事实王后的李氏也不甘心就此罢休。《魏书》记载："李与牧犍姊共毒公主，上遣解毒医乘传救之得愈。"在无数次交锋都占不到上风后，李氏干脆铤而走险，与沮渠牧犍的姐姐合谋，在武威公主的食物中下了毒。若不是哥哥拓跋焘在第一时间派出御医全力抢救，可怜的武威公主就会为了捍卫自己的丈夫和爱情，亡命北凉。

此仇不报，焉能为人！野心勃勃的拓跋焘，对妹妹很是心疼，立即向北凉索要罪魁祸首李氏，为妹妹报仇。《魏书》记载："上征李氏，牧犍不遣，厚送居于酒泉，上大怒。"不曾想沮渠牧犍真是被李氏迷昏了头，居然胆敢与北魏对抗，把李氏送到酒泉藏了起来，拒不交人。这一藏，就给北凉带来了灭顶之灾。早已对天下虎视眈眈的拓跋焘，就此起了灭凉之心。

公元 439 年，拓跋焘带兵亲征，讨伐沮渠牧犍。据《魏书》记载，为了师出有名，拓跋焘召集众臣写了一封诏书谴责北凉国王沮渠牧犍："王外从正朔，内不舍僭，罪一也。民籍地图不登公府，任土作贡不入农司，罪二也。既荷王爵又授伪官，取两端之荣，邀不二之宠，罪三也。知朝廷志在怀远，固违圣略，切税商胡，以断行旅，罪四也。扬言西戎，高自骄大，罪五也。坐自封殖，不欲入朝，罪六也。北托叛虏，南引仇池，凭援谷军，提挈为奸，罪七也。承敕过限，辄假征、镇，罪八也。欣敌之全，幸我之败，侮慢王人，供不以礼，罪九也。既婚帝室，宠逾功旧，方恣欲情，蒸淫其嫂，罪十也。既违伉俪之体，不笃婚姻之义，公行鸩毒，规害公主，罪十一也。备防王人，候守关要，有如寇仇，罪十二也。为臣如是，其可恕乎！先令后诛，王者之典也。若亲率群臣，委贽郊迎，谒拜马首，上策也；六军既临，面缚舆榇，又其次也。如其守迷穷城，不时悛悟，身死族灭，为世大戮。宜思厥中，自求多福也。"给沮渠牧犍搜举了十二条罪状，指示了三条出路，然后命征讨大军直抵姑臧。

沮渠牧犍不知大祸将至，先是不肯迎战，边向蠕蠕求助，边婴城自守。但挡不住身边的大将乃至自己的兄弟和儿子们纷纷背叛投降于魏，姑臧城最终被破，沮渠牧犍同他的左右文武官员全部反缚自己，向拓跋焘当面请罪，北凉完败。不仅如此，《魏书》记载："徙凉州民三万馀家于京师。"沮渠牧犍整个家族及官员百姓三万多户都被拓跋焘迁到了平城，至此，北凉被灭。拓跋焘在为妹妹完成报仇任务的同时，也完成了他统一北方的大业，那个让沮渠牧犍丢了江山的李氏，自然是香消玉殒了。

相貌奇特，连北魏太祖都对之连连称奇、欣赏不已的一代雄主拓跋焘，确实聪明大度，本事了得，非同一般。他没有把已成为阶下囚的沮渠牧犍一家斩尽杀绝，还是将他以妹夫相待，河西王的封号未变。并且在他母亲死后，厚葬了他的母亲，妥善安排了他父亲坟墓的守墓之事。现在，沮渠牧犍身边再无如云的美女，也无风情万种的寡嫂，老老实实地与武威公主待在公主府里，做了一对相依为命的恩爱夫妻。若能就此厮守下去，也不妨为人生一桩美事，那万里江山，不要也罢。

可是，沮渠牧犍也确实不是一个善辈。当初拓跋焘率军亲征北凉，李氏毒杀武威公主只是一个导火索，并不是唯一原因。

原来，北魏每次派使者到西域后，常常命令沮渠牧犍派向导护送使者走过流沙出没的大沙漠。等使者从西域回来，到了武威后，沮渠牧犍左右就有人对北魏使者说沮渠牧犍对北魏不敬等一些坏话。使者回到北魏后，把听到的一切，都告诉了拓跋焘，拓跋焘就派尚书贺多罗前往凉州一探虚实。结果贺多罗回来后，也说沮渠牧犍确实怀有二心，表面上对北魏称臣纳贡，内心却是叛逆乖张的。于是，拓跋焘一不做，二不休，罗列了北凉十二条罪状后，就御驾亲征了。由此可知，沮渠牧犍对北魏心怀异心的言行，早已让拓跋焘起了灭亡北凉之心。

不过，拓跋焘不是莽夫一个，他要出师有名。在率兵征讨前，他先问计于北魏大臣崔浩，崔浩主张讨伐沮渠牧犍，建议来个突然袭击，打它个措手不及，这与拓跋焘一拍即合。然后拓跋焘再召集百官于西堂，让大臣们进行充分讨论，打还是不打。《资治通鉴》记载，弘农王奚斤等三十余人都说："牧犍，西垂下国，虽心不纯臣，然继父位以来，职贡不乏。朝廷待以藩臣，妻以公主；今其罪恶未彰,宜加恕宥。国家新征蠕蠕,士马疲弊,未可大举。且闻其土地卤瘠,难得水草,大军既至,彼必婴城固守。攻之不拔,野无所掠,此危道也。"因为武威公主的缘故,弘农王奚斤等三十余人不赞成征讨北凉。可见,对于和亲的两国或两族来说,和亲有时候还是起到了一定的阻止战争、维护和平的作用的,至少,在发起战争时有所顾忌。但是,李氏毒杀武威公主一事,让拓跋焘怒不可遏,不再犹豫,立即出兵灭了北凉。

北魏灭了北凉之后,沮渠牧犍及其宗族所做的一些事情,也先后被拓跋焘知道了。先是沮渠牧犍的亲信和守兵向拓跋焘报告,沮渠牧犍早在北魏官军进入凉州前,就打开府库,藏匿了大量珍宝器物,并且不关闭府库,任人偷盗,让府库中所有物件荡然无存。拓跋焘令人搜查沮渠牧犍的家,找到了他所藏匿的全部珍宝器物;再是有人告发沮渠牧犍父子家中藏有许多毒药,前后暗中用毒药杀死一百多人;还说沮渠牧犍的兄弟姐妹都浮淫成习。

知晓了沮渠牧犍家族种种荒淫无耻、凶暴残忍的罪恶行径后,拓跋焘忍无可忍,立即下诏:"赐昭仪沮渠氏死,诛其宗族,唯万年及祖以前先降得免。"先拿沮渠牧犍的妹妹右昭仪沮渠氏开刀,将她赐死,并诛灭了她的宗族。只有早早地就已投降了北魏的沮渠万年和沮渠祖,得以幸免。这些,也都在《魏书》中明文记载。

可以想象,在听说沮渠牧犍父子多蓄毒药,作恶多端,并害死多人后,再一联想到妹妹中毒一事,拓跋焘是什么心情。沮渠牧犍是妹妹的丈夫,妹妹爱他,不能动他,但沮渠牧犍的妹妹兴平公主,拓跋焘可没有放在心上,那是可以动的。于是,可怜的兴平公主就被拓跋焘当作出气筒赐死了之了。

　　只是，这边拓跋焘与武威公主手足情深，那边沮渠牧犍和兴平公主也是血脉相连啊！妹妹被赐死这件事，终是让沮渠牧犍逍遥不下去了，悲愤难忍的他开始积极联络旧臣，出谋划策，伺机报仇。遗憾的是，沮渠牧犍忘了他身在何方，戒备森严的公主府里，哪里藏得住他的心事？没等他筹划齐备，《魏书》记载，"人又告牧犍犹与故臣民交通谋反，诏司徒崔浩就公主第赐牧犍死"。沮渠牧犍就等来了拓跋焘一纸赐死的诏令和催命鬼司徒崔浩。

　　世上最惨的，也不过是生离死别吧。武威公主对沮渠牧犍的深爱，就此体现。她多次求哥哥再宽恕沮渠牧犍一次，可平日里对自己百依百顺的哥哥，这一次却再也不听她的了。《魏书》记载，"牧犍与主诀，良久乃自裁，葬以王礼，谥曰哀王"。请求无果，武威公主和沮渠牧犍相拥痛哭，伤心欲绝。最后，沮渠牧犍还是不得不奉令赴死。这一年，是公元 447 年。武威公主和沮渠牧犍十年的政治婚姻，就此结束。

　　还有什么事，能比眼睁睁地看着自己的爱人死去而更令人心碎呢？失去了丈夫的武威公主，就如元好问看到的那只被猎人射杀了伴侣的孤雁，在对丈夫长久的愧疚和思念中以泪洗面、郁郁寡欢，任拓跋焘怎么抚慰，都抹不去她心中的痛。《北史》记载，"初，太武妹武威长公主，故凉王沮渠牧犍之妻。太武平凉州，颇以公主通密计之助，故宠遇差隆，诏盖尚焉。盖妻与氏以是出。后盖加侍中、驸马都尉、殿中都官尚书、右仆射。卒官，赠征南大将军、定州刺史、中山王，谥曰庄"，无奈之下，拓跋焘先是安排英俊潇洒的左将军李盖天天去陪伴她，后来干脆下诏，让李盖休了原妻，娶了武威公主，并将李盖一路升迁，官至右仆射。过了几年安安静静的日子后，武威公主因病去世。武威公主去世后，《魏书》记载"及公主薨，诏与牧犍合葬"。也就是说，这一对悲情夫妻，最终还是到了一起。死后合葬，对重情重义的武威公主来说，当是对她心中的那份爱一个最好的安慰了吧。

值得欣慰的是，虽然不能长相守，但武威公主跟沮渠牧犍还留下了一个女儿。武威公主死后，他们的女儿仍旧被封为武威公主。魏主拓跋焘对妹妹武威公主的敬重与呵护之情，由此也可见一斑。只是，伊人已经远去，再深的情，也随着北方的风渐渐消逝了。

武威公主与沮渠牧犍的合葬，应该是武威公主对沮渠牧犍的真爱最好的证明了。武威公主嫁到李府后，悉心抚养李盖年幼的儿子李惠。李盖死时，李惠只有十来岁，袭"中山王"爵位，长大后娶了襄城王韩颓的女儿为妻，生了两个女儿，大女儿就是后来的思惠皇后。可是，武威公主死后，北魏全然不顾武威公主后夫"左仆射"、儿子"中山王"、孙女"思惠皇后"的威名和尊严，将她同已死了多年的沮渠牧健合葬，是不是意味着武威公主临死前，可能向北魏表达了死后同沮渠牧健合葬的意愿呢？如果是这样，那么在武威公主和沮渠牧犍之间，除了冷冰冰、血淋淋的政治关系，应该也有着"直教生死相许"的爱情吧！

你若不信，就去北方吧！你会在猎猎的风声中捕捉到，由武威公主与沮渠牧健用心谱写的一曲战乱中的爱情悲歌！

消逝在历史烟云中的倩影

　　当历史的车轮走到魏晋南北朝时期，中国便进入了历史上最混乱的第三次割据战乱时期。经过一百多年飞马逐鹿、弯弓射雕的厮杀攻伐，此时，进入中原的百万人马只剩下了北魏、北凉、北燕、夏、西秦和南朝刘宋王朝六个政权。在漠北悄然崛起的，是柔然。雄心勃勃的北魏，先是和亲北凉，联手灭掉割据北方的北燕、夏和西秦，再于公元439年罗列了北凉王，也就是北魏太武帝拓跋焘的妹夫沮渠牧犍十二条罪状后，亲率大军，灭了北凉，至此，北魏统一了北方。

　　在实施迁都、改汉姓等一系列的汉化措施和民族和解政策后，北魏王朝迅速发展，等到魏孝文帝拓跋宏在位时，北魏发展到了鼎盛时期。但是，自公元499年孝文帝死后，后面的继位者就逐渐废弃了民族和解政策，恢复鲜卑族的特权，不断激化社会矛盾，引发了公元528年的"河阴之变"等一系列的血腥政变。北魏政权最终落入了原北魏六州讨虏大都督尔朱荣的部将高欢手中。不愿做傀儡皇帝的北魏孝武帝，逃往长安，投靠北魏将领宇文泰。高欢就立元善为帝，即静文帝，并从洛阳迁都于邺，史称东魏。那一年，是公元534年。第二年正月，北魏将领宇文泰杀了投奔于他的孝武帝，立元宝炬为魏文帝，史称西魏。至此，由拓跋珪于公元 386 年建立的北魏政权，在坚持了一个半世纪后，随着东魏和西魏两个政权的分疆而立，烟消云散。

东、西两魏的朝政大权，分别把控在权臣高欢、宇文泰手中。乱世出枭雄，这两个响当当的乱世枭雄，都怀揣着一统天下的雄心壮志。可是，分一国之势力而建的两个政权，又是经过一系列的血腥政变建立起来的政权，实力何在？因此，两个人虽然历经数次鏖战，也没分出个输赢，圆不了独霸天下的美梦。实力不够，只能寻求外援。稍一思忖，已在遥远的漠北悄然强大起来的柔然，成为高欢和宇文泰不约而同想到的得力帮手。能将两国的利益迅速、有效、持久地捆绑到一起的上策，仍是和亲，《北史》记载："东、西魏竞结阿那瑰为婚好。"于是，在通往漠北的那条风沙弥漫的古道上，东魏和西魏派往柔然的和亲使者，络绎不绝。那条本是人烟稀少、荒凉寂寞的古道，熙来攘往，热闹非凡。

被东魏和西魏争相示好的少数民族这国家柔然，又称蠕蠕。《魏书》记载："蠕蠕，东胡之苗裔也，姓郁久闾氏。是鲜卑族的一支。始神元之末，掠骑有得一奴，发始齐眉，忘本姓名，其主字之曰木骨闾。'木骨闾'者，首秃也。木骨闾与郁久闾声相近，故后子孙因以为氏。木骨闾既壮，免奴为骑卒。穆帝时，坐后期当斩，亡匿广漠溪谷间，收合逋逃得百余人，依纯突邻部。木骨闾死，子车鹿会雄健，始有部众，自号柔然，而役属于国。后世祖以其无知，状类于虫，故改其号为蠕蠕。"蠕蠕是柔然的别称，最初是魏国人为了贬低他们而起的称呼，后来成了约定俗成的叫法。

这个被魏国人侮辱讥笑的少数民族国家，并非真的如魏人所辱，始终蠕蠕。公元 394 年，柔然首领社仑在魏军的追击下，率部远逃到大沙漠以北，先是侵犯高车族，深入高车境内，兼并邻近的各个部族。接着又迁移到北边的弱洛水，开始建立军法，其政权一时十分强盛，势力遍及大漠南北，北达贝加尔湖畔，南抵阴山北麓，东北到大兴安岭，与地豆于相接，东接朝鲜半岛，东南与西拉木伦河的库莫奚及契丹为邻，西边远及准噶尔盆地和伊犁河流域，并曾进入塔里木盆地，使天山南路诸国如乌孙等国都俯首称臣，社仑便自号为丘豆伐可汗。言下之意，柔然政局，自他手中驾驭开张。随后，柔然历经战火、盛衰无常。

公元 520 年，时任柔然可汗的丑奴被他的母亲派大臣杀死，他的弟弟阿那瑰被立为王。但阿那瑰只即位十天，他的族兄就带着数万兵马讨伐他。王位还未坐热的阿那瑰哪是他的族兄的对手，很快就被打败。阿那瑰战败后，带着弟弟投奔到北魏，向北魏表达了柔然先祖本是出自大魏国，虽世世代代居住在北方，山隔水阻，但世代都倾心仰慕大魏的教化，愿归顺北魏，并请北魏相助，帮他报仇复国之意。北魏善待了阿那瑰，答应了他的要求，并对他进行了赐封，从财力、物力上大力扶持阿那瑰，帮他清理了反对势力后，才让他回归柔然国，重掌政权。

在柔然王阿那瑰的统率下，蠕蠕势力又趋强盛，阿那瑰自号头兵可汗。当初，柔然国的头兵可汗刚被放回国的时候，对北魏毕恭毕敬，礼仪周全。但到了永安年间之后，据《资治通鉴》记载，柔然"雄据北方，礼渐骄倨，虽信使不绝，不复称臣"。头兵可汗在他所占据的北方开始称雄，对北魏渐渐地变得傲慢起来，虽然仍旧和北魏保持书信与使者来往，但是不再自己称臣了。在北魏分裂成东魏、西魏之后，头兵可汗变得更加傲慢放肆，多次在边境地区制造事端。当东、西两魏打得不可开交之时，曾被魏人辱为蠕蠕的柔然，俨然成了主宰东、西两魏生死存亡的万能上帝，东、西两魏争娶柔然公主，与其和亲。于是，在那由无数汉家女子的血泪写下的和亲史上，又添上了由柔然的女子留下的血色印记。

第一个走出漠北的，是和亲西魏的柔然女郁久闾氏。

据《资治通鉴》记载，公元538年，"魏丞相泰以新都关中，方有事山东，欲结婚以抚之，以舍人元翌女为化政公主，妻头兵弟塔寒"。西魏的丞相宇文泰考虑到刚在关中地区建立新都，同时正和东魏发生摩擦，就想用联姻的办法来安抚头兵可汗，便请文帝将舍人元翌的女儿封为化政公主，嫁给头兵可汗的弟弟塔寒做妻子，也以此先表诚意。随后，宇文泰劝说文帝废除现任皇后，另娶头兵可汗阿那瑰的女儿为妻。"甲辰，以乙弗后为尼，使扶风王孚迎头兵女为后。"傀儡皇帝孝文帝不敢不从，他顾不得夫妻情深，按宇文泰要求，逼着乙弗皇后削发为尼，迎娶了头兵可汗的女儿郁久闾氏，并将郁久闾氏立为悼后。西魏在与柔然进行和亲的同时，还对柔然用金银丝帛等财物加以利诱。和亲和利诱等种种措施一实施，效果立显，阿那瑰立即将东魏的使者扣留，不让他回去通风报信。

在宇文泰的操控下，西魏的目的达到了。西魏多了一个强援，但也多了一个伤心人。这个伤心人，就是任宇文泰摆布的孝文帝。

为了讨好柔然，孝文帝狠心废掉了恩爱无比的原皇后乙弗氏。说他狠心，是因为乙弗氏不是普通女子。据《北史》记载，"文帝文皇后乙弗氏，河南洛阳人也。其先世为吐谷浑渠帅，居青海，号青海王。凉州平，后之高祖莫瑰拥部落入附，拜定州刺史，封西平公。

自莫瑰后，三世尚公主，女乃多为王妃，甚见贵重。父瑗，仪同三司、兖州刺史。母淮阳长公主，孝文之第四女也"。由此可知，乙弗氏家世显赫，出身高贵。不仅如此，史书上还记载："后美容仪，少言笑，年数岁，父母异之，指示诸亲曰：'生女何妨也。若此者，实胜男。'"乙弗氏才貌双全。在她十六岁时，孝文帝娶了她，纳为妃子，等他即位为帝后，将她封为了皇后。尊贵、貌美、才高的乙弗氏，本来就令文帝宠爱有加，再加上她勤俭节约、为人仁慈、宽容大度，就更受文帝器重了。可是，就是这样一位宠后，在政治和权势的得失、国家与民族的安危面前，也不得不让步，另居别宫，甚至出家为尼。废除乙弗氏，文帝是舍不得的。新皇后悼后似乎也知道文帝与乙弗氏夫妻情深，心怀猜忌。不得已，文帝将乙弗氏移居秦州，投靠她的儿子，私下让她蓄发，只待时机成熟，再将她接回皇宫。文帝做这件事时，严格保密，无人知晓。

可是，文帝的这一番心思，却是枉然。

公元 540 年，柔然挥兵南下，横渡黄河，人们都说柔然是因为悼后起的兵。这种说法，在《北史演义》中可得到印证。《北史演义》中记载："声言：故后尚在，新后不安，故以兵来。"柔然是因为西魏的旧皇后还在，让新皇后很是不安，所以才发兵南下。虽然明知柔然只是在寻找出兵借口，但身为一国之君，文帝不能不以国家和百姓为重，他长叹一声：哪里有百万之军只为一个女子出兵的道理呢？然后忍痛下令将乙弗氏赐死。《北史》记载，接到文帝的诏令，乙弗氏痛哭失声，悲痛欲绝："愿至尊享千万岁，天下康宁，死无恨也。"——安排好身后事宜，乙弗氏用被子自压而死。死时，三十一岁。真是"生离作死别，恨恨那可论"啊！

令人们没有想到的是，即使有强大的国家为婚姻保驾护航，悼后也没有品尝到幸福婚姻的滋味。公元538年，郁久闾氏抵达京师，被立为皇后，年十四岁。两年后，悼后怀孕了，住在乙弗氏生前住过的瑶华殿。在殿里，她常常听到有狗狂叫，非常害怕。还看到有打扮华丽的女人进了殿，身边的人却都说没看到这么个女人。于是大家就说那个女人是文皇后乙弗氏的魂灵，悼后因此受到惊吓，生孩子时因难产而死，孩子也没有保住。悼后死时，年仅十六岁。

时间短，欢情薄，在与西魏文帝的联姻里，乙弗氏有多么恨，悼后就有多么悲了。

悼后郁久闾氏的去世，给了等候已久的东魏亲近柔然的机会。据《北史》记载，郁久闾氏一死，东魏丞相高欢立即派相府功曹参军张徽出使柔然，张徽鼓动三寸不烂之舌，劝说痛失爱女的阿那瑰，激起阿那瑰对西魏的仇恨，与西魏决裂，再与东魏恢复关系，重归于好。他说"文帝及周文既害孝武，又杀阿那瑰之女，妄以疏属假公主之号，嫁彼为亲"，还说"阿那瑰渡河西讨时，周文烧草，使其马饥，不得南进，此其逆诈反覆难信"，又提到"东魏正统所在，言其往者破亡归命，魏朝保护，得存其国"，以大义诱之，最后表态"彼若深念旧恩，以存和睦，当以天子懿亲公主结成姻媾，为遣兵将，伐彼叛臣，为蠕蠕主雪耻报恶"。张徽这些话的意思是说，西魏不仅将假冒的公主嫁给柔然，还害死了阿那瑰的女儿。如果柔然记住西魏的恶行，接受东魏的示好，与东魏和亲结盟，东魏就非常乐意发兵攻打西魏，帮助柔然报仇雪恨。如花的女儿，就此逝去，怎能不恨！东魏所言，正中下怀。于是，阿那瑰和部下一致同意与东魏结盟。

　　西魏与柔然之间由弱女子的婚姻捆绑建立的关系，就此破裂。而这一关系的破裂，直接将另一位柔然公主——蠕蠕公主，推向了政治婚姻的坟墓。

　　蠕蠕公主也是柔然可汗阿那瑰的女儿，"蠕蠕公主者，蠕蠕主郁久闾阿那瑰女也"，蠕蠕公主是汉族人对她的称呼。这位公主，可不是一位娇弱女子，而是一位能骑着烈马，拉着弯弓在广袤的草原上追鹰逐鹿的草原公主。而她最擅长的，就是弯弓引箭射大雕。男人胸无韬略，只识弯弓射大雕的话，最多能做个草莽英雄，是治不了天下的，当然不在胸怀四宇的豪杰们的眼中。可是，当一个美丽的草原女子，放马飞奔、弯弓射雕的飒爽英姿映入眼中，该惊艳了多少人的眼！打马疾驰、引弓射雕的蠕蠕公主，自然成为草原上一道靓丽的风景。这位骄傲的公主，成为以放牧狩猎为生的草原汉子们竞相追逐的草原女神，被草原上的人们亲切地称为玉女神驹。

　　可是，风一样自由，云一样美丽的玉女神驹，在东魏的和亲使者踏上漠北草原的那一刻起，就不复存在了。

　　公元 540 年，东魏静帝先把常山王元骘的妹妹乐安公主改封为兰陵公主，许婚给阿那瑰的长子痷罗辰。东魏的实际掌权人丞相高欢，还亲自将兰陵公主送到楼烦北面，取信于柔然。阿那瑰非常高兴，自此就掉头给东魏朝贡，两国的关系日渐亲密了。公元 542 年，阿那瑰将孙女嫁给高欢的第九个儿子。这样，东魏和柔然连续 3 年都互有嫁娶之事，和亲之举很是频繁。但是，东魏和柔然的关系并没有就此固若金汤，并未死心的西魏也使出威逼利诱等各种手段，想与柔然再次建立友好关系，时间一长，柔然就扛不住了。

　　公元 545 年，迫于西魏的压力，柔然竟然不顾与东魏的姻亲关系，准备与西魏联手攻打东魏。英国首相丘吉尔说过，一个国家没有永远的敌人，也没有永远的朋友，只有永远的利益。果真如此。这个道理，丘吉尔懂，东魏丞相高欢也懂。因此，面对西魏和柔然的联手，高欢赶紧派杜弼前往柔然，为他的儿子高澄求婚。可是，求婚并不顺利，《北史》记载："头兵曰：'高王自娶则可。'"阿那瑰要高欢自己迎娶公主，才答应求婚。

这一次的和亲，注定是个悲剧。且不说在广袤的草原上自由生活惯了、尚是个少女的蠕蠕公主愿不愿意离开她熟悉的漠北，远嫁到陌生的东魏，单是和亲对象的确定就让这次和亲从开始就蒙上了阴影。

高欢本是为子求婚，阿那瑰却想让女儿嫁给高欢，没有人知道阿那瑰想的是什么。是试探高欢的诚意，是借口推辞，还是为女儿谋求身份地位？细细想来，不论是从为一国之君的角度考虑，还是从为娇女之父的角度考虑，这几个理由似乎都可以成立。只是，这种种考虑，苦了当事人。这个苦，主要来自高欢。

彼时手握重权的高欢，出身并不显贵。据《北齐书》记载："渤海蓨人也。六世祖隐，晋玄菟太守。隐生庆，庆生泰，泰生湖，三世仕慕容氏。"高欢本是汉人，因为后燕皇帝慕容宝战败，高欢的先祖高湖便带着一家子归附了北魏。后来，高欢的先祖高谧因为犯法，被发配到鲜卑族的聚集地即现在的包头一带守边，他们一家也就在此定居了。高欢的姐姐长大后，嫁给了鲜卑人，高欢出生的时候，他的母亲难产死了，父亲便把他寄养在姐夫镇狱队尉景的家里。

高欢的家族几代定居在北方边地，时间久了，便习惯了当地的风俗，高欢一出生，也就成了地道的鲜卑人。《北齐书》中说："神武既累世北边，故习其俗，遂同鲜卑。长而深沉有大度，轻财重士，为豪侠所宗。目有精光，长头高颧，齿白如玉，少有人杰表。"高欢长大后，因为深沉稳重、豁达大度、轻财重友，被豪侠们所尊崇。他两眼炯炯有神，长脖子高颧骨，齿白如玉石，具备少有的俊杰伟人风度。只是，虽然高欢从小就勇武有谋，但因出身贫寒，所以长大后只能是个守城的小兵。

改变高欢命运的，是他的发妻娄昭君。"齐武明皇后娄氏，讳昭君，赠司徒内干之女也。少明悟，强族多聘之，并不肯行。及见神武城上执役，惊曰：'此真吾夫也。'"被这位出身官员之家、心高气傲的娄家女儿看中的神武执役，就是高欢。一个守城小兵，当然不是娄昭君父母心目中理想的乘龙快婿，因此，这桩由娄昭君自己相中的亲事，就不那么顺利了。但娄昭君也真不是个简单的女子，在礼教森严的社会制度下，她为了爱情，竟什么也不顾了。她不仅主动想法与高欢约会，还将私房钱送给高欢，让高欢以此作为娶自己的聘礼，最终让高欢抱得美人归。这一经过，在《北史》中记载详尽。

幸运的高欢，家境贫寒的高欢，不仅得到了一个美人，还从妻子的嫁妆里得到了一匹马。有了这匹属于自己的马，高欢做了队主。自此，他从队主做起，慢慢升职为东魏的大丞相和天柱大将军，一步步改变身份，最终手握军政大权，飞黄腾达，到最后被尊为齐高祖神武皇帝，都是这匹马带来的机会。高欢的飞黄腾达，还与美丽聪慧的妻子娄昭君的倾力相助和出谋划策分不开。在娄昭君的支持下，高欢倾其家产，广交英雄，为实现他统一天下的志向做了充分准备。娄昭君还经常参与高欢的密谋策划行动，当她被封为渤海王妃后，内庭之事，全都由娄昭君决断。

　　更为难能可贵的是，即使贵为渤海王妃，娄昭君仍坚持做到勤俭节约、宽厚待人。她生了一对双胞胎，临产时情况危急，正遇高欢准备带军西征，侍从就想把高欢追回来。娄昭君不许，她说，高欢率军出兵，怎么能因为她的原因轻易离开军队呢？死生由命，高欢为什么要来回跑！如此深明大义，高欢知道后，也感叹了好久。除此之外，娄昭君政治上的远见，更是让高欢对她敬重有加。沙苑败后，侯景多次向高欢请求派兵，说定能取胜。高欢将这件事告诉娄昭君后，娄昭君明确指出，若出战，就会得不偿失。这件事才罢了。

　　有这样一位贤明、聪慧并且对自己恩重如山的妻子在怀，高欢心里哪里还有其他女子的位置！据说为保护被尔朱荣灭掉的魏孝庄帝的皇后尔朱氏，他将尔朱娶回家，对她的敬重还超过原配娄昭君，但他每次去见大尔朱时，一定束着衣带，行礼下拜，称自己为"下官"。高欢和娄昭君共生育了六男二女。共同生育的子女之多，是不是也可以从一个侧面有力地证明了两人夫妻情深呢？因此，面对柔然的要求，重权在握，从来是一言九鼎、落地有声的高欢，闭了嘴，皱起了眉头。本就剪不断、理还乱的儿女情长，再与国家的生死存亡纠缠在一起，让人如何是好！

　　关键时刻，抚平高欢皱起的眉头的，还是娄昭君。《北史》记载："后曰：'国家大计，愿不疑也。'"一句深明大义的"国家大计，愿不疑也"，让高欢痛下决心，于公元 545 年将蠕蠕公主娶回了东魏。

　　奉命出嫁的蠕蠕公主，不知道等待她的将是什么。少女玩耍的天性和草原女子的英勇豪放，让走在和亲路上的蠕蠕公主还真是不识愁滋味，一路上扬鞭跃马，引弓四射，兴致勃勃。当一只鹞鹰应蠕蠕公主的箭声而落时，竟激得陪同高欢迎娶蠕蠕公主、同是草原女子的妃子大尔朱兴起，也弯弓搭箭，立取飞鸟。《北史》记载，见此情景，高欢大喜，说："我此二妇，并堪击贼。"

可这种欢乐是短暂的。一到东魏，来自草原的玉女神驹，就再没了打马的疆场，没了弯弓的机会，犹如一只剪了翅膀的小鸟，被困于笼中了。她可以不在乎夜夜空房，可以漠视高欢与娄昭君的夫妻情深，可以不管送她和亲东魏、奉命等她有了孩子才可回家的叔叔秃突佳的焦急，但她不可以没有自己的自由，更不可以没有碧绿的草原和熟悉的乡音。

据《北史》记载，在她出嫁前，"阿那瑰使其弟秃突佳来送女，且报聘，仍戒曰：'待见外孙，然后返国。'"阿那瑰用心良苦，于国家于女儿，都盼着早得外孙，所以下了不见外孙不许弟弟秃突佳回国的命令。年少的蠕蠕公主，还不懂爱，更不会对与自己年龄悬殊的高欢生爱。"神武尝有病，不得往公主所，秃突佳怨恚，神武自射堂舆疾就公主。"因此，即使是病重时的高欢也被秃突佳骂着赶到公主宫中住宿，令二人须臾不分离，但两个人和亲两年之久，也未能生育一男半女。公元547年，一代英豪高欢在征伐西魏时病逝，"神武崩，文襄从蠕蠕国法，蒸公主，产一女焉"。归家心切的秃突佳马上逼着高欢长子高澄按柔然的习俗，娶了蠕蠕公主，并生了一个女儿。

新婚的丈夫和出生的小女，并没有给蠕蠕公主带来欢愉。《北史》说，"公主性严毅，一生不肯华言"。骄傲的蠕蠕公主始终忘不了自己的故土和乡音，到东魏数年，也不肯学说一句汉语和鲜卑语，至死都只说蠕蠕语。语言的不通，让她交不到一个朋友。孤寂的生活，渐渐地就形成了一个封闭的世界。没有人知道，被封闭在那个孤寂世界里的年轻的心，是怎样的痛苦和绝望。而刚刚和高澄生活了两年，公元549年，高澄在即将废帝自立时，却被家奴杀掉，年轻的蠕蠕公主再成孤人。第二年，高欢的次子高洋废掉东魏的孝敬帝，自立为皇帝，建立北齐，东魏之说，即成历史。

蠕蠕公主，这位两度守寡的年轻女子，自此也从史书上消失了，不知所终。

虽然蠕蠕公主和亲后命运多舛，但和亲的效果还是不错的。自她和亲东魏后，柔然在北方的政治地位得到了提升。当初魏明元帝叫柔然为蠕蠕时，是认为柔然国人像虫子一样蠕动没有文化。即使阿那瑰被赐封为蠕蠕王，并以蠕蠕为国号，也还是含有低贱之意。等到高欢迎娶了蠕蠕君主的女儿，称为蠕蠕公主后，蠕蠕作为国号，不再是贱称了；另外，蠕蠕公主嫁给高欢后，柔然汗国得到中原王朝的大量财物，过上了富足的生活；还有，东魏给了柔然万石粟子作为粮种，使柔然由游牧生活方式向定居生活方式进行了过渡。可是，随着柔然被灭，时间消逝，这所有的功绩，全都被埋没于数千年的历史烟尘之中，少有人知了。

合上史册，唯有叹息。那个和亲中原的草原公主，在那方对她来说始终陌生的山水中，有谁会将她记在心中！除了史书上寥寥数行的记载外，也只有草原上的碧草、蓝天、白云和汉子们，还记得当年那个无忧无虑、快乐如风的玉女神驹吧！

远去的妙音， 永恒的旋律

中国古代和亲史，始于西汉初，迄于清代末。

在长达两千多年的和亲历史中，尽管有许多和亲公主饱受屈辱，流尽眼泪甚至献出生命，但除了宋、明两朝不曾和亲异族外，其他诸朝都对和亲一事乐此不疲。究其原因，是在抛开和亲公主个人结局好坏后，和亲两族多数还是实现了和睦修好的初衷，达到了民族安宁或强大的愿望。其中，因为和亲促进两族的经济和文化发展而成为千古美谈的和亲盛事，更是令各朝当权者怦然心动。6 世纪中叶，一位来自欧亚中央地区庞大的游牧汗国突厥的草原公主，就因为和亲成就之高，而青史留名。

这位草原公主，叫阿史那。

《周书》记载，"武帝阿史那皇后，突厥木杆可汗俟斤之女"。阿史那公主是北方少数民族突厥可汗木杆可汗俟斤的女儿，公元 550 年出生，582 年去世。只活了三十二岁的阿史那公主，"天和三年三月，后至，高祖行亲迎之礼"。于公元 568 年由突厥和亲北周，入塞十五年。虽然和亲时间不长，但其和亲的过程颇为复杂和曲折，她身处的时代世事也风云变幻，朝代更迭。短短十五年内，阿史那历经了三帝二朝。生前，她屡进尊号，先后被尊奉为皇太后、天元皇太后、天元上皇太后、太皇太后；死后，即使朝代更迭，北周被灭，隋朝新立，她也能被葬于孝陵。阿史那生前死后所享受的尊荣和富贵，可以说是整个和亲史中的和亲公主们都望尘莫及的了。究其原因，有日渐强大的突厥汗国给她做坚强的后盾固然不假，更重要的，还是得益于阿史那自身所拥有的美丽优雅、温婉贤淑、精通音律等才华与魅力。

阿史那所属的民族叫突厥。据《周书》记载，"突厥者，其先居西海之右，独为部落，盖匈奴之别种也。姓阿史那氏"。突厥祖先居住在西海西边，自成一个部落，是匈奴的分支，姓阿史那。后来，突厥被邻国所灭，族人全部被杀。其中有一个小孩，士兵不忍心再杀，就砍掉了他的脚，将他丢到了草丛中。"有牝狼以肉饲之，及长，与狼合，遂有孕焉。"一只母狼救了那个小孩，等小孩长大后，母狼就和他结合，怀了孕。邻国国王听说当年的小孩还活着，想赶尽杀绝，立马又派人去追杀他。追杀者找到他的时候，看到他身边那只母狼，想将他和母狼一并杀死。母狼逃到了高昌国的北山，藏到一个洞中，生了十个孩子。孩子长大成家后，他们的后代各有一姓，"十男长大，外托妻孕，其后各有一姓，阿史那即一也"，阿史那就是其中的一姓。"经数世，相与出穴，臣服于茹茹"，那些后代在洞中繁衍到几百家后，一起出了洞，称臣于茹茹。茹茹又叫柔然。他们居住在金山的南面，为柔然锻铁，被称之为"锻奴"。"金山形似兜鍪，其俗谓兜鍪为'突厥'，遂因以为号焉。"金山的形状似头盔，其风俗称头盔为"突厥"，于是就以"突厥"为称号。突厥的后代有一个叫土门，在土门的领导下，突厥部落逐渐强盛，开始到边塞买卖缯帛丝绵，并愿意和中原交往。公元 545 年，北周太祖宇文泰派人出使突厥。看到中原使者，突厥举国相庆，高兴地说："如今大国的使者来到，我国将要兴盛了！"自此，突厥与中原开始交往。

据《周书》记载，随着突厥的势力逐渐强大，突厥"恃其强盛，乃求婚于茹茹"。柔然勃然大怒，"使人骂辱之曰：'尔是我锻奴，何敢发是言也？'"认为突厥只是柔然的一个锻奴，哪有资格向柔然提亲！国力已然强盛的突厥也怒了，一气之下杀了柔然使者，断绝了与柔然的依附关系，转身向西魏求婚示好，想与中原政权结盟。正与东魏争霸天下的西魏，欣然接受了突厥的求婚，忙将长乐公主嫁给突厥可汗土门。

得到西魏支持，突厥气势更盛，频频向柔然出兵，并多次大败柔然。公元552年，柔然可汗阿那瑰在怀原镇北被土门击败自杀，余部立其叔邓叔子为可汗。三年后，即公元555年，邓叔子被突厥木杆可汗击败，率千余家众辗转西迁，投奔西魏。但是，突厥担心柔然依附大国东山再起，自恃兵力强大，又与西魏交好，就请求周文帝宇文泰将柔然余下的三千多人交给他们，将邓叔子以下全部斩杀于青门，只留下了未成年的男孩，然后把他们分给王公贵族为奴了。曾为突厥主子的柔然汗国，就此灭亡。

突厥并未就此收手，而是趁势横扫四野，西去击败厌哒，东进赶跑契丹，北上并有契骨，令塞外诸族畏威宾服。其统治区域东起大兴安岭，西到撒马尔罕和布拉哈的铁门，南至沙漠以北，北包贝加尔湖，东西万里，南北五六千里，成为继柔然之后出现在蒙古高原之上的又一强大帝国。

《周书》记载，突厥灭了柔然之后，"尽有塞表之地，控弦数十万，志陵中夏"，逐步控制了整个塞外，拥有了几十万的军队，志在侵犯中原。与突厥的蓬勃发展相反，支持突厥灭了柔然的西魏，因为丞相宇文泰的去世，国内形势巨变，政权几度更迭。

公元556年，西魏丞相宇文泰在云阳去世。临终前，他将几个儿子和身后事都托付给侄子中山公宇文护。宇文泰死后，他年仅十五岁的儿子宇文觉继位。随后，宇文觉被封为周公。据《资治通鉴》记载："魏宇文护以周公幼弱，欲早使正位以定人心。庚子，以魏恭帝诏禅位于周。"宇文护见宇文觉幼小懦弱，就想乘宇文泰的权势和影响还在时，早日夺取政权。因此，当宇文觉被封为周公后，宇文护立即迫使西魏恭帝拓跋廓禅位于周公。于是，短短三个月，西魏经历了宇文泰去世、宇文觉受封、魏恭帝禅位三大事件，而实际上把持西魏政权的，是宇文护。第二年，即公元557年，宇文觉称周天王，建立北周，拜宇文护为大司马，封晋国公，食邑一万户。

宇文护的高爵在身，重权在握，为他带来了杀身之祸，周楚公赵贵等人对宇文护专政不满，密谋要杀了宇文护。得知消息后，宇文护先下手为强，杀了赵贵。杀机一动，祸乱四起。北周人趁机杀了魏恭帝拓跋廓，而宇文护也废了北周孝闵帝宇文觉，将他幽禁起来，另立宇文毓为周帝，即为北周明帝。再过了个把月，宇文护干脆杀了宇文觉，废了皇后，令皇后出家为尼。

估计是为了安抚君心和民心吧，公元559年，宇文护上表请求将朝政大权归还给宇文毓。周明帝宇文毓便开始亲自执政，但军国大事，还是由宇护说了算。没想到，宇文毓不同于宇文觉，他性格聪慧，有胆有识，宇文护非常忌惮他，于是，一不做二不休，立即派厨师在宇文毓的食物中下毒，让宇文毓慢慢中毒卧床，准备将他除掉。只过了十四天，宇文毓便因中毒而死。他的大弟弟鲁公宇文邕迅速即位，就是北周武帝，谥号武皇帝，庙号高祖。虽然再立新帝，文武百官各司其职，但所有官员仍然只听命于宇文护，由宇文护专权执政。从公元556年宇文泰死到公元560年宇文邕立，短短四年之内，北周政权旁落，连换三帝，国内局势动荡不安。不过，不管北周时局如何变化，突厥和北周的关系却未变化。当时，北周和北齐交战，连年战事不断，北周就是联合突厥共同伐齐。

当初，西魏恭帝时，突厥木杆可汗俟斤答应进献女儿给周文帝，契约还没定，周文帝就死了。当北周武帝宇文邕继位后，俟斤将别人的女儿许给宇文邕，加固与北周的结盟，宇文邕便派御伯大夫杨荐带人前往突厥联系和亲事宜。与西魏遭遇一样，东魏被废掉，在东魏基础上建立的北齐政权听到消息后，非常害怕突厥与北周结盟友好，攻打自己，便迅速备下厚礼，也派人出使突厥，向突厥求婚。在北齐的厚礼诱惑下，突厥木杆可汗见财眼开，立即改变了主意，软禁了北周使者杨荐等人，准备将他们交给北齐处置，悔掉婚约，另与北齐和亲。据《资治通鉴》记载，杨荐知道了突厥的打算后，愤然责备木杆说："太祖昔与可汗共敦邻好，蠕蠕部落数千来降。太祖悉以付可汗使者，以快可汗之意。如何今日遽欲背恩忘义，独不愧鬼神乎？"提醒他当年是西魏太祖将投降西魏的数千柔然人全部交给突厥杀了，突厥才彻底灭了柔然。木杆一听，悲痛良久，才说"君言是也。吾意决矣，当相与共平东贼，然后送女"，断绝了与北齐使者的来往，下定决心与北周共同讨伐北齐，然后和北周和亲。

与木杆可汗谈妥和亲事宜，完成使命后，公元563年，杨荐等人回北周复命。随后，在突厥的请求下，北周与突厥联手分别于公元 563 年和公元 564 年联手攻打北齐，但都战败。公元 565 年，宇文邕命陈国公宇文纯、许国公宇文贵、神武公窦毅、南安公杨荐等人，带上准备好的皇后礼仪行宫，及六宫以下宫女一百二十人，到俟斤王庭御帐，迎接皇后。

两战得胜的北齐，并不想与突厥交恶，仍想与突厥结盟。因此，战争结束后，北齐收起兵器，赶紧派人带着更多的金银财宝前往突厥求婚。

这一次，北齐令突厥动心的，就不仅仅是厚重的财礼了，北齐雄厚的军事武力和威逼利诱，让突厥再一次动摇，马上就答应了北齐的求婚，并将北周派去的迎亲使者扣留下来，让北周喜气洋洋的迎亲队伍一夜之间成了阶下囚。两次战败大概是让突厥吓坏了，他们将北周使者宇文纯等人软禁下来，让他们在突厥待了数年不得回国复命。即使宇文纯等人仍苦苦以仁信礼义相劝说，俟斤也不听从。《周书》记载，宇文纯等人正万般无奈之时，"会大雷风起，飘坏其穹庐等，旬日不止。俟斤大惧，以为天谴，乃备礼送后"。没想到天助北周，正巧遇上雷风大作，摧毁了突厥的篷帐，十多天都不停止，整个大草原人畜死伤无数，损失惨重。见此情景，俟斤非常害怕，大概想起杨荐曾责问他"忘恩负义，不怕鬼神"之语，以为苍天在谴责、惩罚他言而无信，急忙打点行装，准备彩礼，送女出嫁北周。宇文纯等人也赶紧设立行宫，排列仪仗，护送皇后回归北周。

这个被木杆可汗一会儿许婚北周，一会儿许婚北齐，但一直磨蹭了多年始终只是允婚却不肯嫁出的女儿，就是阿史那公主。

真是好事多磨啊！《周书》记载，"天和三年三月，后至，高祖行亲迎之礼"。公元 568 年，阿史那终于抵达长安，宇文邕亲自出宫迎接这个来之不易的草原皇后。见到阿史那，宇文邕应该是惊喜异常的，因为"后有姿貌，善容止"。因此，"高祖深敬焉"。由宇文邕对阿史那的敬重，再想到她的父亲木杆可汗在北周与北齐之间摇摆数年迟迟不肯将女儿嫁出去，胆敢在北周和北齐之间玩弄权术，周旋于两国之间，始终把控着主导地位为突厥争取最大的利益等事，就可以知道，阿史那是多么的美丽，又是多么的有魅力！她就是木杆可汗底气十足的王牌啊！

美丽端庄的阿史那和亲北周后，大量的中原财物进入突厥，令突厥日益富裕与强盛。这一点，有史书《周书》记载为证："自俟斤以来，其国富强，有凌轹中夏之志。朝廷既与和亲，岁给缯絮锦彩十万段。突厥在京师者，又待以优礼，衣锦食肉者，常以千数。齐人惧其寇掠，亦倾府藏以给之。他钵弥复骄傲，至乃率其徒属曰：'但使我在南两个儿孝顺，何忧无物邪。'"这段文字的意思是说，自木杆可汗执政以来，国家富强的突厥，对中原有了觊觎之心。北周和突厥和亲后，每年送给突厥缯帛粗棉制成的衣服和上等丝绸。不仅如此，在北周京城居住的突厥人，北周也用优厚的礼遇对待他们。他们穿的是锦帛，吃的是肉，而受到这种优待的突厥人人数众多。北齐呢，害怕强大的突厥攻打掠夺他们，也乖乖地把库府中的东西拿出来，献给了突厥。木杆可汗死后，因阿史那和亲给突厥带来的巨额财富与势力，让继承王位的他钵可汗骄横不已，他钵可汗得意地对他的部下说："只要使我在南边的两个儿子孝顺，何必担心没有财物呢？"至此，突厥不仅实现了当年欲嫁女给北周"共平东边"北齐的愿望，还后来居上，凌驾于北周和北齐之上了。

突厥日渐傲慢骄横的态度，惹恼了北周武帝宇文邕。宇文邕对阿史那的态度，由敬重渐渐变得冷漠。宇文邕的变化，看在了一个女孩儿的眼里。那个女孩儿，就是后来成为唐高祖李渊的皇后的窦氏。

窦氏是北周定州总管神武公窦毅与北周襄阳长公主的女儿，襄阳长公主是西魏权臣北周文帝（追尊）宇文泰第五个女儿、北周武帝宇文邕的妹妹，因此，窦氏是北周武帝宇文邕的外甥女。据史书记载，窦氏刚生下来头发就超过了颈项，到三岁时，头发已经与她的身高一样长短了。北周武帝宇文邕对这位生来就不凡的外甥女非常喜爱，自幼将她养在宫中。《旧唐书》记载了这位不凡女童不凡的言行："时武帝纳突厥女为后，无宠，后尚幼，窃言于帝曰：'四边未静，突厥尚强，愿舅抑情抚慰，以苍生为念。但须突厥之助，则江南、关东不能为患矣。'武帝深纳之。"年幼的窦氏看到宇文邕对阿史那态度冷漠，就私下劝宇文邕说，北周四周边境还未平定，突厥还很强大，希望他以天下苍生为念，多多安抚来自突厥的皇后阿史那，这样的话，只要得到突厥的帮助，就不用担心江南和关东为患了。窦氏虽然年幼，但她不凡的见识深得宇文邕称赞，宇文邕接受了窦氏的劝谏，又对阿史那亲近起来。

虽然不爱阿史那，能娶到强大的草原帝国的公主为妻，并且还是一个端庄优雅、能歌善舞的美丽女子，周武帝宇文邕心里还是非常高兴的。更何况，与突厥和亲成功后，两国不仅在财物上互奉有无，在政治关系上合二为一，还多次联军伐齐。尽管有胜有败，北齐的力量也还是被大大削弱了。最终，据《资治通鉴》记载，公元577年正月，北周军队大举入齐，势若破竹。十八日，北周军队到了北齐都城邺城城下。十九日，包围了邺城，大破北齐军队，北齐太上皇帝逃跑。二十日，北周国主进入邺城。二十五日，"周师奄至青州，上皇橐金，系于鞍后，与后、妃、幼主等十余骑南走。己亥，至南邓村。尉迟勤追及，尽擒之，并胡太后送邺"。北周大将尉迟勤活捉了北齐太上皇帝及他的太后、妃子、儿子等人，将他们连同胡太后一起送往邺城。随着北齐太上皇帝的被俘，北齐灭亡。当初北周为了平定北齐与突厥和亲的愿望，也就此实现。从这一个角度来说，阿史那和宇文邕的这一桩婚姻，可以说是美满成功的了。

客观严谨的史书记载，让人们明白，"执子之手，与子偕老"的美好爱情，于阿史那公主来说，只是一种奢想了，但父女之间的骨肉之情，却是流淌在血液里永不磨灭的深情。对爱女的远嫁，木杆可汗肯定也是不舍的。他将他的不舍，都寄托在了女儿隆重的出嫁仪式和丰厚的陪嫁礼品上。更为难得的是，木杆可汗深知阿史那公主酷爱音乐，便将一支三百人组成的庞大的西域乐舞队作为陪嫁送至长安。

木杆可汗和阿史那公主可能都没有想到，就因为这支队伍，使阿史那和亲北周之举，不仅在政治军事方面对中原局势产生了巨大的影响，还促进了西域与中原文化艺术的交流，对中原地区的音乐舞蹈艺术，也起到了变革性的推动作用。

勤政为民的北周皇帝宇文邕，崇尚礼乐。《隋书》记载："太祖辅魏之时，高昌款附，乃得其伎，教习以备飨宴之礼。及天和六年，武帝罢掖庭四夷乐。其后帝聘皇后于北狄，得其所获康国、龟兹等乐，更杂以高昌之旧，并于大司乐习焉。采用其声，被于钟石，取周官制以陈之。"迎娶突厥公主阿史那后，北周既得到了突厥的军事援助，还得到了突厥所获得的西域康国、龟兹等国的音乐艺术，充满草原风情的异域音乐加上原来获得的高昌国的音乐，大大丰富了中原的音乐艺术宝库，宇文邕高兴不已，命人将胡乐都一一记录了下来。

不仅如此，阿史那公主还给中原引进了优秀的音乐艺术人才。在随阿史那入塞的诸多西域音乐中，尤以龟兹乐为代表。跟随阿史那和亲北周的名叫苏祗婆的乐师，就是龟兹著名的音乐家。著名的中国音乐学家沈知白在他所著的《中国音乐史纲要》中说，苏祗婆还有个汉名，叫"白智通"。苏祗婆不仅琵琶技艺超群，而且精通音律，声名远播。公元581年，杨坚称帝，改朝为隋，建都长安。第二年，杨坚下诏在全国寻求精通音乐之人，为隋朝制作音乐。《隋书》记载，隋朝柱国、沛公郑译上奏说："考寻乐府钟石律吕，皆有宫、商、角、徵、羽、变宫、变徵之名。七声之内，三声乖应，每恒求访，终莫能通。先是周武帝时，有龟兹人曰苏祗婆，从突厥皇后入国，善胡琵琶。听其所奏，一均之中间有七声。因而问之，答云：'父在西域，称为知音。代相传习，调有七种。'以其七调，勘校七声，冥若合符。一曰'娑陀力'，华言平声，即宫声也。二曰'鸡识'，华言长声，即商声也。三曰'沙识'，华言质直声，即角声也。四曰'沙侯加滥'，华言应声，即变徵声也。五曰'沙腊'，华言应和声，即徵声也。六曰'般赡'，华言五声，即羽声也。七曰'俟利'，华言斛牛声，即变宫声也。"郑译在奏书中隆重推介了在当时尚属新说的龟兹乐调，这些乐调就是苏祗婆从他的父亲那里学到的西域所用的"五旦""七调"等七种调式的理论。然后，郑译就师从苏祗婆，学习龟兹琵琶及龟兹乐调理论，"译遂因其所捻琵琶弦柱相饮为均，推演其声，更立七均。合成十二，以应十二律。律有七音，音立一调，故成七调十二律，合八十四调，旋转相交，尽皆和合"，创立了八十四调的理论。

随阿史那传入中原的龟兹乐，不仅成为北周的国伎，就是在隋唐的宫廷乐部里，龟兹乐也为西域诸乐之首。到了唐代，龟兹乐舞更是大放异彩。唐代诗人元稹在《连昌宫词》里写道："逡巡大遍凉州彻，色色龟兹轰录续。"生动地描绘了盛唐宫廷中龟兹乐和西凉乐的盛况。欢快、热烈的龟兹乐还从宫廷中走向了民间，对宋词元曲乃至中国戏曲，都产生了深远影响，就连中国的道教音乐，也融入了龟兹乐。由此可知，奠定了唐代著名的燕乐二十八调的理论基础的苏氏乐调体系的传入，是我国古代音乐发展史上的一个重要转折点，对汉民族乐律的发展做出了卓越的贡献。

龟兹乐舞在中原大放异彩，琵琶也因此在中原盛行，从此成为我国主要的民族乐器。《资治通鉴》载："周主与梁主宴，酒酣，周主自弹琵琶。梁主起舞，曰：'陛下既亲抚五弦，臣何敢不同百兽！'周主大悦，赐赍甚厚。"公元 577 年，北周灭掉北齐，后梁国主到邺城朝见北周君主。自从秦始皇兼并天下以后，朝见礼制久已废缺，这时才开始命令有关部门拟订礼节。北周国主便依照古礼设宴款待后梁国主。酒酣耳热之际，北周国主竟命人取来琵琶，亲自弹奏琵琶，为大家助兴。后梁国主深受感染，也立即起身离席，随乐起舞，逗得北周君主龙心大悦，厚赏了后梁国主。人们对琵琶的喜爱，也由此可见一斑。但这一切，都得归功于阿史那。

可惜，天妒红颜。阿史那氏和宇文邕一起只生活了九年。公元578 年，宇文邕病逝，年方三十六岁。四年后，即公元 582 年，才貌双全的阿史那氏也香消玉殒，时年三十二岁。回顾阿史那的一生，虽然短暂，却光彩照人。她不仅在政治上留下了精彩的一笔，在音乐艺术上更是写就了华丽的篇章。正因为如此，从北周到隋初，历任执掌天下的君主都给了她无比尊贵的荣耀。宇文邕的儿子皇太子宇文赟即位后，尊奉嫡母阿史那为皇太后；第二年，尊奉皇太后阿史那为天元皇太后；第三年，宣帝宇文赟又尊奉阿史那为天元上皇太后。宇文赟因病去世后，静帝宇文阐继位，尊奉阿史那为太皇太后。公元581年，宇文阐被迫禅位于相国隋王杨坚，杨坚称帝登基，建立隋朝，是为隋文帝，北周政权自此灭亡，阿史那也成了亡国太后。但是，隋文帝杨坚待她不薄。在她生前，对她恭敬有加。在阿史那死后，隋文帝诏命官府备下礼册，将历经了三帝二朝的阿史那与宇文邕合葬在孝陵。

阿史那享受的殊荣，固然与她自身的才华与魅力有关，但更重要的，是因为在她身后有越来越强大的突厥政权做坚强后盾，因此，无论是北周诸帝，还是隋朝开国皇帝杨坚，都对阿史那恩遇有加。如此，阿史那的一生，享尽了荣华富贵，任天空涛走云飞，她都只沉醉在自己的艺术世界里，不必醒来。这，在中国古代和亲史上，也可以算是一个神奇的存在了。

伊人已经远去，旋律依旧永恒。一千多年后，由钟澍佳导演的电视剧《兰陵王》拍成播出，她将美丽的草原公主阿史那搬上了银屏，让人们于现代化的艺术表现方式中，去追寻那一缕远去的妙音。

故园深深不了情

秋风至。一夜间，瘦了山水。

望着清凌凌的白水，光秃秃的枝藤，马致远伤感的悲声在深秋的暮色里寒入骨髓："枯藤老树昏鸦，小桥流水人家，古道西风瘦马。夕阳西下，断肠人在天涯。"

搜寻的眼，忍不住就从黄河岸边，向北遥望了过去。想在那条直往漠北而去的和亲古道上，看一眼那个在千年前从这条古道上走向大漠深处，和亲突厥的北周公主美丽的倩影；听一声那个饱读诗书、才华横溢的女子写于华丽屏风的诗句；还想轻轻地合上那个怀着家仇国恨血洒大漠的女子迟迟不肯合上的眼眸……

啊，断肠人！断肠人不是漂泊的游子，不是失意的马致远，是那血洒大漠、香魂无归处的北周女子千金公主呀！

千金公主宇文氏，这位身上流淌着大汉和鲜卑两族的血液，生得既丰满高挑又婀娜多姿，既豪放爽朗又端庄娴雅，熟经史、善诗文、精书画，曾撩拨得整个长安城的达官显贵们都怦然心动的美才女，是北周武帝宇文邕的亲侄女、赵王宇文招的女儿。显贵的身世，给千金公主带来的，不是幸福。这个美得不可方物的女子，犹自做着青春的瑰梦的年轻女子，无论落在哪一片自由的土地上都可以灿烂成花的女子，不该生在帝王家。再聪慧的女子，再美丽的容颜，再多情的心思，落在皇室宫墙之内，都只能是政权博弈中可有可无的一粒棋子，皇权天平上一颗或轻或重的砝码。

古人云，若要成事，必得天时，地利，人和。千金公主，可谓生不逢时。公元557年，西魏周公宇文觉建立北周政权，与北齐为争夺黄河流域的统治权展开了激烈的交锋。烽烟四起，政局动荡。这，就是千金公主出生时的国情，也就注定了千金公主纵然幼时生活富贵安逸，长大后仍然逃不脱和亲远嫁的悲苦命运。而最让人伤惋的是，千金公主并不是一个平庸的皇室女儿，据《周书》记载，"太祖文皇帝姓宇文氏，讳泰，字黑獭，代武川人也。其先出自炎帝神农氏，为黄帝所灭，子孙遯居朔野。有葛乌菟者，雄武多算略，鲜卑慕之，奉以为主，遂总十二部落，世为大人。其后曰普回，因狩得玉玺三纽，有文曰皇帝玺，普回心异之，以为天授。其俗谓天曰宇，谓君曰文，因号宇文国，并以为氏焉"。

虽然北周是鲜卑人建立的国家，但北周人的生活习惯和文化思想都已相当汉化。《周书》记载，"赵僭王招，字豆卢突。幼聪颖，博涉群书，好属文。学庾信体，词多轻艳"。千金公主的母亲是一位汉族女子，她的父亲宇文招深受汉族文化的影响，精通诗书，尤其能作一手好画。在他死后，他所著的文集十卷，在世上流传。受家庭的熏陶，千金公主自幼爱好读书写字，对经史、诗文、书画、工艺，甚至建筑都有相当的造诣。在少有女子读书识字的封建时代，满腹诗书，常与父亲在家吟诗作赋的千金公主，确实为当时那个动乱年代里盛开的一朵耀眼的奇葩了，该有多少瑰丽的梦想和美好的憧憬，在那些诗、词、画、赋中纷纷萌芽！可是，这一切，都随着北周皇帝的一纸诏书，瞬间灰飞烟灭。

公元568年，为了结交突厥这个强援，共同平定北齐，《周书》记载："后至，高祖行亲迎之礼。"一代枭雄北周武帝宇文邕迎娶了突厥木杆可汗的女儿阿史那公主，并立为皇后。然后，北周与突厥联军，对北齐进行了数次征伐。公元577年，北齐君主高纬见大势已去，赶紧传位给他的太子高恒。但是，一切已于事无补。北周武帝亲率大军，灭了北齐，统一了北方。

初定北方的北周，危机四伏。漠北的突厥，虎视眈眈，《周书》记载："其国富强，有凌轹中夏志。"这个当初沦为柔然"锻奴"的小民族，已然壮大，成为北周最大的威胁。北齐被灭后，残余势力随时准备东山再起。北齐定州刺史范阳王高绍义在兵败之后，逃到了突厥。因为高绍义踝关节两侧各有两个骨突，很像突厥佗钵可汗敬重的英雄天子——北齐开国皇帝文宣帝高洋，所以佗钵可汗对高绍义非常喜爱看重。他让高绍义管理居住在突厥的所有北齐人，并帮助北齐复国。一心想马踏中原的草原民族突厥，已然熟稔了政治的平衡之术，一边不惜代价帮助北齐复国，牵制北周；一边挥鞭南下侵掠北周，烧杀抢掠。

公元578年四月，突厥再次进犯北周边境，杀掠官民。但这一次，北周就不是那么好说话的了。平定北齐后的北周，已有精力回头再来对付突厥了。五月，北周武帝宇文邕亲率大军，北伐突厥。他派柱国原公姬愿、东平公宇文神举等人率军分成五路，同时攻入突厥。还征调私人的驴马，全部从军，准备一举攻下突厥。可是，谁也没有想到，雄心万丈的宇文邕，却如杜甫诗云"出师未捷身先死"。北周大军刚刚出征，宇文邕却病倒了，不得不停止一切军事行动。六月，宇文邕病重而死，时年三十六岁。

英雄殁去，令北周举国伤悲。更令北周雪上加霜的是，继宇文邕上位的宣帝宇文赟，破了"老子英雄儿好汉"的例，全无一分枭雄父亲宇文邕的雄心和霸略，整日只知沉溺于声色犬马。继位后，他不懂也不理国家政事，所有事务，都交给宦官处理，还自高自大，无所顾忌。因此，此时的北周，已无讨伐突厥的实力。好在是一直在北方四处出击、征伐不断的突厥，也深感形势紧张，不敢再与北周对抗，寻思要与北周缓解关系。思来想去，能够勉强缓解北周关系的，还是只有和亲一策。

于是，公元 579 年二月，突厥佗钵可汗放下武器，收起野心，主动请求与北周和亲。据《资治通鉴》记载，"周主以赵王招女为千金公主，妻之，且命执送高绍义；佗钵不从"。国内陡生变故的北周顺势答应了和亲，将赵王宇文招的女儿封为千金公主许给佗钵可汗，同时命令佗钵可汗将逃到突厥的原北齐宗室范阳王高绍义交给北周，佗钵可汗却不答应。虽然如此，突厥和亲的态度却是坚决的，和亲事宜继续进行。公元 580 年二月，"突厥入贡于周，且迎千金公主"。

哪想到，千金公主还未走出国门，北周的政权已然生变。天元皇帝宇文赟即位后沉湎酒色，暴虐荒淫，北周国势日渐衰落。公元 580 年五月，只在位两年的天元皇帝宇文赟去世，为稳定局势，宫中对外秘而不宣，由宇文阐继承皇位，为静帝。当时，宇文阐还小，不能亲理朝政，内史上大夫郑译、御正大夫刘日方认为杨皇后的父亲、宇文阐的外祖父杨坚，地位尊崇，深孚众望，就假造诏书，召杨坚入朝总理朝政，统领朝廷内外的军队。北周大权，就此落入外戚杨坚手中。

据《资治通鉴》记载，"坚恐诸王在外生变，以千金公主将适突厥为辞，征赵、陈、越、代、滕五王入朝"。入朝后，杨坚担心宗室诸王在地方发动叛乱，就以千金公主将要远嫁突厥为借口，征召赵王宇文招、陈王宇文纯、越王宇文盛、代王宇文达、滕王宇文逌等五王入朝。六月，千金公主的父亲宇文招等五王都抵达长安，随后，"周遣汝南公神庆、司卫上士长孙晟送千金公主于突厥"，北周派遣熟悉突厥情况的汝南公宇文神庆、司卫上士长孙晟护送千金公主到突厥去完婚。

纵有千般不愿，纵受万般痛苦，肩负着和好北周与突厥的关系，消除北齐降将高绍义对北周威胁使命的千金公主，还是往北去了。国家兴亡，匹夫有责。身为皇室之女，她更是责无旁贷。公元580年的六月，那该是一个火一样的季节啊，千金公主却是怀揣着一颗冰一样的心北上。因为她的和亲，本就是在北周和突厥尖锐的博弈中出行的，就是在北周以和亲为条件的逼迫下，突厥不得已交出的北齐宗室高绍义的生命终结中前行的。将千金公主送到突厥以后，北周立即派遣建威侯贺若谊前去贿赂佗钵可汗，并且向他陈说利害，再次要求他将高绍义交给北周。千金公主已到突厥，突厥与北周的结盟已成定局，佗钵可汗再无理由庇护高绍义，只得答应了北周的要求。然后，他假装带高绍义去打猎，让贺若谊趁机带人抓获了高绍义。随后，高绍义被押送到长安，北周朝廷把他流放到了蜀地。过了一段时间，高绍义病死在蜀地。因此，千金公主走向突厥的和亲路，是一条用鲜血铺就的和亲路啊！那迎着漫天风沙辘辘前行的女子的心，怎么会不寒冷如冰！那送行的一双双不舍的眼里，又怎么会不满含忧凄的泪！

美丽如斯、聪慧如斯的千金公主，确是薄命。公元 580 年五月，北周朝政大权落入外戚杨坚手中。六月，千金公主远嫁突厥。她和亲的脚步声还没从古道上消失，身后北周已然被灭，千金公主国破家亡。

北周是宇文氏一手建立的政权，政权被外戚杨坚所得，大权旁落，以千金公主的父亲赵王宇文招为首的宇文氏族岂能甘心！被杨坚设计召回长安的宇文诸王，便暗中策划谋杀杨坚之事。《隋书》记载："七月，五王阴谋滋甚，高祖赍酒肴以造赵王第，欲观所为。赵王伏甲以宴高祖，高祖几危，赖元胄以济，于是诛赵王招、越王盛。"公元 580 年七月二十六日，宇文招邀请杨坚到他的家里吃酒，他的儿子宇文员、宇文贯和妻弟鲁封等都在左右陪侍，佩刀而立。宇文招把兵器暗藏在帷幕与宴席之间，让壮士埋伏到寝室后面，准备伺机杀了杨坚。跟随杨坚前去赴宴的大将军元胄，识破了赵王的阴谋，多次阻止、破坏赵王刺杀杨坚的机会，让杨坚安全脱身。杨坚走后，宇文招后悔自己没有及时下手杀了他，以至恨得弹指出血。而放走杨坚，也意味着宇文家族走到了尽头。"壬子，坚诬招与越野王盛谋反，皆杀之，及其诸子"，七月二十九日，已识破宇文招阴谋的杨坚抢先下手，设计擒杀了宇文招，并斩杀了宇文招全家。

千金公主和亲突厥还不到一个月，那迎亲唢呐的长调余音还在人们心中回响，千金公主却已家破人亡，瞬时成孤。更为悲惨的是，杨坚对宇文家族的杀戮并未结束。"冬，十月，甲寅，日有食之。周丞相坚杀陈惑王纯及其子"，十月初二，陈惑王宇文纯及儿子被杀；"辛未，杀代奰王达、滕闻王逌及其子"，十二月二十日，代王宇文达、滕闻王宇文逌和他们的儿子被杀。至此，北周宇文氏宗室的赵、陈、越、代、滕五王及家人，被杨坚诛杀殆尽，只余远嫁突厥的千金公主，独留人间。家没了，国在也心安啊。但仅过了一年，在北周天元帝宇文赟去世后，把持朝政的外戚杨坚就趁乱废除并毒死了新继位的年幼的北周静帝宇文阐，夺取了北周政权，自立为帝，改国号为隋，开启了一个新的朝代。可怜的千金公主，国破家亡。只有史书《资治通鉴》上的行行字，如滴滴泪，在千年的历史长河中，一点点落入后人眼中，心中。

屋漏偏逢连阴雨。公元 581 年十二月，与千金公主成婚仅一年多的丈夫佗钵可汗，因病去世。佗钵一死，突厥风云突变，纷争陡起。佗钵可汗死后，按照佗钵可汗的遗嘱，应立大逻便为可汗，但因为大逻便的母亲出身低微，国人不服气。佗钵可汗的儿子庵逻的母亲出身高贵，突厥各部落首领都敬重庵逻，想立庵逻为可汗。统领东面部落的小可汗摄图岁数较大，雄勇果敢，他也支持立庵逻为可汗。有了他的支持，庵逻最终被突厥人立为大可汗。大逻便不服气，经常派人去辱骂庵逻。庵逻无奈，就把可汗位子让给了摄图。突厥人认为可汗的四个儿子中，摄图是最贤能的，就一起立他为可汗，号沙钵略可汗。

为了稳定政局，沙钵略可汗摄图及时安抚各方势力。他将庵逻封为第二可汗，住在洛水；封大逻便为阿波可汗，统领原来的部落；封他的叔父玷厥为达头可汗，住在西面。这样，各位小可汗各统帅所领部落，环居四面，内政稳定了。因为摄图作战勇敢，深得众心，北方的各少数民族都因惧怕而臣服于他，因此，摄图暂无外患。被裹卷在政治风暴中心的千金公主呢？来不及收拾种种伤心，按照突厥"父、兄、伯、叔死，子、弟及侄等妻其后母、世叔母、嫂"的风俗习惯，匆匆再嫁沙钵略可汗。

　　一颗玲珑的少女心，铿然破碎，血泪迸流。和亲为何，出塞为何？北周不在，亲人不在，中原的教化礼仪不存，那一朵曾盛开在北周宫苑里的奇葩，瞬间枯萎成一叶飘零于盛世的浮萍。天下之大，哪里还能让她容身？伤悲之中，千金公主发现，新建的隋朝与突厥之间的关系发生了变化，新建的隋朝，改变了北周昔日安抚突厥的民族政策，不再给突厥奉送金银财物，这个曾被佗钵可汗称为"孝顺儿子"态度的改变，引发了突厥的强烈不满，突厥与隋朝关系交恶。《资治通鉴》记载，千金公主"伤其宗祀覆灭，日夜言于沙钵略，请为周室复仇"，借着千金公主的家仇国恨，"沙钵略谓其臣曰：'我，周之亲也。今隋主自立而不能制，复何面目见可贺敦乎！'"沙钵略对大臣说他是周室的亲戚，现在隋文帝代周自立，他若不能制止，就没有面目再见夫人可贺敦了。有了这个响当当的理由，突厥就与原北齐营州刺史高宝宁合兵入侵隋朝边境。突厥此举，让隋帝大是恐惧，赶紧下令增修加固要塞，加固长城，同时任命几位大将镇守幽州和并州两地。

　　隋帝布置的防线并不是铜墙铁壁，沙钵略先联军北臣高玉宁攻陷临渝镇，再约请突厥所有可汗挥师南下。隋朝边境，硝烟四起。公元582年，四月，隋军在鸡头山和河北山打败突厥。五月，突厥出动了五个可汗的全部军队共四十万人侵入长城以南。这年的十月，突厥与隋朝的战争最为惨烈。隋军两千人与突厥十多万人在周相遇，在敌众我寡，力量悬殊的情况下，隋军将领达奚以少敌多，奋勇拼杀，最终将突厥打退，隋军士卒死伤十分之八九，非常惨烈。但是，同时驻守在乙弗泊、临洮、幽州等地的隋军，都被突厥打败。由此，突厥纵兵从木硖、石门分两路入侵，将武威、天水、金城、上郡、弘化、延安等郡的牲畜劫掠一空。隋文帝杨坚得知此信，勃然大怒，却也无可奈何。

大权在握、志在天下的隋文帝，虽然心中早已不服突厥，但此时南有陈朝未平，北遇突厥强攻，还有吐谷浑时时进犯，长安岌岌可危，登基不久的隋文帝一时方寸大乱。危急之时，熟悉突厥内情的长孙晟及时为隋文帝献上良策。

原来，在长孙晟护送千金公主和亲突厥时，利用突厥可汗喜爱他的箭法，将他留在突厥教授突厥子弟和部落贵族箭术的机会，既与受到沙钵略猜忌的处罗侯结盟，也将突厥的山川形势和部众强弱察看清楚，了如指掌，熟记在心。等突厥兴兵入隋后，长孙晟就给隋文帝上书，指出隋朝现在与突厥交战不是时机，不战突厥又经常来犯的现状，提出必须周密谋划，制定出一套制胜的办法。在详细分析了突厥五可汗的势力强弱与矛盾冲突后，建议使用反间计，让内部裂痕已经很深的突厥达头可汗玷厥与沙钵略可汗摄图自相残杀，削弱他们的势力。采用"远交而近攻，离强而合弱"的手段，对付被猜忌的处罗侯和处于中立的大逻便。再利用玷厥与大逻便的联合，牵制摄图西边的防守力量。然后交结处罗侯，派出使节联络东边的奚、部族，牵制摄图东边的防守力量。这样，突厥国内就会互相猜忌，上下离心，十多年后，隋朝再乘机出兵讨伐，必定能一举灭掉突厥。

隋文帝看了奏章后，非常高兴，将长孙晟找来面谈。长孙晟对突厥的山川形势，部署虚实，了如指掌，随手比画。隋文帝深以为然，采纳了他的建议，依计实施后，原本合在一起、势不可挡的突厥大军互相猜忌、发生内讧，与隋军交战，节节败退，突厥指向中原的凌厉攻势终于得以消解。沙钵略率军将武威、天水、金城、上郡、弘化、延安等郡的牲畜劫掠一空后，长孙晟居然利用沙钵略的儿子染干亲自对沙钵略说谎，说"铁勒等反，欲袭其牙"，吓退了想继续挥师南下的沙钵略，回兵出塞了。

长孙晟的离间计奏效，本就是五分天下的突厥，更乱了。公元583年，突厥又数次入侵隋朝边境。隋朝调兵遣将，也多次打败突厥。五月，隋朝秦州总管窦荣定与突厥阿波可汗大逻便在高越原交战，阿波可汗多次被打败。最后，窦荣定与突厥相约各派一人单挑决胜负。窦荣定派曾因犯罪而成为戍卒，现在投奔他想立功赎罪的史万岁出马应战，骁勇善战的史万岁放马杀敌，立斩敌首，顺利凯旋。史万岁的神勇，吓坏了突厥，突厥不敢再战，于是请求和隋军议和，引军退回北方。

阿波可汗屡战屡败，长孙晟趁机煽风点火，挑拨沙钵略可汗和阿波可汗的关系。他派使者对阿波可汗说，沙钵略可汗与隋朝交战，每战必胜。而阿波可汗与隋朝交战，一战就败，这是突厥的耻辱。况且沙钵略可汗和阿波可汗的军队势力相当，现在沙钵略可汗天天打胜仗，被国人尊崇；阿波可汗天天打败仗，为国人带来耻辱，沙钵略可汗肯定要向他问罪，灭掉他。要他仔细想想，能不能与沙钵略可汗抗衡。阿波可汗听说沙钵略可汗会因自己总打败仗而罗织罪名灭了他，就害怕了。他派使者去见长孙晟，向他求计。长孙晟就对阿波可汗的使者说，达头可汗已与隋朝结盟，叫阿波可汗也归附隋朝，与达头可汗联合，增强实力。阿波可汗还真被长孙晟说动了，随后派遣使节随长孙晟入隋朝请和。

这样一来，突厥就彻底乱了阵脚。沙钵略可汗本来就忌惮骁勇剽悍的阿波可汗，后又听说阿波可汗归顺了隋朝，就袭击了阿波可汗的领地，杀了他的母亲，逼得阿波可汗无家可归，只得投奔了达头可汗。达头可汗勃然大怒，派阿波可汗率兵攻打沙钵略可汗，阿波可汗散失的部落纷纷前来归附，有了将近十万骑兵。

与沙钵略可汗交战，阿波可汗多次获胜。他重新收复了失地，军事力量也更加强大了。打不过阿波可汗，沙钵略可汗就把矛头指向了与阿波可汗关系很好的贪汗可汗。沙钵略夺取了贪汗可汗的部落，并废黜了他，逼得贪汗可汗也逃向达头可汗。沙钵略可汗的堂弟地勤察，因为和沙钵略可汗有矛盾，便率领部落叛归阿波可汗。于是双方互相攻打，用兵不断，突厥内部，烽火连连。久攻不下时，突厥可汗各派使节到长安向隋朝请和求援，隋文帝都不答应。可怜千金公主一心倚靠沙钵略可汗为自己复仇，而现在，沙钵略可汗自己也成为众突厥可汗联合起来攻击的对象，陷入众叛亲离的困境，自身难保。千金公主的复仇梦，转眼成空。无奈中，沙钵略可汗不得不低头，转向隋朝寻求保护。

据《资治通鉴》记载，公元584年九月，"突厥沙钵略可汗数为隋所败，乃请和亲。千金公主自请改姓杨氏，为隋主女。隋主遣开府仪同三司徐平和使于沙钵略，更封千金公主为大义公主"。被隋朝屡屡打败的沙钵略可汗，再无斗志，遣使朝贡，请求和亲。千金公主宇文氏也只能暂时放下家恨国仇，上书隋文帝，主动请求改姓杨氏，做隋文帝的女儿，助丈夫先出绝境。一时也无力统一天下的隋文帝，也乐得双方和好，取得一时的安宁，欣然答应了千金公主的请求，派使者前往突厥，将这位悲情的北周公主，改封为"大义公主"，与沙钵略可汗握手言和。

四面受敌，内外交困的沙钵略可汗也放下姿态，表示与隋朝结好的诚意。他派遣使者向隋文帝上书说："皇帝，妇父，乃是翁比。此为女夫，乃是儿例。两境虽殊，情义如一。自今子子孙孙，乃至万世，亲好不绝。上天为证，终不违负！此国羊马，皆皇帝之畜。彼之缯彩，皆此国之物。"称隋文帝就是自己的父亲，自己就是隋文帝的儿子。两族风俗迥异，情义相同。并立下誓言，子孙万代，亲好不绝，两国之物，为两国所有。隋文帝给沙钵略可汗回信说，从现在起，就将沙钵略可汗当作儿子一样看待。并立即派遣大臣到突厥去看望大义公主和沙钵略可汗。

前往突厥的隋朝大臣，是尚收右仆射虞庆则和车骑将军长孙晟。他们抵达突厥后，口称隋文帝儿子的沙钵略可汗，却故意称病不起身行跪拜之礼。虞庆则责备他时，千金公主悄悄对虞庆则说，沙钵略可汗是豺狼本性，不必和他过分争执，以免他发怒咬人。见此情况，长孙晟责备沙钵略可汗，身为隋文帝的女婿，不能不尊敬岳父。沙钵略可汗才依礼起立跪拜，伏地叩头，然后跪着接过隋文帝玺书，顶在头上。但不久，一直称雄于漠北的沙钵略可汗就感到非常羞愧，与他的部下相聚恸哭。

可是，自古以来，落后就要挨打。再强的自尊，再多的眼泪，也改变不了屈尊人下的局面。最后，在虞庆则的指示下，沙钵略可汗不得不对隋称臣，甘心做了隋朝的附庸。突厥与隋朝的关系，从此由原来相互抗衡的"敌国"，变为突厥臣服于隋朝的"子婿"之国，这，就是中原王朝与少数民族屡屡和亲想要达到的最佳效果了。此时此刻，在一个政权的稳固和利益面前，千金公主那亡国灭族的血海深仇，显得那么苍白和无力。

公元585年，沙钵略可汗既为达头可汗所困扰，又因契丹逐渐强大而害怕，就派遣使者到隋朝告急，请求隋朝允许他率所属部落迁徙到大漠南面，在白道川一带暂住。隋朝答应了他的请求，命令晋王杨广发兵接应，供给他衣服食品，赏赐他车驾服饰及乐器等物。安顿好后，没了后顾之忧，沙钵略可汗就向西进攻，打败了阿波可汗。但是，阿拔国乘机攻打沙钵略可汗的后方，掳走了他的妻儿家小。

危急时刻，隋朝及时出手，发兵帮助沙钵略可汗击败阿拔国，将所缴获的人畜物品全部送给了沙钵略可汗。得到隋朝大力扶持的沙钵略可汗，连败达头可汗和阿拔落部。欣喜之余，沙钵略可汗与隋朝订立盟约，以沙碛作为两国的分界。同时，沙钵略可汗也从心底真正臣服于隋朝，正式上表称臣了。据《资治通鉴》记载，沙钵略可汗说："天无二日，土无二王，伏惟大隋皇帝，真皇帝也。""今便感慕淳风，归心有道，屈膝稽颡，永为藩附。"隋文帝当然十分欢喜，下诏说："今作君臣，便成一体。"命令举行郊、庙大祀，告知天地、祖先，通告远近。凡是赐给沙钵略可汗的诏书，不直呼他的名字。隋文帝还在内殿宴请沙钵略可汗的儿子库合真，并把他引见给独孤皇后，赏赐丰厚。沙钵略可汗非常高兴，每年都主动向隋朝进贡大量物品。千金公主也被正式册封为大义公主，赐姓杨，入属籍，突厥与隋朝自此一派祥和。虽然是含辱忍垢，但在千金公主认隋文帝为父的日子里，应该是她和亲出塞后最安稳的一段时光了。

怀揣着血海深仇，幸福于她，当然只是一种奢谈。这种安稳的时光，是那么短暂。公元587年，沙钵略可汗去世。隋朝为他罢朝三天，以示哀悼，并派遣太常寺卿前往突厥吊唁。接着，沙钵略可汗的弟弟处罗侯即位，号莫何可汗。一年后，莫何可汗作战时中流箭而死，突厥人再立雍虞闾，号都蓝可汗。苦命的千金公主又一次出嫁，成为沙略钵可汗的儿子都蓝可汗的可贺敦。背负着家仇、国恨以及身嫁三代人为妻带来的伦理道德上的痛苦折磨，年轻的千金公主内心忍受着怎样的哀伤与煎熬，无人能知。更悲哀的是，没有人知道，更大的灾难接踵而至，美丽哀伤的千金公主，竟命丧丈夫都蓝可汗剑下，含恨大漠。

　　公元 593 年，隋文帝不惜万里迢迢，派人将一架来自陈国的华丽屏风，送到千金公主面前。公元 588 年，隋文帝率军亲征，势如破竹，席卷陈国。不过数月，陈国被灭。华丽的屏风，就是陈国后主的亡国之物、隋文帝缴获的战利品。《资治通鉴》记载："公主以其宗国之覆，心常不平，书屏风，为叙陈亡以自寄。"久居塞外的千金公主，许久没有见过如此华丽的宫廷之物了。本就因为宗国北周宇文氏被灭，心中愤愤不平的千金公主，目睹陈国后主的亡国之物，不由睹物思已，国恨家仇顿时一起涌上千金公主的心头，隐忍了多年的悲愤与委屈轰然爆发。激愤之余，她忘记了谨慎，挥笔在屏风上题诗一首：

> 盛衰等朝露，世道若浮萍。
> 荣华实难守，池台终自平。
> 富贵今何在？空事写丹青。
> 杯酒恒无乐，弦歌讵有声。
> 余本皇家子，漂流入虏廷。

> 一朝睹成败，怀抱忽纵横。
>
> 古来共如此，非我独申名。
>
> 惟有《明君曲》，偏伤远嫁情。

这首笔力不俗的诗歌，很快就流传开去，当然也传到了本就不大信任这个旧朝公主的隋文帝的耳中。《资治通鉴》记载："上闻而恶之，礼赐渐薄。"隋文帝知道此事后就越发忌恨千金公主了，渐渐减少了给她的赏赐。对千金公主心颇忌惮的隋文帝反复吟读了那首诗后，坚信诗中那句"余本皇家子，漂流入虏廷"中的"虏廷"，就是说的隋朝。千金公主居然敢把隋朝形容得如此不堪！她的国恨家仇竟是如此强烈！惊愕之中的隋文帝勃然大怒。再想起当年千金公主日夜请求沙钵略可汗攻伐隋朝为国复仇的往事，隋文帝杀心顿起，决定除掉这个随时都可能挑动突厥与隋朝宣战的隐患了。

千金公主已是如此悲惨，可老天还无怜悯之心，竟给起了杀心的隋文帝一个除掉千金公主的很好的机会和借口。彭公刘昶以前也娶了北周帝室公主为妻。公元593年，隋朝流民杨钦逃入突厥，谎称刘昶打算和妻子一起兴兵作乱，攻打隋朝，因此派遣杨钦来密告大义公主，请求突厥发兵相助，侵扰隋朝边境。报仇心切的大义公主和突厥都蓝可汗信以为真，以为报仇复国的机会真的来临，就不再谨守藩国的职责按时朝贡，时常发兵侵犯隋朝边境。

突厥的反常，让隋文帝心生纳闷。他便派长孙晟出使突厥，暗中调查情况。这一查，就查出了大问题。大义公主在突厥虽然贵为王后，又先后有三位丈夫，但都是利益关系，很难说有爱情与幸福，在极度的苦闷与寂寞中，她与一个叫安遂迦的胡人有了私情。此时，以为复仇有望的千金公主不知祸之将至，见到长孙晟后，不仅出言不逊，还派与她有私情的胡人安遂迦与杨钦商量谋反之事，并煽动鼓惑都蓝可汗对隋出兵。

长孙晟回到长安后，把了解到的情况都向隋文帝如实做了汇报。隋文帝便派长孙晟再次出使突厥，捉拿杨钦。但是都蓝可汗不给，还说查无此人。长孙晟贿赂了一个官员后，知道了杨钦躲藏的地方，连夜把他抓获了，同时，他也向都蓝可汗揭发了千金公主与胡人安遂迦的私情。突厥人知道千金公主与安遂迦的私情后，感到受了奇耻大辱，便把安遂迦等人都交给了长孙晟，留下了千金公主。但是，隋文帝对千金公主的杀意未绝，仍派长孙晟前往突厥，劝说都蓝可汗废除千金公主。想要千金公主一命的人，不止隋文帝一个。内史侍郎裴矩也请求出使突厥，劝说都蓝可汗杀掉千金公主。这样一来，千金公主就在劫难逃了。

但是，大义公主毕竟在突厥生活多年，即使没了公主的身份，也依然是都蓝可汗的王后。她既然有能力挑动都蓝可汗与隋朝开战，说明她和都蓝可汗关系还是不差的，感情还是很深的，就是在突厥军国大事中，她也不是可有可无的人物。因此，要让都蓝可汗杀掉她，并非易事，隋朝君臣的劝说，没有奏效，杨坚只能先借机下诏废除了千金公主的公主封号。

失去了封号的千金公主，就失去了隋朝这个强有力的后盾，没了突厥可以利用的价值。于是，千金公主犹如断了线的风筝，陷入困境，更大的灾难也随之降临。

原来，正当隋朝君臣拿远在突厥的千金公主束手无策时，《资治通鉴》记载："时处罗侯之子染干，号突利可汗，居北方，遣使求婚，上使裴矩谓之曰：'当杀大义公主，乃许婚。'"统治突厥北方的突利可汗为争取隋朝的支持，派使者向隋朝求婚。隋朝趁机派裴矩提出和亲条件，要突利可汗想办法杀了千金公主，才许婚。急于求得隋朝支持的突利可汗，答应了这个条件，立即也在都蓝可汗面前反复说千金公主的坏话。特别是千金公主与胡人私通一事，早已被长孙晟公布于天下，国人皆知，而突厥一向禁止通奸，公主所为，已成死罪。都蓝可汗先是不舍得杀千金公主，现在突利可汗天天在他面前聒噪，终于激起了都蓝可汗心中的怒气，他冲入牙帐，只一剑，便将公主刺死。彼时，是公元596年，公主年仅三十三岁。

后人赋诗叹曰：

> 周家公主号千金，身与名分俱久沉。
> 紫塞风寒天地远，红颜命薄恨仇深。
> 倘无覆国亡宗事，信有和亲弭战心。
> 读罢屏风题咏句，伤怀似见泪盈襟。

可怜的千金公主，生逢乱世身不由己本已令人唏嘘，竟还想以柔弱之躯逆流而行，肩负起毫无成功希望的"复国"之任，不由令人再生几分悲壮之情！

现在，一千多年的时间过去了，美丽的千金公主虽然早已湮没于滚滚历史黄沙，可她对故园的那份悲情与忠贞，却烛照史册，感动千载。

大隋王朝最后的悲情守护者

一

唐，贞观四年，二月。

苍茫的漠北大地上，朔风凛冽。呼啸的风声中，战马奔腾，刀剑争鸣，尸横于野。翻飞的战旗上醒目的"唐"字，步步紧逼，向人们宣告着这一场征战和屠杀，是李唐王朝向屡屡踏马南下、侵犯中原的草原帝国——突厥，举起了斯巴达克斯之剑。

这是一场毫无悬念的必胜之战。

公元 628 年，西突厥统叶护可汗被他的伯父杀了，他的伯父自立为莫贺咄侯屈利俟毗可汗。但是，突厥国人不服气，推荐泥孰莫贺设为可汗，泥孰不愿意。不愿做可汗的泥孰，迎回统叶护的儿子咥力特勒，并立他为首领，叫乙毗钵罗肆叶护可汗。于是，突厥就有了莫贺咄侯屈利俟毗可汗和乙毗钵罗肆叶护可汗两部势力。各自建立政权后，两可汗便相互攻伐，争斗不息，并且都派遣使者向唐朝请婚，想以此获取唐朝的帮助。

突厥内部互斗，正中唐朝下怀。久受突厥侵犯之苦的唐朝，正想利用突厥内斗削弱他们的势力，怎么会出手相助！因此，唐太宗没有答应他们，传谕突厥各部保持稳定，不要再相互攻伐。唐朝一发话，先前依附西突厥的敕勒和西域各国都纷纷叛离。不仅如此，连突厥北面的各部族，也有多半叛离了东突厥颉利可汗，归附于漠北的另一个少数民族薛延陀，并共同推举俟斥夷男为可汗，夷男却不敢担当此任。见此情况，正在寻找机会图谋压制东突厥颉利可汗的唐朝，立即出面给夷男撑腰，封他为真珠毗伽可汗，赐给他鼓和大旗。有了唐朝撑腰，夷男高高兴兴地做了薛延陀的可汗，并派使者到唐朝进贡称臣，在大漠中郁督军山下建立了牙帐，拥有了自己的领地。

到了公元 629 年，薛延陀毗伽可汗派他的弟弟统特勒到唐朝进献贡品，唐太宗赐给宝刀与宝鞭，并对他说，你统属的部族犯下大罪的用刀斩决，犯下小罪的用鞭抽打。给了薛延陀治理北方的绝对权力，毗伽可汗非常高兴。

可是，有人欢喜就有人忧。一直侵犯唐朝边境的东突厥颉利可汗，见唐朝亲近厚待薛延陀，大为惊慌，忙派使者到唐朝称臣，请求迎娶公主，修女婿礼节。东突厥的示好，唐朝没有接受。《资治通鉴》记载，唐朝的代州都督张公谨上奏可趁此机会灭了东突厥，原因有六："颉利纵欲逞暴，诛忠良，昵奸佞，一也。薛延陀等诸部皆叛，二也。突利、拓设、欲谷设皆得罪，无所自容，三也。塞北霜旱，糇粮乏绝，四也。颉利疏其族类，亲委诸胡，三人反复，大军一临，必生内变，五也。华人入北，其众甚多，比闻所在啸聚，保据山险，大军出塞，自然响应，六也。"张公谨不是一时冲动，他从颉利可汗的治政方略、势力强弱、外交关系、粮食储备、族内关系和战时失助等六个方面进行了详细分析，认为现在正是取东突厥而代之的好时机。

张公谨的上奏，正合唐太宗心意。唐太宗也对颉利可汗很是不满，因为公元 628 年，隋朝旧臣梁师都与突厥勾结，引突厥军兵攻打唐朝夏州城，后被唐军打败。突厥征调大批兵力救援梁师都。唐太宗认为颉利可汗既然想与唐朝和亲，又出兵援助大唐的敌人梁师都，对唐朝根本没有诚意，于是，便接受了张公谨的奏议。公元 629 年，唐太宗任命兵部尚书李靖为行军总管，张公谨为副总管，率兵讨伐突厥。任命兼任并州都督的李世为通汉道行军总管，兵部尚书李靖为定襄道行军总管，华州刺史柴绍为金河道行军总管，灵州大都督薛万彻为畅武道行军总管，合兵力十多万，都受李靖节度，兵分几路，进攻突厥。

唐军攻势凌厉，公元 630 年，李靖孤军勇进，令突厥惊惧不已。颉利可汗怀疑唐军的大部队随后就到，惊吓之中，赶紧将牙帐迁移至碛口。随后，唐将李靖在阳山大败突厥。兵败之后，颉利可汗逃窜到铁山，残余的兵力还有几万人，便一面派人到唐朝请罪投降，一面想等到草青马肥的时候，逃回漠北重整旗鼓。但是，唐朝已不想给他东山再起的机会，李靖与李世见面后一起谋划，要趁颉利可汗还未远逃，没有防范，赶紧派精兵偷袭，生擒颉利可汗，并将这个计谋告诉了张公谨。张公谨起初并未同意，他觉得唐朝已下诏接受颉利投降了，并且唐朝的使者也还在突厥那边，不能袭击突厥。李靖认为正好利用唐朝使者迷惑突厥，让突厥放松警惕，趁机偷袭突厥。他不容张公谨犹豫，以韩信偷袭齐国得胜的事例，劝说张公谨同意了他们的计谋，连夜发兵进击突厥。果然不出李靖所料，颉利可汗见到唐朝使者后很高兴，压根儿就没防备唐军会偷袭突厥。李靖派武邑人苏定方带领两百名骑兵作为前锋，趁大雾秘密行军，直到距离突厥牙帐只有七里的时候，突厥兵才发现来袭的唐军。慌乱之中，颉利可汗骑上千里马先逃了。等李靖的大军赶到，突厥兵纷纷溃败，李靖军队杀死突厥兵一万多人，俘虏突厥男女十几万人，还掳掠了突厥牲畜几十万头。就这样，备战多年的李唐王朝的数十万兵马，在大将李靖的率领下，挥师北上，势如破竹，越过阴山，卷过草原，将纵横大漠南北多年的东突厥前汗国给灭了。

战马归厩，长剑入鞘。战争中，生死就是一瞬，似乎不足惋惜。可是，在这一场死伤无数乃至突厥灭国的战争中，有一个人的死，在史书上留下了重重的一笔，每每翻读至此，总让人扼腕叹息。

二

这个人，就是和亲东突厥的隋朝公主义成公主。

这位继安义公主之后，奉隋帝之命和亲东突厥，续使离间计，削弱突厥势力的中原公主，那如花的生命不是自然消逝，也不是如先她一步和亲突厥的北周千金公主一样魂断突厥人剑下，而是死在唐朝大将李靖的利剑之下。《资治通鉴》记载，在公元 630 年那一场摧枯拉朽的灭突之战中，李靖"杀隋义成公主，擒其子叠罗施"，颉利可汗的妻子义成公主和儿子叠罗施，一个被杀，一个被擒。纵观历史，历朝历代的和亲公主，肩负的是保家卫国的使命，成就的是千秋大业，因此，身为和亲公主坚强后盾的娘家人，都对远嫁异族的女儿们呵护备至。但是，为什么到了义成公主这里，却上演了同室操戈的悲剧呢?

按下心中的疑问,翻开《隋书》《新唐书》《资治通鉴》等一本一本厚厚的史籍,在密密的字里行间细细搜寻,一千多年前在广袤的漠北草原上发生的人与事,便如一幅幅壮丽的画卷,在人们眼前徐徐展开。

公元 593 年,隋文帝灭掉陈国后,将陈国国主陈叔宝的屏风赏赐给突厥可贺敦大义公主。大义公主是北朝周赵王宇文招的女儿,起初被封为千金公主,嫁给突厥沙钵略可汗,后来北周被隋文帝所建的隋朝取代,千金公主坠隋,赐姓杨,改名为大义公主。大义公主的家族因谋反被隋文帝诛杀殆尽,其宗国北周被隋朝取而代之,她的心里本来就一直愤愤不平,发誓要为父母和北周报仇。隋朝建立后,对突厥日渐轻慢,突厥早已对隋朝心生怨恨。借此机会,突厥可汗沙钵略悍然向隋朝宣战,挥师入塞。虽然自此连年南下侵犯中原边境,却是怎么也不能实现大义公主复国愿望。因此,见到亡国之主的旧物,复国无望的大义公主心情更哀,提笔就在屏风上赋诗一首,借陈亡国之事,寄托自己对故国的哀思。

千金公主写的诗传到隋文帝耳朵里后,隋文帝十分忌恨大义公主,连施计策,最后利用向隋朝求婚的突厥突利可汗的反间计,终于让大义公主惨死在她的丈夫都蓝可汗剑下,除了他的心头之患。大义公主死后,为了进一步削弱突厥的势力,利用突利可汗的势力去阻挡都蓝可汗侵犯中原,隋文帝采纳了大臣长孙晟的建议,拒绝了都蓝可汗的求婚,答应了突利可汗的求婚。公元 597 年,隋文帝将宗室女安义公主嫁给突利可汗。

隋朝为进一步削弱突厥势力,故意厚待突利可汗,与突利可汗来往频繁，并让突利可汗在迎娶了安义公主后，从北方迁到南方，成功激怒统治突厥东部的都蓝可汗。都蓝可汗从此与兄弟反目，也与隋朝断绝关系，多次攻打隋朝边境，还与玷厥可汗一起攻打染干，打得染干丢盔弃甲，最后只带着五个骑兵亡命大隋。隋文帝厚待了投奔于隋朝的染干，也就是突利可汗。一面摆宴为他压惊，一面派兵雷霆出击，将东、西突厥打得落花流水，重创两军。

公元 599 年，隋文帝让染干重登可汗宝座，叫启民可汗。《隋书》记载，家破国亡的启民可汗，很是感激，他对隋文帝谢恩说"臣既蒙竖立，复改官名，昔日奸心，今悉除去，奉事至尊，不敢违法"，明确表明态度，从此以后，收拾起异心，一心奉隋文帝为尊，遵守隋朝的典章制度，臣服于隋。启民可汗的领地已被都蓝等可汗攻占，无处落脚，隋文帝好事做到底，命人在朔州修筑了大利城让他居住。不仅如此，"是时安义主已卒，上以宗女义成公主妻之，部落归者甚众"。因为安义公主这时候已死了，隋文帝将隋朝宗室杨谐的女儿义成公主嫁给了启民可汗，让他又有了一个家。能够两次娶到大隋王朝的公主，意味着启民可汗得到了隋朝在政治、军事、外交以及道义上的支持，无疑大大提高和扩大了启民可汗在突厥的政治地位和影响力。于是，众多突厥部落纷纷跑来归附，令他实力大增。

隋文帝精心培植启民可汗的目的，就是让他能与势力强大的都蓝可汗抗衡，牵制都蓝可汗的力量，使都蓝可汗无力侵犯隋朝边境，保边境军民安宁。因此，义成公主嫁给启民可汗不久，隋文帝就趁都蓝可汗又一次举兵来犯的机会，兵分几路，共击都蓝。结果，隋朝大军还未出塞，都蓝可汗就被他的部下杀死了，突厥首领达头自立为可汗，国内大乱。隋文帝趁乱出兵，痛击达头可汗。他一边派太平公史万岁从朔州攻打达头可汗，斩杀俘虏两千多人；一边派晋王杨广从灵州打击达头可汗，令达头可汗望风而逃，寻求援兵去了。隋文帝乘胜追击，将达头可汗找来攻打启民可汗的援兵给打退，帮启民可汗彻底扫清了敌对势力，平定了内乱，让他坐稳了可汗宝座。

这样一来，启民可汗对隋朝当然是诚心称臣了。《隋书》记载，他上表陈谢道，"染干譬如枯木重起枝叶，枯骨重生皮肉，千万世长与大隋典羊马也"，愿意永世万代与隋朝结好。从此，启民可汗逐步统治了突厥，每年都向隋朝进贡。

其实，在义成公主和亲突厥之前，不管中原的政治风云如何变幻，朝代如何更迭，中原与突厥的和亲，都一直未断，关系甚好。发生变故，是因为和亲突厥的北周千金公主，和亲仅一个月就遭遇灭族亡国惨事的千金公主，一心想复周灭隋，在她的鼓动下，突厥才最终对隋宣战，两族的友好关系破裂，将历代和亲公主的努力毁于一旦。现在，这道裂缝随着隋朝扶植的启民可汗势力逐渐强大，慢慢愈合，等到启民可汗诚心称臣，愿"千万世长与大隋典羊马"时，突厥和中原就又重新建立了牢固的友好关系。由此，在公元599年那个万物竞相迸发勃勃生机的六月，肩负着国家使命的义成公主，应该是高高兴兴地嫁了。

三

史实证明，义成公主的和亲是成功的，启民可汗的情谊是真挚的，隋朝与突厥的友好是真诚的。

公元 607 年，时掌隋朝政权，好耀武扬威又很喜欢怀柔四方的隋炀帝北巡榆林，准备出塞，途经突厥。隋朝大臣长孙晟为了彰显隋帝之威，暗示启民可汗亲自清除牙帐外的杂草。启民可汗毫不犹豫，躬身弯腰，拔刀除草，突厥那些贵人和各部落的酋长，争相仿效。还举全国之力，开辟一条长三千里、宽百步的大道，从榆林直达突厥牙帐。

等隋炀帝到达榆林后，启民可汗和义成公主不仅亲自到行宫朝见炀帝，还给隋炀帝敬献了三千匹马。炀帝非常高兴，也赏赐给启民可汗和义成公主一万多匹绸缎。《隋书》记载，在感受了用绫罗绸缎做成的中原服饰的魅力后，启民可汗被迷住了，竟上书给炀帝："臣今非是旧日边地突厥可汗，臣即是至尊臣民，至尊怜臣时，乞依大国服饰法用，一同华夏。"自愿摒弃突厥可汗的身份，作为隋朝的臣民，请求与隋朝统一服饰，同为华夏子孙。启民的一番忠心，隋炀帝并未接受。他以"先王建国，夷夏殊风，君子教民，不求变俗"为由，拒绝了启民可汗请求改穿中原服饰的要求。同时安慰他，只要启民忠心孝顺，不必改变衣服。然后，隋炀帝命人盖了一座千人大帐，宴请启民和他的部落酋长三千五百人，并赏赐绸缎二十万段。"帝亲巡云内，溯金河而东，北幸启民所居。启民奉觞上寿，跪伏甚恭。"当隋炀帝亲自巡视云内时，驾莅启民的帐篷，启民敬酒祝寿，跪伏于地，态度非常恭敬。皇后也驾临义城公主的大帐。

突厥的恭顺臣服，乐得隋炀帝不仅赐给启民可汗和义成公主大量金银财物，还当场赋诗一首《云中受突厥主朝宴席赋》：

鹿塞鸿旗驻，龙庭翠辇回。

毡帐望风举，穹庐向日开。

呼韩顿颡至，屠耆接踵来。

索辫擎膻肉，韦韔献酒杯。

何如汉天子，空上单于台？

　　踌躇满志的隋炀帝，在启民可汗的诚心臣服中，得意扬扬，把灭了匈奴的汉武大帝也没放在眼中了。但由此也可以证明，此时的隋朝，通过和亲与突厥建立了翁婿关系，进而与突厥建立了册封的君臣关系，突厥完完全全是大隋的一个附属国了。隋朝的北境，在经历了最初的杀伐之后，归于安宁。义成公主在突厥的威信，也空前高涨。

　　可是，两国之交，利益至上，一旦失利，风云又起。公元609年，启民可汗因病去世，国人立他的儿子咄吉世为始毕可汗。按照突厥的风俗，义成公主嫁给始毕可汗为妻。

　　令隋朝没有想到的是，始毕可汗治国有方，其势渐盛。见此情况，隋朝坐不住了。《资治通鉴》记载，"初，裴矩以突厥始毕可汗部众渐盛，献策分其势，欲以宗女嫁弟叱吉设，拜为南面可汗；叱吉不敢受，始毕闻而渐怨。突厥之臣史蜀胡悉多谋略，为始毕所宠任，矩诈与为互市，诱至马邑下，杀之。遣使诏始毕曰：'史蜀胡悉叛可汗来降，我已相为斩之。'始毕知其状，由是不朝"。隋炀帝采纳了大臣裴矩建议，想重新分化、瓦解突厥势力，用和亲手段拉拢始毕可汗的弟弟叱吉设，设计杀害了始毕可汗的宠臣史蜀胡悉。得知隋朝用心后，始毕可汗一气之下停止向隋朝遣使朝贡，断绝了与隋朝的臣属关系。几代和亲公主用血泪赢得的两族友好结盟，就此解散。

心怀怨恨的始毕可汗不仅立即与隋朝断交，还屡屡挥师侵犯隋朝。隋突边境，战火再起，不复安宁。夹在隋突之间的义成公主，日子渐渐难过。

公元 615 年，隋炀帝巡游北塞，始毕可汗得知消息，率领几十万名骑兵准备袭击隋炀帝的车驾。关键时刻，义成公主及时通报了信息。远离中原的隋炀帝避之不及，只得躲进了雁门城。始毕可汗志在必得，几十万突厥骑兵围住雁门郡，迅速攻破雁门郡的数十座城池，只剩雁门、崞县没被攻下。突厥集中兵力，猛攻雁门，准备灭隋炀帝于此地。眼见脱身无望，隋炀帝害怕得抱着赵王杨杲把眼睛都哭肿了。

危急之中，群臣争献解围之策。《资治通鉴》记载，内史侍郎萧给隋炀帝献策，向义成公主求助。隋炀帝依计而行，"帝遣间使求救于义成公主，公主遣使告始毕云：'北边有急。'东都及诸郡援兵亦至忻口；九月，甲辰，始毕解围去"。沉着冷静、机智大胆的义成公主不负众望，巧施妙计解了雁门之围，救出隋炀帝。

雁门之围，长了突厥威风，灭了隋朝气势。到了隋朝末年，由于隋炀帝实行暴政，致使各地爆发大规模反隋起义，天下大乱，隋朝人归附突厥的不计其数，突厥势力于是更为强盛。

四

隋突反目，硝烟再起，对义成公主来说，已是不幸。但义成公主不知道，更大的不幸，正接踵而来。

隋朝大臣唐公李渊的儿子李世民，为人聪明、勇猛、果断、有见识，胆量过人。他看到隋王室正处于混乱之中，就暗暗生发了安定天下的抱负。于是，李世民礼贤下士，广交宾客，赢得了大家的爱戴拥护。他结交的宾客晋阳宫临猗氏裴寂和晋阳令武功人刘文静，想法将李世民的心思告诉了李世民的父亲李渊。

李渊身为隋朝大臣，重兵在手，影响巨大，没有他的支持，李世民的抱负将无法实现。于是，李世民也反复劝说父亲，举兵反隋。在儿子和众谋士的劝说下，本无反心的李渊，终于下定决心，准备举兵反隋。《资治通鉴》记载，他对李世民说："今日破家亡躯亦由汝，化家为国亦由汝矣！"不管事情成败，都由李世民去做了。

李家父子暗中调兵遣将、招兵买马、排除异己，起兵反隋，本已摇摇欲坠的隋朝政权，更是岌岌可危。公元618年，隋朝骁卫御林军在江都发动兵变，杨广被叛军缢杀，隋朝灭亡。从公元581年隋文帝杨坚建立政权，到公元618年隋炀帝杨广被绞杀，隋朝政权只存在了三十七年。同年五月十四日，唐王李渊在长安称帝，建立唐朝，和亲突厥的义成公主，如北周的千金公主一样，顷刻之间，国破家亡。

李唐王朝能迅速收服群雄，一统天下，除了自身的实力强大之外，还得力于突厥资助兵马。当唐高祖李渊在太原起义时，派人向突厥始毕可汗求助，始毕可汗不仅给高祖进献了战马，还派了数千骑兵相助。眼见自己的夫家出手相助敌人灭了自己的故国，却无力劝阻，人们不知道，义成公主心里是什么滋味。

不过，据史书《旧唐书》记载，隋朝灭亡，突厥人是高兴的。

因为等高祖起义成功建立了李唐政权后，"及高祖即位，前后赏赐，不可胜纪。始毕自恃其功，益骄踞；每遣使者至长安，颇多横恣"，唐高祖因为起事初期曾借用突厥兵马，所以前前后后赠送给突厥的东西，无法计算。突厥自恃对唐有功，傲慢无礼，连派到长安的突厥使者，也大多都胡作非为，蛮不讲理。高祖的政权新立，中原未能平定，所以高祖每次都只能忍气吞声，优待、宽容他们。因此，隋唐之战中，突厥人是最大的利益获得者。

人心总是难以满足的。已获得巨大利益的突厥，还想从中原捞到更多的好处，于是，不顾唐朝对他们的示好，突厥仍然对唐出兵不误。公元 619 年，始毕可汗正厉兵秣马，准备进军太原时，却因病而死，唐朝立他的弟弟俟利弗设为处罗可汗。悲痛之中的义成公主，依照突厥之俗，嫁给了处罗可汗。自公元 599 年义成公主和亲突厥，至此已是二十年。二十年间，义成公主先后嫁给突厥两代三人。一个女人内心的伤悲与屈辱，在政权的厮杀之中，有谁去解？而更让义成公主心碎的是，她的故国不在，她的大隋王朝已灭。取而代之的，是李唐王朝。

夫死可以再嫁，国亡何处再寻？谁也没有想到，义成公主，一个纤纤女子，竟在远离中原的大漠草原上，做起了堂堂七尺男儿们都不敢轻易尝试的复国梦。

据《新唐书》记载，公元 619 年，"处罗迎隋萧皇后及齐王暕之子正道于窦建德所，因立正道为隋王，奉隋后，隋人没者隶之，行其正朔，置百官，居定襄，众万人"。在义成公主的劝说下，处罗可汗将流落在外的隋朝的萧皇后及齐王杨暕的儿子杨正道接到突厥，并立杨正道为隋王，把居住在突厥的汉人都交给杨正道管理，行隋的正朔纪年，设置百官，定居定襄城。义成公主此举，是企图反唐复隋了。

第二年，处罗可汗打算夺取并州安置杨正道，虽然占卜出师不吉，也不听劝阻，自行决断，执意出兵，铁了心要帮助隋朝复国，报答当初隋朝助突厥复国之恩。可是，天不从人愿，处罗可汗尚未出兵，就天生异象，自己也病死了。处罗可汗死后，义成公主因自己的儿子奥射设"丑弱"，就立处罗的弟弟、启民可汗的第三个儿子咄苾为颉利可汗。义成公主也按突厥习俗第四次披上嫁衣，成为颉利可汗的可贺敦。

由义成公主一手扶持上位的颉利可汗，对义成公主忠心耿耿，言听计从。在一心复国的义成公主的鼓动下，屡屡发兵，侵掠李唐边境。心怀反唐复隋之志的人，不止义成公主一个。她的弟弟善经也依附突厥，与隋朝旧臣王世充的使者王文素共同劝说颉利可汗，应该扶立杨正道以报答隋朝的厚恩。颉利可汗听从了他们的劝说，每年都挥师南下，侵扰中原，并且倚仗父兄的余荫，兵强马多，十分骄横，轻视中原。在与唐来往的书信中用词傲慢，求请无厌。初定中原的李唐王朝，百废待兴，根本没有还手之力，只得多输财物以求安宁。李唐王朝没有想到，突厥之志，已不在财物，而在江山。因此，大量的财物，不仅没有换来想要的安宁，反而助长了突厥的嚣张气焰，屡犯边境，烧杀掳掠，民不聊生。

看到唐朝委曲求全，广输财物，突厥就想牢牢抓住这个财神爷了。于是，突厥一边不断侵犯唐朝，一边向唐朝请和，以免断绝了这条财路。按照太常卿郑元璹的建议，唐朝没有直接答应突厥的请和，而是想先击败突厥，再答应请和，恩威并施，让突厥彻底臣服。

公元 623 年，当突厥侵犯马邑时，唐军击败了突厥。颉利可汗盛怒之下，出动大军攻打马邑，与唐军一天作战十几次，打得唐军援兵不敢前进，半途而返。颉利可汗故伎重演，边攻打马邑，边派使者向唐朝请婚。《资治通鉴》记载，唐高祖对颉利可汗说："释马邑之围，乃可议婚。"唐朝的态度，估计颇出突厥意料，让突厥心生惧意，也或许突厥这次是真心想求婚请和，颉利可汗就想撤军了，"颉利欲解兵，义成公主固请攻之"。可是，眼见胜利在望，一心想着灭唐复国的义成公主，怎么会答应撤军！因此，她坚持要求继续攻打马邑。既然娇妻有令，本就没把唐朝放在眼里的颉利可汗，野心又起。于是，"颉利以高开道善为攻具，召开道，与之攻马邑甚急"，最终以唐军战败告终。

五

义成公主此举，彻底寒了李唐王朝的心。虽然没过几天，突厥又向唐朝请和，将马邑归还给唐朝，唐朝却已有除掉义成公主之意，同时暗暗蓄积力量，准备灭掉突厥了。

公元 624 年，当群臣为避突厥侵犯，建议高祖迁都时，秦王李世民不同意迁都示弱，他要唐高祖给他几年时间，他会把绳索套在颉利可汗的脖子上，将颉利可汗送到唐朝的宫阙之下。多年蒙受突厥欺辱，早已忍无可忍的李渊当即说"好"，同意了李世民的建议，不再有迁都之意，暗做灭突准备。

突厥对此毫无警觉，仍然放马南下，肆意在唐朝境内点燃战火。公元 626 年，颉利可汗频频侵犯唐朝边境原州、灵州、凉州、朔州、西会州、秦州、兰州、陇州、谓州等各大要塞，并渐渐逼近长安。八月二十八日，颉利可汗前进到渭水便桥的北岸后，派心腹执失思力到长安靓见唐太宗，以探虚实，并向唐太宗大肆鼓吹突厥百万大军已到，想吓住唐朝。结果，于八月初九方登帝位的唐太宗并无惧意，先是猛批突厥忘恩负义，然后扣押了执失思力。接着，他走出玄武门，骑着马径直来到渭水边上，同颉利可汗隔着渭水对话，责备他背弃盟约。

唐太宗此举，威震突厥。突厥压根就没有想到，唐太宗竟然胆敢单枪匹马出现在突厥大军阵前。见到唐朝天子真容的突厥将士大为吃惊，纷纷跳下马来，对着太宗下拜。再看到相继赶到的唐朝军队，铺天盖地，阵容盛大，而执失思力也没有回来，颉利可汗害怕了。

与颉利可汗相反，面对突厥的百万大军，唐太宗全然无惧。他不顾大臣们的阻止，镇定自若地指挥唐朝各军后退列阵，自己仍独自留下与颉利可汗交谈，最终以他的冷静、镇定、聪明、睿智击退了突厥。颉利可汗当天就主动向唐朝请和，还宰杀白马，与唐太宗在渭水便桥上歃血为盟，退了兵。

其实，突厥的撤退，还另有原因。此时，因为连年征战，突厥已不胜负荷，日益衰败，百姓纷纷离散。在唐朝实施的离间计下，突厥内部矛盾也日渐尖锐。再加上恰逢天灾，畜死民饥，曾不可一世的颉利可汗，已陷入了内外交困的窘境。无奈之下，颉利可汗不得不放下弓箭，故伎重演，再次向唐称臣，请求和亲。

突厥国情，唐朝了然于心。公元 627 年十二月，唐朝大臣郑元璹出使突厥回来后，对唐太宗说，戎狄族的兴衰隆替，专以羊马的情状作为征候。现在突厥百姓饥饿、牲畜瘦弱，这是将要灭亡的先兆，突厥不会超过三年，就将灭亡了。唐太宗深以为然。众大臣就都劝说唐太宗乘此机会袭击突厥，唐太宗没有答应，认为现在出击，是不守信用、不仁义、不勇武的做法，即使突厥的各部落都叛离，牲畜所剩无几，他也还是不能出击，一定要等到突厥有了罪过，再去讨伐他们。

机会很快就来了。公元628年九月，突厥兵再次侵犯唐朝边境，唐朝大臣建议修复长城，以御突厥入侵。唐太宗却觉得时机已到，准备出手灭掉突厥了。公元629年，唐太宗趁突厥内部发生动乱、众人背叛颉利可汗之机，出手援助颉利可汗的对手薛延陀毗伽可汗，赐给他宝刀与宝鞭，让他统治突厥。唐太宗此举，吓坏了颉利可汗，他赶紧收起兵马，派使者向唐朝称臣，请求迎娶唐朝公主，修女婿礼节。

让颉利可汗没有想到的是，屡试不爽的招数，这次居然失灵。已做好充分准备的唐太宗，断然拒绝了突厥的和亲，抓住突厥一边向唐朝请求和亲，一边派兵救援唐朝叛将梁师都，并帮梁师都攻打唐朝的把柄，派兵部尚书李靖，领兵出击突厥。于是，公元630年，李靖率兵在阴山大败颉利可汗，曾称雄于大漠南北的东突厥汗国，至此灭亡。

战争结束。儿子被擒，义成公主毙于李靖剑下。扔下义成公主独自出逃的颉利可汗，最终也没有逃脱，被唐军抓住了。

颉利可汗被唐军送到了长安。《资治通鉴》记载，到达长安后，唐太宗在顺天门城楼，召见颉利，列数了颉利的五条罪状："汝藉父兄之业，纵淫虐以取亡，罪一也；数与我盟而背之，二也；恃强好战，暴骨如莽，三也；蹂我稼穑，掠我子女，四也；我宥汝罪，存汝社稷，而迁延不来，五也。然自便桥以来，不复大人为寇，以是得不死耳。"但看在颉利可汗自渭水便桥之盟以后，没有再大肆侵犯唐朝，免他不死。颉利可汗痛哭谢罪，退下宫去。太宗下诏让他住在太仆寺，并赐给他丰厚的食物。公元634年，突厥颉利可汗在长安去世，唐太宗下令遵从突厥民族的习惯，将颉利可汗焚尸火葬。被义成公主接到突厥的隋朝萧皇后，在唐军灭了突厥之后，不仅对她以礼相待，还将她接回了长安。

大唐接回了隋炀帝的萧皇后，厚待了突厥俘虏颉利可汗。可是，汉家女儿义成公主的一腔热血，却在李靖挥剑刺出的寒光之中，如盛开的花朵遽然绽放在大漠洁白的帐篷之上。国恨家仇，是每一个人心中解不开的结啊。纵使有着如李贺在《南园十三首·其五》中所说的"男儿何不带吴钩，收取关山五十州"的宏愿，将大唐帝国的威名赫然印刻到千秋史册上的大将李靖，那宽广的胸怀也容不下大隋王朝最后的悲情守护者，独独杀死了念念不忘"反唐复隋"的义成公主。这位四嫁突厥可汗，为了大隋王朝的兴盛、安宁和长治久安，深深扎根于大漠草原的和亲公主，就这么带着对故国大隋王朝的深情留恋，含恨而去。

义成公主，这个在如花年华出嫁，在突厥生活了三十年，历嫁突厥父子四人的杨家女儿，用生命殉了故国，走完了自己传奇般的人生，成为真正意义上的"义成"。

一湾碧波掩苍凉

在甘肃省武威市城南二十公里处，有一个青嘴喇嘛湾。

湾里，一河碧色的流水，静静地偎依在起伏的层峦叠嶂间，千百年来，任时光荏苒，水波不惊。可是，百年前一个梁姓人家的无意之举，碎了这湾流淌了千年的河水的宁静，竟至掀起直卷大唐的旋风巨浪，自此不息。一位美丽的和亲女子，穿过岁月的时空，踏浪而出，将一段尘封了千年的大唐岁月，呈现在世人眼前，惊了世人的眼。这位女子，就是西出阳关和亲吐谷浑，首开大唐公主出塞和亲历史的大唐公主——弘化公主。

一

在中国和亲史上，弘化公主是一个美丽的传奇。

出生于陕西成纪的弘化公主的美丽，有碑铭记。从她的墓里出土的墓碑上，刻写着如下文字："诞灵帝女，秀奇质于莲波；诧体王姬，湛清仪于桂魄；公宫禀训，沐胎教之宸猷；姒帏承规，挺璇闱之睿敏。"她的聪明才智，风度仪表，良好教养，由此可见一斑。就是这样一位美丽的大唐女儿，为了增进汉与吐谷浑两族间的友好关

131

系，远嫁异族。《旧唐书》记载："诺曷钵因入朝请婚。十四年，太宗以弘化公主妻之，资送甚厚。""左骁卫将军、淮阳王道明送弘化公主归于吐谷浑。"公元640年，吐谷浑国王诺曷钵向唐朝请婚成功。在淮阳王李道明及大将军慕容宝的护送下，弘化公主走出富丽堂皇的长安，离开青山秀水的故乡，不辞辛苦地跋涉万里，风尘仆仆地奔赴建都于青海的吐谷浑国，与国王诺曷钵成婚，成为一个"有城郭而不居，随逐水草庐帐为室，以肉酪为粮"的游牧汗国的可贺敦，也成为走出长安、和亲异族的第一位大唐公主，在中华民族团结史上落下了不朽的一笔。而那一年，她才十八岁。

彼时，这位含着眼泪辞别中原，走向苍茫大漠，走向边关的和亲公主，并不知道自己将会缔造一个传奇。

弘化公主和亲的吐谷浑，是我国西北的一个古代少数民族，又称吐浑、退浑，原为鲜卑慕容部的一支，最早居住在我国东北地区，后来徙居了到西北地区。吐谷浑原本是一个人的名字——慕容吐谷浑，是辽西鲜卑徒河涉归的庶长子。吐谷浑的父亲分了部落中的一千七百家给他统领。涉归死后，吐谷浑的弟弟若洛廆继位，因为若洛廆（也作慕容廆）和吐谷浑两部落的马在一起放牧时经常打斗，两兄弟也因此不和，吐谷浑便率领他的部落进行了迁徙，从辽宁义县西迁到内蒙古阴山，最后定居甘肃临夏。

吐谷浑西迁后，他的弟弟若洛廆后悔了，派长史史那娄冯等人去追他，但吐谷浑不愿返回东部。他对娄冯说，他的西迁是上天的旨意。然后叫娄冯把马向东驱赶，如果马愿意回到东部，那他就跟着马回东部。结果，娄冯让两千多骑兵随从赶着马向东走，只走了几百步，那些马就都悲鸣着回身往西走。这样反复多次，都无法将那些马赶往东方。见此情景，蒌冯心中震惊，忙跪下说，这件事不是人力能为的，真是天意啊！吐谷浑回东部的事情自此停止。听说此事后，若落廆十分悲伤，他亲自写了一首《阿于歌》，表达自己对哥哥的思念，并作为军歌，在祭祀时传唱。在鲜卑徒河，把兄长叫作阿于。

吐谷浑未被若落廆打动，义无反顾地远离了他的弟弟。他的离开，并不只是为了赌一时之气，他有他的远大志向。《晋书》记载："吐谷浑谓其部落曰：'我兄弟俱当享国，廆及曾玄才百余年耳。我玄孙已后，庶其昌乎！'"吐谷浑告诉他的部落，百年之后，他的子子孙孙也会繁荣昌盛，向他的部落言明了他的志向。

于是，吐谷浑带着他的部落向西依附于阴山，逐水草而居，渐渐壮大起来。七十二岁的时候，吐谷浑去世，他的长子吐延继承王位。吐延长得高大英俊，洒脱豪放，与众不同。《晋书》载，胸怀大志的吐延，曾慷慨激昂地对部下说："大丈夫生不在中国，当高光之世，与韩、彭、吴、邓并驱中原，定天下雌雄，使名垂竹帛。"他恨自己不是生在中原，与群雄并驾齐驱，逐鹿天下，名载史册。不懂礼教，无法扬名，生死皆在荒漠，籍籍无名。有着如此雄心壮志的吐延，当然不会甘于居于一隅，他不断开疆拓土，把势力范围扩大到现在的四川西北、青海和甘肃南部原来氐、羌等族居住的地方。遗憾的是，公元329年，因为生性冷酷残忍，不能体恤部下，河南王吐延被羌族的首领姜聪刺杀而死。死后，他的长子叶延即位。临危受命的叶延，年仅十岁。虽然年少，但勇敢果决，他扎了个草人，号称是刺杀他父亲吐延的仇人姜聪。他每天都要用弓箭射草人，射中了就嚎叫哭泣。他的母亲劝他，说仇人姜聪已被杀了，你还小，不要天天自寻痛苦。叶延听了他母亲的话，哭个不住，回答说，他也知道射杀草人没有用处，他只是用天天射杀草人的行动来释放失父之痛，也勉力自己时时不忘家仇国恨啊！

牢记着家仇国恨的叶延继位后，饱读《诗》《传》，深受中原文化影响，在大臣们的帮助下，他在沙洲即现在的青海省贵南县穆克滩一带建起总部，以吐谷浑为其族名。从此，吐谷浑由人名转为姓氏和族名。随后，吐谷浑相继传位于辟奚、视连、视罴、乌纥提、树洛干等后代子孙，在一代一代子孙们的努力下，吐谷浑日渐成长为一个势力强大的部落。

自吐谷浑至树洛干，共经六世八传，其中很多继位者多具才略，长袖善舞，左右逢源，从容周旋于中国历史上最动乱的南北朝并立、十六国割据的群羌之间。他们坦然接受各国封赐，如西秦曾封视连为白兰王，封视罴为沙州牧、白兰王，封树洛干为平狄将军、赤水都护。在接受各国封赐的同时，吐谷浑也朝贡各位强国，甘愿依附强国而立。

树洛干死后，传位给他的弟弟阿豺，阿豺自号为骠骑将军、沙州刺史。这位阿豺也是颇具才干之士，他兼并了羌、氐等族，土地方圆千里，吐谷浑号称强国。阿豺死后，他哥哥的儿子慕璝继位。慕璝率领众人继续扩张领土，使吐谷浑部落真正转为强盛。自此之后，吐谷浑又相继传位于慕利延、拾寅、度易侯、伏连筹等人。这期间，吐谷浑一直与中原各国相交友好，被中原各朝封赐。其中，魏世祖封慕璝为大将军、西秦王；因魏国的怠慢，慕璝在与魏国相交的同时，还减少给魏国的贡奉，与宋国相交，被宋文帝封为陇西王。

公元 436 年，慕璝死了，他的弟弟慕利延即位，魏世祖封慕利延为惠王、镇西大将军、仪同三司；慕利延与他的哥哥慕璝一样，与魏国交好的同时，也接受了宋国的封赐，被封为河南王。后继者拾寅、度易侯、伏连筹等人都延续着前辈的外交政策，同时与魏国和宋国保持着友好关系，受到两国的封赐，得到两国帮助，也同时向两国进贡，以此为吐谷浑赢得发展壮大的机遇。因此，在如此动乱的时局里，吐谷浑不仅没有被灭掉，反而趁机逐渐发展壮大起来。公元 515 年，在北魏宣武帝去世、秦州反叛、河西的朝贡路线被阻断后，摆脱附庸地位，完全独立。等到夸吕当政时，吐谷浑索性放弃了北魏封号，自号为可汗，以伏俟城为都城，建立起独立的政权。

<h1 style="text-align:center">二</h1>

时间的车轮滚滚向前，数百年的时间倏忽便逝。

公元 618 年，隋灭唐立。还在隋朝时，吐谷浑王慕容伏允就曾带领部众侵犯隋朝边境。隋炀帝先是命令铁勒派兵打败吐谷浑，随后又派王雄大败吐谷浑，伏允带领几十人马从泥岭逃跑，吐谷浑仙头王率十多万部众投归隋朝。隋炀帝便设置郡县来镇守从伏允手中获得的领地，还扶立伏允当初作为质子入朝的长子顺为王，准备让他统领吐谷浑余下的部众，但顺未到达吐谷浑就又返回了。伏允则客居在党项，等待时机东山再起。等到隋朝大乱后，伏允便趁势而出，收复了故地。

唐朝初立，唐高祖与伏允相约：伏允攻打占据凉州的隋朝旧臣李轨，唐高祖则将伏允的儿子顺送回吐谷浑。伏允很高兴，便带兵与李轨在库门交战，战斗结束后，唐高祖将顺送回了吐谷浑，封他为大宁王。

可是，唐朝与吐谷浑交好的局面未能持续下去。公元634年，伏允派到唐朝的使者还未回来，他就派兵侵犯唐朝边境。不仅如此，唐太宗派使者召伏允入朝，伏允一边借口有病不去，一边为儿子求婚，来试探唐太宗的态度。当唐太宗下诏要伏允的儿子亲自前往唐朝迎亲时，他的儿子也借口有病不去，唐太宗就中止了与吐谷浑的婚约。这边唐太宗派的人刚宣布诏书，那边伏允就又派兵侵袭唐朝边境重镇。自此，横亘在西域路上的吐谷浑联合西突厥，控制西域各小国，经常侵扰唐的边境，袭击来往商人，阻绝中原与西北边疆政治、经济、文化的联系，也阻碍了中国和中东、欧洲各国经济、文化的交流，使丝绸之路不能畅通。唐太宗李世民当机立断，一手举起大刀，一手牵起红绳，刚柔并济，征服吐谷浑。

公元635年，唐太宗李世民派李靖、侯君集等大将率兵分道出击不听劝告，反而领兵出击大唐边境的吐谷浑汗王伏允，吐军大败。兵败后，惊恐万分的伏允自杀。吐谷浑人便立伏允的儿子顺为可汗，并向唐朝称臣归附。见顺是真心归附，唐太宗便也想真心助他坐稳可汗之位，派唐将李大亮率领数千精兵为他助力，可是，因为长时间在隋朝做人质，顺得不到吐谷浑人的人心，继位不久，他就被部下杀害了，他的儿子燕王诺曷钵被立为吐谷浑王。诺曷钵年少无知，无力治国，大臣争权，国内一片混乱。见此情景，十二月，唐太宗派兵部尚书侯君集等人率军支援诺曷钵，迅速稳住了吐谷浑的政治局势。第二年，即公元636年，心怀感激之情的诺曷钵在吐谷浑颁布唐朝历法，实行唐朝年号，派子入侍唐帝。诺曷钵对唐的恭顺，正是唐太宗想要的结果，他高兴地册封诺曷钵为河源郡王、乌地也拔勒豆可汗。

诚心归唐的诺曷钵，毫不例外地依照历朝旧例，迅速向唐朝求婚。《资治通鉴》记载："吐谷浑王诺曷钵来朝，以宗女为弘化公主，妻之。"公元639年，唐太宗欣然应允了诺曷钵和亲的请求，答应将宗室女弘化公主嫁给他做妻子，诺曷钵也献马牛羊上万头给大唐作为聘礼。公元640年，早在头一年就亲自赶到长安迎亲的诺曷钵，乐滋滋地带着唐太宗册封的弘化公主回国了。"左骁卫将军、淮阳王道明送弘化公主归于吐谷浑"，奉命一路为弘化公主保驾护航的唐朝大臣，是淮阳郡王李道明和右武卫将军慕容宝。

可是，草原那头等待着弘化公主的，不是美酒、红烛和祝福。据《旧唐书》记载，"十五年，诺曷钵所部丞相王专权，阴谋作难。将征兵，诈言祭山神，因欲袭击公主，劫诺曷钵奔于吐蕃，期有日矣"。公元641年，野心勃勃、专横跋扈的吐谷浑宣王早已图谋作乱，准备借祭祀山神之机，袭击弘化公主，再劫持诺曷钵，投降吐蕃而去。毫无防备的诺曷钵得知消息后，非常害怕，只得带着弘化公主出逃。可怜年轻的弘化公主还不知新婚是甚滋味，就不得不先跟着诺曷钵逃命大唐鄯善城，先保性命。"鄯州刺史杜凤举与威信王合军击丞相王，破之，杀其兄弟三人，遣使言状。太宗命民部尚书唐俭持节抚慰之。"直到鄯州刺史杜凤举和吐谷浑威信王联合打败宣王，杀掉宣王三兄弟，稳住了吐谷浑的政治局势，弘化公主和诺曷钵才转危为安。

从此，吐谷浑每年派使者向大唐王朝进贡，与唐朝建立起友好关系，这种友好关系，直到吐谷浑国被吐蕃消灭，才结束。因此，在长达数十年的时间里，唐朝西境无战事。唐太宗去世后，诺曷钵的石刻像被列于唐太宗的昭陵之下，陪侍唐太宗。这莫大的殊荣，也进一步彰显了大唐和吐谷浑的关系之密切，情谊之深厚。

大唐与吐谷浑的交好，并没有随着唐太宗的去世而消逝。唐高宗继位后，封诺曷钵为驸马都尉，并赏赐绸帛四十段。诺曷钵感激之余，向唐高宗敬献吐谷浑特产的宝马"青海骢"，但唐高宗颇有"君子不夺人所爱"之风度，听说青海骢是吐谷浑人特别喜爱的宝马，没收，下令将宝马还给了吐谷浑。

唐高宗对吐谷浑的好，不止于此。公元652年，唐朝发生了一件大事。据《资治通鉴》记载，那一年，"弘化长公主自吐谷浑来朝"。

那年的十一月，呼啸的北风似乎不再那么寒冷，远嫁的女儿弘化公主，在亲人的迎接中重踏中原故土。当初和亲之际，弘化公主和大唐的天子大概都不会想到，这位第一个奉大唐之命西出阳关的和亲公主，出塞后还能重回故土、重温亲情。汉吐两族的情谊，在情意浓浓的探亲中，得到了进一步的巩固。《新唐书》记载，为了牢固地笼络住吐谷浑，同时也是给弘化公主和亲的奖励，"及诺曷钵至京师，帝又以宗室女金城县主妻其长子苏度摸末，拜左领军卫大将军。久之，摸末死，主与次子右武卫大将军梁汉王闼卢摸末来请婚，帝以宗室女金明县主妻之"，在弘化公主回国探亲之后，唐高宗又将宗室女金城县主许嫁给诺曷钵的长子苏度摸末，并将苏度摸末封为左领军卫大将军。十年后，苏度摸末死了，唐高宗又把宗室女金明县主许嫁给弘化公主的次子右武卫大将军梁汉王闼卢摸末。

如此频繁的和亲，使吐谷浑王室与大唐王室结成世代姻亲关系，也成为民族团结的一个典范。

三

弘化公主的和亲，不仅带来了唐吐的友好团结，稳定了青海等地的政治局势，还将大唐的疆域往西部逐步推进，给后来大元收服吐蕃提供了契机。

据《资治通鉴》记载："初，上遣使者冯德遐抚慰吐蕃，吐蕃闻突厥、吐谷浑皆尚公主，遣使随德遐入朝，多赍金宝，奉表求婚；上未之许。"当初，弘化公主和亲吐谷浑时，远在西部的吐蕃赞普松赞干布，见吐谷浑等少数民族纷纷与大唐联姻，再加上自己也仰慕中原文明，便忙忙地派使者到大唐求亲，借此巩固自己在西域的统治。可是，吐蕃离大唐太远了，大唐天子对和中原从无交往的吐蕃，还很有点陌生。因此，大唐拒绝了吐蕃的求亲，答应了吐谷浑的求亲。

这一拒一应，激起了第一个一统西藏的吐蕃赞普松赞干布的怒气，他先与羊同一起攻打吐谷浑，将吐谷浑人赶到青海北面，掳取了吐谷浑全部的财物牲畜，接着攻下了大唐的藩属国党项和白兰羌。《新唐书》载，扫清了这些小国家后，"勒兵二十万入寇松州，命使者贡金甲，且言迎公主，谓左右曰：'公主不至，我且深入。'"为求得一个大唐公主，赞普竟挥师东向，直取大唐边境重镇，发誓不得公主不回师。几番烽火后，弘化公主和亲吐谷浑的第二年，唐太宗将文成公主远嫁吐蕃。于是，在大唐和吐蕃那由风沙、白雪弥漫和覆盖的道路上，也有了迎亲的长调在空旷的雪域高原上回旋。从这一年开始，唐朝、吐谷浑、吐蕃三方和平共处，相安无事。

遗憾的是，和大唐同结姻缘的吐谷浑和吐蕃，并没有将和平的局

分析

面延续下去，更没有因为三方的姻亲关系亲上加亲，团结友好。松赞干布死后，面对大唐和吐谷浑日益深厚的情谊，吐蕃的实际掌权者——吐蕃大相禄赞东心感不安，他要割断吐谷浑与大唐之间的情谊。

禄赞东首先对吐谷浑发动了战争。吐谷浑也不甘示弱，频频回击吐蕃。后来，吐谷浑与吐蕃互相攻击，久无结果，便都向唐朝上书指责对方，并请求唐朝派兵援助。皇帝都不答应。正相持不下时，公元663年，吐谷浑大臣互和贵因为犯了罪逃到吐蕃，将吐谷浑的情况全部告诉了吐蕃。掌握了吐谷浑虚实的吐蕃，立即发兵攻打吐谷浑，并大败吐谷浑。不忍一手扶植起来的吐谷浑政权就此被灭，唐高宗屡派大将率军支援吐谷浑，甚至派上了历史上赫赫有名的大将薛仁贵领军出击，但是，所有的大将，都被吐蕃打败。由此，吐谷浑的败势一泻千里，再无转机。诺曷钵与弘化公主抛下吐谷浑，逃往唐朝的凉州。强势的吐蕃，就此吞并了吐谷浑的土地，吐谷浑被灭。

弘化公主绝不会想到，在远嫁吐谷浑二十三年后，自己竟然成了亡国亡家之人。他们在凉州这个缓冲之地停留了九年，等待了九年，希望有朝一日能收复失地，恢复故国。因此，在凉州的九年当中，弘化公主及所有逃难到此的吐谷浑部落人每天都在失望与希望中煎熬。痛苦中，是凉州美丽的南山风景，稍稍抚慰了她那颗饱受苦难的心。也许，就在那时，她把凉州南山当作了自己最终的归宿之地。

随着吐蕃日盛，唐朝渐衰，诺曷钵和弘化公主的复国之梦，也越来越渺茫。后来，吐谷浑作为一个部族，散居青海、甘肃、陕西、宁夏等地，再也无力复国。公元672年，无助的诺曷钵和弘化公主不得不离开复国梦碎的凉州，辗转到安乐州，即现在的宁夏吴忠市同心县韦州镇一带。唐高宗任命诺曷钵为安乐州刺史，让他进行中国历史上最早的"民族自治"，目的就是"欲其安而且乐也"。在西域历史上活跃了三百多年的吐谷浑，从历史的版图和文字的记载上消失了。可是，命运并不同情弘化公主，亡了国家的弘化公主，不久也失去了相濡以沫的丈夫。公元688年，戎马一生、因长途跋涉而病重，与弘化公主一生恩爱的慕容诺曷钵，在妻子怀中闭上了双眼。

四

国已灭亡，人已不在，但大唐对弘化公主和诺曷钵的友好一如既往。

诺曷钵死后，唐朝同样封他的继位后人为左豹韬卫员外大将军、乌地也拔勒豆可汗，承袭父荣。据《旧唐书》记载，一直到公元798年，"以朔方节度副使、左金吾卫大将军同正慕容复为袭长乐州都督、青海国王、乌地也拔勒豆可汗。未几，卒，其封袭遂绝。"诺曷钵的后人慕容复还承袭世封为"青海王""乌地也拔勒豆可汗"。慕容复死后，唐朝对吐谷浑的封赐才结束。

唐朝也没有忘记弘化公主的功劳。公元690年九月，"太后可皇帝及群臣之请。壬午，御则天数，赦天下，以唐为周，改元。乙酉，上尊号曰圣神皇帝，以皇帝为皇嗣，赐姓武氏；以皇太子为皇孙"。由《资治通鉴》所记可知，武则天称帝后，将国号改为了周，将弘化公主改封为大周西平大长公主，并特赐弘化公主为武姓。武则天的册封和赐姓，应该是对弘化公主为大唐的安定与发展做出贡献和

牺牲的一种肯定了，也应该是为什么从弘化公主墓里出土的墓碑上，会出现"大周西平大长公主"字样的原因了吧。

在安乐州生活了二十六年的弘化公主，没有因为吐谷浑的灭亡而忘了自己肩负的责任。不管是丈夫诺曷钵在位，还是儿子当政，她都竭力相助，励精图治，建设家园，将这块不大的土地真正建设成了一个祥和幸福的安乐之地。公元698年，在吐谷浑生活了五十八年的弘化公主，溘然逝去，享年七十六岁。

1914年，在甘肃省武威市新华乡青嘴喇嘛湾弘化公主墓里发现的弘化公主墓志铭上，记载了如下内容：

大周故弘化公主李氏赐姓曰武改封西平大长公主墓志铭并序

公主陇西成纪人，即大唐太宗文武圣皇帝之女也。家声祖德，造天地而运阴阳；履翼握袖，礼神祇而悬日月。大长公主，诞灵帝女，秀奇质于莲波；托体王姬，湛清仪于桂魄。公宫禀训，沐胎教之宸猷；姒幄承规，挺璇闱之睿敏。以贞观十七年出降于青海国王勒豆可汗慕容诺曷钵。其人也，帝文命之灵苗，斟寻氏之洪胤，同日磾之入侍卫，献款归诚；类去病之辞家，怀忠奋节。我大周以曾沙纽地，练石张天，万物于是惟新，三光以之再明。主乃赐同圣族，改号西平，光宠盛于厘妫，徽猷高于乙妹。凯谓巽风清急，驰隙驷之晨光；阅水分流，徒藏舟之夜壑。以圣历元年五月三日寝疾，薨于灵州东衙之私第，春秋七十有六。既而延平水竭，惜龙剑之孤飞；秦氏楼倾，随凤箫而长往。以圣历二年三月十八日葬于凉州南阳晖谷治城之山岗，礼也。吾王亦先时启殡，主为别建陵垣，异周公合葬之仪，非诗人同穴之咏。嗣第五子右鹰扬卫大将军宣王万等，痛深棻棘，愿宅兆而斯安；情切蓼莪，惭陟屺而无逮。抚幽埏而掩泗，更益充穷；奉遗泽而增哀，弥深眷恋。以为德音无沫，思载笔而垂荣；兰桂有芬，资纪言而方远。庶乎千秋万岁，无惭节女之陵；九原三壤，不谢贞姬之墓。其铭曰：

瑶水诞德，巫山挺神，帝女爰降，王姬下姻。燕筐含玉，门牓题银，珈珩掃象，轩佩庄鳞。（其一）

与善乖验，竟欺遐寿，反魄无微，神香徒有。婺彩潜翳，电光非久，脸碎芙蓉，匣悽杨柳。（其二）

牛岗僻壤，马鬣开坟，黛柏含雾，苍松起云。立言载笔，纪德垂薰，愿承荣于不朽，庶传芳于未闻。（其三）

弘化公主的身世、生平、功绩与影响，尽述其中。

在中国漫长的和亲史上，从个人命运的角度来说，弘化公主的一生是悲情的，但放眼到国家的安危和民族团结的层面上来说，她的和亲生涯又是中国和亲史上少有的成功一例。因为她，吐谷浑开始了与大唐的长久友好局面；因为她，大唐的西部开始安宁并且疆土拓展。她的丰功伟绩，也正如明朝诗人赵介在《题昭君图》中大为赞赏的那样："傍人莫讶腰肢瘦，犹胜嫖姚千万兵。"

更何况，弘化公主给吐谷浑带去的，不仅仅是和平和安宁，她为吐谷浑带去的汉族先进的医药、种植、纺织等技术，使吐谷浑民族开始了史无前例的开化与和谐。因此，她带给吐谷浑的，还有富裕和文明。可是，弘化公主的这段辉煌而传奇的和亲史，却在时光的流转中被湮没。一千多年来，因为"吐谷浑"已只是出现在史册上的一个名字而已，这位和亲吐谷浑的大唐第一公主魂归何处，无人知晓，更少有人记起在中国的和亲历史上还有这么一位弘化公主，更不用说大周西平大长公主了。

五

世事总在轮回之中还原。

由于史书缺乏记载，千百年来，根本没有人知道武威的青嘴喇嘛湾还埋葬着一代古人。清朝同治年间，即公元1862年至1874年间，陕西回民义军的反清斗争蔓延到甘肃，延续十年之久。一户梁姓人家为躲避回、汉两族的仇杀之祸，上山挖洞避难时，凑巧挖到了弘化公主的墓，从此打破了该墓地的寂静，人们纷纷前来打劫墓中财物。其间，该墓曾被封堵，但到了1915年，弘化公主墓又被当地人掘开，并发现了弘化公主墓志铭，随后墓志被人藏了起来。时任武威知县的唐敷容得知情况后，赶紧安排武威县商务会长贾坛到处寻访，最终将墓志找了回来，将其保存在武威文昌宫。

看到那方正方形，志盖高、宽各六十厘米，正中篆书"大周故西平公主墓志"，志底高宽各五十六厘米，文字二十五行，满行二十四字，志前题为"大唐古弘化大长公主李氏赐姓曰武改封西平大长公主墓志铭并序"的墓碑后，人们才知道，一代名人弘化公主，竟葬于武威。那一段被黄沙和碧水掩埋了千年的历史，自此，才又重现人间。墓中出土的一批彩绘木俑、木马、木驼和丝织品、铜、陶、骨、漆器等文物，雕刻生动，形象逼真，制作精细。出土的一批纱、罗、绮等丝织物，色泽鲜丽，饰纹多样，细薄透明，各种图案的织锦质地牢固，锦面细密，提花准确，反映了唐代精湛的工艺。这些文物，成为研究唐与吐谷浑关系的珍贵实物资料。令人讶然的是，在这方不大的湾里，不仅仅发现了弘化公主墓，从清同治年间以来，这里还先后发现了唐代吐谷浑的墓志铭九方，所葬九人，即弘化公主、代乐王慕容明、安乐王慕容神威、青海王慕容忠、政乐王慕容煞鬼、金城县主、燕王慕容曦光、元王慕容若夫人、大唐故武氏夫人。随着一方方墓葬的发现，一块块碑文的解读，千年前那群美丽的唐朝女儿的身影，那段夹杂着硝烟和泪水的历史，在人们眼前鲜活起来。

远嫁异域的女儿们，故土难离，乡愁难灭啊。碑文记载，"圣历元年五月三日寝疾，薨于灵州东衙之私第"的弘化公主，"以圣历二年三月十八日葬于凉州南阳晖谷治城之山岗"，其灵柩于第二年运抵凉州，葬于青嘴喇嘛湾。因为，这里是青藏高原与河西走廊的交接之地，向南，是吐谷浑国；向东，则直通大唐。与她同年同月同日去世，又同年同月同日葬于青嘴喇嘛湾的，还有她的长子慕容忠。

想来，人们不辞辛苦，将弘化公主和她的后人们千里迢迢埋葬于青嘴喇嘛湾，也不过是想让她那颗柔柔的女儿心，既能时时照拂她为之呕心沥血一生的国度，也能在大漠黄沙中遥遥地望见她再也回不去的故乡吧。

如今，往事如烟，一切都已不在，只有"大周故西平公主墓志""大周故青海王墓志"等一块块冰冷的墓志铭，在武威市博物馆里，肃穆庄严，让人悲怆地猜解那段历史之谜。

已在中国版图上消逝了一千多年的吐谷浑所有的历史，都在青嘴喇嘛湾——这方没有秀山，却有绿水的地下，沉睡。沉睡成一条文化的河流，奉献给世人一个厚重而明艳的武威！

俯首，亲近那份尘埃

　　中国的和亲，自汉伊始。但自汉朝高祖至唐太宗以前，没有一个中原王朝把真正出身于皇家的金枝玉叶远嫁异族。直至唐太宗李世民即位后，将衡阳公主嫁给突厥王子阿史那社尔，才有了第一位真正的和亲公主。

　　史书《新唐书》记载："衡阳公主，下嫁阿史那社尔。"衡阳公主是唐高祖李渊的第十四个女儿，唐太宗同父异母的妹妹。她虽然奉命嫁给突厥王子，但她并没有与其他和亲女子一样，离开故土，远嫁大漠。因为突厥王子阿史那社尔于当年来到长安，归顺了大唐。他是在大唐长安迎娶的衡阳公主，在那里安了家，自此，再也没有回过突厥大草原。因此，衡阳公主也成为一位足不出京城的和亲公主。

　　因为少了远离故土和亲人的担忧，以及对异域陌生生活的恐惧，一千多年前，在京城长安那金碧辉煌的皇宫中点燃的红烛和吹奏的迎亲长调里，没有悲凄。那跳跃的烛光，悠长的旋律，闪烁的是喜庆的焰火，回旋的是幸福的音符。而正是这一次美满的和亲，不仅让衡阳公主得到一位情投意合的好夫君，也让大唐得到了一员忠贞不贰、骁勇善战，为大唐统一天下不辞辛苦、南征北战，立下赫赫战功的大将。这在中国的和亲史上，尚属首例。

也正因为如此，翻开唐朝史册，满眼都是阿史那社尔东征西伐创下的丰功伟绩，而让阿史那社尔——这只来自草原上的雄鹰甘心俯首的美丽女子衡阳公主，在史册上反而只有寥寥几笔，淡出了人们的视线，将所有的光彩都留给了阿史那社尔和大唐。

阿史那社尔不是凡夫俗子。他是北方少数民族突厥处罗可汗的次子，一名名副其实的突厥王子。《新唐书》载："年十一，以智勇闻。拜拓设，建牙碛北，与颉利子欲谷设分统铁勒、回纥、仆骨、同罗诸部。"还只有十一岁时，阿史那社尔便以智勇双全闻名于大草原，被拜为拓设，做了突厥的部落首领。也就是说，当同龄人还只知牧马放羊之时，他已在碛北树起了属于自己的牙旗，与颉利可汗的儿子欲设分别统治铁勒、回纥、同罗等部落，有了自己的领地和部落。

虽然年幼，但阿史那社尔治政有方。在他的部落里，他实施了宽松的休兵养民政策。任拓设十年，爱惜百姓的阿史那社尔，硬是未向部落百姓征收一分钱的赋税。很多首领因此看不起他，认为他太过愚笨，不知道敛财自富。有人劝他多收赋税好自用，阿史那社尔不干，他说："部落丰余，于我足矣。"闻听此言，众人皆大为惭服，再也不敢小瞧他，所有的部落首领都对他又怕又爱。

自小就爱护百姓、智勇双全的阿史那社尔，特别向往山清水秀、物产富饶的中原，羡慕中原人富裕、文明的生活。因此，当颉利可汗数次对中原用兵时，阿史那社尔都前去劝阻。只是遗憾的是，每一次，颉利可汗都没有接受他的劝阻，执意对唐用兵，大肆攻唐。公元630年正月，实力渐强的唐太宗发动大军攻打颉利可汗。二月，李靖灭了东突厥，颉利可汗一个人逃往侄子沙钵罗部落。三月，颉利可汗被俘，押送到唐朝长安。自此，颉利可汗统治的东突厥被灭，自己也做了大唐的俘虏，成为亡国之君。

东突厥灭亡时，阿史那社尔不在。他早在两年前就已离开东突厥。因颉利可汗多年来忙于与大唐交战，公元626年，原本附属于突厥北部的铁勒、回纥、薛延陀等部落趁机反叛突厥自立，攻击并打败了欲谷设，前去增援的阿史那社尔也被薛延陀打败。公元628年，打了败仗的阿史那社尔没有回到东突厥，他率领余下的部众往西走，投靠浮图可汗，保存实力。

东突厥被唐朝灭掉之后，西突厥纷争又起，各个部落为争夺可汗之位打得不可开交。怀揣称霸草原雄心的阿史那社尔，趁机引兵突袭，攻占了西突厥近一半的国土，部落民众纷纷投靠于他，渐渐拥有了十几万的部众，于是，阿史那社尔便自称都布可汗，建立起了自己的草原汗国。

可惜的是，政权初建，根基未稳，势力还不足够强大，年轻气盛的阿史那社尔就迫不及待地准备找薛延陀复仇。《旧唐书》载，阿史那社尔对他的部落说："首为背叛破我国者，延陀之罪也。今我据有西方，大得兵马，不平延陀而取安乐，是忘先可汗，为不孝也。若天令不捷，死亦无恨。"他已下定决心，与薛延陀一战。即使战败身死，他也没有遗恨。他的部落酋长都劝他先镇守好新得的地盘，若离开新得的地盘去远击薛延陀，叶护的子孙肯定会来报复他。可是，报仇心切的阿史那社尔，根本不听部落酋长劝阻，立即兴兵远征。

已抱定"战死也可"之心的阿史那社尔，是不得不战了，他亲自率领五万多骑兵长途跋涉，到碛北讨伐薛延陀。《新唐书》记载了此次战况："连兵十旬，士苦其久，稍溃去。延陀纵击，大败之，乃走保高昌，众才万人，又与西突厥不平，由是率众内属。"这一战，让阿史那社尔失了他的汗国。兵败碛北的阿史那社尔，前有虎视眈眈的西突厥，后有穷凶极恶的薛延陀，偌大的漠北草原，竟没有了他的立身之地。公元 635 年，英雄末路的阿史那社尔，率领仅剩的一万多人马，离开草原，一路东行，归附了大唐。

幸运的是，也是一代雄才的唐太宗李世民，胸怀宽广，心纳天下。唐太宗并没有因为阿史那社尔是败军之将、亡国之君而瞧不起他。《新唐书》载："十年入朝，授左骁卫大将军，处其部于灵州。诏尚衡阳长公主，为驸马都尉，典卫屯兵。"唐太宗仍以突厥可汗之礼，接待前来归顺的阿史那社尔。公元 636 年，阿史那社尔前往长安朝见唐太宗，唐太宗封他为左骁卫大将军，将他的部落安顿在灵州，并以和亲之礼，把唐高祖的女儿、自己的妹妹衡阳公主嫁给了阿史那社尔，还授他驸马都尉之职，让他在苑内管理屯兵。

这是唐朝立国以后对外族的第一次和亲。

四年后，即公元 640 年，由唐宗室女封为公主的弘化公主和亲吐谷浑，嫁给诚心臣服于大唐的吐谷浑王诺曷钵，于长达五十八年的颠沛流离的和亲之旅中，致力于汉吐两族友好关系的建立和维持工作，直至吐国灭亡。弘化公主和亲吐谷浑，是唐朝公主出塞和亲外蕃的开端。衡阳公主虽然不是第一个出塞和亲的大唐公主，却是唐朝立国以后第一个和亲外蕃的真公主，也是唐朝第一个青史留名的和亲真公主。或许正因为她显赫的真正公主身份，再加上和亲之后，衡阳公主和阿史那社尔就在长安生活，并未离开娘家长安，所以，一心慕唐的阿史那社尔才在皇恩的浩荡、公主的柔情和长安的繁华中，彻底臣服、誓死效忠，成为助大唐平定边蕃、一统天下的骁勇大将的吧。如果说唐太宗本人的魅力和友好是阿史那社尔倾心大唐的根本原因的话，那么，身为唐太宗皇妹的衡阳公主，则成了一根维系阿史那社尔与唐太宗、与大唐之间牢固的感情纽带了。

受人滴水之恩，当以涌泉相报，这是中国古人信奉的真理。阿史那社尔是深谙此理的。一个败军之将、亡国之君，却受到大唐皇帝的厚待和信赖，他心中的感激自然是无以言表，唯有不断通过衡阳公主向唐太宗请战，在战场上建功立业来报答唐太宗的知遇之恩了。

于是，随后的日子里，阿史那社尔或随太宗亲征，或独率大军出兵，骁勇的身影，频频活跃在大唐开疆拓土、平定叛乱的战场上。向西，阿史那社尔攻下高昌国首都，活捉国王麴智盛；向东，阿史那社尔随驾进军高句丽，虽身中利箭仍冲锋在前，鼓舞士气大败高丽军。据《新唐书》载，阿史那社尔的英勇善战，得到了唐太宗的赏识。"诸将咸受赏，社尔以未奉诏，秋毫不敢取，见别诏，然后受，又所取皆老弱陈弊"，阿史那社尔的清廉低调更是让唐太宗敬佩赞叹。西伐之后，"太宗美其廉，赐高昌宝钿刀、杂彩千段，诏检校北门左屯营，封毕国"；东征之后，"还，擢兼鸿胪卿"。几次出征，战功卓著。慧眼识英才的唐太宗，将阿史那社尔一路封为毕国公、鸿胪卿等职，让他进入了唐朝高级官员之列。

在通往西域的商路上，有众多小国。其中，有一个龟兹国，离长安有七千里，离焉耆国只有二百里。当初，唐朝安西都护郭孝恪奉命攻打焉耆国时，龟兹派兵援助焉耆国，并从此不再向唐朝进贡，也阻断了唐朝通往西域的路。公元 647 年，龟兹国两次派遣使者向唐朝进贡，但是，唐太宗恼怒龟兹援助焉耆背叛唐朝，拒绝了龟兹的进贡，并与大臣们商量要讨伐龟兹。

计议一定，唐太宗干脆直接任命阿史那社尔为行军大总管，领军十万，直扑龟兹。这一仗，打得辛苦，也打得彻底。阿史那社尔兵分五路，直接北上捉到焉耆王阿那支。龟兹十分害怕，酋长们都弃城逃跑。战争持续了近一个月，最后，唐军活捉了龟兹王。但龟兹宰相那利连夜逃跑，纠集西突厥和龟兹国人共一万多人和唐军作战，唐将郭孝恪和他的儿子不幸战死。

在征伐龟兹的战争中，阿史那社尔功莫大焉。《新唐书》载，"社尔攻凡四十日，入之，擒其王，并下五大城。遣左卫郎将权衹甫徇诸酋长，示祸福，降者七十余城，宣谕威信，莫不欢服。刻石纪功而还"。在四十天的攻城略地中，阿史那社尔率领唐军拿下城池数十座，俘获男女数万人。"因说于阗王入朝，王献马畜三百饷军，西突厥、焉耆、安国皆争犒师"，同时，还劝说于阗王臣服大唐，西域等国争相犒劳唐军。

公元 648 年，阿史那社尔再次率军西征，俘虏龟兹王。龟兹被灭，西域皆服。在离开了四百年后，大漠绿洲，天山雪岭，终于又一次回到了中原的怀抱。重获西域，阿史那社尔功不可没。而再一次让唐太宗叹服不已的，是阿史那社尔并不居功自傲、视钱财如粪土的高尚品质。将不贪一文财物的阿史那社尔和以金玉饰床的安西都护郭孝恪仔细比较后，唐太宗发出由衷的感叹，两位大将的优劣，哪还用再问别人呢！至此，阿史那社尔凭赫赫的战功、高贵的品质，赢得了大唐的倚赖与敬重。

中国还有一句古话：士为知己者死。阿史那社尔可谓真士了。自归唐以后，阿史那社尔与唐太宗惺惺相惜，志趣相投，情深似海。公元 649 年，阿史那社尔追随了十三年的"天可汗"唐太宗去世，他悲痛欲绝，随即便按突厥风俗请求以身殉葬，侍卫太宗陵寝。生，随之出生入死；死，伴之地下黄泉。阿史那社尔对唐太宗的情之真之深，由此可见一斑。

其实，细思阿史那社尔的言行，人们不能不想到，阿史那社尔对唐太宗愿意肝脑涂地的感恩之举，又怎么不会是因为与唐太宗赐婚的皇妹衡阳公主琴瑟和谐、夫妻恩爱，而让他感激涕零，不惜以身相报呢？衡阳公主的这一次和亲，竟是历史上少有的饱含着温情与幸福的成功婚姻了。

阿史那社尔义无反顾、以命相报的大唐，是有情的，也是有义的。大唐对阿史那社尔不吝赏赐与嘉奖，用无数的物质奖赏与崇高的荣誉来肯定他的功劳、忠诚及对衡阳公主的忠贞。公元 649 年，阿史那社尔想为唐太宗殉葬未成，唐高宗将他封为右卫大将军。四年后，又加封他为镇军大将军。公元 655 年，对大唐忠心耿耿，为大唐立下汗马功劳的阿史那社尔去世。唐高宗为表彰他对大唐做出的杰出贡献，不仅追赠他为辅国大将军，并州都督，还根据他生前的愿望，让他陪葬在昭陵，永远长眠于他的恩人唐太宗李世民旁边。而更令人感动的是，唐高宗特意命人将阿史那社尔的坟冢修成了葱山的形状，赐谥号为"元"。

"或云突厥本平凉杂胡，姓阿史那氏。魏太武皇帝灭沮渠氏，阿史那以五百家奔蠕蠕。世居金山之阳，为蠕蠕铁工。金山形似兜鍪，俗号兜鍪为突厥，因以为号。"据史书记载，这里的"葱山"应为

《北史》中的"金山"了。葱山位处西域，唐高宗将阿史那社尔的坟冢修成葱山形状，是以葱山象征西域，来表彰因阿史那社尔领军西征，攻灭龟兹，夺回西域的赫赫战功。那立在坟前的石碑，不仅是阿史那社尔个人的人生丰碑，更是整个大唐和亲外蕃、民族融合的丰碑啊！因为按中原的风俗，这次和亲，虽然是一次"倒插门的和亲"，但这次和亲对唐朝具有重要意义。一方面使突厥加入当时最先进、最能促进生产力发展的唐朝封建经济行列，对促进突厥社会形态的变化起了重要作用；另一方面，突厥文明也是整个中华民族文明的一个组成部分，因此它的发展对整个中华民族的发展也产生了积极的推进作用。

一代名将远去了，正如各类史书所记，在阿史那社尔身上，既体现了唐太宗的民族政策的胜利，又展示了中华民族的传统美德。为官清廉，生活简朴，功勋卓著，从不自傲的阿史那社尔，被后晋史臣刘昫赞道："历代武臣，壮勇出众者有诸，节行励俗者鲜矣，矧蛮夷之人乎！……社尔廉慎知足。"

有人说，每一个成功的男人背后，都有一个伟大的女人。纵观历史，人们更可以清楚地看到，阿史那社尔的成功，不是偶然。他的妻子衡阳公主，正是这样一个在阿史那社尔背后默默付出，用温情和甜蜜温暖了这位草原王子高贵的心灵，用美丽和智慧联结了大唐与突厥的友好和情谊，让阿史那社尔忠心于大唐，为大唐的统一立下汗马功劳的伟大女人。因此，我们可以说，阿史那社尔的成功，不仅仅是他自己的成功，也是唐太宗李世民当初明智地采取和亲之策的成功，更是肩负和亲使命并光荣完成和亲使命的大唐衡阳公主的成功。

　　按理说，能够征服草原雄鹰，为大唐建下不朽功业的衡阳公主，在唐朝的史册以及中国古代和亲的史册中，应该留下浓浓的一笔，但事实上，在历史文献资料中，关于衡阳公主，只有寥寥数笔。在略感遗憾之际，熟知大唐历史的人们，则更多地应感到庆幸和欣慰。因为大唐是一个胡汉混血、民族融合的时代，在胡风渐染之下，唐朝社会开放，对妇女束缚较少，妇女的言行也较为开放，有的甚至可以说得上是特立独行、标新立异了。这样的公主，那是会被详细记上几笔的。所以，在史书上少见衡阳公主的踪迹，也印证了衡阳公主品行的端正，明白衡阳公主令阿史那社尔愿意肝胆涂地的魅力何在了。

　　那么，当人们为一代名将阿史那社尔抚掌赞叹时，又怎么会看不见，一位衣袂飘然的唐朝女子，正从史册的字里行间向人们款款走来！

生死相随， 真情永恒

自古以来，人们为了爱情，可以生，可以死。即使在封建礼教最为森严的宋朝，也还有如南宋女词人李清照《一剪梅》中"此情无计可消除，才下眉头，却上心头"的缠绵，就更不用说经过各朝采取和亲政策后，深染胡风，民风渐渐开放的大唐王朝了。

只是，唐朝诗人白居易在《长恨歌》中表达的"在天愿作比翼鸟，在地愿为连理枝"的美好愿望，在高墙深院的大唐皇宫里，是难以实现的。那么，在大唐建国未稳，尚需和历朝一样借助和亲手段来巩固江山、安抚异族的初建时期，就更难了。于是，在那高高的宫墙之内，上演了一幕幕惊天地、泣鬼神的爱情悲剧，徒留许多遗恨，让世人扼腕叹息。

唐高祖李渊的第八个女儿九江公主和东突厥酋长执失思力，就是其中一幕爱情悲剧里让人悲悯的主角。

一

历史的镜头推向一千多年前。

公元 618 年，唐高祖即位，大唐建立。但是，大唐初建，根基未稳，边疆未定。特别是北方的突厥国在颉利可汗的执掌下，兵强马壮，正是突厥国的鼎盛时期，想南下侵扰中原的野心渐炽。

想挥军南下灭掉唐朝的，还有一个人，那就是在隋朝时期和亲突厥的隋朝义成公主。公元599年，隋文帝赐封已臣服于隋朝的染干为突厥国的启民可汗。因为染干先娶的隋朝安义公主这时已经死了，隋文帝便将隋朝宗室杨谐的女儿封为义成公主，嫁给启民可汗，让他又有了一个家。随着突厥可汗的更替，义成公主先后又嫁给启民可汗的儿子始毕可汗、始毕可汗的弟弟处罗可汗。公元620年，处罗可汗死了，义成公主因为自己的儿子又丑又软弱，就废掉了儿子，不立他为可汗，立了处罗可汗的弟弟咄苾为可汗，叫颉利可汗。同年，义成公主嫁给颉利可汗为妻。就这样，在义成公主与数代突厥可汗的周旋下，突厥与隋朝在数十年间一直保持着友好关系。

可是，这种友好的局面随着隋朝的灭亡而破裂。义成公主也在唐朝建立后，由汉突两族的和平使者变身为复仇女王。

在一心想反唐复隋的义成公主的劝说下，颉利可汗频频南侵，不断骚扰唐朝边境。唐高祖因为中原刚刚稳定，禁不起外族侵扰，每次都优待宽容突厥的侵犯，赐给突厥丰厚的财物。颉利可汗却态度傲慢，贪得无厌。无奈之中，唐朝不得不采取与突厥时和时战的策略，争取时间来发展国力，巩固边防。

公元621年，突厥侵犯唐朝雁门，唐朝将其击败。随后数年，突厥频频侵犯唐朝边境，唐朝损失惨重。公元624年八月，颉利可汗与突利可汗举全国之力侵犯唐朝，当时还是秦王封号的李世民，接受高祖的诏令北上讨伐突厥两可汗，可是，天公不作美，恰逢天下大雨，隔断了运粮的通道。古人云，兵马未动，粮草先行。这粮草跟不上来，还怎么打仗！因此，李世民很是担心，唐朝的将领们也面露愁容。趁此机会，颉利和突利两可汗率领一万多骑兵杀到城西，占领高地，列阵而待。见此阵势，唐朝的将士们都十分害怕。

关键时刻，还是智勇双全的李世民解决了危难。李世民一边亲自率领一百名骑兵跑到敌阵前指责颉利可汗背信弃义，告诉颉利自己准备随时与两可汗单挑，或者以百骑对万骑；一边派人指责突利可汗忘恩负义，要与他一决胜负。两边传话完毕，李世民又准备上前渡过水沟，与突厥交战。不明就里的颉利可汗见李世民只带百名骑兵就来与突厥大军交战，又听他对突利说到香火之情的话，就对突利产生了怀疑。于是，李世民的反间计奏效，颉利和突利两可汗都引兵后退，不再与唐军作战，并争相与唐朝交好。唐高祖既答应了颉利可汗请和的请求，也与突利可汗结为兄弟。就这样，李世民仅凭着他一人的睿智与勇敢，将一场一触即发的战争消灭于无形中。

和和战战中，就到了公元626年，八月八日，秦王李世民接替唐高祖李渊继承皇位，即唐太宗。唐太宗刚刚即位十六天，颉利可汗便引军南下，侵犯唐朝。八月二十四日，突厥侵犯高陵县。八月二十八日，颉利可汗前进到渭水便桥的北岸，直逼二十余公里外的唐朝都城长安。能在西域数十个少数政权中崛起并一统漠北的颉利可汗，并不只是一介武夫。《资治通鉴》记载："颉利可汗进至渭水便桥之北，遣其腹心执失思力入见，以观虚实。"他没有轻率下令进攻近在咫尺的长安城，而是派人先探虚实。《新唐书》则告诉我们："执失思力，突厥酋长也。"这个人，就是原为东突厥酋长、后跟随颉利可汗南征北战、立下赫赫战功的心腹大将执失思力。

执失思力跨过渭水桥，进了唐宫。这一去，就于冥冥中为数十年后他和九江公主结为伉俪种下了一颗姻缘的种子。不过，这一次，执失思力并不是抱着和唐朝结盟友好的目的去见唐太宗的，而是以征服者的姿态前去拜见唐太宗。

自以为胜券在握的执思失力，压根儿就没把登基不久的唐太宗放在眼里，他得意地告诉唐太宗，颉利与突利两可汗的百万兵马，已到长安。可惜唐太宗也是人中翘楚，哪里会被一个小小的突厥使者的狂言所吓住！据《资治通鉴》记载，"上让之曰：'吾与汝可汗面结和亲，赠遗金帛，前后无算。汝可汗自负盟约，引兵深入，于我无愧？汝虽戎狄，亦有人心，何得全忘大恩，自夸强盛？我今先斩汝矣！'"唐太宗严词斥责突厥出尔反尔，忘恩负义，违背誓言，贪得无厌，并准备当场格杀执失思力。

唐太宗的反应，完全出乎执失思力的意料，他没有想到唐太宗不但没被自己吓住，反而要杀自己，不由得大惊失色，赶紧请求饶命。唐朝大臣萧瑀和封德彝也请唐太宗按照礼节打发执失思力回去，不要杀他。但是唐太宗说如果放执失思力回去，突厥以为唐太宗害怕他们，就会更加肆意侵犯了。因此，死罪虽免，活罪难逃，唐太宗将执失思力囚禁在了门下省。

扣押执失思力，只是打击一下突厥的嚣张气焰，并不能真正解除突厥的威胁。因此，处理了执失思力后，唐太宗随即又来到渭水，与颉利隔河而谈，怒斥颉利背信弃义，有负盟约。颉利见唐太宗来势不善，而执失思力也不见其归，嚣张的气焰顿时熄灭，十分害怕，赶紧请求与唐和好。唐太宗见好就收，答应了颉利可汗的请求。《资治通鉴》记载："上即日还宫。乙酉，又幸城西，斩白马，与颉利盟于便桥之上。突厥引兵退。"于是，便有了历史上有名的"渭水之盟"，双方和好，突厥退兵，执失思力也被放回突厥。执失思力与大唐的第一次交道，便这么不太光彩地结束了。

二

突厥的大军虽退，但鉴于突厥的反复无常，更有一心想为隋朝复仇的义成公主在一旁煽风点火，唐太宗对突厥实在是难以再信，决心灭突。

其实，早在公元 627 年，唐太宗就有了灭突之心。那时候，颉利可汗信任诸胡而疏远突厥，但诸胡常常出尔反尔，年年与颉利交战。再加上天下大雪，牲畜大部分被冻死，连年饥荒，老百姓又冷又饿。颉利的生活用度开支不够，不得不向各部落征收重税。因此，突厥内外怨声载道，大部分部落都背叛了他，军事力量渐渐薄弱。见此情景，很多人劝唐太宗趁机攻打颉利可汗。唐太宗觉得刚刚与颉利可汗结了同盟，不好讨伐他。但不讨伐他，又怕失去了机会。唐太宗就去征求长孙无忌的意见，结果长孙无忌坚决反对讨伐颉利可汗。他认为颉利可汗并未侵犯边境，如果背信弃义、兴师动众去讨伐颉利可汗，那不是称王天下的军队做的事，他的话打消了唐太宗的灭突之意。

但是，唐太宗并不是想就此放过突厥，他在等待机会。他频频派人出使突厥，打探消息，伺机而动。唐太宗派去出使突厥的使者郑元璹回来后，根据自己看到的突厥实情，给唐太宗进行了详细的分析。郑元璹认为，根据突厥的情况，突厥灭亡，不过三年。唐太宗同意他的观点，因此，当群臣再次劝说唐太宗趁机攻打突厥时，唐太宗就没答应，他对大臣说，必须等到突厥有罪之时，再来讨伐它。

两年后，即公元629年，机会来临。据《资治通鉴》记载，先有代州都督张公谨上奏，仔细分析了突厥可以攻取的六个理由，他认为："颉利纵欲逞暴，诛忠良，昵奸佞，一也。薛延陀等诸部皆叛，二也。突利、拓设、欲谷设皆得罪，无所自容，三也。塞北霜早，糇粮乏绝，四也。颉利疏其族类，亲委诸胡，胡人反覆，大军一临，必生内变，五也。华人入北，其众甚多，比闻所在啸聚，保据山险，大军出塞，自然响应，六也。"唐太宗自己也有了攻打突厥的理由，"上以颉利可汗既请和亲，复援梁师都"，他认为突厥言而无信，对唐朝不忠诚。于是，八月十九日，唐太宗任命兵部尚书李靖为行军总管，张公谨为副总管，率兵讨伐突厥，正式拉开灭突战幕。

这一开打，直打到次年的二月才罢。公元630年，李靖率军在阴山大败颉利可汗，然后率领三千骁骑夜袭襄城，轻取突厥可汗牙帐。颉利可汗逃跑，唐朝军队杀了义成公主，捉了颉利可汗的儿子叠罗施，灭了东突厥汗国。

突厥灭亡后，颉利可汗被捉到长安。还有一个突厥人，也来到了长安，那就是曾多次担任过入唐使者的执失思力。不过，这一次，执失思力不是作为俘虏被押送到长安，而是主动投降唐朝来到长安的。

《资治通鉴》中记载，公元630年正月，"靖复遣谍离其心腹，颉利所亲康苏密以隋萧后及炀帝之孙正道来降"。李靖在率军攻打突厥的同时，设计让颉利可汗的亲信带着隋朝萧后和隋炀帝的孙子杨正道投降了唐朝。这里所说的护送隋朝萧后投降唐朝一事，就是在《新唐书》中记载的执失思力于"贞观中，护送隋萧后入朝，授左领军将军"一事。

隋朝萧后，非一般人，在大唐眼中，她就是隋朝余孽。

公元 618 年，隋炀帝自缢身死，隋朝灭亡，萧皇后落到了另一股反唐势力窦建德手中。公元 619 年，得知国亡家灭的义成公主和她的丈夫突厥处罗可汗将萧皇后及齐王杨暕的儿子杨正道，从窦建德那儿接到突厥，并立杨正道为隋王。然后将住在突厥的汉人都交给他管，行隋的正朔纪年，设置百官，居住在定襄城，企图反唐复隋。为此，唐朝曾多次向突厥索要隋朝萧后，都没有结果。逃亡在外的隋朝萧后，始终是唐朝的一个心结。现在，执失思力竟然主动将他们都送到了长安，唐太宗当然高兴不已，赐封执失思力为左领军将军。

执失思力此举，不是一时冲动。先前，颉利兵败后，逃窜到铁山，残余兵力还有数万人。颉利就派执失思力谒见太宗，当面谢罪，请求倾国降附，自己入朝抵罪。颉利并非诚心向唐朝认罪，他使的是缓兵之计，想等到草青马肥的时候，再逃回到漠北重整旗鼓。但是，颉利可汗压根儿就没有想到，唐太宗灭突意决，他已再无逃脱之机。颉利可汗没有看清楚的形势，执失思力却看明白了。于是，多次出使唐朝，仰慕大唐文化已久的执失思力，见突厥大势已去，便有了携隋朝萧后投靠唐朝之举。事实不出执失思力所料，他正月投靠唐朝，二月突厥就灭亡了。

突厥灭亡后，已被唐太宗封为左领军将军的执失思力，便留在了长安，从此随侍在唐太宗左右，开始了他的大唐生涯，并渐渐受到唐太宗的器重。

三

执失思力能够受到唐太宗的器重，走近九江公主，最终成为唐高祖李渊的乘龙快婿，不是偶然。

在唐与突厥的交往中，唐朝先后经历了俯首称臣、以屈求伸，主动出击、以战求和，消灭突厥、取得胜利三个阶段。在这三个阶段，执失思力起到了穿针引线、相互沟通的重要作用。

执失思力能有机会发挥重要作用，与他的家族有关。执失思力的祖父是执失淹，是突厥官员。据《执失善光墓志铭》载："皇初起太原，领数千骑援接至京，以功拜金紫光禄大夫、上柱国，仍降特制，以执失永为突厥大姓，新昌县树功政碑。爰从缔构之初，即以义旗之始。"由此可知，当年唐高祖李渊起兵太原时，执失淹曾率兵到长安援助过他。事后，唐高祖给他赐封了唐朝官职，还给他立了功政碑。执失家族与唐朝的友好关系，应该就是从此开始的吧。

执失善光的祖父是执失武，即执失思力的父亲。《执失善光墓志铭》中记载："本蕃颉利发，以元勋之子，皇授上大将军、右卫大将军、上柱国、安公国。"那么，从墓志铭的记载可以看出，从执失淹到执失武，都受到了突厥和唐朝的赐封和重用。也许正是拥有两族的信任，执失武的长子执失思力才会多次充当使节，来往于唐与突厥之间吧。

其中，影响最大的应该就是执失思力出使唐朝，缔结"渭水之盟"一事了。不过，关于此事，《执失善光墓志铭》中的记载与《资治通鉴》截然不同："于是颉利可汗率百万之众寇至渭桥，蚁结蜂飞，云屯雾合，祖即遗长子执失思力入朝献策，太过嘉其诚节，取其谋效，遗与李靖计会，内外应接，因擒颉利可汗。贼徒尽获，太宗与思力歃血而盟曰：代代子孙，无相侵扰。"此中记载，是说执失思力出使唐朝并不是为了察看虚实，而是为唐太宗献策去的。唐太宗依其计行事，事情成功。《执失善光墓志铭》载，事后，唐太宗为表扬他的忠诚，"即赐铁券，因尚九江公主，驸马都尉，赠武辅国大将军"，将李渊的女儿、自己的妹妹九江公主，嫁给了执失思力。

墓志铭与史书记载有出入，孰是孰非还有待进一步考证。但执失思力对唐朝的忠诚，唐太宗对执失思力的信任与赏识，应该不假了。在颉利战败后，执失思力按唐太宗的命令劝降浑、斛萨部落，为唐朝稳定北部边境做出了贡献。不仅如此，公元 631 年，执失思力还冒死进谏，阻止唐太宗打猎，以免玩物丧志。古人云，士为知己者死。执失思力对唐太宗，大概就是此意吧。

最令唐太宗对执失思力赞许有加的，应该是他在唐太宗统一天下时立下的赫赫战功。

北方少数民族吐谷浑屡屡进犯唐朝边境，边境军民不得安宁。公元 635 年，唐朝与吐谷浑分别在库山、赤水发生大战，唐朝诸将纷纷大败吐谷浑，已归附唐朝的执失思力也被封为将军，带兵讨伐吐谷浑，在居茹川将吐谷浑打败，为唐朝与吐谷浑日后的结盟友好奠定了基础。公元 634 年，吐谷浑伏允可汗向唐朝为子求婚，唐朝许婚；第二年，唐朝派兵打败对唐有二心的伏允。第三年，立诺曷钵为吐谷浑王，并随后答应诺曷钵的求婚请求，将唐朝弘化公主嫁给他。唐朝与吐谷浑的关系从此交好。

远在雪域高原的吐蕃听说突厥与吐谷浑都娶唐朝公主为妻后，也派使者向唐朝求娶唐朝公主，但因为唐朝此时与吐蕃隔得太远，对吐蕃还不太了解，就没有答应吐蕃的求婚请求。吐蕃使者回去后，将求婚遭拒的原因归罪到吐谷浑头上，说是因为吐谷浑挑拨离间，才让唐朝拒绝吐蕃求婚。吐蕃赞普一听大怒，立即发兵攻打吐谷浑，将吐谷浑赶到了青海北面，并掠夺了吐谷浑大量的百姓和牲畜。赶走了吐谷浑，吐蕃又攻破了臣服于唐朝、与吐谷浑交好的党项、白兰诸族。

公元 638 年八月，吐蕃赞普率领二十万大军屯兵唐朝边境松州，遣使入朝，说是来迎娶公主。不久就攻打松州等地，烽火不断。吐蕃大臣劝赞普休兵，赞普不听，八位大臣为此自杀，吐蕃士气顿时大减。趁吐蕃士气低迷，唐朝命执失思力以白兰道行军总管的身份与其他大将率军反攻吐蕃。九月，唐军大败吐蕃军，逼其撤军，并向唐朝请罪，又请求与唐朝通婚。执失思力这一战，打灭了吐蕃的嚣张气焰，再次为唐朝边境的安宁立功。

公元 639 年，高昌王麴文泰多断绝了西域向唐朝的朝贡，还派人对薛延陀说，不要尊重唐朝的使者，唐朝准备出兵攻打高昌。听到消息后，薛延陀可汗派使者到唐朝，请求唐朝发兵攻打高昌，薛延愿意做唐军的向导。于是，唐太宗派右领军大将军执失思力出使薛延陀，赠送了锦缎，与薛延陀共同商量攻打高昌一事，为唐朝讨伐高昌铺平了道路。

四

唐朝在征服北方及西域各族的同时，也对东部的各族进行征讨。

公元 645 年，唐太宗准备征讨高丽，派执失思力率领突厥军队在夏州北面驻守警戒，防备薛延陀乘虚而入。结果，薛延陀真的趁唐太宗出征未回，率军攻到黄河以南。《资治通鉴》载："上遣左武侯中郎将长安田仁会与思力合兵击之。思力羸形伪退，诱之深入，及夏州之境，整陈以待之。薛延陀大败，追奔六百馀里，耀威碛北而还。"唐太宗派田仁会与执失思力联军攻打薛延陀，执失思力假装败退，诱敌深入，在夏州大败薛延陀，一直追到六百多里之外，在碛北扬了唐军之威才回。这一战摧毁了薛延陀部主力，为唐朝解除了一定的后顾之忧。

不久，多弥可汗又侵犯夏州，唐朝兵分几路，攻打薛延陀，唐太宗命令执失思力带领灵州和胜州两州的突厥兵，与礼部尚书江夏王道宗遥相呼应，以待薛延陀。薛延陀到了城下，发现城中有防备，没敢进城。几番交战后，唐朝就不再给薛延陀侵犯的机会了。公元 646 年，执失思力主动出击，大败薛延陀，多弥可汗扔下辎重，乘轻骑逃走，薛延陀内部骚乱。两年后，即公元 648 年，执失思力再次出兵金山道，征伐薛延陀，打死可汗，诛尽其族，灭了其部，安定了大唐北境。

英雄凯旋，抱得美人归。

但是，九江公主嫁给执失思力的具体时间，史书上并没有明确记载，《新唐书》关于公主的记载中，只有一句话："九江公主，下嫁执失思力。"可以确定九江公主是唐高祖的第八个女儿，但不能确定九江公主嫁给执失思力的时间。《新唐书》关于执失思力的记载里，也只有一句话："诏尚九江公主，拜驸马都尉，封安国公。"也没有明确执失思力迎娶九江公主的时间，但多了一个信息，执失思力娶了九江公主后，被拜为驸马都尉，赐封为安国公。《执失善光墓志铭》上也记有"即赐铁券，因尚九江公主，驸马都尉，赠武辅国大将军"的字样。由此可以确定，执失思力娶了九江公主后，被拜为驸马都尉、赐封为安国公的史实无疑。但据墓志铭记载，唐太宗下诏将九江公主下嫁给执失思力，是在执失思力为唐太宗献策，使突厥退兵，唐朝与突厥订立"渭水之盟"后发生的事。这个时间，与史书的记载就有出入了。因为，据史书记载，"渭水之盟"为"武德九年丙戌，公元六二六年"发生的事，那么，从公元 626 年，执失思力就应该是驸马都尉和安国公了。

而据《资治通鉴》所记载，执失思力在之后的多次征战中，都是以"左领大将军"和"右领大将军"的身份率军出征："贞观五年辛卯，公元六三一年"，"冬，十月，丙午，上逐兔于后苑，左领军将军执失思力谏曰"；"贞观九年乙未，公元六三五年"，"将军执失思力败吐谷浑于居茹川"；"贞观十二年戊戌，公元六三八年"，"甲辰，以右领军大将军执失思力为白兰道、左武卫将军牛进达为阔水道、左领军将军刘简为洮河道行军总管，督步骑五万击之"；"贞观十三年己亥，公元六三九年"，"上遣民部尚书唐俭、右领军大将军执失思力赍缯帛赐薛延陀，与谋进取"；"贞观十九年乙巳，公元六四五年"，"上之征高丽也，使右领军大将军执失思力将突厥屯夏州之北，以备薛延陀"；"贞观二十年丙午，公元六四六年"，"春，正月，辛未，夏州都督乔师望、右领军大将军执失思力等击薛延陀，大破之，虏获二千馀人"。由上述记载可以得知，从公元 630 年到公元 646 年间，执失思力都是"右领军将军""右领军大将军"的封号。也就是说，至少到公元 648 年，九江公主都没有下嫁给执失思力。所以，墓志铭上关于渭水之盟后唐太宗将九江公主嫁给执失思力的记载，有待进一步考证。而九江公主下嫁给执失思力的时间，应该在公元 646 年之后，公元 648 年之前了。因为，"贞观二十二年戊申，公元六四八年"，"辛未，遣左领军大将军执失思力出金山道击薛延陀馀寇"，《资治通鉴》明确记载，公元 648 年，左领军大将军执失思力出兵金山道，讨伐薛延陀余寇。

九江公主下嫁执失思力的时间虽然模糊，但执失思力是因为为唐朝靖边立下了汗马功劳而有了迎娶唐朝公主的机会，却是不争的事实。

古人说得好，自古英雄爱美人。其实，又何尝不是自古美人爱英雄呢？身为大唐天子的妹妹，不可能不关心国家大事。执失思力骁勇善战的美名与立下的赫赫战功，九江公主应该了如指掌，难免对执失思力心生爱慕之意。这样的话，就不难理解为什么九江公主乐意下嫁，婚后与执失思力琴瑟和鸣，落难时与执失思力生死相随了。九江公主虽然嫁给了突厥酋长执失思力，但此时执失思力已身在长安，成为臣服于唐朝的一名武将，而不是驰骋于草原的一只雄鹰。因此，九江公主身嫁异族，双足却未曾踏出长安半步，与衡阳公主一样，成为一位足不出京城的和亲公主。

五

九江公主下嫁给执失思力，是唐朝真正的公主第一次下嫁异族，应该是唐朝对执失思力这位有功之臣最高的赏赐了。当然，大唐对执失思力的好，不仅仅由于执失思力本人对大唐的忠心，还源于整个执失家族对大唐的功绩。

执失思力一家，上至执失思力的祖父执失淹，下至执失思力的侄子执失善光，一家四代人，前后百余年，都被大唐皇帝封官加爵。世代的交好，个人的骁勇，造就了这段和亲史上少有的美满姻缘。在九江公主和执失思力的眼里，身份，地位，荣华，富贵，都不重要，他们唯一看重的，是一份刻骨铭心的真爱。由此，九江公主和执失思力成为中国古代和亲史上少有的一对恩爱无比、生死相随的真情男女，也成为当年长安城里达官贵人、皇亲国戚们羡慕无比的一对幸福伉俪。

遗憾的是，九江公主和执失思力的幸福，转眼就因房遗爱事件的牵连烟消云散。

公元653年，房玄龄次子、驸马房遗爱与唐太宗的女儿高阳公主以及景王李元景等人谋反事件败露，房遗爱被杀，高阳公主被赐死。稍后，凡与房遗爱有勾结的人都被唐高宗赐死。谋反该杀，勾结当死。可是，这一事件，也牵连到了平日经常与房遗爱一起打猎、交往密切的执失思力。按罪，执思失力也当死。《新唐书》载，关键时刻，唐高宗想到了执失家族以及执失思力本人对大唐立下的卓著战功，便"以其战多，赦不诛，流巂州"，网开一面，免执失思力一死，将他流放到巂州，即现在四川西昌市。

与执失思力伉俪情深的九江公主，哪舍得让丈夫独自远行！

悲痛欲绝的九江公主立即进宫请求随夫流放，但九江公主既是大唐公主，又是唐高宗的姑姑，唐高宗怎么会答应流放她？《新唐书》载，无奈之下，"主请削封邑偕往"，九江公主再次上表，请求削掉了公主封邑，以一个平民妻子的身份出发，陪同丈夫一起前往西昌。令人唏嘘的是，九江公主毕竟是金枝玉叶，经不住长途跋涉的劳累，受不了炎热潮湿的气候，加上房遗爱事件对她身心的摧残，到了西昌不久，就一病不起，满怀不舍地离开了她痴心相爱的丈夫执失思力。

失去了相濡以沫的妻子的执失思力，就如一只失偶的大雁，再难有昔日的雄风和英姿，整天郁郁寡欢，借酒浇愁，在思念和痛苦中艰难度日。《新唐书》记载，"龙朔中，以思力为归州刺史"。唐高宗听说了执失思力的情况后，心生怜悯，重新封他为归州刺史。可是，爱妻已逝，功名利禄哪还在执失思力的眼中？上任不久，执失思力就染病而死，追随爱妻而去。"麟德元年，复公主封邑，赠思力胜州都督，谥曰景"，公元 664 年，唐高宗追赠执失思力为胜州都督，谥号为"景"。大概是有感于九江公主与执失思力之间的真情吧，唐高宗还同时下令恢复了九江公主的封邑。

可是，斯人已去。封邑可以重封，爱人要到哪里去寻呢？唯留一段真情，在世人心间。

穿不透宫墙的风

从汉至清，无数担负着和亲使命的女子在中国北方的和亲路上来来往往。那些尚处花季的美丽女子，大多数都在历史的车轮中被碾为泥尘，随风扬弃，无从记起。能在史上留名，被人记住的，屈指可数。大唐时期和亲突骑施的交河公主，是幸运的一位。翻开厚厚的史书，"交河公主"四个字赫然在目。能在青史留名，缘于这位肩负着维护大唐与突骑施友好关系使命的和亲公主，实在是与众不同。

首先引人注目的，是交河公主特殊的身份。

据《资治通鉴》记载，公元722年，"以十姓可汗阿史那怀道女为交河公主，嫁突骑施可汗苏禄"。唐玄宗将西突厥十姓可汗阿史那怀道的女儿——一位货真价实的西突厥公主，封为交河公主，嫁给突骑施忠顺可汗苏禄。这件事，在《新唐书》中也有记载："帝以阿史那怀道女为交河公主妻之。"但是，在《旧唐书》中"上乃立史怀道女为金河公主以妻之"，记载为金河公主。虽然记载不同，但通过事件发生的时间和人物姓名的比对，应为同一位公主。一位异族公主，却以大唐公主的身份再嫁给同族，这在中国古代和亲史上，可谓是首开先河，也就惹得世人顾不得二十四史的厚重和难懂，急急地在"之乎者也"中去扒拉交河公主的身世了。

公元 5 世纪末 6 世纪中叶，从阿尔泰山西南麓崛起的突厥族，击溃了此前主宰他们的柔然汗国，在中央欧亚地区建立了庞大的游牧汗国。但仅仅百多年后，曾称雄草原的突厥汗国就在隋朝的打击和离间下分裂为东西两部。不久，西突厥沙钵罗咥利失可汗将西突厥分为部、设、箭、厢、咄、俟斤等十个部落，合称为十姓部落。公元 651 年，阿史那贺鲁者叶护自立为沙钵罗可汗，统摄咄陆、弩失毕十姓部落，沙钵罗可汗统治下的西突厥，兵强马壮，西域的很多国家，都隶属于西突厥。

弹指之间，历史的车轮行驶到大唐时期。

公元 630 年，唐太宗派大将李靖灭了东突厥。二十七年后，唐玄宗准备消灭西突厥。公元 657 年，唐玄宗派遣大将苏定方讨伐西突厥沙钵罗可汗。《旧唐书》载，十月，"沙钵罗与其徒将猎，定方掩其不备，纵兵击之，斩获数万人，得其鼓纛，沙钵罗与其子咥运、婿阎啜等脱走，趣石国"。苏定方趁沙钵罗可汗不备，发兵袭击沙钵罗，消灭了在西域称雄、控制着丝绸之路的西突厥。

不过，据《资治通鉴》记载，仁厚的苏定方并没有赶尽杀绝，"定方于是息兵，诸部各归所居，通道路，置邮驿，掩骸骨，问疾苦，画疆场，复生业，凡为沙钵罗所掠者，悉括还之，十姓安堵如故"。他安排西突厥各部落分别回到原来居住的地方，开通道路，设立驿站，掩埋死者骸骨，慰问民间疾苦，划分牧场，恢复畜牧业生产，并将西突厥沙钵罗可汗阿史那贺鲁掠夺的人口以及牲畜等财物都发还各部。等石国人诱捕了沙钵罗，并上交给唐朝后，唐朝分西突厥之地设置了濛池、昆陵两个都护府，并将投降唐朝的十姓部落头领根据部落大小、地位高低、声望强弱授予刺史以下的官职。从此，西突厥十姓部落在久经内讧和战乱以后，开始过上了安居乐业的生活，只是西突厥再无国主。

但是，国不可一日无主。西突厥被灭，群雄无首，不久各部落便相互残杀，四分五裂，到武则天把持朝政时，十姓部落已无国主多年，部落大多散失。

有道是，乱世出英雄。公元715年，一个叫苏禄的人出现了。苏禄是突骑施的别种车鼻施啜人，是突骑施酋长守忠的部将。守忠被杀以后，苏禄聚集余下的部众，自己做了酋长。《旧唐书》载："苏禄者，突骑施别种也。颇善绥抚，十姓部落渐归附之，众二十万，遂雄西域之地。"苏禄善于绥抚，他趁西突厥大乱之际，四处安抚，广收部众，招兵买马，渐渐将部落合拢，最后竟发展到二十万之众，称雄西域。然后苏禄便派使者出使大唐，唐玄宗赐封苏禄为左羽林大将军、金方道经略大使。

东突厥于公元630年亡国以后，在差不多半个世纪的时期内，各部基本上都很稳定。但由于唐朝经常征调他们出征，逐渐引起突厥部众的不满，一些突厥贵族便有了复国念头。公元682年，东突厥颉利可汗的疏族后裔阿史那·骨笃禄背叛大唐，占领漠北的乌德鞬山，即今蒙古鄂尔浑河上游杭爱山，设牙帐，重建突厥政权，史称东突厥后汗国，默啜即为后突厥的第二位可汗。公元716年，默啜被杀，突骑施酋长苏禄就自立为可汗。

公元717年四月，苏禄的部众日益强大，虽然仍按时向唐朝纳贡，并无怠慢之处，但苏禄内心里已经萌发了入侵大唐边地的念头。见此情况，突厥十姓部落的其他部落着急了，五月，十姓可汗阿史那献想发兵攻打苏禄，不让他的势力坐大，但唐玄宗不答应。

其实，见苏禄势起，唐玄宗也心有忌惮，只是唐玄宗暂时还无力一举平定西域。《资治通鉴》载，为了笼络苏禄，稳定西域，公元718年，唐玄宗任命突骑施都督苏禄为左羽林大将军，封为顺国公，派他出任金方道经略大使。紧接着于公元719年，"壬子，册拜突骑施苏禄为忠顺可汗"。唐玄宗册拜突骑施酋长苏禄为忠顺可汗，承认了苏禄在西域的统治地位，也便于彻底羁縻苏禄。

自此，每过一两年，苏禄便派使者向唐朝进贡，大唐和突骑施的使臣往来不绝。但是，唐玄宗还不放心，公元722年，唐玄宗干脆仍采用和亲手段来加固唐朝与突厥的友好关系，封西突厥十姓可汗阿史那怀道的女儿为交河公主，让她成为唐玄宗名义上的女儿，享受唐朝公主的待遇。然后，再举行隆重的婚礼，将交河公主嫁给了苏禄，使苏禄成了大唐名义上的女婿。由此，一纸册书，便让这位来自西突厥、原本平凡无奇的交河公主，以双重公主的身份，肩负着维系突骑施和大唐友好关系的使命，进入人们的视野，载入了史册。

交河公主双重公主的身份，自是令人称奇。但更令人啧啧称赞的是，这位草原公主竟还是一个经商奇才！

交河公主能成为一代商业巨擘，不是偶然。公元前139年，张骞首次出使西域，本为贯彻汉武帝联合大月氏抗击匈奴的战略意图，但出使西域后，华夷文化交往频繁，中原文明也通过"丝绸之路"迅速向四周传播。因而，张骞出使西域这一历史事件，便具有了特殊的历史意义，从中国通往西域的丝绸之路由此开辟。

有着雄才大略的汉武大帝，多次向张骞询问大夏等国的情况。

张骞在详细介绍了西域各国的情况后，建议汉武帝招乌孙东返敦煌一带，与汉朝共同抵抗匈奴。这就是"断匈奴右臂"的著名战略。同时，张骞也提出要与西域各族加强友好往来的重要建议。于是，公元前119年，张骞奉命第二次出使西域，他携带着大批牛羊和财物，浩浩荡荡地西出阳关，走向茫茫大漠。

这次出访效果更加显著。《汉书》载："骞还，拜为大行。岁余，骞卒。后岁余，其所遣副使通大夏之属者皆颇与其人俱来，于是西北国始通于汉矣。然骞凿空，诸后使往者皆称博望侯，以为质于外国，外国由是信之。其后，乌孙竟与汉结婚。"虽然张骞归国后只一年就去世，但一年后，他派往大夏等国的副使大都与这些国家的使节一同回到汉朝，西北各国开始与汉朝交通往来。并且因为张骞开辟了通往西域的道路，后来出使西域的人也都仿效张骞，称博望侯，以此来取信于外国，外国人因此而信任他们。而随着汉家公主刘细君嫁往乌孙，张骞提出的"断匈奴右臂"的策略也成功施行。等发展到大唐时，从中原经由西域通往欧洲的丝绸之路，已成为一条商贾云集、车马喧嚣的繁华商道。

突骑施正处在丝绸之路上。近千年的车马喧嚣，数不尽的金银财物，都从突骑施的土地上经过，置身其中的突骑施人，自然也是深谙经营之道了。身为十姓可汗的女儿，贵为西突厥公主的交河公主，占尽了天时、地利、人和，在这条商道上把生意做得风生水起。

交河公主虽然是以大唐公主的名义和亲，但因为和亲的对象是突骑施苏禄可汗，实际上她一步也没离开过"生于斯长于斯"的西突厥，她朝夕相处的"婆家人"，就是她自幼相熟的亲人。而她的"娘家"大唐，这时已在西域设置了都护府等常设机构，派遣军队和官员常年驻守在西域。交河公主不像其他和亲公主一样，一嫁就是千万里，一生不见"娘家人"，她是可以常常看到她的"娘家人"，并随时可以得到"娘家人"庇护的。因此，交河公主的成功，除了便利的区位优势外，还得益于她显贵的多重身份。她既是西突厥十姓可汗的公主，也是唐玄宗的女儿——堂堂大唐公主，还是突骑施可汗苏禄的可贺敦。不管哪一种身份，都能令她生意兴隆，更何况她同时拥有了三个强有力的后盾！于是，占尽了天时、地利、人和的交河公主，就让她的牙官带着她拥有千匹骏马的商队浩浩荡荡地走上了丝绸之路。不久，交河公主就成了西突厥最富有的可贺敦。韩愈曾云：君子生非异也，善假于物也。交河公主是也。大唐与西突厥的亲近友好，成了交河公主致富成功的绝对保障。

正所谓"成也萧何，败也萧何"。助交河公主经商成功的大唐，最终也成了交河公主生意失败的致命推手。

公元 726 年，交河公主派她的牙官带着商队和往日一样，再一次浩浩荡荡地顺着丝绸之路，到安西去交易。谁也没有想到，这一次，交河公主的商队踏上了不归路。《旧唐书》载，安西是当时大唐在北部边境设置的都护府所在地，时任安西都护的是杜暹。交河公主这位"大唐公主"的商队到达安西后，派使者向杜暹宣读交河公主的命令，"使者宣公主教与暹，暹怒曰：'阿史那氏女，岂合宣教与吾节度耶！'杖其使者，留而不遣，其马经雪，寒死并尽。"杜暹并不买账。他认为阿史那怀道的女儿没有资格向他宣读命令，恼怒之下，先是杖打交河公主的使者，然后将他扣留，还任由交河公主的一千多匹骏马在冰天雪地之中冻了一夜，最后全部冻死。交河公主在丝绸之路上仅仅风光了四年的商队，就此消失。

生活在马背上的游牧民族，对马的爱护之情非同一般，更何况是上千匹骏马的损失！得到消息的交河公主，愤怒之余悲痛欲绝，哭着要丈夫忠顺可汗苏禄为她报仇。交河公主虽是以大唐公主的名义嫁给苏禄，可她身上流动的，是和苏禄一样的西突厥血液啊！他们之间的感情，就不是奉命而嫁的真正的大唐公主所能比的了，除了政治上的关系外，他们还有一份同根同源的亲情在其中。娇妻相求，丈夫何辞！

据《资治通鉴》记载，"突骑施可汗苏禄大怒，发兵寇四镇"。苏禄可汗勃然大怒，立即出兵攻打安西的龟兹、于阗、疏勒、碎叶四镇。但是，这时候交河公主的仇人杜暹恰好到长安朝见天子去了，由赵颐贞代任安西都护，他打不过苏禄，只得闭城自守，而四镇的老百姓、牲畜和储存的东西，全部被苏禄抢劫一空，只剩下一座安西城未被攻下。后来听说仇人杜暹已经回到唐朝做了宰相，苏禄才慢慢引兵后撤，再派使者入朝进贡示好。

苏禄不是莽夫，他敢如清朝诗人吴伟业《圆圆曲》中所写的一样"冲冠一怒为红颜"，与大唐对抗，是有所恃的。

任何一个政权的诞生、发展和巩固，不可能只靠一方势力，苏禄作为一国之主，深知个中道理。《旧唐书》载，"潜又遣使南通吐蕃，东附突厥。突厥及吐蕃亦嫁女与苏禄"，其时，苏禄在与大唐交好的同时，他还向南与吐蕃相通，向西与突厥往来。同样需要援助和支持的突厥与吐蕃两族，争相把女儿嫁给他。"既以三国女为可敦，又分立数子为叶护"，苏禄以大唐、吐蕃、突厥三国的公主做可贺敦，还分别立了好几个儿子为叶护。于是，三个少数民族政权通过和亲政策捆绑成一个政治联盟，相互支持，共同对付大唐。公元

727年，当苏禄决定起兵攻唐时，吐蕃立即出兵相助，并发重兵围住了安西都护府。

苏禄敢对大唐出兵，还在于他对大唐并不是真心臣服。他虽与大唐和亲，但交河公主不是真正的大唐公主而是突厥公主，唐玄宗只是封其为交河公主，给她一个公主名分，笼络苏禄而已。唐玄宗的这个想法，苏禄不可能不知。因此，趁乱雄起的苏禄，只是顺水推舟娶了交河公主，借大唐抬高自己在西域的声望而已，哪里是真心归顺大唐呢？由此看来，交河公主在维系大唐与突骑施的友好关系中发挥的作用，是远远赶不上中原公主的。

苏禄没有真心归顺大唐，而大唐的部分将领也不曾把交河公主当作真正的大唐公主。杜暹不服交河公主的"宣教"，一怒摧毁商队的举动，正是大唐部分将领对交河公主真实态度的反映。突骑施可汗苏禄自出兵四镇后，并未就此罢兵。公元735年，突骑施出兵侵犯大唐北庭及安西拨换城。第二年正月，北庭都护盖嘉运率兵大败突骑施，到了秋天，突骑施国派遣大臣胡禄达干到唐朝请求降附，唐玄宗答应了。

野心勃勃的突骑施可汗苏禄主动对唐称臣，是有原因的。

原来，突骑施可汗苏禄素来廉洁勤俭，每次打仗所掠得的财物，都与各部落分享，自己不留下私蓄，因此部众都乐于为他效命。可是，当他立了三国的公主为可贺敦，立了数个儿子为叶护，并且连年征战后，开支用度渐大，打仗所掠得的财物，就不再分给各部，引起各部落不满。《资治通鉴》载，"晚年病风，一手挛缩，诸部离心"，再加上苏禄晚年得了重病，身体致残无法理政，所统治的各部落离了心，苏禄哪里还有实力与大唐抗衡呢？最悲哀的是，公元738

年，"酋长莫贺达干、都摩度两部最强，其部落又分为黄姓、黑姓，互相乖阻，于是莫贺达干勒兵夜袭苏禄，杀之"。突骑施中最为强大的酋长莫贺达干和都摩度两部落之间发生摩擦，争斗不休，后来，莫贺达干干脆率兵夜袭苏禄，将称雄西域数十年的苏禄可汗杀了。

苏禄死了，交河公主的商队没了，但交河公主的大唐公主名分还在，大唐对交河公主的情义还在。

苏禄死后，都摩度立苏禄的儿子骨啜为吐火仙可汗，借苏禄的余威来收罗苏禄的部众，壮大自己的队伍，与莫贺达干交战。《资治通鉴》载，公元739年，"碛西节度使盖嘉运擒突骑施可汗吐火仙。嘉运攻碎叶城，吐火仙出战，败走，擒之于贺逻岭。分遣疏勒镇守使夫蒙灵察与拔汗那王阿悉烂达干潜引兵突入怛逻斯城，擒黑姓可汗尔微，遂入曳建城，取交河公主，悉收散发之民数万以与拔汗那王，威震西陲"。大唐碛西节度使盖嘉运擒获了突骑施可汗吐火仙，然后又率兵攻入曳建城，将交河公主接回了长安。

这位来自草原的"大唐公主"，是幸运的。据说交河公主是在长安度过了她的余生。不知道那草原的风，能不能越过那厚厚的宫墙，夜夜入梦。

春风化雪， 润物有声

一千多年前，在中国西南方向被誉为"世界屋脊"的青藏高原上，于经年不化的冰天雪地中，崛起了一个强悍的少数民族政权——吐蕃。彼时，物丰地沃的中原大地上，一个日后将中国统治了近三百年之久的强大帝国——大唐帝国，也正蓬勃发展，势吞天下。只是，吐蕃之于大唐，在长安之西八千里。两个雄起的王国，如两颗相距遥远的星星，各自在属于自己的天空中闪烁着耀眼的光芒。

一

"蕃"，藏语作"bod"，是古代藏族自称。"吐蕃"一词最早出现在唐朝的汉文史籍典献中，但这个名称的具体由来记载得却并不十分清楚，众说纷纭。"其种落莫知所出也，或云南凉秃发利鹿孤之后也。……遂改姓为悉勃野，以秃发为国号，语讹谓之吐蕃"。《旧唐书》记载有人认为吐蕃人是南凉国秃发利鹿孤的后代，秃发利鹿孤改姓为悉勃野，以"秃发"为国号后，语音上误读为"吐蕃"；"祖曰鹘提悉勃野，健武多智，稍并诸羌，据其地。蕃、发声近，故其子孙曰吐蕃，而姓悉勃野"，《新唐书》则说吐蕃人的始祖是鹘提

179

悉勃野，认为"蕃"与"发"发音相近，"吐蕃"就是"秃发"的读音转过来的，所以他们的子孙称为"吐蕃"。而后世的中外学者经过大量的研究后，普遍认为"蕃"是由古代藏族信奉的原始宗教——"本"的读音转过来的。还有学者持不同的看法，认为"蕃"是指农业，与意指牧业的"卓"相对。对"吐"的解释呢，则多数认为是汉语中"大"的意思，"吐蕃"就是吐蕃向唐朝自称"大蕃"的音译。也有人解释为藏语"lho"（意为山南，吐蕃王室的发祥地）或"stod"（意为上部，即西部）的音转。凡此种种，不一而足。

不管人们怎么好奇，吐蕃——这个远离长安，生长于雪域中的少数民族，在利鹿孤、利鹿孤的弟弟傉檀以及利鹿孤的儿子樊尼的不断努力下，以不可阻挡之势，在青藏高原上日益强大起来，并于5世纪时成为西藏历史上第一个有明确史料记载的政权——吐蕃王朝。

但是，在《新唐书》里，"曰南凉秃发利鹿孤之后。二子，曰樊尼，曰傉檀"，记载的樊尼与傉檀均为秃发利鹿孤的儿子。因此，樊尼、傉檀、秃发利鹿孤三者的关系，还有待进一步考证。尽管三者的关系在各种史书记载中有出入，但三个人为建立吐蕃政权立下汗马功劳，却是不争的史实。只是，虽然群羌皆附吐蕃，因与大唐相距太远，"历周及隋，犹隔诸羌，未通于中国"，自吐蕃政权建立后，直到隋朝，吐蕃都未曾与中原有过来往。

据藏人文化网《聂赤赞普——史上记载的第一代藏王》记载，传说中的吐蕃第一代赞普是聂墀。而《旧唐书》记载，自赞普聂墀建立了政权后，一代一代的赞普继承前业，发奋图强、开疆拓土，大力实施垦荒务农、设置大相、与民通婚等一系列措施，做到农牧并进，"其地气候大寒，不生秔稻，有青稞麦、裹豆、小麦、乔麦。

畜多牦牛猪犬羊马"；行事有度，"母拜于子，子倨于父，出入皆少者在前，老者居其后。军令严肃，每战，前队皆死，后队方进"，"临阵败北者，悬狐尾于其首，表其似狐之怯，稠人广众，必以徇焉，其俗耻之，以为次死"；物价有序。种种措施使吐蕃王朝稳步发展，吐蕃在政治、经济、军事、文化等诸多方面的情况都得到了较大改善，国力日渐强盛。等到第三十二世赞普囊日论赞执掌政权时，他击灭了建立在今拉萨、日喀则一带的苏毗，也就是西域的女国，将势力范围扩大至拉萨河流域，不负"赞普"之称了。

在吐蕃，"赞普"可不是一个简单的称号。《新唐书》载："其俗谓强雄曰赞，丈夫曰普，故号君长曰赞普，赞普妻曰末蒙。"吐蕃人称"强雄"为"赞"，"丈夫"为"普"，合起之意为"雄强的男子"。公元629年，第三十三世赞普——年仅十三岁的松赞干布即位后，用他的言行更将"赞普"之意向世人诠释分明。对内，他由叔父辅佐彻查叛乱贵族；向外，他亲自带兵征伐周边敌国，没过几年，就将苏毗、羊同、达布、娘布等部落收归麾下。曾和众多少数民族共分疆土的吐蕃王国，在松赞干布的雷霆治理之下，一举统一了西藏，松赞干布成为雄踞雪域高原的一代霸主。自此，吐蕃王朝的政权，在这个远离中原的雪域高原延续了两百多年。

在吐蕃东征西掠统一西藏之时，经过无数次兴衰起落的中原王朝，正由大唐坐拥天下，并且已发展成为一个经济繁荣、文化发达、国富民强、兵精马壮、傲视全宇的庞大帝国。

大唐帝都长安，更是人口众多，气势恢宏。对还处于冷兵器时代的各族各国来说，人就是生存的根本，就是战斗力，就是希望。因此，巍巍长安，成为世界诸国仰视的大都市之一。令人们钦慕的，还有大唐颇具特色的文化生活、礼乐冠裳。

少年英雄松赞干布的吐蕃国内，气候多雷霆、闪电、大风、冰雹、积雪，盛夏气候就如中国的春天，山谷常年冰封，并且多有寒疫；穿的都是由毡和皮制成的衣服，用黑色的颜料涂面；住的是毡帐而不是楼房，即使贵为赞普也是有城郭房屋不肯住，要联结毡帐而居；用的是弯木而成的器皿，皮革做底，或用毡做盘，用炒面捏成碗，装上羹和奶酪连碗一起吃掉，酒浆用手捧饮。从事放牧工作的吐蕃人，逐水草而居，居无定所。

因此，虽然远在万里之外，身在高原之上，但当大唐的繁华与文明，进入了松赞干布的眼里和心里后，什么时候能与他仰慕的大唐的繁华与文明零距离接触，与泱泱大国拉上关系，就成了松赞干布心中最为迫切的愿望。

二

就因了松赞干布的这一心愿，吐蕃和大唐之间的安宁，不复存在。

公元 634 年，松赞干布终于按捺不住心中的渴望，开始派遣使者万里迢迢奔赴长安，向大唐皇帝唐太宗送去了来自雪域高原的亲切问候。一代明君唐太宗虽然对这个远在数千里之外的王国了解不多，但有朋自远方来，不亦乐乎。他不仅以礼相待了来使，还派大臣冯德遐带着礼物回访吐蕃，向松赞干布表示了大唐皇帝的友好和问候。这一声问候，载入了史册。松赞干布见到大唐使者冯德遐，十分高兴，而正因为这一次来往，让松赞干布通过双方的使者进一步印证了大唐的繁华和美好，同时还得知了一个令他吃惊的重大消息：他的邻国突厥和吐谷浑居然都娶了大唐公主为妻！这个消息，让松赞干布立即产生了求娶大唐公主的念头。

身为雪域高原的一代人雄，怎能不与大唐女子结一段美好姻缘！可是，松赞干布求娶大唐公主的美好愿望迅速破灭。《旧唐书》载，虽然他立即"遣使随德遐入朝，多赍金宝，奉表求婚"，但因对吐蕃还不很了解，也或者是觉得吐蕃远在万里之外，对大唐威胁不大，唐太宗没有答应松赞干布的求婚。求婚被拒，回到吐蕃的使者无法交差，只得在松赞干布面前搬弄是非："初至大国，待我甚厚，许嫁公主。会吐谷浑王入朝，有相离间，由是礼薄，遂不许嫁。"使者将大唐未许求婚的原因怪罪到吐谷浑的头上了。一听此言，松赞干布怒火中烧，也不再细问，立即发兵攻打吐谷浑。

松赞干布亲自率领羊同军进攻吐谷浑，不仅一举攻破吐谷浑，将其赶到青海以北，掠空其财物畜产，还乘胜将与吐谷浑世代友好通婚的党项和白兰羌也一并攻破。真是城门失火，殃及池鱼啊！而实际上，当时的吐蕃正处于扩张时期，不仅是吐谷浑、党项和白兰羌三族遭到吐蕃攻击，与吐蕃相邻的唐旄、苏毗和羊同等部落，也都遭到了吐蕃的进攻，征服吐谷浑只是吐蕃对外扩张行动的一部分，请婚遭拒及使者挑拨，也只是吐蕃向周边各族发动战争的借口和导火索而已。连灭数族，松赞干布的怒火，并未熄灭。征服雪域，不是他最终的目的。他既要江山，也要美人。能拥有一个来自大唐的美人，对他称霸雪域甚至天下，可谓是锦上添花。于是，在平定周边各族后，松赞干布为抱得美人归，又率军向东进发。《新唐书》载，松赞干布亲自领兵二十万，挥师东向，翻山越岭，攻入大唐松州，并扬言道："公主不至，我且深入。"

此时的大唐，远非初建政权、国力脆弱之时可以任人欺凌，大唐立即起兵应战，派都督韩威轻骑出兵，一探究竟。只是，一个有备而来，一个事发仓促，结果大唐首战不利，被吐蕃大败。这一战，吐蕃打出了威风。打得原本归附唐朝的各羌都骚动起来，背叛了大唐，纷纷投靠吐蕃，与吐蕃遥相应和。这样一来，松赞干布气势更焰。志在必得的松赞干布软硬兼施，一边继续挥师东进，攻下松州；一边遣使带礼直入长安，准备迎娶公主。据《世系明鉴》中记载，松赞干布威胁唐太宗，如果不答应嫁大唐公主，他就亲自提兵五万，攻下大唐，杀死唐太宗，抢走大唐公主。到底是年轻气盛，频频得胜让松赞干布忘了他已是脚踩在中原的土地上，而不是他的雪域高原。

初战落败，吐蕃威胁，也是旷世英杰的唐太宗怎么会放在眼中！他立即调兵遣将，出击吐蕃军。几天之内，唐军就兵临松州城下，乘夜摸进吐蕃营地，一夜斩杀千余人。杀气腾腾的唐军一击得手，彻底击溃了吐蕃军臣的信心，而远离国土长期作战，也让吐蕃军臣吃尽了苦头，大臣们纷纷请求撤军回国。一心想抱得美人归的松赞干布无视部下的苦楚，也听不进部下撤兵的请求，直到有八位大臣相继自杀，以命相谏，松赞干布才不得不率军含恨而归。人是归去了，他求娶大唐公主的心却未死。回去后，他派使者再到长安，一面向唐帝谢罪，一面坚持请求与唐通婚。

三年的战争，让唐太宗充分领教了松赞干布的厉害，同时也真正认识到了吐蕃在西域的重要地位以及与吐蕃建立友好关系的必要性。他不再固执，答应了松赞干布的求婚请求。松赞干布赶紧趁热打铁，派遣吐蕃重臣大论薛禄东赞带了黄金五千两及相等数量的其他珍宝到大唐正式下了聘礼。

三

奉命进藏和亲的是文成公主。

文成公主也是唐宗室女，但史书中没有详细记载，不知其具体所出。据藏民的传说，文成公主从小就被唐太宗和长孙皇后收养在宫中，长得美丽，更重要的是聪慧异常、坚毅刚强，深得唐太宗的喜欢，唐太宗封她为文成公主。因此，求娶被唐太宗宠爱的文成公主做本国的王妃，成为吐蕃赞普、波斯财王、美色市王、格萨军王甚至印度法王等众多人主梦寐以求的心愿。据《西藏王臣记》载，多国相求，让唐太宗一时难以取舍，只好发话说，各位使臣中有机智敏锐的人，就可答应他的求婚。于是，传说中的比巧斗智的竞争便出现了。传说唐太宗共出了五道题，让诸国的使臣去解，谁胜出谁就迎娶文成公主。传说虽然不可考，但历经千百年还能口口相传下来，足以证明文成公主在世人心中的影响以及人们对文成公主的喜爱。

松赞干布对将士们拼着性命赢得的通婚机会当然是重视有加。他特意任命吐蕃大相禄东赞为正使，带领一百多人的求婚使团前往大唐，迎娶文成公主。

这个禄东赞，是个奇人。"东赞不知书而性明毅，用兵有节制，吐蕃倚之，遂为强国。"由《新唐书》所载可知，禄东赞一字不识，但他明智果断，用兵有节制，吐蕃就是依靠他，才一步一步走上强国之路的。那么，能派吐蕃重臣禄东赞入唐求婚、迎亲，松赞干布对与大唐和亲一事的重视，由此可见一斑。

聪明刚毅的吐蕃大相禄东赞，未辱使命。他以过人的智慧轻松通过了以丝带穿九曲明珠、识别百匹母马与马驹、食肉鞣皮、饮酒一坛不醉、夜入宫中而不迷路、五百美女中认公主等种种测试，面对唐太宗的各种提问，禄东赞也对答如流，应对得体，从一干求婚使臣里面从容胜出。禄东赞的机智、聪慧、从容，获得了唐太宗的好感。

对禄东赞赞赏有加的唐太宗，是个心动即行动的人。他不仅欣然应允了文成公主与松赞干布的婚事，还将禄东赞封为右卫大将军，并下令把琅琊公主的外孙女段氏嫁给禄东赞为妻。《旧唐书》载："禄东赞辞曰：'臣本国有妇，父母所聘，情不忍乖。且赞普未谒公主，陪臣安敢辄娶。'"唐太宗的封官与赐婚，禄东赞起初并未接受，推辞说自己在国内已娶妻，是父母所聘，不忍抛弃，再则赞普也还未迎娶公主，他怎么敢先娶呢？听了禄东赞的话，唐太宗更加欣赏禄东赞了，虽然对他的回答感到惊奇，但并没有答应他的请求，还是将段氏嫁给了禄东赞。

即将远嫁的文成公主，芳龄十六岁。长在帝王家的青葱少女，就要离开生活了十六年的繁华京都，去那人烟稀少、气候恶劣、语言不通、习俗不同的雪域高原度过一生，心中的愁怨自是如那秋草，瑟瑟而动，不胜悲凄。聪明的禄东赞最解人意，据《西藏王臣记》记载，这个一心想为吐蕃娶回大唐公主的吐蕃大相，为宽慰公主，竟引吭高歌：

吐蕃藏地，吉祥如意。众宝所成，赞普宫中，
神作人主。松赞干布，大悲观音。神武英俊，
见者倾慕。以教治邦，人民奉法。诸臣仆从，
歌唱升平。出佛慧日，擎功德灯。山产诸树，
土地广博。五谷悉备，滋生无隙。金银铜铁，
众宝具足。牛马繁殖，安乐如是。至奇希有，
公主垂听。

虽然难舍，《新唐书》载："十五年，妻以宗女文成公主，诏江夏王道宗持节护送，筑馆河源王之国。"公元 641 年正月，趁大河封冻，较易通行，文成公主还是带着一支庞大的和亲队伍从长安出发，一步一回头地走向了茫茫雪域，成为大唐第一个走上世界屋脊的和亲公主。

陪伴她的，是朝廷重臣、礼部尚书江夏郡王李道宗。据《西藏地方历史资料选辑》载，文成公主长长的和亲车队满载的，有各种金银珍宝，有大量的包含了多种食物烹饪法、卜筮、营造与工技、治病药方、医学论著等各种知识的典籍。除了书，还带了耐寒抗旱的芜菁种子和其他谷种，带了通晓所带书籍的文士和善于制造各种物品的工匠以及乳娘、宫女、乐队，大唐发达的科技与先进的文化，尽在其中。信奉佛教的文成公主，还不辞辛苦地带了一尊释迦牟尼十二岁等身铜铸佛像，为汉传佛教在雪域高原的传播、发展和兴盛撒下了一粒种子。

四

这一走，就是数月。

据史料记载，文成公主一行从长安出发，然后经凤翔、秦州、河州向龙支城即今青海民和县古鄯进发，再西行数百里到达公主佛堂，即今兴第大河坝以北。在这里，文成公主受到了吐谷浑王诺曷钵和早她一年和亲吐谷浑的大唐公主弘化公主的盛大欢迎。然后再继续西行，在柏海即今札陵湖与早就率兵在此等候的松赞干布相聚，举行了隆重的迎亲仪式后，李道宗便以叔父和大唐重臣的身份为二人主持了婚礼。《新唐书》载，彼时，曾挥师逼婚的松赞干布不再骄横，恭敬地对李道宗"执婿礼甚恭，见中国服饰之美，缩缩媿沮"了。

柏海不是目的地，文成公主稍做停留后，再次西行数千里，于公元 642 年的藏历四月十五——一个春暖花开的日子，抵达她人生的归宿地——逻些，也就是现在的拉萨。

尽管唐太宗早就命令吐谷浑王诺曷钵提前修整道路，做好迎接文成公主的准备，但毕竟太远。一路上，文成公主顶风冒雪，跋山涉水，辗转行程，竟是万里之遥。而这一路，愈行离得愈远的故国，愈行愈发荒凉的山水，愈行愈加陌生的异域，都时时触发着文成公主心中隐忍的悲伤。等到了农牧分界的赤岭，西望，绿草成原，牛羊布野；回首，农舍俨然，庄稼齐垄；那从天际伸向天际的赤岭，生生地把大地分成了两个风景迥异的世界。再前行一步，翻过赤岭，就全然是陌生的世界了，文成公主的心里，定然是浓浓的悲伤。

　　或许是感动于文成公主毅然进藏、和亲吐蕃的义举吧，在赤岭一带，人们代代相传着许多动人的故事。如传说文成公主在此忍痛摔碎了从大唐带来的、可以在镜中看到亲人的"日月宝镜"，以示不再留恋故国、诚心和亲，摔碎的宝镜便化作了日月山。现在，人们在赤岭隘口修建了日亭和月亭，在两亭所在的岭下，修建了公主庙，立了文成公主的汉白玉雕像，供东来西往的人们瞻仰。在离日月山不远的地方，有一条河，相传是由文成公主流下的泪水汇聚而成的河流，竟不随众水东去，而伴随着文成公主也西向而去，被人们称为倒淌河。

　　智勇双全的吐蕃赞普松赞干布，用行动证明了他对大唐公主和大唐王朝的真情与感激。

　　娶到美丽的大唐公主，令松赞干布感到无比荣耀。据《旧唐书》载，当文成公主的纤纤玉足踏上雪域高原的土地，松赞干布"谓所亲曰：'我父祖未有通婚上国者，今我得尚大唐公主，为幸实多。当为公主筑一城，以夸示后代。'"因为自他的祖上都未曾与大国通婚，所以，他要为文成公主建一座宫殿，以此向后代夸耀他与大唐通婚的功绩。松赞干布说到做到，真的为文成公主建了一座宫殿，让她居住。不仅如此，"公主恶其人赭面，弄赞令国中权且罢之，自亦释毡裘，袭纨绮，渐慕华风"，因为文成公主不喜欢吐蕃人"青黛涂面"的习俗，松赞干布就下令废除了这个习俗。自己也不穿毛皮衣服，而改穿由大唐带来的用丝绸制作的华服，渐渐喜欢唐风了。"仍遣酋豪子弟，请入国学以习《诗》《书》。又请中国识文之人典其表疏"，松赞干布觉得光与大唐通婚、得到丰厚的嫁妆还不能满足他对大唐的爱慕，他还派遣贵族子弟进入大唐的学校，学习《诗》

《书》等文化知识，请大唐有学识的人教授写作表疏。

松赞干布在积极地向大唐学习先进的科学文化知识的同时，也大力支持大唐政权的统一与稳固。当唐太宗征伐辽东凯旋后，松赞干布及时送上一只用黄金铸造、身高七尺的金鹅，以示祝贺，还以鹅为雁，将唐太宗大大地赞扬了一番。松赞干布对大唐的感激与忠诚，不仅是表现在言语与奉送重礼上，还表现在拔刀相助，与大唐共御外侵上。公元648年，松赞干布调遣精锐兵力前往天竺，与大唐右卫率府长史王玄策一起，打败攻击唐军的天竺军队，然后派使者到大唐献俘报捷。

松赞干布对大唐的忠诚与友好，恒定长久。大唐对松赞干布、对吐蕃的真诚友好，也始终如一。唐太宗去世后，大唐没有中断与吐蕃的友好关系，唐高宗一即位，就赐封松赞干布为驸马都尉、西海郡王等官职，并赐给他丝帛两千段。松赞干布感恩在心，写信给大唐宰相长孙无忌说，如果有人对刚刚即位的唐高宗不忠，愿意发兵帮助讨伐他。还向大唐献上十五种金银珠宝，请求放在唐太宗的灵前。松赞干布对大唐的忠心，尽显于此。

唐高宗听说后，非常赞赏松赞干布，再封他为宾王，并赐给他杂彩三千段。当松赞干布向大唐求讨蚕种及造酒、碾、硙、纸、墨等各种工匠人才时，唐高宗更是欣然应允。还将松赞干布的石像放到昭陵，以示对松赞干布的嘉奖。

受到吐蕃及吐蕃赞普松赞干布热烈欢迎、由衷喜爱和无比尊敬的文成公主，在吐蕃生活了四十年。《资治通鉴》载："永隆元年庚辰，公元六八零年，冬，十月，丙午，文成公主薨于吐蕃。"公元680年十月初五，文成公主在吐蕃因病去世，走完了她长长的和亲路。

五

文成公主和亲吐蕃的功绩与影响，万世不朽。

在那无数的藏文文献中，人们对文成公主倾注了极大的热情，创作出许多优美的传说流传至今，谱写出许多动听的歌曲传唱至今，保存着许多珍贵的遗址和文物瞻仰至今。最让人动容的是下面这首藏族民歌：

正月十五那一天，
文成公主答应来西藏。
莲花大坝不用怕，
有百匹善走骏马来接你。
高山连绵不用怕，
有百头力大犏牛来接你。
大河条条不用怕，
有百只黑色皮船来接你。
来到拉萨的"拉通"渡口时，
有百条马头木舟来接你。
来到拉萨的"吾吉"滩时，
有百辆双轮马车来接你。
来到拉萨的"东孜苏"时，
有百名英俊青年来接你。

来到"卡阿东"的山脚时，

有百名美丽姑娘来接你。

来到布达拉红宫时，

有百名亲信大臣来接你。

今天公主来到西藏，

好像狮子进入大森林，

好像孔雀飞落大平原，

好像不落的太阳升起，

西藏从此幸福又繁荣，

这是汉藏友好的象征。

祝松赞干布身体健康，

祝文成公主平安福馁，

祝西藏人民幸福安乐，

今天真是三喜临门啊！

　　这首欢快的歌曲，记录了藏族同胞热烈欢迎文成公主的场面，
以高昂的激情歌颂了文成公主入藏的史实，充分表达了藏族同胞对
文成公主的热爱和汉藏两族友好联姻、团结互助的重视和珍惜之情。
歌中接连用了三个"不用怕"和八个"来接你"的排比句子，更把
这种感情推向了高潮，给人留下深刻的印象。歌中还明确地把文成
公主入藏的事件提高到是"汉藏友好的象征"这样的高度来认识，
充分显示了藏族同胞对历史正确的理解和判断，也体现了藏族同胞
热切希望汉藏一家的心声。

　　但最能表达人们对文成公主的景仰和感激的，莫过于下面这首

被藏族向胞唱了一代又一代的歌谣：

美丽的文成公主啊，你从遥远的大唐来，带来的种子三百六十种。

美丽的文成公主啊，你从遥远的大唐来，带来的禽兽三百六十种。

美丽的文成公主啊，你从遥远的大唐来，带来的工匠三百六十行。

美丽的文成公主啊，你从遥远的大唐来，带来的绸缎三百六十种。

美丽的文成公主啊，你从遥远的大唐来，佛祖的光芒照亮了大地。

　　……

从这首歌谣里，人们深深懂得了：为什么文成公主进藏后，吐蕃与大唐迅速加快了友好交往的步伐；为什么文成公主能在雪域大力推行唐朝先进的科技与文化；为什么文成公主在雪域高原种下的佛教种子能发芽，开花，结果；为什么唐太宗东征高丽告捷后，吐蕃赞普松赞干布立献金鹅奉表祝贺；为什么当大唐使者遭天竺劫掠后，吐蕃立即派遣精兵相助，大破天竺，使大唐扬威异域；为什么文成公主能引领吐蕃大唐风俗的新时尚，以至于唐代诗人陈陶在《陇西行》中写道："黠虏生擒未有涯，黑山营阵识龙蛇。自从贵主和亲后，一半胡风似汉家。"而同是唐代诗人的白居易则忍不住赋诗大叹，长安"元和妆梳君记起，髻堆面赭非华风"。还有许多许多的为什么，还有许多许多的第一次，都在此歌中尽释，都有大小昭寺见证，都有布达拉宫回答。文成公主进藏和亲四十年，汉藏两族在经济、文化、习俗等方面的融合如此之深，就如雪域高原上那皑皑冰雪，经年不化。

令人扼腕叹息的是，年轻美丽的文成公主，与松赞干布只相守了近十年，公元650年，松赞干布就因病逝去，文成公主自此在雪域独守冰灯三十年。而特别令人心生敬意的是，为了大唐帝国的江山稳固和汉藏两族的长期友好，她执意独守冰灯而婉拒大唐接她回国的赤子之情。至于文成公主对故国与亲人的思念有多深，去看看小昭寺那一扇扇向东而开的寺门，就知道了。

六

第一个和亲吐蕃，已长眠于青藏高原千年的文成公主，应该是欣慰的了。

现在，这片倾注了文成公主一生心血的雪域，经过数代人的共同努力，已与中原大地融为一体，成为中国不可分割的一部分。其中，由文成公主建议创造的藏族文字，结束了藏人没有文字、结绳记事的历史，开创并延续了藏族灿烂的文化，成为中国五千年历史文化中不可或缺的一部分；由文成公主根据携带的天文历法书籍在藏族推行的夏历制，也沿用至今；而由文成公主帮助推行的律法制度的改革和完善，使吐蕃的文明程度得到极大的提升，短短数年时间，就让吐蕃的军事、政治、经济、文化取得跨越式发展，为吐蕃王朝在雪域高原称雄两百多年之久夯实了牢固的基础，也为中国西南的门户铸造了一道坚固厚实的铜墙铁壁。更不用说文成公主带去的种子、工匠、典籍、财物、佛法等深刻影响了藏族同胞的生活、习俗、思想和信仰了。

文成公主如地下有知，一定还感欣慰的是，虽然她已归去千年，但在藏族同胞心里，她始终还在。

不信的话，你去看吧，至今，人们仍以戏剧、壁画、民歌、传说等形式，在汉藏两族间广泛传播着文成公主和松赞干布结婚的故事，以及文成公主推进藏族文化的功绩；在喇嘛教中，文成公主被认作绿度母的化身（度母，藏语中作卓玛，藏族佛教传说中的观音化身），教徒对她尊崇备至；至今，布达拉宫内还保存着文成公主与松赞干布结婚的洞房遗址，根据文成公主的建议建成的大昭寺里还供奉着她的雕像，大昭寺前那棵据传是文成公主亲手所载的唐柳，仍在春风中婆娑起舞，而由她亲自设计并建成的小昭寺里，佛音缭绕了千年不止。千年过去了，藏族同胞们还在用两个节日来纪念她：一个是藏历四月十五日的"沙噶达瓦节"，也就是文成公主到达拉萨的日子；一个是藏历十月十五日，相传这一天是文成公主的诞辰。每逢节日，藏族同胞便穿上节日盛装到各寺院祈祷祝福。由范思和导演、内蒙古电影制品厂出品的二十集电视剧《文成公主》，则以现代化的艺术形式呈现了生活在高科技时代的人们对文成公主的缅怀和讴歌。

现在，文成公主和亲已成为汉藏友好交往的佳话，她本人也成为和亲公主的代名词，在浩浩荡荡的和亲公主队伍中，文成公主是最为有名的公主之一。美丽聪慧的文成公主，就如来自中原的一缕和煦的春风，熏染着高原上那皑皑冰雪，化雪为雨，滋润高原万物，经年不息！

格桑花开万古香

正月，长安。寒风萧萧。

一声裂人心肺的迎亲长调，在灞桥边响起。凄凉、哀婉的唢呐，如那萧萧的寒风，瞬时吹走了长安城仅存的一丝新春欢乐的余韵。长长的迎亲和送行队伍，迟迟不肯前行，人们的眼中，是止不住的离人泪，又一位汉家女儿，为了汉家的江山社稷，即将远嫁。

这是唐景龙四年，在长安城外发生的一幕。那身披华服的新嫁娘，是继文成公主之后，第二个也是最后一个走向青藏高原和亲吐蕃的大唐公主——金城公主。唐景龙四年，即公元 710 年。时隔第一个走上青藏高原的大唐文成公主和亲吐蕃七十年，距离文成公主长逝雪域三十年。这三十年，是不平静的三十年，是战火纷飞的三十年。金城公主的这一次远嫁，任重而道远，正如诸葛亮所言，是受任于败军之际，奉命于危难之间。

一

公元 680 年，在雪域高原坚守了四十年的文成公主，因病去世。早在三十年前，只与文成公主厮守了十年的丈夫松赞干布因病

196

先逝后，吐蕃和大唐的关系就开始紧张起来，但好在有文成公主在其中极力斡旋，双方仍是维系着友好关系，据唐朝李显在《金城公主出降吐蕃制》载，数十年间，吐唐之间未动干戈，一方清净。可是，当文成公主也魂归雪域之后，吐蕃与大唐的关系，骤然生变。文成公主在世时就蠢蠢欲动的吐蕃，再也按捺不住，再度挥师东向，攻向中原。自此，吐蕃和大唐又拉开了战幕。河源、良非川、临洮、凉州、悉州，这些连接着吐蕃和大唐的西域边塞上，战火熊熊。一烧，就是三十年。文成公主辛苦经营的"一方清净"，在战火中被烧得一干二净。吐蕃与大唐，不再是有着"婚姻之好"的"甥舅"关系，而是你存我亡的敌我关系了。

人们就疑惑了，大小昭寺还在呢，那棵唐柳还在呢，寺院里的诸佛也都还在呢，那为什么，吐蕃和大唐之间陡起风云，再燃战火？

这把火，不是吐蕃的赞普点燃的，而是吐蕃的大相禄东赞一手点燃的。

禄东赞是谁？《旧唐书》记载得十分清楚："禄东姓薛氏，虽不识文记，而性明毅严重，讲兵训师，雅有节制，吐蕃之并诸羌，雄霸本土，多其谋也。"禄东赞就是那个凭着聪明刚毅、用兵有节，为吐蕃所倚，将吐蕃一手扶强的吐蕃大相；也是那个过五关、斩六将，击败他国征服唐帝，将大唐美丽聪慧的文成公主顺利迎娶到雪域高原的吐蕃大相。

公元650年，松赞干布病逝。因为松赞干布的儿子贡松贡赞早逝，继位的孙子太小，不得不将国事都委托给大相禄东赞。于是，吐蕃的大小事情，就由禄东赞做主，禄东赞成了一个不坐赞普王位的"摄政王"，大权在握。本就是由禄东赞一手扶起来的吐蕃，现在由他专权，更给了他施展身手、开疆拓野的大好机会。他清户籍、定赋税、制法律，分"桂""庸"，并诸羌。从社会、经济、政治、军事等各个方面进行了大刀阔斧的改革，推动吐蕃快速发展，使吐蕃最终成为一统雪域高原的强大少数民族政权。

在禄东赞推行的并吞诸羌的扩张战争中，以吐谷浑结局最为悲惨。公元 640 年，在淮阳王李道明及大将军慕容宝的护送下，弘化公主跋涉万里，风尘仆仆地奔赴建都于青海的吐谷浑国，与国王诺曷钵成婚。位于吐蕃与大唐之间的吐谷浑，在通往西域的丝绸之路上具有重要的战略地位。这一点，大唐了然于心。因此，大唐痛快地答应了吐谷浑的求婚，并一直大力扶植吐谷浑，其目的之一，就是借用吐谷浑的势力来遏制吐蕃向东扩张。

唐朝的用意，随即被吐蕃识破。于是，虽然吐蕃和吐谷浑因为都迎娶了大唐公主而成为姻亲，一度关系友好，但不久就失和了。两国频频向大唐上书，各说曲直，希望大唐给个说法，但大唐没有言明孰是孰非。大唐的态度，激怒了吐蕃，立即兴兵东进，进攻吐谷浑。遭到野心勃勃、锐不可当的吐蕃大军进攻的吐谷浑，一败涂地，忙向大唐告急。大唐也忙调兵遣将，助力吐谷浑。可是，连赫赫有名的唐将薛仁贵率领十万大军相助吐谷浑，也挡不住吐蕃大军的攻势，全军覆没。几经蹂躏后，吐谷浑最终被灭，和亲吐谷浑的弘化公主与吐谷浑王诺曷钵成了亡国之奴，流落到大唐的安乐州聊度余生。自此，吐蕃连年侵犯大唐边境，当、悉等周边部落全部投降于吐蕃，与大唐断绝了来往，因文成公主远嫁雪域高原后汉吐共筑的友好同盟，被彻底摧毁。

禄东赞有五个儿子，他的长子很早就死了。当禄东赞死后，吐蕃的政治大权落到了他的次子钦陵等四兄弟手中。他的儿子、孙子又相继成为吐蕃大相，在长达数十年的时间里，继续把持吐蕃军政大权，也继续推行军事扩张政策。而中原那肥沃的土地，丰富的物产，就是吐蕃不惜摧毁汉吐友好同盟，不顾一切扑向中原，重燃战火三十年的根本原因。

数十年的兵燹之灾，使吐蕃与大唐陷入了深深的战争泥泞之中。据《旧唐书》记载，禄东赞家族专权期间，即使吐蕃通过军事扩张获得了大量土地，征服了周边四夷，"时吐蕃尽收羊同、党项及诸羌之地，东与凉、松、茂、巂等州相接，南至婆罗门，西又攻陷龟兹、疏勒等四镇，北抵突厥，地方万余里，自汉、魏已来，西戎之盛，未之有也"，势力达到了自汉魏以来从未有过的强盛时期，但是，在连续数十年的军事扩张中，也造成了吐蕃国贫民穷、国民经济濒临崩溃、吐蕃百姓怨声载道的局面。因为兵马未动，粮草先行啊！更何况战争是要流血，是要亡命的。"吐蕃自论钦陵兄弟专统兵马，钦陵每居中用事，诸弟分据方面，赞婆则专在东境，与中国为邻，三十余年，常为边患。其兄弟皆有才略，诸蕃惮之"，再加上禄东赞家族专权多年，使赞普大权旁落，从而引发各种猜忌和矛盾。因此，不管是吐蕃的政权，还是禄东赞的家族势力，都已岌岌可危。

其实，在唐蕃连年战争期间，吐蕃赞普也曾多次派使者向大唐请求和亲，但大唐派人到吐蕃一查，发现战争并非吐蕃百姓所愿，百姓是盼望和亲停止战争的，只有时掌吐蕃军政大权的禄东赞后人钦陵、赞婆，统兵专制，不愿和亲。而随着钦陵的穷兵黩武，百姓的厌战情绪日益高涨，如果趁此机会离间吐蕃，让吐蕃自己先乱起来，大唐就可以来个乱中取胜了。因此，虽然吐蕃后来又屡屡派使求亲，在战争中也拖得筋疲力尽的大唐却终是不应。大唐等待的，是和亲的最佳时机。

转机出现在公元740年。在此之前，也就是公元699年，已长大成人的吐蕃赞普都松芒杰与大臣密谋定计，趁钦陵将兵在外，以狩猎为名，一举捕杀了钦陵党羽两千余名。然后再招钦陵、赞婆回朝，准备诛杀二人。钦陵见事不强，干脆举兵拒命不回。都松芒杰便亲自征兵讨伐，结果钦陵部队未打先溃，钦陵在宗喀自杀。走投无路却又不愿丢掉性命的赞婆，率领残部一千多人投奔了唐朝。至此，在吐蕃专权数十年的禄东赞家族权落人亡，吐蕃的军政大权又回到了赞普手中，唐蕃关系也由此出现新的转机。

据《旧唐书》记载，先是公元702年，"赞普率众万余人寇悉州，都督陈大慈与贼凡四战，皆破之，斩首千余级。于是吐蕃遣使论弥萨等入朝请求和"，吐蕃在战败后向唐朝请和；"明年，又遣使献马千匹、金二千两以求婚，则天许之"，接着于第二年，吐蕃又派使者进献马匹和黄金，向大唐请婚，时掌大唐政权的武则天答应了吐蕃的请求。

公元705年，远征南诏的吐蕃赞普都松芒杰战死沙场，他年仅七岁的幼子赤德祖赞被立为新赞普，由其祖母没禄氏辅政。等赤德祖赞一登上赞普之位，吐蕃便再次遣使到大唐请婚。此时，钦陵自杀，赞婆投降，战事暂停，唐蕃和好的时机已成熟，不容错失。于是，吐唐双方使者在长安和盟，誓言重修旧好。《旧唐书》载："中宗以所养雍王守礼女为金城公主许嫁之。"时任大唐皇帝的唐中宗，爽快地答应了吐蕃的求婚，指定雍王李守礼的女儿金城公主出塞和亲，嫁给吐蕃赞普赤德祖赞。

二

公元 709 年十一月，吐蕃派出大臣到长安迎娶金城公主。公元
710 年正月，唐中宗下达和亲制书：

圣人布化，用百姓为心；王者垂仁，以八荒无外。故能光宅遐
迹，裁成品物。由是隆周理历，恢柔远之图；强汉乘时，建和亲之
议。斯盖宇长策，经邦茂范。朕受命上灵，克纂洪业，庶几前烈，
永致和平。瞻彼吐蕃，僻在西服，皇运之始，早申朝贡。太宗文武
圣皇帝德侔覆载，情深亿兆，思偃兵甲，遂通姻好，数十年间，一
方清净。自文成公主化往，其国因多变革。我之边隅，亟兴师旅，
彼之蕃落，颇闻雕弊。顷者赞普及祖母可敦、酋长等，屡披诚款，
积有岁时，思托旧亲，请崇新好。金城公主，朕之少女，岂不钟念，
但为人父母，志息黎元，若允乃诚祈，更敦和好，则边土宁晏，兵
役服息。遂割深慈，为国大计，筑兹外馆，聿膺嘉礼，降彼吐蕃赞
普，即以今月进发，朕想自送于郊外。

唐中宗一声令下，他"钟念"的"少女"，应命向西进发。

前去的路上，战争的硝烟未尽，伏地的尸骨未寒，就连大唐的
大臣们，也不敢前往，无人愿意护送金城公主。唐中宗先派侍中纪
处讷护送金城公主和亲吐蕃，处讷以不熟悉边境事务坚决推辞；接
着再令赵彦充当和亲使者，赵彦也不想去，请司农卿赵履温私下托
安乐公主密奏中宗留了下来。最后只好派左骁卫大将军杨矩出使吐

蕃。虽然堂堂七尺男儿们畏缩不前，但为了汉家江山稳固，为了唐蕃永世和好，为了百姓不再惨遭涂碳，年幼娇弱的金城公主，仍是沿着文成公主的脚印，在杨矩的护送下，义无反顾地踏上了漫漫的西行之路。女儿远去，这一去不见得有回的和亲之悲，撕扯着每一个人的心。其中最痛的，除了金城公主的父母，便是唐中宗了。唐中宗在《金城公主出降吐蕃制》中怜惜地说："金城公主，朕之小女，长自宫闱。"因为金城公主虽是雍王李守礼之女，但自小就被唐中宗收养在宫中，有着真实的"帝女"身份。聪明美丽的金城公主，深得唐中宗的疼爱，这一份爱，在金城公主和亲吐蕃一事中尽显。

彼时，金城公主和亲的吐蕃赞普赤德祖赞还只有十二岁。唐中宗在亲自下达的和亲制书中写道，"金城公主，朕之少女，岂不钟念"，殷殷地表达了"朕想自送于郊外"之意。由此可以看出唐中宗对金城公主的爱怜，也可以看出金城公主的年幼。唐中宗不舍幼女远嫁，亲自送了一程又一程。并"念主幼，赐锦缯别数万，杂伎诸工悉从，给龟兹乐"，想借此以安幼女远嫁异族之悲，以慰幼女远离亲人之痛。中国音乐，也从此随着金城公主走进了雪域，成为藏族音乐中一个重要的音符。

送君千里，终有一别。古人如此，唐中宗也只能如此。《旧唐书》载："其月，帝幸始平县以送公主，设帐殿于百顷泊侧，引王公宰相及吐蕃使入宴，中坐酒阑，命吐蕃使近前，谕以公主孩幼，割慈远嫁之旨，上悲泣歔欷久之。因命从臣赋诗饯别。"送行的队伍，在始平县，即今陕西省兴平县止步。在始平县的百顷泊侧，唐中宗为金城公主设宴饯别，"悲泣歔欷"。或许是真的舍不得吧，爱怜与悲伤盈怀的唐中宗，于席间对吐蕃使者真如慈父般絮叨再三，"谕以公主孩幼，割慈远嫁之旨"，并令随从大臣赋诗送行。现存于《全唐诗》中的从臣所赋饯别诗，还有崔日用、武平一、郑愔和阎朝隐等人所作诗赋四五首。所作诗赋中，将送别伤感之情表达得淋漓尽致的，是工部侍郎李适的《奉和送金城公主应制》：

> 绛河从远聘，青海赴和亲。
> 月作临边晓，花为度陇春。
> 主歌悲顾鹤，帝策重安人。
> 独有琼箫去，悠悠思锦轮。

除了用诗文表达对金城公主的不舍与疼爱之外，唐中宗还把对金城公主的这份疼爱推及天下苍生，连下几道命令，做下了一桩桩大惠始平县及天下百姓的好事。《旧唐书》记载："曲赦始平县大辟罪已下，百姓给复一年，改始平县为金城县，又改其地为凤池乡怆别里。"唐中宗下令赦免了始平县死罪以下的囚犯，免除了天下百姓一年的租税，改始平县的县名为金城县，乡为凤池乡，送别之地为怆别里。唐中宗用实际行动践行了数百年前孟子"幼吾幼以及人之幼，老吾老以及人之老"的儒家精神，是整个和亲史上唯一一个对和亲的公主如此重视，以大赦天下、更改地名之举以示重视和作为永久纪念的中原皇帝。

骊歌声声催。再深的怜爱，也抵不过江山和黎民的安危重要啊。长长的迎亲队伍，放下已喝完的饯行酒杯，上了路。路，还是由文成公主的纤纤秀足于七十年前在西域漠漠荒原上开辟出来的那条路。不过，当文成公主走过之后，经过文成公主四十年的经营和努力，那条路由一个个驿站连接而成，已成一条连接汉与吐蕃两族人民的心路，虽然彼时已染上了近三十年烽火的烟尘，但也不曾绝了汉藏两族人民渴盼友好的那份情。路上，双方使者，来往不绝。而这一次，金城公主再次穿行，一路向西，只希望就此拂净驿道上的烽火味，种一路美丽的格桑花。

吐蕃赞普赤德祖赞虽然年少，却担得轻重。他如当年的吐蕃赞普松赞干布一样，分外珍惜这来之不易的和亲机会。他派出了多于当年松赞干布派出的迎亲使团十倍人数的千人迎亲团，前往长安迎娶金城公主。在迫不及待地想见到他来自大唐的美丽新娘的心情驱使下，他还早早地派专人在唐古拉山为金城公主凿石开路，修筑了一条"迎公主之道"，迎接金城公主一行。由此可知，唐蕃和亲确实是汉藏两族共同渴盼的结果，是两族一致的心愿了。

几番风雪后，走过千山万水终于抵达雪域的金城公主，与赤德祖赞完婚。婚后，金城公主另筑一城居住，开始了她扎根雪域高原、为调停唐蕃关系呕心沥血三十年的和亲生涯。

三

金城公主和亲的三十年，很是不平静。首置金城公主于唐蕃关系风口浪尖的，就是护送她和亲吐蕃，并为她主婚的大唐左骁卫大将军杨矩。

吐蕃迫切地请婚于唐，是因为连年战争造成了国内民生凋敝、怨声载道的不堪局面，内外交困之中，只有与唐和好，才能给吐蕃一个休养生息、养精蓄锐的机会。而他们骨子里对大唐大好江山的觊觎，对大唐丰富物产的垂涎，也从未消减过。这一份野心，在金城公主入藏不久，就暴露了出来。金城公主与赤德赞普成婚不久，吐蕃便通过贿赂主婚使杨矩，向唐中宗讨要大唐的河西九曲之地。一心怜惜年幼的金城公主远嫁雪域的唐中宗，未假思索，便依吐蕃之请，将河西九曲之地作为金城公主的汤沐之地，赠给了吐蕃。他怎么也不会想到，他的这一决定，为日后唐蕃之间再起销烟，埋下了导火索。

河西九曲之地，可不是一块可有可无的闲杂之地。这里土地肥沃，水草甘美，非常适宜畜牧和驻扎。最关键的是，此地距大唐西临大涧、北枕黄河的积石军驻地，只有三百里地。因此，河西九曲之地具有十分重要的战略地位。《旧唐书》记载："吐蕃既得九曲，其地肥良，堪顿兵畜牧，又与唐境接近，自是复叛，始率兵入寇。"果然，得到河西九曲之地后，在吐蕃贵族的极力怂恿下，吐蕃在这里迅速设置了洪济、大漠门城，进行防守，并将这块地建成了对唐发动战争的军事基地。吐蕃在这块宝地上屯兵畜牧，等兵精马壮之后，再次背叛大唐，又开始频频骚扰大唐边境了，本就还未消散殆尽的烽烟，重又浓烈。

见丢了河西九曲之地后，唐蕃战火又起，自知罪重的左骁卫大将军杨矩，自个儿畏罪自杀，丢了性命不说，还将年幼的金城公主也投置于唐蕃的战火之中去了。河西九曲之地在经历了无数场战争，伏地无数具尸首之后，直到公元753年，才由唐朝名将陇右节度使哥舒翰收回。公元754年，哥舒翰奏请在所开拓的河西九曲设置洮阳、浇河二郡及神策军，任命临洮太守成如兼洮阳太守，充任神策军使，重新将这块丰泽的土地归于大唐统治之下。

古人云：沧海横流，方显英雄本色。金城公主在和亲吐蕃的三十年间，唐蕃双方虽有友好往来，但因河西九曲之地，更多的是兵戎相见。每当置身于战争的漩涡之中时，金城公主并未放弃自己的职责，更未忘记自己的和亲使命。战争一起，总是由金城公主出面或者假借她的名义进行调停，熄灭战火。因此，调停大唐与吐蕃之间的战争，成为金城公主和亲生涯中最主要的事情。

公元714年，吐蕃出兵十万，侵扰临洮、渭源。据《册府元龟》记载，时掌大唐政权的唐玄宗派左骁卫郎将尉迟环出使吐蕃，借宣恩于金城公主的名义，表示停战示好之意，可惜未果；公元716年，二月，吐蕃围攻松州，八月，吐蕃请求和好，大唐以赏赐金城公主锦帛等物品表示同意请和、消除战争隔阂，吐蕃酋长也以金城公主的名义，向唐示好；公元717年，金城公主亲自上表，向唐玄宗请安，恳求唐玄宗亲署盟文，使唐蕃之间"久长安稳"。于是，"吐蕃奉表请和，乞舅甥亲署誓文，及令彼此宰相皆著名于其上"，公元718年，吐蕃与大唐签订了友好誓文。

在为唐蕃结盟友好所做的各种努力中，金城公主最为世人称道并载入史册《资治通鉴》的一件事，是公元733年，"金城公主请立碑于赤岭以分唐与吐蕃之境；许之"。金城公主上书唐玄宗，请求在赤岭树碑立界，唐玄宗欣然应允。公元734年，唐玄宗派唐将李佺在赤岭立下界碑，并诏令张守珪与将军李行祎、吐蕃使者莽布支分别告谕剑南、河西州县，从现在起，二国和好，不再互相侵犯。然后，双方撤下守军，唐蕃和好，互不侵扰，以成一家。

金城公主入藏，除了在军事上起到了至关重要的调停作用外，还为中原文化在吐蕃的传播做出了重大的贡献。

　　首先，是表现在佛教的传播上。金城公主一进藏，就把原来藏于大昭寺南门中文成公主所携带的释迦牟尼佛像迎供于大昭寺，从此开启了拉萨大昭寺绵延不绝的朝佛活动。她还在吐蕃开创了两种佛事活动，即"谒佛之供"及"七期祭祀"，建造了一座名为"九顶正慧木屋寺"的寺庙。金城公主的这些举措，对佛教在吐蕃的复兴，起到了一定的推动作用。

　　其次，是加速了中原文化对高原文化的影响，促进唐蕃互动交流。在金城公主和亲吐蕃时，唐中宗怜惜由他一手抚养的金城公主，年龄尚小，却要为国远嫁，便给金城公主准备了丰厚的嫁妆，抚慰即将远嫁的小公主，也平息自己心中的伤悲。唐中宗为金城公主准备的嫁妆里面，除了锦缯、技工、音乐，还有大批医学和历算方面的书籍。金城公主入藏后，还曾应吐蕃要求，专门派遣使者向大唐求要《毛诗》《礼记》《左传》《文选》。金城公主的请求，唐玄宗当即满口答应，却遭到了秘书省正字于休烈的强烈反对。《旧唐书》载，于休烈说，"臣闻吐蕃之性，剽悍果决，敏情持锐，善学不回。若达于书，必能知战。深于《诗》，则知武夫有师干之试；深于《礼》，则知月令有兴废之兵；深于《传》，则知用师多诡诈之计；深于《文》，则知往来有书檄之制。何异借寇兵而资盗粮也"，他认为这些书籍会对吐蕃的社会发展以及文化水平的提高产生巨大的推动作用，若送给吐蕃这些书，则"何异借寇兵而资盗粮也"，会给大唐带来后患。胸怀天下的唐玄宗思想开明，最终还是坚持将这些书籍送给了吐蕃。

四

由综上所述可知，金城公主为唐蕃之间建立友好同盟耗尽了心血。可惜的是，即使金城公主耗尽心血，也未能让唐蕃之间无休止的战争最终偃旗息鼓，永结盟好。由金城公主提议在赤岭树设立的界碑，没有挡住双方进攻的步伐。立碑不久，唐蕃就再发冲突。

先是吐蕃不听大唐劝阻，执意攻打大唐的附属国小勃律，并大败勃律国，惹怒大唐。后有大唐将领孙诲为邀功请赏，假传圣旨攻打毫无防备的吐蕃，在青海大败吐蕃，吐蕃伤亡惨重，吐蕃将领希力徐轻装才得以逃脱。于是，吐蕃自此再次断绝对大唐的朝贡，与大唐交恶。

唐蕃反目，战争再起。

唐玄宗调兵遣将，兵分几路，讨伐吐蕃，并下令拆毁赤岭界碑。《旧唐书》载："诏以岐州刺史萧炅为户部侍郎判凉州事，代希逸为河西节度使；鄯州都督杜希望为陇右节度使；太仆卿王昱为益州长史、剑南节度使，分道经略，以讨吐蕃。仍令毁其分界之碑。"

其实，唐蕃之间战争频繁，并非全是两国君王和百姓之意。君王想开疆拓土自是挑起战争的重要原因，而如唐将孙诲一般想邀功请赏的双边将领故意挑起战争，也是原因之一。

唐朝忠王的朋友皇甫惟明，对此就看得很清楚。《旧唐书》记载，唐玄宗因吐蕃赞普每每给他的请和信，总是"自恃兵强，每通表疏，求敌国之礼，言词悖慢"，便气愤难忍，拒绝与吐蕃讲和。时间长了，次数多了，皇甫惟明就发觉不对劲儿了，他对唐玄宗说：

"开元之初，赞普幼稚，岂能如此，必是在边军将务邀一时之功。伪作此书，激怒陛下。两国既斗，兴师动众，因利乘便，公行隐盗，伪作功状，以希勋爵，所损钜万，何益国家！"他的意思是说，刚刚即位的吐蕃赞普，年纪太小，怎么会写出这样言辞傲慢的信呢？肯定是边疆的将领们想邀功请赏，假借赞普的名义写的信，激怒唐玄宗开战，趁此机会建立功名，以求封赏。他们这样做，只是为了个人私利，哪里把国家和国人的利益放到眼里呢？然后皇甫惟明就建议唐玄宗派使者前往吐蕃探望金城公主，一探虚实，并与赞普当面议和结盟，使吐蕃对大唐称臣，不再出兵侵扰大唐，让唐蕃边境永保安宁。

唐玄宗一听，信了，"因令惟明及内侍张元方充使往问吐蕃"，马上派皇甫惟明出使吐蕃。吐蕃赞普和金城公主见到皇甫惟明后，十分高兴，"尽出贞观以来前后敕书以示惟明等"，拿出珍藏的自贞观以来大唐颁发的敕书，一一向皇甫惟明细细展示，一再表明吐蕃对大唐的敬意以及愿与大唐交好的诚意。然后，吐蕃还派使者随皇甫惟明到长安回访，并上表唐玄宗说，"外甥是先皇帝舅宿亲，又蒙降金城公主，遂和同为一家，天下百姓，普皆安乐"，"外甥以先代文成公主、今金城公主之故，深识尊卑，岂敢无礼！又缘年小，枉被边将谗构斗乱，令舅致怪"，"千年万岁，外甥终不敢先违盟誓"，解释了吐蕃与大唐产生误会的原因，表明了吐蕃祈盼和平，与大唐友好的愿望，并向唐玄宗进献了金胡瓶、金盘、金碗、马脑杯、零羊衫段等珍贵器物，以示敬意。金城公主又另送了金鸭盘盏等礼物，以示亲近。这一切，都在《旧唐书》中一一记载分明。

这样，吐蕃与大唐借金城公主的名义又重新获得了沟通，加深了关系。唐吐之间，停战了五六年。停战期间，大唐同意吐蕃要求，在赤岭互市，双方进行正规的大宗交易，交流的商品物资主要以牛、马、羊等牲畜产品和丝织品为主。继赤岭互市后，双方还曾在陇州也开设互市。这种互市，让唐蕃双方在经济上的联系也日益密切。这一局面的形成，都是金城公主努力所致。

只是，金城公主一次次的努力，换来的只是一次次的短暂和平，接着又是无休无止的战争。金城公主满腔的热情和精力，经过三十年的磨砺，渐渐消失殆尽。终于，在连年的纷飞战火中，她忍不住心中的绝望与悲伤，想回唐了。可是，战火连绵的茫茫西域，哪里有她归国的路！那个于她太过奢侈的梦，断灭在漫天的战火硝烟之中。《旧唐书》载："二十九年春，金城公主薨，吐蕃遣使来告哀，仍请和，上不许之。"公元 740 年，为唐蕃友好关系努力了三十年的金城公主，终是在那冰雪覆盖的青藏高原上闭上了回望长安的双眸。

金城公主去世后，唐蕃之间仍然战争频仍，但吐蕃始终认为唐朝天子是"舅天子"，与唐朝是甥舅关系，而唐朝也始终把吐蕃视为"舅甥之国"。这一牢不可破的甥舅关系，由文成公主建立，因金城公主而延续。如果说文成公主如一缕春风，化开了万年冰雪，开启了唐蕃友好的开端，那么给吐蕃带去中原文化与和平的金城公主，就如一朵美丽的格桑花，盛开在银白的冰雪世界，留一缕清香，在那古老的文字间，精美的壁画里，动人的传说中，芬芳至今。

劲草何惧疾风吹

一

"捐躯赴国难，视死忽如归！"这两句令人热血沸腾、落地铮铮有声的诗句，出自三国时期曹植的《白马篇》。

作为一代枭雄曹操的儿子，曹植自然也怀抱鸿鹄之志。在这首诗里，他描写和歌颂了边疆地区一位武艺高强而又富有爱国精神的青年英雄，借以抒发他的报国之志。男儿有志当报国，无可厚非。可是，如果身为一名女儿，也能在国难当头之时，挺身而出，捐躯赴国难，视死忽如归，那就真是天下奇女子了。唐肃宗的女儿宁国公主，就是这样的一个奇女子。

宁国公主是唐肃宗李亨的次女。虽然生在帝王家，虽然生得花容月貌，更有一肚子锦绣才华，可是，这是一个苦命的女子。《新唐书》载："萧国公主，始封宁国。下嫁郑巽，又嫁薛康衡。"这位才貌双全的大唐公主，先嫁郑巽，再嫁薛康衡，两任丈夫都是结婚不久就离开了人世。不得已，宁国公主回到唐肃宗身边，年纪轻轻便寡居宫中。命运似乎不怎么待见宁国公主，本来家已不在，宁国公主独守青灯度日，已够凄苦，没想到没过多久，差一点改写了大唐历史的安史之乱爆发，国也破碎，让她一夜之间，成了一个国破家亡的没落公主。

公元755年，十月，身兼范阳、平卢、河东三节度使的安禄山，先是假造敕书，号令诸将讨伐杨国忠。十一月，安禄山再联合同罗、奚、契丹、室韦、突厥等族共十五万士兵，号称二十万，打着"忧国之危"的旗号，起兵范阳。第二年，安禄山率军攻入东都洛阳，自称大燕皇帝，改元圣武，背叛大唐，自立政权，并命部将史思明进攻河北。唐朝大将李光弼、郭子仪虽然曾一度大败叛军史思明，切断了洛阳与范阳的交通，令叛军军心动摇，有了弃洛阳返范阳的打算，但是，唐玄宗听信杨国忠的谗言，逼迫唐将哥舒翰贸然出兵灵宝，一番激战后，哥舒翰被早有准备的安禄山部将崔乾祐打败，并被俘虏，最终导致长安要防潼关被破，让叛军的气焰一下子又嚣张起来。潼关一破，叛军便长驱直入，直捣长安。

时任大唐皇帝的唐玄宗，不得不匆匆逃离长安。他听从杨国忠劝说，准备逃往蜀地避难。仓促之中，他只带了杨贵妃姊妹和宫内的皇子、皇妃、亲信。在宫外的皇妃、公主及皇孙都弃而不顾，只管自己逃难。逃到马嵬坡时，将士们又饿又累，心中怨恨愤怒。龙武大将军陈玄礼认为天下大乱都是杨国忠一手造成的，想杀掉他。等将士们将杨国忠杀死后，陈玄礼又请求唐玄宗将杨国忠的妹妹杨贵妃杀死，以绝后患。唐玄宗自是心下不忍，说贵妃常年居住在深宫之中，不可能知道杨国忠谋反之事，想保住杨贵妃。可是，各位朝臣大将纷纷向唐玄宗请杀杨贵妃，以此向国人谢罪，让将士安心保护大唐。生死存亡之际，刚弃了都城长安的唐玄宗，又不得不忍痛割舍了心上人,《资治通鉴》记载:"上乃命力士引贵妃于佛堂, 缢杀之。"命令高力士把杨贵妃引到佛堂内,用绳子勒死了她。唐朝 诗人白居易《长恨歌》中"在天愿作比翼鸟,在地愿为连理枝"的 山盟海誓,在国破家碎的血雨腥风中被碾为泥泞。

含恨的,不仅仅只有那曾被白居易在《长恨歌》中誉为"天生 丽质难自弃""三千宠爱在一身"的杨贵妃,还有宁国公主。好好的 锦衣玉食的公主生活被毁,好好的大唐江山被碎,更因为连遭夫亡 惨事、心里备受打击而体弱多病的宁国公主,已然心死。据《新唐 书》记载,"安禄山陷京师,宁国公主方嫠居,主弃三子,夺潭马以 载宁国,身与潭步,日百里,潭躬水薪,主射爨,以奉宁国"。在叛 军攻进长安城时,如果不是她机敏聪慧的妹妹和政公主抢过丈夫柳 潭手中的马缰绳,打马狂奔至宁国公主府奋力救出她,并一路对她 呵护有加的话,恐怕她这金枝玉叶要么落入叛军之手,要么香魂渺 渺了。

据《资治通鉴》记载,国家破碎、即将灭亡的灾难,让匆匆逃 亡四川只求保得一命的唐玄宗,心死如灰,他不得不痛下决心,在 舍了美人之后,"又使送东宫内人于太子,且宣旨欲传位,太子不 受",再舍江山,将皇位传给太子,只是,太子李亨当时未接受皇 位,他只顾着率军讨伐叛军,收复失地。直到公元756年七月,太 子李亨率众攻到灵武,才在灵武即位称帝,改元至德,即唐肃宗。

新帝即位,重任在肩。自家军队不堪一击,难保山河,放眼四 望,谁是援手,能助他救大唐一难?

二

伸手相助的，是回纥，一个彼时正称雄北方大漠的少数民族。

"回纥"一词就是今天的"维吾尔"这一族名的古译。回纥的汉文译名最早见于《魏书》："帝西征，次鹿浑海，袭高车袁纥部，大破之，虏获生口、马牛羊二十余万。"那时，回纥还称为袁纥。在古代汉文史籍中，回纥有着多种译法。如在《魏书》中称袁纥，在《旧唐书》中称回纥，在《新唐书》中，对回纥的历史译名交代得最详细："袁纥者，亦曰乌护，曰乌纥，至隋曰韦纥。其人骁强，初无酋长，逐水草转徙，善骑射，喜盗钞，臣于突厥，突厥资其财力雄北荒。大业中，处罗可汗攻胁铁勒部，裒责其财，既又恐其怨，则集渠豪数百悉坑之，韦纥乃并仆骨、同罗、拔野古叛去，自为俟斥，称回纥。"到了唐朝后，回纥主动"又请易回纥曰回鹘，言捷鸷犹鹘然"，因此，在《新唐书》中译为回鹘；《元史》《明史》中的畏兀儿，与回纥则是同名异译。

据《旧唐书》记载："回纥，其先匈奴之裔也。在后魏时，号铁勒部落。"回纥源于铁勒；《新唐书》记载"回纥，其先匈奴也，俗多乘高轮车，元魏时亦号高车部，或曰敕勒，讹为铁勒"，回纥在元魏时叫高车部；而根据《魏书》记载，"高车，盖古赤狄之余种也，初号为狄历，北方以为敕勒，诸夏以为高车、丁零"。因此，回纥先祖可追溯卫通先秦时期的狄或汉魏时期的丁零，本称"丁零人""铁勒人"或"赤勒人""敕勒人"。"敕勒川，阴山下，天似穹庐，笼盖四野，天苍苍，野茫茫，风吹草低见牛羊"——那首著名的北朝民歌《敕勒川》，据说就是出自回纥人先祖之口。由此可知，早在公元前3世纪，这支游牧部族便活跃在贝加尔湖以南，蒙古高原、额尔齐斯河与巴尔喀什湖之间的大草原上了。

回纥长期受突厥役使，帮助突厥征战四方，开疆拓土。《旧唐书》载："自突厥有国，东西征讨，皆资其用，以制北荒。"这里的"其"，就是回纥。并不甘心受制于突厥的回纥，一直在进行着反抗突厥的斗争，并渐有成效。《新唐书》载，先是在隋朝末年，"大业中，处罗可汗攻胁铁勒部，衰责其财，既又恐其怨，则集渠豪数百悉坑之，韦纥乃并仆骨、同罗、拔野古叛去，自为俟斤，称回纥"。韦纥不堪突厥残暴的统治，背叛了突厥，以"俟斤"为君长称号，自称回纥。来自药罗葛氏族的时健被众部落推举为君长，结束了回纥没有君长的历史，开启了一个崭新的历史新纪元。接着是回纥在时健的儿子菩萨手中开始兴盛后，继菩萨之后的后人吐迷度、婆闰等人连续发力，先后灭了东突厥和继东突厥兴起的薛延陀，最后由回纥首领骨力裴罗联合其他部落奋起抗争，摆脱了后突厥的控制，将回纥发展成为北方一个不容忽视的少数民族政权。

回纥与大唐距离遥远，到长安有六千九百里的路程。回纥与大唐确立关系，是从唐太宗贞观三年即公元629年开始。这一年，回纥开始到大唐来朝，进献贡物，双方正式建交。公元646年，回纥与原铁勒十一姓趁唐太宗北巡北方边境之机，各自派遣使者觐见唐太宗，主动请求将自己的领地置于大唐的管辖之下。《资治通鉴》载："九月，上至灵州，敕勒诸部俟斤遣使相继诣灵州者数千人，咸云：'愿得天至尊为奴等天可汗，子子孙孙常为天至尊奴，死无所恨。'"并且还请求唐太宗"愿得天至尊为奴等天可汗"，唐太宗欣然应允，从此，唐太宗被回纥等北方诸蕃尊称为"天可汗"。公元647 年，唐太宗正式下诏在漠北推行府州制度，以回纥部为瀚海都督府，隶属于燕然都护府，任命回纥可汗吐迷度为怀化大将军、瀚海都督。这时候，吐迷度已自称可汗。

据《新唐书》记载，回纥与大唐建交后，不仅纳贡称臣，接受册封，"阿史那贺鲁之盗北庭，婆闰以骑五万助契苾何力等破贺鲁，收北庭；又从伊丽道行军总管任雅相等再破贺鲁金牙山，迁右卫大将军，从讨高丽有功"，还多次出兵助阵，与大唐关系融洽。大唐也及时出手，援助回纥。当回纥首领吐迷度被侄儿乌纥杀害后，大唐立即镇压了谋反的乌纥，厚葬了吐迷度，并赐封他的儿子婆闰为左骁卫大将军，继承他父亲所领的封赐。

武则天继位后，后突厥又强大起来，攻占了铁勒原来所居之地，铁勒人又开始遭受突厥贵族的奴役，后经唐朝允许，回纥与思结等部南迁到甘州和凉州之间，受到大唐保护，大唐也经常征用回纥精锐骑兵帮助赤水军征战四方。因回纥与大唐关系友好，也为了加强对北方诸蕃的统辖和管理，据《资治通鉴》记载："徙燕然都护府于回纥，更名瀚海都护。"公元663 年，大唐将燕然都护府迁到回纥本部，并改名为瀚海都护府，此后，回纥几代可汗都被大唐封为瀚海都督。唐朝此举，帮助回纥可汗加强了汗国的地位。

可是，大唐与回纥的友好关系，在回纥首领婆闰死后，逐渐恶化。婆闰死后，他的妹妹比粟毒统领回纥，与同罗、仆固一起侵犯大唐边境，唐高宗命郑仁泰率军击败了比粟毒，并在铁勒本部设置天山县，将铁勒本部纳入大唐版图。等到了公元727 年，回纥与大唐的关系被大唐凉州都督王君破坏殆尽。

据《资治通鉴》记载，"初，突厥默啜之强也，迫夺铁勒之地，故回纥、契、思结、浑四部度碛徙居甘、凉之间以避之。王君微时，往来四部，为其所轻；及为河西节度使，以法绳之。四部耻怨，密遣使诣东都自诉。君遽发驿奏'四部难制，潜有叛计'。上遣中使往察之，诸部竟不得直"。当初，回纥、契、思结、浑四个部族穿越沙漠，移居到甘州和凉州之间，以躲避强盛的突厥的欺凌。大唐凉州都督王君未得志的时候，常往来于这四个部族之间，受到他们的轻视，久而久之，使他心生怨恨。后来，王君当了河西节度使。人生得意的王君，立即想起了四部族对他的轻视，于是，他就利用手中掌握的法律惩治他们，以泄私怨。王君的做法，让四个部族由此感到深深的耻辱，心生怨恨，便偷偷地派使者到东都洛阳向唐玄宗告状。王君知道后，立即恶人先告状，迅速向唐玄宗诬告回纥，说他们有叛乱的计划。唐玄宗轻信后断然插手回纥内政，更换了回纥首领，引起回纥不满。《新唐书》记载："开元中，回鹘渐盛，杀凉州都督王君�，断安西诸国入长安路。"日渐强盛的回纥，干脆杀了王君，阻断了西域各国前往长安的路，也最终导致大唐和回纥发生战争。最后，南下而居的回纥，在唐军的追击下又重新回到了漠北。

天宝初年，骨力裴罗继承回纥王位。唐玄宗封他为奉义王，南迁到突厥原来所居之地，将九姓之地全部占有。回纥原由药罗葛、胡咄葛、咄罗勿、貊歌息讫、阿勿嘀、葛萨、斛嗢素、药勿葛、奚耶勿等九个氏族组成，总称为"九姓回纥"，药罗葛氏为"九姓回纥"的核心，后来回纥的大汗大都出于这一氏族。到了唐朝初期，回纥与仆固、浑、拔野古、同罗、思结、契苾羽、阿结思、骨仑屋骨思等部落结成了同盟。在回纥兴起之前，铁勒各部就统称"九姓铁勒"，回纥兴起以后，回纥成为漠北铁勒各部的总代表，于是"九姓回纥"便替代了"九姓铁勒"。拥有了九姓之地的裴罗，并不满足，第二年，他杀了突厥的白眉可汗，被大唐封为左骁卫员外大将军，并且将回纥的疆域又扩大了数倍，古匈奴之地全部为他所有。

回到漠北的回纥部落，在首领骨立裴罗的带领下，东征西战，很快成为漠北独一无二的强国。再过了几年，骨立裴罗就自立为骨咄禄毗伽阙可汗，并派使者向大唐报告，由唐玄宗将他册立为怀仁可汗。由此，回纥正式建立了自己的政权，而大唐也失去了对回纥的控制。

等怀仁可汗灭掉漠北后突厥最后一个首领白眉可汗，尽占全部突厥故地后，回纥汗国就取代后突厥汗国而成为一个继匈奴、柔然、突厥之后主宰大漠南北的第四个北方帝国。此时，这个东起兴安岭、西至阿尔泰山辽阔的北方草原王国，也成为大唐不得不认可、并且不得不低头弯腰与之保持良好关系的北方政权。因此，到了公元788年，当回纥人提出要大唐正式更改自己的汉文称呼为"回鹘"时，大唐慨然应允。

"回纥"与"回鹘"，虽然只有一字之差，但意义差别太大。"回纥"只是个音译词，没有实际意义。而"回鹘"中的"鹘"是猛禽——隼，改称"回鹘"，是取其"回旋轻捷如鹘"的吉祥含义。与大唐多年的交往，让这个本是逐水草而居的游牧民族，把汉文化也琢磨得比较透彻了。

可惜的是，据《资治通鉴》记载，这个于刀光剑影中建立起来的草原王国还没坚持到百年，就因为回鹘人的中心聚居地鄂尔浑河流域发生了连年的雪灾、蝗灾，再加上汗国的统治集团内部又爆发了无休无止的争权夺利的动乱，最终于公元 840 年，"及掘罗勿杀彰信，立，回鹘别将句录莫贺引黠戛斯十万骑攻回鹘，大破之，杀及掘罗勿，焚其牙帐荡尽，回鹘诸部逃散。庞特勒等十五部西奔葛逻禄，一支奔吐蕃，一支奔安西。可汗兄弟没斯等，及其相赤心、仆固、特勒那颉啜，各帅其众抵天德塞下，就杂虏贸易谷食，且求内附"，被本来归附于回鹘汗国的"黠戛斯人"趁乱举兵，攻破汗国都城，灭了回鹘汗国。

回鹘被灭后，残余部落被迫四散逃亡。庞特勒等十五个部落往西方逃跑，投奔葛逻禄；另有一支投奔吐蕃国；一支逃到安西。这就是历史上著名的"回鹘西迁"。但是，回鹘可汗的兄弟没斯等人，则各率自己的部落兵马一路南下，抵达唐朝天德军的边塞一带，依靠和杂居这一地区的各族部落贸易而生活，并向大唐求助，请求内附于大唐。

西迁之后，回鹘人又逐渐融合了当地土著如高昌人、龟兹人、于阗人等，还有突厥人、汉人、蒙古人等，慢慢形成了今天的维吾尔族。而"维吾尔"，是到了 20 世纪的 1935 年才定下来的名称。"维"，维护，可引申为"团结，联合"；"维吾尔"，成了一个真正体现团结友爱的吉祥名称。

三

回纥政权存在时间不长，但大唐时期的回纥正是鼎盛时期，国力强大，兵精马壮。

安史之乱爆发时，回纥正由一手建立了回纥大汗国的骨立裴罗的儿子磨延啜可汗执政，即葛勒可汗，葛勒可汗继承了其父的英勇气质，剽悍善用兵，具有很强的作战能力与军事指挥才能。正是因为他有如此优秀的军事才能，才能助唐平定差点致大唐大厦倾塌的安史之乱。

安史之乱爆发后，葛勒可汗主动派使者向唐朝表明了助唐讨敌的意愿。于危难之中接掌天下，正为叛乱焦头烂额的唐肃宗，立即答应了可汗的请求，诏令敦煌郡王承寀和使者商约，并命令仆固怀恩护送郡王，同时召集回纥兵士。可汗非常高兴，将可敦的妹妹当作女儿嫁给承寀，又派大头领来唐朝求和亲。皇帝想拴住他的心，就将回纥女封为了毗伽公主。

唐肃宗的一系列友好举措，令葛勒可汗喜出望外，"于是可汗自将，与朔方节度使郭子仪合讨同罗诸蕃，破之河上"。据《新唐书》记载，葛勒可汗亲自率军千里平叛，与唐将郭子仪一起一举击败同罗等部，然后又派自己的儿子——太子叶护领兵助唐，一路摧枯拉朽，将叛军打了个落花流水，接连收复了长安、洛阳两京，立下赫赫战功。大唐感激之余，除了赐封叶护外，还答应每年向回纥送绢两万匹，以示犒劳。

叛乱平定，两族亲和，应该是件皆大欢喜的大好事了。可是，对大唐来说，却并非如此。一场安史之乱，使本处于极盛时期的大唐元气大伤，国力空虚，呈衰败之相。而回纥正是上升时期，正好与大唐相反，由此，堂堂中原王朝与边疆蕃国之间的分封与臣属关系，已形同虚设。

公元758年，大乱刚平，回纥就向大唐重提出兵时讲好的条件之一：迎娶大唐公主，与唐联姻。刚刚借助回纥平定叛乱还未喘过气来，已无法傲视天下诸国，甚至还要继续仰仗回纥力量的唐肃宗，怎能拒绝！于是，为了显示大唐的诚意，唐肃宗不仅答应了和亲，还开和亲历史之先河，第一次将当朝皇帝的亲生女儿——真正的金枝玉叶远嫁北方大漠，和亲异族。

这第一个远嫁回纥的大唐当朝皇帝的公主，就是唐肃宗的次女——正寡居宫中的宁国公主。

迎娶大唐公主，提升回纥在北方诸蕃特别是在原铁勒诸部中的地位，使回纥成为草原真正的霸主，才是葛勒可汗愿意甚至主动出兵助唐的真正原因。因此，大唐这一次和亲，与以往不同，大唐不再是居高临下，赐婚异族，而是被迫和亲。对大唐来说，这是一次迫不得已的和亲。这一点，唐肃宗心里明白，而大唐上下的臣民百姓，心里也明白。但历经安史之乱和马嵬坡事变之后，唐肃宗已只是空有其位，不借兵回纥镇国，他又到哪里再寻救国之策！而他的苦衷，又能与何人诉说！为此，唐肃宗颁布了一份诏书：

项自凶渠作乱，宗室阽危。回纥特表忠诚，载怀奉国，所以兵逾绝漠，力徇中原，亟除青犊之妖，实赖乌孙之助。而先有情教，固求姻好。今两京底定，百度惟贞，奉皇舆而载宁，缵鸿业而攸重。斯言可复，厥德难忘。爰申降主之礼，用答勤王之志。且骨肉之爱，人情所钟；离远之怀，天属尤切。况将适异域，宁忘轸念。但上缘社稷，下为黎元，遂抑深慈，为国大计。是用筑兹外馆，割爱中闱，将成万里之婚，冀定四方之业。宜以幼女封为宁国公主，应缘礼会，所司准式。

诏书将宁国公主和亲的意图，唐肃宗对宁国公主的难舍难分之情，以及唐对这次和亲的重视程度写得极其详尽。为了显示和亲的隆重，也为了宁国公主婚后的日子过得幸福，唐肃宗特地封葛勒可汗磨延啜为英武威远毗伽可汗。

尽管如此，大唐臣民还是反对借兵和亲，一时议论纷纷。唐代著名诗人杜甫的诗《北征》，应该算是代表了当时的舆论吧：

> 阴风西北来，惨澹随回纥。
> 其王愿助顺，其俗善驰突。
> 送兵五千人，驱马一万匹。
> 此辈少为贵，四方服勇决。
> 所用皆鹰腾，破敌过箭疾。
> 圣心颇虚伫，时议气欲夺。

从这首诗可以知道，杜甫虽然看到了回纥军人的勇猛，但更清醒地认识到，借用回纥兵终为国患，越多越难对付，应以"少为贵"。群臣虽然不同意唐肃宗依靠回纥立国，但慑于他的威严，气为之所夺，因此也不敢坚持反对，整首诗的字里行间，流露出诗人对借兵回纥的隐忧。

四

不管唐肃宗和国人是多么的不情愿，宁国公主还是嫁了。国难当头，身为皇家公主，她义不容辞。

公元 758 年的七月，宁国公主从长安起程，踏上了千里远嫁之路。七月的长安，暑热扑面，但宁国公主和唐肃宗的心里，却是一片寒凉。《旧唐书》载："肃宗送宁国公主至咸阳磁门驿，公主泣而言曰：'国家事重，死且无恨！'上流涕而还。"依依不舍的唐肃宗将宁国公主送达咸阳后，面对父皇满面的泪水，虽然身子柔弱，心中不愿，但已历经国都被抢、仓皇逃难、国将不国等重重灾难的宁国公主，关键时刻却显示了别样的坚强，"国家事重，死且无恨"，这落地有声、字字见血的临别之言，让长安城内外，泪水横飞。

谁说女子不如男！危急时刻，这如水的女子，也自有钢筋铁骨；那多情的女儿心，也能视死如归！安史之乱中的颠沛，不仅使宁国公主目睹了生灵涂炭的凄惨场景，同时也铸造了她替父分忧和勇担重任的决心。身为大唐公主，她又怎能不清楚此次和亲的重大意义，以及将要担负的政治使命！

这一去，果然不顺。

这次和亲对唐来说事关重大，更何况，这一次出嫁的是唐肃宗的亲生女儿。因此，于公于私，唐肃宗都非常重视。据《旧唐书》载，"其降蕃日，仍以堂弟汉中郡王瑀为特进、试太常卿、摄御史大夫，充册命英武威远毗伽可汗使；以堂侄左司郎中巽为兵部郎中、摄御史中丞、鸿胪卿，副之，兼充宁国公主礼会使"，他特地选派宗室和重臣送亲，由宋王李成器第六子、唐肃宗堂弟、汉中郡王李瑀，唐肃宗堂侄、左司郎中李巽等人护送宁国公主。担心宁国公主远嫁异蕃，难忍孤单，唐肃宗还另选荣王李婉的女儿以"媵"的身份陪嫁过去。"特差重臣开府仪同三司、行尚书右仆射、冀国公裴冕送至界首"，起程后，唐肃宗又特派重臣裴冕把宁国公主护送到唐与回纥的交界之处。

可是，因为回纥恃功自傲，而唐也还继续有求于回纥，唐肃宗在嫁女一事上的小心与慎重，并没有得到回纥对等的回应。

宁国公主到了回纥后，不仅没有得到应有的隆重迎接，反而目睹了汉中郡王李瑀被回纥葛勒可汗反复审问、备受诘难的情景。《旧唐书》载："及瑀至其牙帐，毗伽阙可汗衣赭黄袍，胡帽，坐于帐中榻上，仪卫甚盛，引瑀立于帐外，谓瑀曰：'王是天可汗何亲？'瑀曰：'是唐天子堂弟。'又问：'于王上立者为谁？'瑀曰：'中使雷卢俊。'可汗又报曰：'中使是奴，何得向郎君上立？'"当时，回纥葛勒可汗盛气凌人地坐于帐中，因为李瑀不对他下拜行礼而恼怒万分，他便也不依臣国身份以跪拜之礼接受唐诏。李瑀据理严斥葛勒可汗："唐天子以可汗有功，故将女嫁与可汗结姻好。比者中国与外蕃亲，皆宗室子女，名为公主。今宁国公主，天子真女，又有才貌，万里嫁与可汗。可汗是唐家天子女婿，合有礼教，岂得坐于榻上受诏命耶！"一听李瑀此言，葛勒可汗就明白了，站在他面前的是大唐当朝皇帝的亲生女儿，立马改变面色，起身下拜，接受诏书。第二天便册立宁国公主为可敦。听说宁国公主是真正的公主，回纥酋长们也都欣喜若狂，奔走相告"唐国天子贵重，将真女来"，由此可以看出，虽然大唐式微，但大唐文化与文明对回纥的熏染，犹是深刻。而大唐威仪对回纥的震慑和影响，也依然深远。

回纥对大唐的羡慕与向往，那是真切的。宁国公主和亲回纥后，为感谢大唐的诚意，葛勒可汗除了厚赏送亲的李瑀等人外，同年八月，再次派王子骨啜特勒将兵三千，助唐平乱。九月，派回纥大首领盖将等人入唐，以报奏战功表达谢意。十二月，派三名回纥贵妇入唐，感谢宁国公主和亲回纥。宁国公主这一嫁，使通往唐与回纥的驿路上，使者来往频繁，络绎不绝，两族相处欢然。唐肃宗借势于回纥的初衷，也算是初步得以实现。

如果能长此以往，对唐与回纥来说，当是好事。可是，公元759年，年迈的葛勒可汗去世。他的儿子移地健继承汗位为登里可汗。生老病死，纯属正常。可是，这一正常的生死轮回，对刚刚嫁到回纥生活了八个月，依然年轻美丽的宁国公主来说，却成了一场生死大劫。

原来，在回纥有给死人殉葬的习俗。正如能娶到唐朝真公主为妻，让回纥上下倍觉光彩一样，如果能有真公主为回纥可汗殉葬，也定能让他们更觉身显位尊了。据《旧唐书》记载，"毗伽阙可汗初死，其牙官、都督等欲以宁国公主殉葬"。毗伽阙可汗去世后，回纥上下都逼迫没有子女又是新婚不久的宁国公主为可汗殉葬。生死关头，宁国公主身为大唐公主的威严与镇定、骨子里的刚强与不屈，再次呈现。面对回纥的逼迫，她义正词严："我中国法，婿死，即持丧，朝夕哭临，三年行服。今回纥娶妇，须慕中国礼。若今依本国法，何须万里结婚。"态度坚决地拒绝了殉葬要求。

但是，殉葬之礼虽免，"嫠面"之俗却必须遵循。《周书》记载，嫠面，也就是按照北方少数民族风俗，死者亲属等人围着死者的停尸帐，"绕帐走马七匝，一诣帐门，以刀嫠面，见哭，血泪俱流，如此者七度，乃止"。坚强的宁国公主为了保命，也为了表示对死者葛勒可汗的尊重，她依照回纥习俗，嫠面大哭，照划不误。

好端端一个风华正茂的美丽公主，就此毁了花容月貌。那一颗女儿心，恐怕也就此死了罢。至此，宁国公主的命，也苦到了极点。

而一个为了国家的安危与尊严，毅然肩负重任、甘于流血的伟大女子的形象，就此立于人们眼前，令人油然而生敬意。

五

面容已毁、又无子女的宁国公主，再留回纥无益。

公元 759 年八月，在大唐与回纥的多次交涉下，回纥放回了宁国公主。《旧唐书》载，宁国公主"以无子得归。秋八月，宁国公主自回纥还，诏百官于明凤门外迎之"，这个苦命的女子，带着身心上的巨大伤痛，回到了长安，独居一隅。

关于宁国公主的信息，在《唐会要》里有"宁国。（肃宗女。乾元元年七月十七日出降回鹘英武威远毗伽可汗。置公主府。二年八月二十三日。自蕃还。至贞元五年四月十二日。议罢公主府。置邑司）"等文字记载，也就是说，直到公元 789 年，宁国公主还健在。那么，回到长安的宁国公主，至少还平静地生活了三十年。对这个苦命、聪慧、肩担大义的女子心有所系的人们，心里总算是有了一点点安慰。

最理解宁国公主的委屈和悲苦的，还是唐代著名诗人杜甫。他在另一首《即事》中叹道：

> 闻道花门破，和亲事却非。
>
> 人怜汉公主，生得渡河归。
>
> 秋思抛云髻，腰支胜宝衣。
>
> 群凶犹索战，回首意多违。

在诗中，"闻道花门破，和亲事却非"一句，依然明确地表明了杜甫反对借兵和亲一事。在杜甫和世人看来，和亲一事，虽得一时之利，却获三方面的损失：当初与回纥和亲，本来是想借兵平定叛乱，没想到在公元759年，大唐与回纥一共有六十万大军同进滏水，"子仪以朔方军断河阳桥保东京。战马万匹，惟存三千，甲仗十万，遗弃殆尽。东京士民惊骇，散奔山谷，留守崔圆、河南尹苏震等官吏南奔襄、邓，诸节度各溃归本镇。士卒所过剽掠，吏不能止，旬日方定"，却兵败如山倒，即使勇猛如回纥，也一样败阵。靠山山崩，这是第一失；毗伽阙可汗去世，堂堂大唐公主，却落得个花容俱毁，劈面而归，抛髻剩衣，忍耻含辱，极是不堪，这是第二失；等到史思明在济河索战，大唐与回纥的友好关系却已断绝，更无借回纥之力抵抗叛军之可能，那么，当初和亲的初衷至此已遭违背。也就是说，和亲也白和了，这是第三失。唯一值得庆幸的是，"人怜汉公主，生得渡河归"，宁国公主虽然受了莫大委屈，但毕竟活着回到了父皇身边，比起那些客死他乡的和亲女子，宁国公主算是幸运的了。

公元785年，宁国公主被改封萧国公主。但是，可以想象，一个三次嫁人，容貌尽毁、无儿无女的女子，纵然贵为公主，可以享受到人间的荣华富贵，又怎么能忘却当年那凄苦的噩梦，感受到人间丝毫的快乐！不过，有，总比无强，亲人的关怀，总还是给宁国公主一丝温暖罢。

掩卷沉思，命运凄苦的宁国公主，虽然和亲的时间短暂，但还是在一段时间内对大唐和回纥的关系起到了积极作用的。

在她和亲期间，那和亲驿道上来往不绝的两国使者，那贡奉不断的金银财物，都是因她而促进了两国友好关系的明证。还有，双方的频繁来往，也使本属于游牧民族的回纥百姓受到了先进的汉族文化影响，部分回纥人学会了农耕、建筑等技术。2007 年 8 月，有关报纸报道，俄罗斯考古专家在俄南部图瓦共和国小镇昆古尔图克附近一个古城堡遗址，发现了大量中国唐代风格的建筑遗迹。专家推测，这座城堡很可能就是远嫁回纥的唐朝宁国公主的一处行宫。如果此事是真，那么，很可能就是回纥人的一处杰作。这，就是宁国公主和亲回纥的又一贡献了。

　　和亲公主，就是一位民族和平使者，对民族的团结友好做出贡献，是她们肩负的使命。而宁国公主，这位和亲不到一年的大唐公主，却能如此令人动容，就在于她是和亲史上唯一一位响当当地说出"国家事重，死且无恨"的和亲真公主，视死如归、临危不惧，如一株劲草，任由疾风劲吹，却始终不倒的精神，令人俯首。

日暮乡关何处是

日暮乡关何处是？烟波江上使人愁。

——崔颢

公元 754 年，被后人与王昌龄、高适、孟浩然并提，但宦海浮沉、始终不得志的唐朝诗人崔颢，溘然辞世，留下他的千古名篇《黄鹤楼》，让世人于反复吟哦中共抒岁月不再、世事茫茫，古人不可见之遗憾。他没有想到，半个世纪后，一个美丽的公主，也带着与他一样的感慨和遗恨，长眠于漠北那茫茫的草原之上。虽然贵为可贺敦，虽然驻守了二十一年，但，大漠茫茫，长河落日，到底不是公主心底熟悉的风景，故土难回的暗恨，也终究是随着大漠扑面的风沙，卷进历史的书页，迷了世人的眼，伤了世人的心。

这个公主，就是公元 788 年，为改善和维护大唐与回纥的友好关系，远嫁大漠、和亲回纥的咸安公主。

《新唐书》记载："燕国襄穆公主，始封咸安。下降回纥武义成功可汗，置府。薨元和时，追封及谥。"咸安公主是大唐皇帝唐德宗的第八个女儿。咸安公主天生丽质、聪慧有加，自小就在宫中学习琴棋书画，遍诵汉文典籍，并且习武练箭，练就了一身好本领。与怀着"国家事重，死且无恨"的心愿走进大漠草原的大唐宁国公主一样，咸安公主也是一位深明大义的和亲公主。

不过，她的和亲，比宁国公主和亲时的背景更为复杂，更加不易，经历也更为离奇与悲壮。

一

咸安公主的远嫁，很是无奈。

原本傲视天下的大唐帝国，在经历了安史之乱后，开始由盛转衰。虽然通过和亲借兵一策，凭回纥之力暂时平定了叛乱，收复了长安和洛阳，但叛乱余贼还未彻底铲除，危险仍在。并且，旧愁未解，新怨又生。据《旧唐书》记载，"大历六年正月，回纥于鸿胪寺擅出坊市，掠人子女，所在官夺返，殴怒，以三百骑犯金光门、朱雀门。是日，皇城诸门尽闭，上使中使刘清潭宣慰，乃止"；"七年七月，回纥出鸿胪寺，入坊市强暴，逐长安令邵说于含光门之街，夺说所乘马将去。说脱身避走，有司不能禁"；"回纥恃功，自乾元之后，屡遣使以马和市缯帛，仍岁来市，以马一匹易绢四十匹，动至数万马"；"十三年正月，回纥寇太原，过榆次、太谷，河东节度留后、太原尹、兼御史大夫鲍防与回纥战于阳曲，我师败绩，死者千余人"。自恃平叛有功的回纥，居功自傲，骄横无比，大白天就敢在长安杀人，在坊市掠人子女，还向大唐屡索马价绢，甚至兴兵侵犯大唐边境，使经过多年战乱后，本已空有其架的大唐，更加不堪重负，摇摇欲坠。等唐德宗即位后，大唐与回纥虽然重修旧好，但回纥对大唐甚是傲慢无礼，在九姓胡素的挑拨下，回纥还准备趁大唐新丧，侵犯中原，两族关系，岌岌可危。

然而，虽然大唐气数渐尽，但虎死不倒威，在北疆和西域各少数民族心中，大唐皇帝仍是他们心中的"唐天子""天可汗"，能够迎娶大唐公主，得到大唐的支持，仍是少数民族政权心中梦寐以求的事，对回纥来说，亦是如此。因此，公元787年，国力强盛、雄霸大漠的回纥可汗——武义成功可汗，向大唐多次求和，且向唐请婚。但是，据《资治通鉴》记载，武义成功可汗多次请婚，"上未之许"。这个"上"，是唐德宗。唐德宗，叫李适。对于回纥的多次请婚，《新唐书》记载中说唐德宗李适丢下了这样一句话："和亲待子孙图之，朕不能已。"在他手中，是不用提和亲的事了。

唐德宗态度坚决地拒绝和亲，是有原因的。

公元762年，当时还是雍王的李适，奉父皇唐代宗之命，与大臣仆固怀恩领军赶到陕州黄河北边，准备联合回纥讨伐安史之乱的叛军史朝义的军队。没想到，当李适带着药子昂、魏琚、韦少华等随从去见回纥登里可汗时，一见面，登里可汗就要求雍王李适给他行礼，逼李适给他下跪，以显回纥可汗的威风，羞辱大唐。药子昂据理力争，说李适身有丧礼，不宜下跪，更何况李适是唐太子，太子就是储君，哪有中国储君向外国可汗下跪的道理呢？回纥宰相车鼻将军见辩不过药子昂，恼羞成怒。《旧唐书》记载："相拒久之，车鼻遂引子昂、李进、少华、魏琚各搒捶一百，少华、琚因搒捶，一宿而死。"车鼻命人将药子昂、李进、韦少华、魏琚四人各捶一百大棒，结果韦少华、魏琚当晚就活活疼死，药子昂、李进在床上躺了好多天才爬起来，年仅十五岁的李适因年少不懂事，被侥幸放回。

一个偏居大漠的异族汗国，竟然不把唐朝太子放在眼里，还胆敢捞捶唐朝大将至死，由此也可以看出当时的大唐已衰微到什么地步。听闻此事，一直反对大唐通过和亲回纥，然后向回纥借兵的唐代诗人杜甫，在他的《遣愤》一诗中愤然写道：

> 闻道花门将，论功未尽归。
> 自从收帝里，谁复总戎机。
> 蜂虿终怀毒，雷霆可震威。
> 莫令鞭血地，再湿汉臣衣。

短短八句诗行，行行带泪，字字泣血。其实，在唐朝将宁国公主送往回纥和亲时，杜甫就态度鲜明地提出了反对意见。他在《即事》一诗中指明"和亲事却非"，认为向回纥借兵后患无穷。又在《北征》一诗里疾呼"此辈少为贵，四方服勇决"，直陈他对借兵回纥的担忧。如今，他的担忧都一一实现。

堂堂大唐，竟落此地步，遭受小族要挟，悲夫也哉！举国上下，谁人不觉耻辱！唐朝国民无法受此侮辱，亲历其耻的李适——当年的雍王、太子，如今已是唐朝皇帝的唐德宗，更是没齿难忘。他怎么可能再去同意与回纥和亲！更不用说拿自己的亲生女儿去和亲了。

可是，纵然咽不下心中的恶气，纵然不想再受其辱，一旦面对国家和民族的生死存亡，又怎么去谈骨气与脸面！

此时，曾傲视天下的大唐帝国，威风不再，国力衰弱，边境不宁。内有尚未完全平定的安史余孽，北有傲慢不逊的回纥，西有不断寇掠的吐蕃，大唐帝国陷入困境。这其中，尤以吐蕃的侵扰为甚。自从金城公主去世后，吐蕃就与大唐化友为敌，多次侵犯唐朝。公元787年八月，唐蕃之间发生了"平凉劫盟"事件。吐蕃设伏杀死唐军数百人，擒获唐军千余人，让大唐朝野为之震动，唐蕃关系更加恶化。九月，回纥趁乱再次请求和亲。

回纥和吐蕃，一个要美人，一个要江山，一时让大唐北、西边境两头吃紧，哪边都马虎不得。《新唐书》载，内外交困、焦头烂额的唐德宗再也坚持不下去了，宰相李泌也适时劝说德宗："辱少华等乃牟羽可汗也，知陛下即位必偿怨，乃谋先苦边，然兵未出，为今可汗所杀矣。今可汗初立，遣使来告，垂发不翦，待天子命。而张光晟杀突董等。虽幽止使人，然卒完归，则为无罪矣。"说明当初侮辱德宗的可汗已死，现任可汗对唐亲近，不应再计较前嫌。"今请和，必举部南望，陛下不之答，其怨必深。"又指出大唐若不答应求婚，会加深回纥对大唐的怨恨，后果将很严重。在李泌的劝解下，"乃许降公主，回纥亦请如约。诏咸安公主下嫁"，唐德宗最终同意和亲回纥，并且是诏令自己的亲生女儿咸安公主和亲回纥。旧仇未报，又添新恨，唐德宗心底的无奈与悲哀，可想而知。

不过，唐德宗不是昏君，忍痛远嫁女儿，他是有条件的。

正如李泌所言，回纥与唐朝的交往对双方都是有利的。一方面，回纥依赖唐朝供应丝绢、茶、粮种、金银、钢铁及手工业品等生产、生活资料；另一方面，经过多年的战乱，唐朝军用、民用的马匹都很缺乏，唐朝也需要从回纥牧区不断补充马匹。不仅如此，李泌对回纥的继续和亲还提出了几项条件，如回纥必须和突厥一样向唐朝称臣，来唐使臣的随从人数要有限制，绢马贸易维持一定的限额数量等。急于娶回唐朝公主的回纥汗国，痛快地答应了所有的条件。

回纥高兴了，但唐德宗却陷入了痛苦的挣扎之中。

作为唐德宗个人来说，他无法忘掉曾经受过的侮辱，无法忘掉被回纥杖毙的唐朝大臣韦少华和魏琚。《资治通鉴》载，唐德宗说："韦少华等以朕之故受辱而死，朕岂能忘之！属国家多难，未暇报之。"可是，大敌当前，国势衰微，身为唐朝皇帝，由不得他去计较个人恩怨情仇了。他不得不以国家大局为重，去考虑与回纥的交往。经过对利弊的反复权衡，几番思量之后，压抑着自己内心的痛苦，万般无奈的唐德宗勉强自己同意了和回纥和亲，继续借助回纥的力量牵制吐蕃，以夷制夷，解除唐朝的危难。

二

和亲一事已定。但是，据《新唐书》记载："又诏使者合阙达干见公主于麟德殿，使中谒者赍公主画图赐可汗。"先咸安公主一步到回纥的，是她的画像。

咸安公主的美丽和她大唐真公主的身份，让回纥的武义成功可汗喜出望外，他将迎娶咸安公主一事，安排得格外隆重与慎重，居然是派他的妹妹率团迎娶咸安公主。于是，公元788年九月，武义成功可汗的妹妹骨咄禄毗伽公主率领着一支庞大的迎亲队伍，浩浩荡荡地奔赴长安迎接可汗的妻子可敦。为什么说这支队伍庞大？《资治通鉴》载："及使大首领等妻妾凡五十六夫人来迎可敦，凡遣人千余，纳聘马二千。"这支队伍由五十六位回纥大酋妇人和两千匹马的聘礼组成。而为了安全起见，也为壮大声势，武义成功可汗还让回纥宰相蹴躞率领千余人保驾护航。

事实证明，武义成功的担心是正确的。走到振武时，迎亲队伍遭到了来自草原的少数民族室韦的包围，宰相蹳蹀被打死，其余的人在唐朝边将的配合下，死命突围，然后继续向长安前进。在战乱频仍、政权不稳的动荡年代，咸安公主人还未嫁，和亲之路就已溅染了鲜血，给她未来的和亲生涯蒙上了一层阴影。

历尽千辛万苦，十月，回纥的迎亲队伍终于抵达长安。这一次和亲，看来武义成功是真心欢喜了。《新唐书》载，他本人虽然未能亲自到长安迎亲，但他托使者上书唐德宗，措辞与执礼都很恭敬："昔为兄弟，今为子婿，半子也。若吐蕃为患，子当为父除之！"明确表达了向唐朝称臣和帮助唐朝平定西境的诚意，还责骂、侮辱吐蕃使者，与吐蕃绝交，用行动表明与大唐交好的决心。武义成功可汗的所作所为，立即将唐德宗心中的两件隐忧除去，平了唐德宗心中的恶气。

唐德宗按照大唐的礼仪来接待武义成功可汗的妹妹，他派了自己的三个女儿出面迎见骨咄禄毗伽公主。据《新唐书》记载："于是引回鹘公主入银台门，长公主三人候诸内，译史传导，拜必答，揖与进。帝御秘殿，长公主先入侍，回鹘公主入，拜谒已，内司宾导至长公主所，又译史传问，乃与俱入。至宴所，贤妃降阶俟，回鹘公主拜，贤妃答拜。又拜召已，由西阶升，乃坐。有赐则降拜，非帝赐则避席拜，妃、公主皆答拜。"见面后，由骨咄禄毗伽公主先下拜，再由大唐公主回拜，边揖边进，将骨咄禄毗伽公主接进大殿拜谒唐德宗和德宗贤妃，然后赐之国宴。宴会上，唐德宗有赐，回纥公主就降阶下拜。不是唐德宗所赐，则避席下拜，贤妃、公主都起来答拜。整个接待中精心安排的礼仪，只有一个意思，那就是告诉回纥，它永远只能是唐朝的一个藩属国，君臣之礼，不能乱。

宴会过后不久，唐德宗就下令修建咸安公主官属，其规格与王府一模一样，由此可见唐德宗心中对咸安公主的疼爱之情。既然不得不舍，唐德宗就想将最好的给自己即将远嫁的女儿了。然后，封武义成功可汗为汩咄禄长寿天亲毗伽可汗，封咸安公主为智惠端正长寿孝顺可敦，以殿中监、嗣滕王李湛然为咸安公主婚礼使，以刑部尚书关播为持节送咸安公主及册可汗使，护送咸安公主出塞。

在唐德宗心里，虽然回纥可汗已以婿相称，可当初就连自己也在陕州亲受其辱，回纥之居如虎狼之穴，他怎么会轻易相信回纥！因此，对女儿不得不嫁的悲哀和前去的担忧，让唐德宗这个皇帝父亲悲伤不已。在咸安公主出发那天，他亲自赋诗，为女送别。随送大臣，也心有戚戚焉，多有诗作，送别咸安。其中，以王淼琛的《咸安公主》最为悲凄：

> 滚滚烽烟社稷危，
> 金枝玉叶出边陲。
> 委曲求全安邦国，
> 花谢水流人不归！

以孙叔向的《送咸安公主》流传最广：

> 卤簿迟迟出国门，
> 汉家公主嫁乌孙。
> 玉颜便向穹庐去，
> 卫霍空承明主恩。

在父皇和唐朝臣民的不舍、无奈和无助中，咸安公主嫁了。

这一嫁，嫁得很是辛苦。哪一位新嫁娘，不是怀着举案齐眉、恩爱缠绵的美好愿望蒙上红盖头。又有哪一位女子，不是梦想着百年好合、白头偕老的瑰丽图景走上大花轿！咸安公主虽然是迫不得已为国而嫁，但在她那柔软的心底，也定是少不了这些美丽的梦想吧。

可是，咸安公主远嫁回纥后，正遇回纥政局动荡，不幸接踵而至。

咸安公主嫁给武义成功可汗不到一年，年迈的武义成功可汗就因病而逝。他的儿子多逻斯继位，被唐德宗册封为忠贞可汗。按照回纥的"收继婚"制度，即《通典》里所记载的"父兄伯叔死，子弟及侄等妻其后母"北方少数民族风俗，咸安公主又和忠贞可汗结为夫妻。三个月后，忠贞可汗被仆固怀恩的外孙女小可敦叶公主和忠贞可汗的弟弟合谋毒死，忠贞可汗的次相率领士兵杀掉凶手叶公主和篡位者，立其子阿啜继位，大唐皇帝诏鸿胪少卿庾持节鋋册封阿啜为奉诚可汗。按照风俗，奉诚可汗又娶咸安公主为妻。六年后，即公元 795 年，奉诚可汗去世，因为他没有儿子，宰相骨咄禄被大唐册立为怀信可汗，咸安公主也第四次披上嫁衣，依俗嫁给了怀信可汗。

如此，从公元 788 年到 795 年，在不到八年的时间内，咸安公主先后嫁给了武义成功、忠贞（武义成功之子）、奉诚（忠贞之子）、怀信四个人，创下了中国和亲史上汉族公主历嫁两姓、三辈、四任可汗的"收继婚"历史纪录。

在中国和亲历史上，每一位远嫁外蕃的汉族公主，除了要担负起朝廷赋予的安邦重任外，还必须要经受住异国风俗的挑战。语言不通、水土不服，她们可以渐次学会，逐步适应；可无视伦理道德，随意为人妻室的规矩，就不像学语言、穿兽皮、吃腥肉那样能够欣然接受了。

史籍中关于汉族公主历嫁两辈、数任外蕃国王或可汗为妻的例子，不胜枚举，各位公主面对此事的态度也都不同。第一个和亲外蕃青史留名的西汉公主刘细君，就忍受不了先嫁爷爷、再嫁孙子的乌孙习俗，不到五年就郁郁而终。继刘细君之后和亲乌孙的刘解忧，也是历嫁三位可汗，最后一次为了掌控乌孙局势，还主动再嫁。但像咸安公主这样，前三任丈夫是亲祖孙三代，最后一任是以前臣属的离奇婚姻经历，在中国和亲史上绝无仅有。

三

仅仅八年的时间，咸安公主就嫁了四任丈夫，经历了一次次关乎生死的政变，四任丈夫的年龄最老的六十岁，最小的十五岁，中间差了四十多岁，心理上的适应，对咸安公主也是一个巨大的考验。但所幸的是，一次次劫难，她都以坚定的信念、从容不迫的态度度过了。危难之际，唐德宗选择咸安公主为和亲公主，看来选对了人。

唐德宗选择的正确性，不仅体现在咸安公主作为一个深受儒家思想和伦理观念熏陶多年的天子之女，能为了解父之忧，为了边境安宁，为了臣民安居，不惜牺牲自己的青春和爱情，毅然冲破汉族女子从一而终、忠贞守节的婚姻束缚，深明大义、委曲求全；体现在每一次政权更迭，咸安公主都能凭着聪明才智有惊无险地安然度过，捍卫她的可贺敦位置；还体现在咸安公主此次和亲，确实不辱使命。通过她的努力、协调和周旋，不仅使唐朝争取到了回纥这个剽悍善战的"亲密战友"，同时也扭转了一百多年来唐朝与吐蕃交战失利的被动局面。从政治、军事、经济和文化等多方面改善了大唐和回纥之间的关系，帮助大唐度过了政治和经济上的危机，化解了国家的危难。

因为咸安公主的和亲，大唐和回纥尽弃前嫌，关系和好，首先解除了来自北方的威胁。《资治通鉴》载："可汗仍表请改回纥为回鹘，许之。"回纥在得到大唐的首肯后，将原来没有任何实义的"回纥"改为"回鹘"，取其"回旋轻捷如鹘"的吉祥含义。而当吐蕃再次侵犯大唐，攻陷大唐的北庭后，在咸安公主的敦促下，回鹘奉诚可汗派兵攻击北庭的吐蕃、葛禄部落，夺回北庭都护府，吐蕃遭到了空前大败。此后，回鹘又多次挫败吐蕃，吐蕃逐步衰落，再也无力对唐朝发动大的进攻了。由此，也彻底解除了来自西边的威胁，将大唐从战略困境中解脱出来。大唐能够转危为安，咸安公主无疑是唐朝功劳最大的和亲公主了。

咸安公主立下的功劳，不仅仅是在政治和军事上，还有经济上。据《旧唐书》载："回纥恃功，自乾元之后，屡遣使以马和市缯帛，仍岁来市，以马一匹易绢四十匹，动至数万马。其使候遣继留于鸿胪寺者非一，蕃得帛无厌，我得马无用，朝廷甚苦之。"特别是在让大唐不堪重负，几至"倾国荡产"的与回纥间的马绢贸易上，如果不是咸安公主从中干涉，两边调停，只怕仅为此事大唐与回纥之间就会纷争又起，将辛苦建立的友好关系毁于一旦。安史之乱后，大唐与回纥之间开始进行马绢贸易，回纥人以马换取大唐的绢，除了自用外，还转手销到西亚和欧洲以牟取暴利。刚开始时，交易还正常，时间一长，随着回纥的国力越来越强，大唐的国力越来越弱，交易也就不平等起来。

据《新唐书》记载："时回纥有助收西京功，代宗厚遇之，与中国婚姻，岁送马十万匹，酬以缣帛百余万匹。而中国财力屈竭，岁负马价。"这时候，一匹马换十多匹绢，大唐就已财力吃紧，每年都要欠回纥马资。后来，据《旧唐书》记载，回纥"仍岁来市，以马一匹易绢四十匹，动至数万马"，还是每年都到大唐来进行交易，并且以一匹马交换四十匹绢，动不动就高达数万匹马，价高量大，就让唐朝苦不堪言了。唐朝在力不从心之下，只有以次充好并拖欠绢帛。绢的数量与质量得不到保证，便引起了回纥的埋怨，说唐绢尺寸不够，质量低劣。而唐朝也认为回纥所卖马匹瘦弱，派不上什么用场。埋怨一多，双方的矛盾日渐加深。

关键时刻，咸安公主挺身而出。她凭借其特殊的双重身份，从中斡旋调停。先劝夫家回纥放远眼光，从长计议，控制交易数量，保证马匹质量。再求娘家唐朝还清拖欠，保持质量。在咸安公主的调停下，大唐和回纥双方重新调整交易政策，恢复了正常交易，不仅让绢马交易继续进行了下去，还将大唐与回纥的友好关系继续维系了数十年。对咸安公主在大唐和回纥的绢马交易发展上所做出的贡献，有唐代诗人白居易赋诗《阴山道》相赞：

> 阴山道，阴山道，纥逻敦肥水泉好。
> 每至戎人送马时，道旁千里无纤草。
> 草尽泉枯马病羸，飞龙但印骨与皮。

五十匹缣易一匹，缣去马来无了日。

养无所用去非宜，每岁死伤十六七。

缣丝不足女工苦，疏织短截充匹数。

藕丝蛛网三丈馀，回纥诉称无用处。

咸安公主号可敦，远为可汗频奏论。

元和二年下新敕，内出金帛酬马直。

仍诏江淮马价缣，从此不令疏短织。

合罗将军呼万岁，捧授金银与缣彩。

谁知黠虏启贪心，明年马多来一倍。

缣渐好，马渐多。阴山虏，奈尔何。

公元 808 年，在回纥生活了二十一年，历嫁回纥四任可汗的咸安公主，魂归大漠。

这位把责任放在肩头，把痛苦放在心里的大唐公主，先后经历了三次"收继婚"风俗折磨的汉族女子，把自己的一切，都献给了唐朝与回鹘的和亲事业。《新唐书》载："燕国襄穆公主，始封咸安。下降回纥武义成功可汗，置府。薨元和时，追封及谥。"咸安公主去世后，唐宪宗"废朝三日"，并册赠其为燕国大长公主，谥襄穆，也称燕国襄穆公主。咸安公主的功绩，大唐记在了史册，也被感恩咸安的人们记在了心里，烙刻到骨间。

在中国和亲史上，因为和亲所做的贡献而为文人墨客们赋诗歌咏或感怀的，很多。但是，能够被同一个诗词名家反复赋诗赞颂怀念的，很少。咸安公主，是其中一个。与李白、杜甫并称"李杜白"，有着"诗魔"和"诗王"之称的唐代诗人白居易，就数次为咸安公主提笔赋诗。在她生前，他赋诗称赞。在她去世后，白居易再次撰写诔文《祭咸安公主文》，对其和亲回鹘的历史功绩给予高度颂扬：

柔明立性，温惠保身；静修德容，动中规度；组纠之训，习于公宫；汤沐之封。遂开于国邑。及礼从出降，义重和亲。承渥泽于三朝，播芳猷于九姓。远修好信，既申洽比之姻；殊俗保和，实赖肃雍之德。方凭福履，以茂辉荣。宜降永年，遽归长夜。悲深讣告，宠极哀荣。爰命使臣，往申奠礼。故乡不返，乌孙之曲空传；归路虽遥，青蟝之魂可复。远陈薄酹，庶鉴悲怀。

咸安公主死后葬于回纥。白居易写下的这篇诔文，怀念哀悯之情溢于言表，读后催人泪下，也令人对这位和亲公主肃然起敬。这篇诔文，应该是对咸安公主——这位没有叶落归根的金枝玉叶的最高的褒奖和最好的慰藉了吧。

此心安处是故乡

风啸，马嘶；箭疾，血艳。

刀光剑影中，一个美丽的女子，乱了云鬓，污了华裳。惊惶凄楚的眼里，绝望与希冀交织，愤恨与屈辱共存。一双纤纤秀足，踩着大漠血染的风沙和草屑，被挟裹在兵败后狼狈逃窜的回鹘残军间，踉跄着逃向大漠更北处，离深藏在女子心中的故乡——长安，也更远了。

人虽远去，情却未忘。故乡的亲人忘不了也舍不得这个为了大唐的江山远嫁回鹘，却在兵燹中受尽磨难和屈辱的女子，巧施奇计，于公元 843 年，将这个阔别长安二十二年，度过了多年颠沛流离的生活、在战乱中饱受惊吓的女子，抢回了长安。

这是一千多年前在漠北草原上发生的一幕。那被抢回的女子，就是公元 821 年和亲回鹘，远嫁漠北的大唐公主——太和公主。

宋代词人苏轼曾有感于歌妓柔奴身处逆境却安之若素的可贵品质，作词一首，名为《定风波·南海归赠王定国侍人寓娘》。在词中，他借柔奴的回答"试问岭南应不好？却道：此心安处是吾乡"抒发自己在政治逆境中随遇而安、无往不快的旷达襟怀。读过苏词此句，人们不由想到，如果能与苏轼同时，也能与苏轼相遇，被抢回长安的太和公主肯定也会如此回答：此心安处是故乡。不过，太和公主的故乡，是指她真正的故乡长安，而非如柔奴一样，用满腔柔情所系的某人了。

远嫁到回鹘，历配四位可汗，后又于回鹘内部的混战中被抢来夺去的太和公主，在那风沙茫茫、烽烟四起的草原上找不到可以让她托付柔情，安放女儿心乃至保全性命的某人，唯有故乡长安，才是她唯一的归宿。

一

太和公主是唐宪宗的第十七个女儿，《新唐书》载："定安公主，始封太和。下嫁回鹘崇德可汗。"这个出生于唐代晚期的大唐公主，为了已摇摇欲坠的唐朝的平安，于公元 821 年，远嫁漠北的少数民族汗国回鹘崇德可汗。太和公主不是大唐第一位和亲回鹘的真公主。在她之前，已有宁国公主嫁给回纥英武威远可汗、咸安公主嫁给回纥武义成功可汗等多位大唐真公主远嫁回鹘的盛事。太和公主是最后一位远嫁回鹘的真公主，也是命运最曲折的一位和亲公主。

自古以来，和亲只是中国古代中原王朝和边远少数民族政权进行政治交易时不得已采取的一种政治手段，这种和亲与爱情无关，与国家、民族的命运和前途有关。国家强盛，可以通过和亲向他族示恩，笼络人心；国家势弱，就要通过和亲示好，以保平安。太和公主的和亲，就是晚唐政权在回鹘多次逼迫之下才不得不答应的一次和亲。

公元 808 年，在回鹘生活了二十一年的咸安公主去世。三月，她的丈夫毗伽可汗也因病而死。五月，唐宪宗册封爱登里罗汨蜜施合毗伽为保义可汗。过了三年，新即位的保义可汗派遣使者到唐朝，请求与唐朝和亲，被唐宪宗婉言拒绝。求亲无果，保义可汗并未放弃，据《册府元龟》记载，公元813年，保义可汗再次请求和亲。"先是，回鹘请和亲，宪宗使有司计之。礼费约五百万贯，方内有诛讨，未任其亲，以摩尼为回鹘信奉，故使宰臣言其不可"，还在保义可汗第一次请求和亲时，唐宪宗就叫人算了和亲的开销。结果，唐宪宗发现和亲礼费昂贵，大唐负担不起。因此，面对保义的再次和亲之请，唐宪宗先以厚礼相赠保义可汗，然后仍以财政拮据，礼费不足为由，婉拒了保义可汗。

不过，这一次，保义可汗可不是那么好打发的了。以礼求亲不成，他准备动武相请了。《新唐书》记载，"可汗以三千骑至鸊鹈泉，于是振武以兵屯黑山，治天德城备虏"。保义可汗亲自带领三千铁骑陈兵唐与回鹘边境，向大唐公然示威。大兵压境，边境告急！大唐礼部尚书李绛坐不住了，他给唐宪宗详细分析了当时的严峻形势，提出了与回鹘和亲的"三利"和不与回鹘和亲的"五忧"，力劝唐宪宗答应回鹘的和亲之请。李绛在上奏中说道："和亲则烽燧不惊，城堞可治，盛兵以畜力，积粟以固军，一也；既无北顾忧，可南事淮右，申令于垂尽之寇，二也；北虏恃我戚，则西戎怨愈深，内不得宁，国家坐受其安，寇掠长息，三也。"陈述了和亲的三个好处。同时，他也在奏折中详尽陈述了不和亲的"五忧"："北狄贪没，唯利是视，比进马规直，再岁不至，岂厌缯帛利哉？殆欲风高马肥，而肆侵轶。故外攘内备，必烦朝廷，一可忧；兵力未完，斥候未明，戈甲未备，城池未固，饰天德则虏必疑，虚西城则碛道无倚，二可忧；夫城保要害，攻守险易，当谋之边将，今乃规河塞之外，裁庙堂之上，虏猝犯塞，应接失便，三可忧；自修好以来，山川形胜，兵戎满虚，虏皆悉之，贼掠诸州，调发在旬朔外，其系累人畜在且夕内，比王师至则虏已归，寇能久留，役亦转广，四可忧；北狄西戎，素相攻讨，故边无虞，今回鹘不市马，若与吐蕃结约解仇，则将臣闭壁惮战，边人拱手受祸，五可忧。"李绛担心回鹘等到风高马肥之际大举入侵中原，那么，经历了八年战乱，军事实力遭到严重削弱，兵力不足、斥候未明、戈甲未备、城池未固的唐朝，必毁无疑。戍守边境的大将们，也已和朝廷离心离德，如果回鹘来犯，边境重镇必将失守。更何况回鹘与大唐修好多年，对大唐的"山川形胜，兵戎满虚"都已了如指掌，一旦开战，回鹘必胜啊。最令人寝食难安的是，如果回鹘与吐蕃联手对付大唐，那大唐焉能存之！因此，他说："臣谓宜听其婚，使守蕃礼。"劝唐宪宗答应和亲。

个中利害，李绛已然说得分明，可是，同样洞晓利害得失的唐宪宗，还是没有答应和亲。唐宪宗的坚持，直到公元817年二月才有所放松，他不再强硬拒绝依然执着地向唐求亲的回鹘，派宗正少卿李诚出使回鹘，晓示朝廷的用意，以便延缓通婚的日期，也顺便安抚回纥。《旧唐书》载，到了元和末年，"回纥自咸安公主殁后，屡归款请继前好，久未之许。至元和末，其请弥切，宪宗以北虏有勋劳于王室，又西戎比岁为边患，遂许以妻之"，对回鹘当年助唐平定叛乱的功劳与恩义，唐宪宗无法一笔勾销；来自西部边境吐蕃的侵扰，让已无力抵御的大唐苦不堪言，与回鹘的联盟，势在必行。那就和亲吧！由此，人们也就知道了大唐的许婚是多么无奈！

有句话说得好，坚持就是胜利！自公元808年就开始向大唐求亲的回鹘，在坚持了十二年后，终于被大唐许婚。其实，回鹘的执着求亲，也是迫不得已。曾称雄漠北的草原帝国回鹘，此时已国势大衰，今非昔比。大唐固然也渐渐衰落，但瘦死的骆驼比马大，与大唐和亲，对其他少数民族还是有着较大的震慑力的。而大唐和回鹘开展多年的绢马贸易，给回鹘带来了巨大财富，提升了回鹘的经济基础，也是回鹘断断舍不得放弃的肥肉。这和亲，也就不能轻言放弃了。

那么，一个要娶，一个就嫁吧。

二

好事多磨。

回鹘苦苦请求了十二年的和亲，好不容易等到了唐宪宗点头之日，公元 820 年正月，唐宪宗逝去，和亲一事只得作罢。闰月，唐穆宗即位。等唐穆宗一即位，保义可汗立即又派人到长安，坚决要求和亲。父皇虽故，但和亲已应，唐穆宗也只得答应，他便命自己的九妹即唐宪宗的第十五个女儿永安公主和亲回鹘。但是，造化弄人，没等永安公主坐上和亲的花轿，保义可汗因病去世，终是没有等到他梦寐以求的大唐新娘。

保义可汗渴盼了十二年的大唐公主，最终还是嫁了。只是，新郎不是他，是继他之位的儿子崇德可汗。

《新唐书》载，"可汗已立，遣伊难珠、句录、都督思结等以叶护公主来逆女，部渠二千人，纳马二万、橐它千。四夷之使中国，其众未尝多此。诏许五百人至长安，余留太原"。崇德可汗一即位，就立即派遣盛大的迎亲队伍到长安迎娶他的新娘，队伍之庞大，前所未有，唐穆宗不得不下令只许五百人到长安，将其他人留在太原等候。"定安公主，始封太和。下嫁回鹘崇德可汗"，崇德可汗即将迎娶的新娘，不是原定的永安公主，换成了唐宪宗的第十七个女儿——永安公主的妹妹太和公主。于唐而言，姊妹易嫁一事，应该是还未走出长安的公主们在和亲礼制中，对数千年的儒家伦理道德教化的最后一点坚守吧。

公元821年，在烈日炎炎的七月，太和公主嫁了。

这费尽周折才得以成功的和亲，大唐和回鹘都异常重视。《旧唐书》对此事做了详细记载。唐穆宗下诏书说，"太和公主出降回鹘为可敦，宜令中书舍人王起赴鸿胪寺宣示；以左金吾卫大将军胡证检校户部尚书，持节充送公主入回鹘及册可汗使；光禄卿李宪加兼御史中丞，充副使；太常博士殷侑改殿中侍御史，充判官"。唐穆宗为太和公主精心挑选了以左金吾卫大将军胡证检校户部尚书为持节护送公主及册可汗使的强大使者团。为确保太和公主嫁到回纥后的身份地位及生活有保障，还特地下令，"太和公主出降回纥，宜持置府，其官属宜视亲王例"，明确了太和公主到回纥后享受的权利及待遇规格，并"册拜主为仁孝端丽明智上寿可敦，告于庙"。太和公主出嫁那天，"太和公主发赴回纥国，穆宗御通化门左个临送，使百僚章敬寺前立班，仪卫甚盛，士女倾城观焉"，满朝的文武百官列班道旁辞别，欢送公主，唐穆宗则亲自将太和公主送到通化门。隆重的送行场面，轰动了整个长安城，人们倾城而出，争看太和公主和亲送别的盛大场景。

热闹是送行人的，与太和公主何干？前程万里，黄沙漫漫，家乡故国，从此只在梦里。那一颗伤悲的心和一双满含着泪花的眸子里，看不到送行人，拂过公主粉面的，是千条柳，万里沙。公主的心思，有人懂。唐代诗人杨巨源在诗歌《送太和公主和蕃》里写道：

> 北路古来难，年光独认寒。
> 朔云侵鬓起，边月向眉残。
> 芦井寻沙到，花门度碛看。
> 薰风一万里，来处是长安。

还有同是公主一朝的诗人王建，也曾赋诗《太和公主和蕃》，哀伤着公主的哀伤：

> 塞黑云黄欲渡河，
> 风沙眯眼雪相和。
> 琵琶泪湿行声小，
> 断得人肠不在多。

国家安危，系于一肩，容不得公主悲伤。迎亲的队伍，终是离开长安，向北去了。

从长安到回鹘，这条因政治而和亲的路，到底是不太平。

为保证和亲万无一失，回鹘虽做了周全安排，还是没有阻住想破坏大唐和回鹘和亲、发兵攻打唐境的吐蕃，他们攻向了大唐的青塞堡。幸亏唐朝官兵勇武，击退了吐蕃的攻击。《旧唐书》载，经此一役，回鹘更加谨慎，"以一万骑出北庭，一万骑出安西，拓吐蕃以迎太和公主归国"，一面出兵防敌，一面再遣重臣及部渠二千人，二万骏马，千匹橐驼，组成一个史无前例的庞大迎亲使团，浩浩荡荡地奔赴长安迎亲。大唐也在太和公主和亲沿途列兵布阵，"十一月，振武节度张惟清奏：'准诏发兵三千赴蔚州，数内已发一千人讫，余二千人，待太和公主出界即发遣。'又奏：'天德转牒云：回鹘七百六十人将驼马及车，相次至黄芦泉迎候公主。'丰州刺史李祐奏：'迎太和公主回鹘三千于卿泉下营拓吐蕃。'"这一路上，大唐和回鹘严阵以待，重兵迎送。崇德可汗先派五百名轻骑到丰州迎接太和公主，再派七百多人带着车辆、驼马等给养赶到黄芦泉相迎，还派三千骑兵驻守在丰州的柳泉，防止吐蕃生事。大唐更不敢掉以轻心，也派了三千兵马护送太和公主出界。

太和公主在重兵保护下，一路北行，一路辛苦。公元 822 年闰十月，太和公主一行终于到了回鹘地界。《新唐书》记载："公主出塞，距回鹘牙百里，可汗欲先与主由间道私见，胡证不可。"在离可汗牙帐还有一百多里时，回鹘使者向胡证提出，可汗派人来接太和公主，要求先让太和公主取捷径与可汗会面。对此要求，胡证断然拒绝。《旧唐书》记载，回鹘使者责问胡证，为什么当年咸安公主可以取小道先行，现在却不准太和公主取小道先与可汗见面。胡证从容答道："我天子诏送公主以投可汗，今未见可汗，岂宜先往。"他说是奉大唐天子之命护送公主和亲可汗，未见到可汗，不能让公主取小道先走。回鹘使者才作罢。但是，"行及漠南，虏骑继至，狼心犬态，一日千状，欲以戎服变革华服"。一路前行中，随着回鹘迎亲骑兵相继到来，回鹘也主意不断，相继提出各种要求，甚至提出要太和公主将所穿汉服换成回鹘人穿的服装。对此无理要求，谨守汉族礼制的胡证，也断然拒绝。

好一个胡证，在那广袤的草原和彪悍的回鹘人面前，坚决捍卫了一个大国的尊严，也为太和公主赢得回鹘人的敬重、顺利完成和亲使命打下了坚实的基础。

三

历经千辛万苦，人困马乏的太和公主一行，终于安全抵达崇德可汗的牙帐。等待太和公主的，是一个盛大的婚礼。

典礼的盛大与精彩，在《旧唐书》中记载详细：

既至虏庭，乃择吉日，册公主为回鹘可敦。可汗先升楼东向坐，设甄幄于楼下以居公主，使群胡主教公主以胡法。公主始解唐服而衣胡服，以一妪侍，出楼前西向拜。可汗坐而视，公主再俯拜讫，复入甄幄中，解前所服而披可敦服，通裾大襦，皆茜色，金饰冠如角，前指后出楼，俯拜可汗如初礼。虏先设大舆曲扆，前设小座，相者引公主升舆，回鹘九姓相分负其舆，随日右转于庭者九，公主乃降舆升楼，与可汗俱东向坐。自此臣下朝谒，并拜可敦。可敦自有牙帐，命二相出入帐中。

这一段描述详尽的文字，再现了太和公主与崇德可汗成婚仪式的精彩，同时也证明了回鹘对太和公主的重视和喜欢。回鹘不仅给了太和公主一个盛大的婚礼，册封她为回鹘可敦，还给她修建了属于她自己的牙帐，并有两位大相出入太和公主的牙帐，听候她的调遣。《旧唐书》载，"证等将归，可敦宴之帐中，留连号啼者竟日"，胡证等送亲使者将要归唐时，太和公主就是在自己的牙帐中为他们摆宴饯行。也正因为是她自己的牙帐，她才能放纵自己的情感，在亲人离别之时，恋恋不舍，涕泣不止，不舍亲人离去，伤心自己的孤独。

盛大的婚礼，并未给太和公主带来幸福长久的婚姻。

公元 824 年，崇德可汗去世，他的弟弟曷萨特勒继位，曷萨特勒被大唐封为毗伽昭礼可汗。太和公主依回鹘习俗，做了昭礼可汗的可敦。从昭礼可汗开始，回鹘陷入了因内乱引起的互相残杀的泥淖之中。在以后的二十年里，回鹘的三任可汗相继被杀，纷争迭起，内乱不息，再加上天降灾难，回鹘政权，岌岌可危。但大唐对回鹘情况一无所知，直到唐武宗即位后，派人去回鹘告知，才知道其国内有乱。

回鹘在第四任可汗被杀后，就已走向末路。回鹘的大将渠长句录莫贺，趁乱勾结邻部的黠戛斯，率领十万兵马攻破回鹘城，杀死可汗及掘罗勿，焚毁其牙廷，回鹘各部就此溃散，正式走上分裂衰亡之路，只剩可汗牙部三姓部众推举乌介特勒做了可汗，但是没报大唐册封。

可怜的太和公主，万里迢迢嫁到回鹘后，没过上几天安稳日子，就遭遇了回鹘内乱，从此在血雨腥风中过着担惊受怕、提心吊胆的日子。不过，祸兮福所倚。在做了四任可汗的可敦，而四任可汗都不在世后，太和公主突然有机会可以回国了。《新唐书》记载："黠戛斯已破回鹘，得太和公主；又自以李陵后，与唐同宗，故遣使者达干奉主来归。"黠戛斯破了回鹘后，得到了太和公主，他自称是唐代大将，与唐同宗，安排了人手，准备护送已没了丈夫、没了家园的太和公主入塞，回归故国大唐。

可是，黠戛斯的一番苦心和美意，被在混乱中成为回鹘可汗的乌介可汗给灭了。《旧唐书》载："乌介途遇黠戛斯使，达干等并被杀。太和公主却归乌介可汗，乃质公主同行，南渡大碛，至天德界，奏请天德城与太和公主居。"因为乱成一团，已得不到大唐信任和保护的乌介可汗杀了黠戛斯的使者，将太和公主抢了过去，作为最后的保命砝码，挟公主而命大唐。他挟持着太和公主向大唐索要粮食，想将回鹘于饥寒交迫之中解救出来；还以太和公主为质，攻打天德城，向大唐索要天德城和太和公主居住。

乌介可汗的心思，大唐了然于心，却按兵不动。《旧唐书》记载，见时任大唐皇帝的唐武宗没有动静，宰相李德裕就说话了："顷者国家艰难之际，回纥继立大功。今国破家亡，窜投无所，自居塞上，未至侵淫。以穷来归，遽行杀伐，非汉宣待呼韩邪之道也。不如聊济资粮，徐观其变。"他认为回鹘过去助唐平乱有功，现在遭了难，可汗无处可去，大唐不应攻打他们，而要安抚他们。听李德裕这么一说，唐武宗有所心动，但为防万一，他采用了兵部郎中李拭的建议，先派人从旁侦察其情伪。

见大唐未动兵马，《新唐书》记载："于是，其相赤心与王子嗢没斯、特勒那颉啜将其部欲自归，而公主亦遣使者来言乌介已立，因请命。又大臣颉干伽思等表假振武居公主、可汗。"回鹘的宰相与王子等部就想归顺大唐了，太和公主也派使者到大唐，说乌介已被立为可汗，请大唐册封，还有人向大唐请求把振武借给太和公主和可汗居住。面对回鹘的一应请求，唐武宗有所应有所不应。他下诏让大将军王会持节安慰回鹘部众，给他们送去粮食，但不答应把振武借给回鹘。然后，一边派人安抚回鹘，一边派使者前往回鹘册封可汗，暗中侦察其行动，谨防生变。

大唐所料不错，不久，回鹘果然生变，国内重臣互相残杀，纷纷投降大唐，乌介可汗势单力孤，大唐又不给他充足的粮食，他统率的部众饥饿困乏，渐向大唐靠近。第二年，乌介可汗挟持着太和公主进入漠南，侵扰大唐的多处边镇，肆意屠杀掠夺，辗转在天德、振武之间，任意盗窃牛羊牲畜。种种行为，都可以看出，乌介可汗是想奉公主南徙至唐朝边境重振河山呢。对此，《旧唐书》记载，趁着"太原奏回纥移帐近南四十里，索叛将嗢没斯，日昨至横水俘虏，兼公主上表言食尽，乞赐牛羊事"之际，唐武宗下诏责问、警告乌介可汗：

朕自临寰区，为人父母，唯好生为德，不愿黩武为名。故自彼国不幸为黠戛斯所破，来投边境，已历岁年，抚纳之间，无此不到。初则念其饥歉，给以粮储；旋则知其破伤，尽还马价。前后遣使劳问，交驰道途。小小侵扰，亦尽不计。今可汗尚此近塞，未议还蕃。朝廷大臣，四方节镇，皆怀疑忿，尽请兴师，虽朕切务含弘，亦所未谕。一昨数使回来，皆言可汗只待马价，及令付之次，又闻所止屡迁，或侵掠云、朔等州，或劫夺羌、浑诸部，未知此意，终欲如何？若以未交马价，须近塞垣，行止之间，亦宜先告边将。岂有倏来忽往，迁徙不常。虽云随逐水草，动皆逼近城栅。遥揣深意，似恃姻好之情；每睹踪由，实为弛突之计。况到横水栅下，杀戮至多。蕃、浑牛羊，岂容驰掠；黎庶何罪，皆被伤夷。所以中朝大臣皆云：

"回纥近塞，已是违盟；更戮边人，实背大义。"咸愿因此翦逐，以雪姐谢之冤。然朕志在怀柔，情深屈己，宁可汗之负德，终未忍于幸灾。石戒直久在京城，备知人实愤惋，发于诚恳。固请自行。嘉其深见事机，不能违阻。可汗审自问遂，速择良图，无至不悛，以贻后悔。

　　太和公主是幸运的，大唐把她的安危放在了心上。

　　公元 843 年，乌介可汗多次侵扰唐境，立牙帐于五原。时任回鹘招抚使的唐将刘沔，屯兵云州，却按兵不动。其主要原因，就是他深知大唐皇帝唐武宗的心意。《旧唐书》载，刘沔对唐将石雄说："黠虏离散，不足驱除。国家以公主之故，不欲急攻。"他劝石雄不要贸然攻打回鹘，要保证太和公主的安全。但是，回鹘不除，终是祸患。现在，乌介可汗四处侵犯大唐边境，屠杀掠夺，已令大唐忍无可忍。

　　欲除祸患，唯有先夺回公主。

　　于是，唐武宗再次问计于重臣李德裕，大将刘沔和石雄施计于五原，成功夺回公主。李德裕分析说，回鹘都是骑兵，擅长在旷野中作战，而他们现在所处之地，均为沙漠。在沙漠中和回鹘作战，难以取胜。他建议派猛将奇袭回鹘，抢回公主，回鹘就自然败阵了。根据李德裕突袭回纥的分析和建议，刘沔就给石雄支了一招，让石雄自选劲骑，先偷袭乌介可汗，趁其逃窜，抢回公主。若偷袭不成，刘沔再随后跟上，保证万无一失。

　　石雄听从刘沔建议，依计行事，自选劲骑，趁黑摸到了建在五原的乌介可汗帐外。《旧唐书》载，打探到太和公主所住的帐篷后，石雄对属下再三嘱咐："国家兵马欲取可汗。公主至此，家国也，须谋归路。俟兵合时不得动帐幕。"让唐军和回鹘动手作战时，不得惊动公主，一定要把公主毫发无伤地接回大唐。做好准备后，第二天一大早，大唐军队就从连夜在城墙上挖通的各个门洞里放纵牛马杂畜，直冲乌介可汗的牙帐。顿时，惊骇莫测的乌介可汗来不及顾上太和公主，带着骑兵仓皇而逃。石雄追杀到胡山，乌介可汗身负重伤，投奔他的妹夫室韦首领而去了。在漠北草原横行了一百多年的回鹘汗国，至此烟消云散。

命运多舛的太和公主，在战乱中颠沛流离了多年的大唐公主，在阔别大唐二十二年后，终于又踏上了故国的土地，不过，不是长安，而是太原。

四

流年乱世。

太和公主这位乱世佳人能在乱世中连做四次可敦，甚至在其中两个丈夫被国人杀害后，她仍能安然无恙继续做回鹘可敦，是有着充足的理由的。

成功迎娶大唐太和公主后，回鹘执着求亲的目的之一——通过维持与大唐之间不平等的绢马贸易以获得更多的财物，达到了。

据《旧唐书》记载，在大唐答应将太和公主嫁给回鹘做可敦一事后，太和公主还未抵达回鹘，大唐就陆续赐给回鹘大量的马价绢和财物。"二年二月，赐回纥马价绢五万匹。三月，又赐马价绢七万匹"；当月，回鹘请求派兵助唐，大唐担心控制不住回鹘军队，没有答应，下令让回鹘兵撤回，但回鹘不听，没办法，"上诏发缯帛七万匹赐之，方还"；两个月后，"命使册立登啰骨没密施合毗伽礼可汗，遣品官田务丰领国信十二车使回鹘，赐可汗及太和公主"，唐武宗在册立回鹘可汗的同时，又赏赐了丰厚的财物给可汗和公主。因此，仅公元822年一年，回鹘就从大唐获得了大量财物。等太和公主嫁到回鹘后，大唐赐给回鹘的马价绢数目更是惊人。"太和元年，命中使以绢二十万匹付鸿胪寺宣赐回鹘充马价。三年正月，中使以绢二十三万匹赐回纥充马价"，从公元822年到公元829年，短短七年时间内，唐就付给回鹘马价绢六十二万匹。

当初因为筹不齐嫁妆费，多次婉言拒绝回鹘和亲的晚唐政府，此时的财政状况更为糟糕。在如此困难的情况下以及这么短的时间内，晚唐政府还能给回鹘支付这么多马价绢，实属不易。而能让晚唐政府在这么困难的情况下仍然信守承诺、支援回鹘的，除了太和公主，还有谁能做到呢？大唐和回鹘之间的绢马贸易，一直持续到回鹘四分五裂之后。

作为回鹘汗国最高首领的可汗都命不保夕，一个个在混乱中被杀，相反，势单力薄、远从中原而去的太和公主却能在混乱中保住性命，次次都能坐上可敦宝座，最后还被乌介可汗作为人质与大唐漫天要价，不都是因为她的存在，她的努力，可以给回鹘汗国带来财富、地位和安全吗？

回鹘的目的达到了，大唐的和亲愿望却落了空。边患未除，财富尽失，国力更弱，当初寄托在太和公主和亲一事上的良愿一一落空，大唐上下，对太和公主就很是不满了。

《资治通鉴》载，公元842年，"先朝割爱降婚，义宁家园，谓回鹘必能御侮，安静塞垣。今回鹘所为，甚不循理，每马首南向，姑得不畏高祖、太宗之威灵！欲侵扰边疆，岂不思太皇太后慈爱！为其国母，足得指挥。若回鹘不能禀命，则是弃绝姻好，今日以后，不得以姑为词"，为平息众人的不满情绪，唐武宗不得不借派使者给太和公主送冬衣之机，命令宰相李德裕给他在心里既怜又疼的苦命姑姑写了一封措辞严厉的诏书，责备太和公主未能完成和亲使命，以堵悠悠之口。

所幸的是，这位乱世佳人，终是回到了故国。

石雄将太和公主带回太原后，唐武宗先后派了无数批使者前去慰问太和公主，还把黠戛斯奉献的白貂皮、玉指环都赐给了她。《资治通鉴》载，公元843年二月，"庚寅，太和公主至京师，改封安定大长公主，诏宰相帅百官迎谒于章敬寺前。公主诣光顺门，去盛服，脱簪珥，谢回鹘负恩、和亲无状之罪。上遣中使慰谕，然后入宫"，太和公主回到长安。唐武宗出动四百人的左右神策军和太常仪仗一起出城迎接太和公主入城，宰相和满朝的文武百官又都在章京寺门前"立班候参"，盛况如昨。时隔千年啊，太和公主当年重抚灞桥栏杆的那一份惊喜与酸楚，就只有那灞河的流水知道了。重回长安的太和公主，没有直接入宫，先奔太庙祭拜先祖，再到光顺门，脱掉盛装，去掉簪珥，为自己和亲未完成使命，使回鹘不仅未与大唐友好反而负恩于大唐请罪。唐武宗没有处罚太和公主，派人宽慰了她一番后，她才入宫，被唐武宗改封为安定大长公主。

唐武宗对太和公主的宽宥，并不代表所有人都原谅了太和公主。当满朝文武百官和全城百姓都列队迎接太和公主归来的时候，宣城等七位公主对太和公主的归来却不以为然，没有前去迎接并慰问太和公主，因此惹怒了唐武宗。据《唐会要》中记载，唐武宗为此敕令：

> 安定大长公主自蕃还京，莫不哀悯，百辟卿士，皆出拜迎。宣城、贞宁、临贞、贞源、义昌等公主，并宗室亲近，合先慰问，晏然私第，竟已不至。度于物体，稍似非宜，各罚封绢一匹，以塞怒违。阳安公主既不与安定、光顾相见，又两日就宅宣事，皆不在家，罚封物三百匹。

不仅如此，唐武宗还采纳宰相建议，将此事"载于史，示后世"。

太和公主在回鹘受尽了委屈与惊吓，回到故国后，国家对她的隆重欢迎，亲人对她的体贴宽慰，总算是可以稍稍安慰她那颗满是疮痍的芳心了。可是，毕竟在战乱中受苦太久，回到长安不久，太和公主就因病去世。只留下唐代诗人李敬方《太和公主还宫》的诗句，供世人去缅怀她了：

> 二纪烟尘外，凄凉转战归。胡笳悲蔡琰，汉使泣明妃。
> 金殿更戎幄，青祛换毳衣。登车随伴仗，谒庙入中闱。
> 汤沐疏封在，关山故梦非。笑看鸿北向，休咏鹊南飞。
> 宫髻怜新样，庭柯想旧围。生还侍儿少，熟识内家稀。
> 凤去楼扃夜，鸾孤匣掩辉。应怜禁园柳，相见倍依依。

唐代诗人许浑《破北虏太和公主归宫阙》一诗，则让人在怀念太和公主之时，还不由感慨一个民族的兴盛衰亡，思索"覆巢之下，安有完卵"的深意了：

> 毳幕承秋极断蓬，飘飖一剑黑山空。
> 匈奴北走荒秦垒，贵主西还盛汉宫。
> 定是庙谟倾种落，必知边寇畏骁雄。
> 恩沾残类从归去，莫使华人杂犬戎。

摇曳在朝鲜半岛的罂粟花

罂粟是一种美丽的植物。叶片碧绿，花朵缤纷，蒴果高举。

美丽的事物，总令人向往、喜爱。但面对美丽的罂粟花，人们却是爱恨交加。爱它，既因为它的美丽，也因为它的实用。晚唐大家雍陶在《西归斜谷》中曾赞道："万里愁容今日散，马前初见米囊花。""米囊花"，即罂粟花。在这里，美丽的罂粟成了游子的消愁之物。宋代词人苏轼则在《归宜兴留题竹西寺》中写道："道人劝饮鸡苏水，童子能煎莺粟汤。"道出了罂粟的药用价值。而在古埃及，罂粟被称为"神花"。在欧洲，红罂粟被看作"缅怀之花"。恨它，当然是因为美丽的罂粟居然是世界上毒品的重要根源，是人们谈之色变的恶之花。

花如此，有人也如此。这个人，便是艳若罂粟花，烈也若罂粟花的元朝公主忽都鲁揭里迷失。千百年前，这位来自中原的蒙古族公主，远嫁东蕃，在那个被蓝色的海洋紧紧包围着的半岛上摇曳生姿，让生活在半岛上的人们尝尽了这朵美丽的罂粟花带给他们的酸甜苦辣。

一

得先说岛。

在中国的东部，有一座三面临海的半岛，叫朝鲜半岛。《元史》载："高丽本箕子所封之地，又扶余别种尝居之。"从旧石器时代就已有人类居住的朝鲜半岛上，建立最早的政权，是与微子、比干齐名，史称"殷末三贤"之一的原商朝大臣箕子在商朝被周灭了之后，带领五千殷商遗民东迁到朝鲜半岛，联合岛上的土著居民建立的箕子政权。

"朝鲜"一词，最早出现于中国古籍《山海经》。在书中，指出了朝鲜的地理位置在列阳东、海北山南部及所属国燕国。书中还说，在东海之内，北海之隅，有一个国家名叫朝鲜，明确了朝鲜是一个国家。在相传为西汉刘向编辑的《战国策》中，也有关于朝鲜的文字记载：苏秦为合纵之事，去北方游说燕文侯，说燕国东边有朝鲜和辽东两个国家。

至于为什么叫"朝鲜"，众说纷纭：约两百年前成书的《尚书大传》中有周武王封箕子于朝鲜之地的记载，"朝鲜"即"朝日鲜明"的意思，"朝"读"朝日"的"朝"；在《史记》中也有关于朝鲜的记载，三国时期魏国史学家张晏在对《史记》进行注解时，认为"朝鲜"是根据"潮汕"二字的读音转化而来；在朝鲜编撰的地理书籍《东国舆地胜览》中则说，国在东方，先受朝日光辉，所以取名朝鲜。"朝鲜"取"朝日鲜明之地"之意，与《尚书大传》中的说法相同。

小小的朝鲜半岛，并不安宁。自箕子建立政权以后，半岛上风云变幻，政权更迭，几易其手。

《明史》记载，"朝鲜，箕子所封国也。汉以前曰朝鲜。始为燕人卫满所据，汉武帝平之，置真番、临屯、乐浪、玄菟四郡"。到西汉时，半岛北部由西汉政府管辖，"朝鲜"之名也自此长期消失在中国历史典籍中。"成桂闻皇太子薨，遣使表慰，并请更国号。帝命仍古号曰朝鲜"，一直到明朝时，经明太祖朱元璋批准，才将后来建立的高丽国国号名恢复为古号"朝鲜"。"韩有三种：一曰马韩、二曰辰韩、三曰弁韩"，半岛南部，则由马韩、辰韩、弁韩三分天下。

汉朝末年，兴起于中国东北的扶余人占据原朝鲜所在地，改国号为高丽，也叫高句丽，迁都平壤。公元5世纪时，高丽与辰韩发展的新罗，马韩发展的百济形成三雄争霸的局面。因为由弁韩发展的六伽耶联盟早已分别并入百济和新罗，所以朝鲜半岛从此进入长达两个世纪的"三国时期"。

《新唐书》记载，公元655年，在唐朝的鼎力相助下，实力强大的新罗灭了百济和高句丽，统一了朝鲜半岛。公元674年，唐朝与新罗爆发了战争，休战后，朝鲜半岛大同江以北由大唐管辖，大同江以南由新罗控制。新罗效仿唐朝建制，在朝鲜半岛上建立起一个封建集权国家。公元9世纪以后，新罗王朝在腐朽中走向没落。公元900年，新罗王朝的裨将甄萱自立，建立后百济国；新罗王室的庶子弓裔称王，建立后高句丽，也叫泰封国。朝鲜半岛便进入了由新罗、后百济国和后高句丽构成的"后三国时期"。

后唐时期，后高句丽部将王建起兵推翻后高句丽，自称为王，改国号为高丽。接着吞并了新罗和后百济，再次统一了朝鲜半岛南部。然后王建将他的家乡松岳改称东京，迁都于此，自封为天子，正式建起了高丽王国。建国后，王建投入大量人力物力，修葺被废弃了数百年的古都平壤，定其为西京，以此为高丽的另一个军事、政治中心，向北进攻，开疆拓土。在辽朝时期，高丽的领土曾越过大同江，向北扩张到清川江中上游至鸭绿江下游一带。

当位居朝鲜半岛的高丽国兴兵北进，大肆扩张时，与朝鲜半岛相距不远的漠北地区，一个刚刚兴起的少数民族盯住了高丽。这个少数民族，就是蒙古。

蒙古族的祖先，是东胡系鲜卑同族室韦诸部中的一个小部落，原居于额尔古纳河流域的山野深林中，从事狩猎生活。最早的记载见《魏书》："失韦国，在勿吉北千里，去洛六千里。"大约8世纪以后，他们开始走出深林，走向"逐水草而居"的游牧生活。唐贞观年间，随着曾称雄漠北的突厥和回纥相继衰落灭亡，室韦人开始进入大漠南北，派使者到唐朝朝贡，并在公元9至11世纪期间，开始西迁，在斡难河、克鲁伦河和土剌河上游及不儿罕山定居下来。

蒙古族祖先的名字，在不同历史时期有不同的译法。据《蒙古秘史》载及注释，五代辽宋金时，译作鞑劫子、梅古悉、谟葛失、毛割石、毛揭室、萌古子、蒙国斯、蒙古斯、蒙古里、盲骨子、朦骨等名，到了元代才译作蒙古。

对"蒙古"一词的解释，人们也有不同说法。《蒙古秘史》记载，拉施特《史集》解释"蒙古"一词意为"孱弱、淳朴"，这一含义正与最初僻处深山老林里的原始部落蒙古部的弱小、淳朴的状况相符合。至于说有人将"蒙古"一词释作"银"（古蒙语 mnggn 蒙昆）或"永恒、长生"（古蒙语 mngge 蒙格），则均与"蒙古"一词的古蒙古语原语 mongghol 不符。但是，也有资料显示，"蒙古"一词，在古东胡语中，意为"永恒之火"。而在古代蒙古语中，"蒙古"则是"质朴、无力"的意思。这些释义的差别，应该是在时代不断变化、民族不断融合发展中造成的吧。

蒙古开国皇帝是世界史上杰出的政治家、军事家成吉思汗孛儿只斤·铁木真。孛儿只斤·铁木真的十世祖叫孛端义儿，孛端义儿的母亲叫阿阑果火。据《元史》记载，孛端义儿的出生，很是神奇。"既而夫亡，阿兰寡居，夜寝帐中，梦白光自天窗中入，化为金色神人，来趋卧榻。阿兰惊觉，遂有娠，产一子，即孛端义儿也。"阿阑果火在丈夫死后，晚上梦白光化神人而受孕，生了孛端义儿。"孛端义儿状貌奇异，沉默寡言，家人谓之痴。"大概因为长相奇特，来历不明，孛端义儿不受两个兄长待见。母亲阿兰死后，几个兄长分财产时，不给孛端义儿分，孛端义儿就一个人骑马到八里屯阿懒居住。后来，孛端义儿的二哥想起了孛端义儿，将孛端义儿接了回去。回去后，在孛端义儿的建议下，孛端义儿和二哥领兵征服了来自统急里忽鲁的一群牧民。

孛端义儿死后，他的儿子八林昔黑刺秃合必畜做了继承人。八林昔黑刺秃合必畜的儿子叫咩撚笃敦，咩撚笃敦娶莫拿伦为妻，生了七个儿子后，咩撚笃敦死了。莫拿伦性子刚强、急躁，与押刺伊而部族发生了冲突，一场混战后，偌大一家子，只留下了一个儿子纳真，一个孙子海都和十几个病老太婆。听到家中发生的祸事后，入赘为婿的纳真回家探望，并找到押刺伊而部族，施计报了仇，然后，带着海都等人在八刺忽安营扎寨。等海都稍微长大一点后，就立他做了国君。海都率兵攻打押刺伊而，让他们臣属于自己，势力逐渐增大，四方邻近的部族来归附的逐渐多了起来。海都去世后，他的儿孙代代相传，到 12 世纪初，也速该即位，他并吞各部落，势力更加强大，开始称"汗"，形成了蒙古部落。公元 1266 年，也速该去世，被谥为烈祖神元皇帝。

烈祖归天时，太祖铁木真还小，部众大多数都背叛了他，纵使太祖哭着挽留，也留不住。太祖铁木真的取名，很是神奇。"初，烈祖征塔塔儿部，获其部长铁木真。宣懿太后月伦适生帝，手握凝血如赤石。烈祖异之，因以所获铁木真名之，志武功也"，据《元史》记载，铁木真出生时手握凝血如红色的石头，烈祖听说后，深感诧异，就用刚刚俘获的铁木真的名字为太祖取名，来纪念这次胜利。

12 世纪末期，与蒙古部落共居在蒙古高原上的，有百余个部落。这百余个部落免不了相互攻伐，混战不止。最后，兴起的蒙古部落在铁木真的带领下统一了各部。公元 1206 年，铁木真被拥戴为统治"一切部落百姓"的大汗，尊称为"成吉思汗"。从此，成吉思汗订立法度，创制文字，建立军队，设立官制，一个规模空前的大汗国在蒙古高原上建立起来，而蒙古也从此成为一个强盛的统一民族。

骁勇善战的成吉思汗一建国，便磨刀霍霍向四方。在短短十多年间，西辽、西夏、金就都纷纷被蒙古兵的铁骑踏碎。公元 1271 年，蒙古大汗元世祖忽必烈公布《建国号诏》，从《易经》中的"大哉乾元"句取意，正式建立"大元"帝国。

公元 1276 年，元军攻陷中原南宋王朝的首都临安，俘虏了南宋皇帝及太后皇太后，宋室南迁，陈宜中等在福州立赵昰为帝。公元 1278 年，赵昰死于硇洲，陆秀夫等重新立卫王赵昺。两年间，南宋残余势力陆秀夫、文天祥和张世杰等人先后拥立了两个幼小的皇帝

——端宗、幼主，成立了小朝廷。立志入主中原的大元帝国，南追不舍。公元 1279 年二月，随着崖山海战失败及陆秀夫背负小皇帝跳海而死，南宋残余势力彻底灭亡，与蒙古四十八年的抗衡完结。消灭了南宋最后的抵抗势力的大元帝国，统一了中国全境。这方由汉族统治了数千年的土地，第一次，被蒙古人的马靴踩在了脚下。

当蒙古人四处出兵开疆拓土时，远在东边的朝鲜半岛上的高丽人与入主中原的蒙古人还没有交往，暂时相安无事。直到公元 1216 年，活动于辽阳一带的一支契丹军队在蒙古军的追击下逃入高丽后，奉命追讨的蒙古大军进入高丽，两族才开始交往。高丽资助蒙军大批粮草，并发兵共同围剿契丹军。《元史》载，平定了契丹兵乱后，高丽与蒙古相约两国永为兄弟，答应每年向蒙古进贡。蒙古则对高丽明确提出"尔国道远，难于往来，每岁可遣使十人入贡"的要求后，才撤兵回国。

虽然约为兄弟，但蒙古人并未把势力远不如自己的高丽放在眼里。据《元史》记载，公元 1218 年，"札剌移文取兵粮，送米一千斛"；公元 1219 年，"皇太弟、国王及元帅合臣、副元帅札剌等各以书遣宣差大使庆都忽思等十人趣其入贡，寻以方物进"；公元 1222 年，"诏遣着古歁等十二人至其国，察其纳款之实"；公元 1223 年，"宣差山术等十二人复以皇太弟、国王书趣其贡献"。自双方结盟后，蒙古使者根本就不管高丽百姓的死活，把高丽看成了一个可以随时提取金银财物的宝库，索求无度。蒙古使者的骄横贪婪与索求无厌，激怒了高丽国人。"又使焉，盗杀之于途，自是连七岁绝信使矣"，公元 1224 年，当蒙古使者再一次到高丽索贡时，在路上被杀。从此，连着七年，高丽与蒙古断绝了信使来往。

　　七年后，再次踏上高丽国土的，不是蒙古使者，而是蒙古大军。公元 1231 年八月，蒙古的复仇大军浩浩荡荡地开进了高丽。与蒙古军实力悬殊的高丽诸军，望风而降。高丽王王皞派他的弟弟怀安公王侹向蒙古请和，蒙古答应了，但在高丽设置了京、府、县达鲁花赤等七十二个人监管高丽，然后才班师回国。第二年，蒙古大军再次东征高丽，一路攻城略地，直至兵临西京城下。高丽不得不以大量的金银、衣、马、器皿以及貂皮等物为贡品敬献给蒙古，奉表称臣。

　　就这样俯首称臣，高丽是不甘心的。公元 1232 年，高丽王尽杀蒙古在高丽设置的达鲁花赤七十二人，举起反蒙旗帜，率领首都及诸州县的部分百姓，移驻到一个叫江华岛的海岛上。蒙古迅速派兵征讨高丽，一直打到高丽首都南部，高丽求和才止。在随后的二十多年间，高丽曾数次拒贡反抗过，但都被蒙古军队镇压下去，最后，不得不再次进贡称臣。就这样，高丽和蒙古两国打了和，和了打，打打和和间，高丽就固守着海岛，与不习水战的蒙古军隔水对峙。

　　在多年的战争中，蒙古虽然已占领高丽多座城池，但因相隔太远，还是无力将高丽全部拿下。见久攻不下高丽，蒙古与高丽王廷达成和解协议，一个承诺移居陆地，一个答应撤出高丽，两国终于结束了持续多年的战争。《元史》载："宪宗末，皞遣其世子倎入朝。"公元 1259 年，高丽王派遣世子王倎入朝为质。从此，高丽彻底沦为蒙古的附属国。

二

　　战争结束了，蒙古铁蹄的坚硬与冷血，深深地烙在了高丽君臣的心中。

公元1260年三月，入主中原的元世祖忽必烈即位，建立了元朝。《元史》载，同年三月，高丽王王皞去世，元世祖命令在元朝做质子的高丽世子王倎回国做高丽国王，他在给高丽的诏书中宣布"完复旧疆，安尔田畴，保尔室家"，但是高丽对元要尽纳质、助军、输粮、设驿、供户数籍等义务。公元1261年，高丽王王倎先派使者到元朝进贡，再亲自到元朝朝拜元世祖。回国后，王倎将名字改为王禃，并派世子王愖奉表向元世祖说明他改名一事。由此，元朝与高丽之间的朝贡关系正式确立。既然无力对抗，就只有示弱臣服。仅自公元1264年起到公元1294年止，高丽就向蒙古人贡三十六次。

为了与元朝进一步搞好关系，使王位更加稳定，除了示弱称臣，高丽王朝还想到了和亲。于是，这一自古以来就被当权者惯用的政治手段又被施展出来。不过，高丽向元朝的请婚，却并不是那么容易。

早在公元1269年前，被册封为太子的王愖趁着到元朝奉表说明王倎更名一事的机会，就已向元世祖提出过迎娶元朝公主的请求。这一点，根据《高丽史》记载的公元1269年王禃宴请蒙古使者黑的等人，请黑的等人坐上座时，黑的等人说的一番话可以得知——"今王太子已许尚帝女，我等帝之臣也，王乃帝驸马大王之父也，何敢抗礼，王西向我等北面，王南面我等东面"。由此可以知道，元世祖私下应该是已答应了王愖的请婚。

公元1270年，高丽王王禃向元朝上书请婚。《高丽史》载，王禃说："夫小邦请婚大朝，是为永好之缘，然恐僭越，久不陈请。今既悉从后欲，而世子适会来觐，伏望许降公主于世子，克成合昏之礼，则小邦万世永倚，供职惟谨。"表达了想通过请婚让元朝成为高丽万世可依的靠山之意。但是，因为他同时还向元朝请求军事支援，元朝就没有答应他的请婚。元世祖说："达旦法通媒合族，真实交亲，敢不许之。然今因他事来请，似乎欲速，待其还国抚存百姓，特遣使来请，然后许之。朕之亲息，皆已适人，议于兄弟，会当许之。"

虽然请婚被拒，高丽并没有放弃。公元1271年正月，高丽元宗王禃派遣枢密使金炼向元世祖奉上表章，再次为世子王愖求婚。同年七月，王禃又遣世子王愖率尚书右丞宋玢、军器监薛公俭及衣冠世胄二十八人入质于元，又一次请求元世祖给王愖赐婚。精诚所至，金石为开。高丽执着地一次次请婚，终于感动了元世祖忽必烈。忽必烈不仅答应了高丽请婚一事，还同意将自己芳龄才十三岁的女儿嫁给王愖。得知消息，高丽欣喜异常，王禃迅速派遣同知枢密院事李昌庆奉表入朝，答谢元世祖答应联姻之事。

可是，婚事是答应了，新娘也定下了，但直到三年后，即公元1274年，王愖才将他那虽已应婚却迟迟未嫁的新娘迎娶回家。此时，王愖还在元大都。五月，两人在元大都举行了婚礼。七月，高丽王王禃去世，元世祖命王愖继承王位。八月，王愖先行一步，回国继承王位。十一月，元朝公主抵达高丽京城，揭开了为时近百年的元朝与高丽王室联姻的序幕。

王愖迎娶的新娘姓孛儿只斤氏，名忽都鲁揭里迷失，是元世祖忽必烈的嫡生女儿。原本生活于深山野林、飞马逐鹿的蒙古公主，彼时从还未走惯的青石板路上再去汪洋大海上的半岛，想必那少女的心中，纵使没有中原女子的娇柔与离别故土的悲恨，也定还有远离亲人生起的几丝愁绪吧。那一丝从骨子里生发的愁绪，即使是她的夫君王愖给了她一个盛大的婚礼，给了她无上的尊荣，给了她洋洋的喜气，也是无法抹去的。

再是舍不得，也还是要离开。公元1274年，先公主一步回到高丽继承王位的王愖将国事安排妥当后，派枢密院副使奇蕴到元朝去迎接公主忽都鲁揭里迷失。等忽都鲁揭里迷失即将抵达高丽时，王愖不仅带着一帮大臣亲自跑到高丽的西北部迎接忽都鲁揭里迷失，还责怪随行的大臣李汾禧等人不遵从蒙古的剃头风俗剃头，对元朝和元朝公主不尊重。他自己呢，早在元朝时就已剃发了，但他的臣民却未剃，所以他才责怪他们。由此可以看出王愖对元朝和元朝公主的敬重和臣服的诚意。

王愖对忽都鲁揭里迷失公主的欢迎是隆重的。《高丽史》载："命李汾成还京，令妃嫔及诸宫主、宰枢夫人皆出迎公主。"王愖特地命令李汾返回京城，让所有妃嫔、宫主及各位重臣的夫人都出城迎接忽都鲁揭里迷失公主，王愖则继续前行迎接公主。到了龙泉驿时，他留下了一部分从臣，却仍将史官带在了身边同行。看来，王愖是想将他迎娶元朝公主的事情事无巨细都载入史册啊。经过整整两个月的舟车劳顿之后，忽都鲁揭里迷失终于抵达高丽。迎接她的，不仅仅只有早就安排好了的妃嫔、宫主及各位重臣的夫人，还有宰相百官在国清寺门前等候。元朝方面更是重视有加，早早地派人先抵高丽，为公主打好前站。

对于元朝公主忽都鲁揭里迷失的到来，高丽满朝的文武百官或许并不是个个高兴与欢迎。真正高兴的，是那些饱受战争涂炭，渴望和平安宁，争相奔走在高丽京城的大街小巷中的父老乡亲们。《高

丽史》载，看到高丽王与元朝公主同辇入城，他们奔走相庆："不图
百年锋镝之余，复见太平之期。"

果真如此，那么，少女的远嫁也就是值得的了，高丽的多年苦
求和苦等也就有了意义和价值。可是，人们忘了，蒙古自古以来就
是一个生活在马背上的生性剽悍的民族。他们迎娶的蒙古公主忽都
鲁揭里迷失，更是非同一般。《高丽史》载："忠烈王齐国大长公主，
名忽都鲁揭里迷失，元世祖皇帝之女，母曰阿速真可敦。"忽都鲁揭
里迷失是元世祖忽必烈的嫡生女儿，其母为阿速真皇后。从小就在
皇室中长大的蒙古公主忽都鲁揭里迷失，血液里流淌的不是中原那
汤汤的包容天下的河水，而是大漠旷野中猎猎吹动的朔风。时间不
久，这个美丽的蒙古公主，就让高丽父老看清了她任性跋扈、贪婪
善妒的本性。

善妒，是人之本性，尤其是女人，本也无可厚非。但忽都鲁揭
里迷失的善妒，是要命的。

年仅十六岁的忽都鲁揭里迷失嫁给王愖时，王愖已三十九岁。
隔着他们二人的，不仅仅是相差二十多岁的时光，还有王愖先纳的
妃、生的子。尤其是王愖的正妃王氏，出自高丽宗室，与王愖伉俪
情深。因为忽都鲁揭里迷失的驾到，正妃王氏立即被降为贞和宫主。
并且，自忽都鲁揭里迷失嫁到高丽，贞和宫主就移居别宫，与王愖
几乎断绝了往来。为了生存下去，也为了能再看到王愖一眼，贞和
宫主想法设宴宴请忽都鲁揭里迷失公主，给公主身边的宦官赠送礼
物，百般讨好。但不管贞和宫主如何讨好，终是忽都鲁揭里迷失眼
中的一根刺。

公元 1275 年正月，即忽都鲁揭里迷失嫁到高丽的第二年正月，

忽都鲁揭里迷失被册封为正宫"元成宫主"。已成为正宫的忽都鲁揭里迷失没有放过移居别宫的贞和宫主，她本能地拒绝着贞和宫主与王愖之间的深情，欲除之为快。在这种心情之下，她就容不得王愖对贞和宫主哪怕是一丝丝的关注和怜悯，更不用说用情了。因此，就有了忽都鲁揭里迷失因王愖多看了贞和公主一眼，大闹儿子百日宴的故事；有了暗使使者向父皇忽必烈告状未果的故事；有了寻茬儿将贞和宫主打入冷宫的故事；有了囚禁中郎将，赶走中郎将给王愖所献美女的故事。

同年九月，忽都鲁揭里迷失生了个儿子，贞和公主为其做百日宴，以示庆贺，本来准备将宴席摆在东厢房，但王愖却说不如摆到正室，宫女小尼就将宴席摆到了正室，放了个平床让忽都鲁揭里迷失公主坐。忽都鲁揭里迷失的随行式笃儿说，摆放平床座椅，是想让公主与贞和宫主平起平坐。忽都鲁揭里迷失公主一听，勃然大怒，马上命令将宴席移到了西厢房，因为西厢房有高凳子。

一波未平，一波又起。《高丽史》载，当贞和宫主给公主敬酒时，王愖回头看了公主一眼，没想到公主立即发作，质问王愖"何白眼视我耶？岂以宫主于我乎？"并命令停止宴会，扔下王愖和文武百官跑下殿大哭，闹着要到她的儿子那儿去。见公主如此无理取闹，公主的奶妈看不下去了，她以死相逼，才让公主停止了哭闹。

明着闹不了，公主便暗中使绊子了。《高丽史》载，公主利用王愖派式笃儿去元朝朝见元帝之机，让式笃儿向元朝告贞和公主的状。但式笃儿并未贸然行之，走之前，他就此事向大将军印公秀请教："公主使我奏宫主事，若奏之，必不利于国，如何则可？"印公秀也不糊涂，他说："伉俪之间，妒媚之言，何足上闻？君既奏之，脱公主后悔,将何及已?"如此,公主这一状才没告成。但是,据《新元史》载,公元 1276 年,忽都鲁揭里迷失公主到底还是借人匿名诬告贞和宫主诅咒公主之机,将贞和宫主囚禁了起来,最后,在大臣柳璥的哭谏下,公主才松了口,把贞和宫主放了。

有着强大的大元帝国做后盾的忽都鲁揭里迷失,没把出自高丽宗室的贞和宫主放在眼里,人们可以理解。让人们不能理解的是,贵为高丽一国之主的高丽王王愖,也没在蒙古公主的眼中。对这个比自己大了二十多岁的丈夫,忽都鲁揭里迷失张口就骂,伸手就打,既没有一个公主、王妃应有的风度和教养,也没有一个妻子应有的温柔与体贴。或许,在年少的公主心中,妻子成群的王愖,不是她柔情可付的有情郎,这冷冰冰的政治婚姻,原也不过是她作为一个大国公主和一个岛国正宫显摆威风的道具罢了。情,无人可寄;礼,又何须遵循!

元朝公主的做法,苦了堂堂七尺男儿王愖。

公元 1277 年,王愖和公主前往天孝寺,因为嫌陪从少,公主杖打王愖。在公主棍棒相加时,王愖不仅不能还手,还要摘下帽子,任其殴打。等公主怒气稍平,重去天孝寺时,因为没有等公主而先进天孝寺,公主对王愖再次又打又骂;公元 1282 年,王愖与公主到忠清道去打猎,公主怒骂王愖不务正业,王愖无话可说。到了安南后,先骂大臣尹秀不该诱惑高丽王跑这么远来打猎,并且也无鹅、鹄之类的猎物可打。然后转头又骂王愖,只知道打猎游玩,国事怎么办?

面对忽都鲁揭里迷失公主的殴打责骂,王愖羞愤交加,却还嘴不得,更不能还手,只能在房外孤坐,暗自垂泪;在公主毁砸他的心爱之物时，也是无法阻止，只能哭泣；甚至在宰枢犯了错，怕公主怪罪到自己身上，又对自己拳脚相加时，王愖竟抢先将佥议府吏囚禁起来，找几个替罪羊关起来代他受罚，事后再派人对宰枢解释，让宰枢等人不要生他的气。

夫妻之间，相守有道，自有其理，外人不便多言。但王愖不仅仅是一个丈夫，还是堂堂一国之君啊。《高丽史》载，忽都鲁揭里迷失的任性跋扈，让高丽臣民看不下去了，文昌裕对薛公俭说，"辱岂有大于此者乎?"悲夫! 落后就要挨打，此言在千百年前的高丽王身上就已应验。

如此，忽都鲁揭里迷失的品行与风度已是众人皆知，大家却束手无策。她对身为一国之君的丈夫如此不堪，人们敢怒而不敢言，面对她贪婪爱财的德行，高丽上下也就更无话可说了。

公元 1276 年，公主巧取寺院镇寺之宝，即使寺僧亲自乞求公主归还金塔，公主也没答应；当一个尼姑进献白纻布时，因其织工精巧，人所未见，得知是尼姑的婢女织成的以后，就有了占为己有之心，一句"把奴婢给我，怎么样?"就将他人的能干奴婢夺了过来；除了巧取豪夺，公主还利用自己的身份和两国的优势，做起了无本生意，到处征收松子、人参到元朝江南贩卖，获取厚利，即使是不产之地，也要征收。公主的肆意妄为，搅得高丽鸡飞狗跳、怨声载道。

翻开中国古代两千年的和亲史册，似乎也只有这位元朝大公主嫁得最威风，活得最逍遥。

三

在忽都鲁揭里迷失面前颜面全无的高丽王，就活得悲哀了。

王愖的悲，不是他个人的悲，是整个高丽的悲。强国当前，不得不低头啊。那来自蒙古的和亲公主，与其说是他求来的保护神，不如说是元朝顺水推舟派来的钦差大臣。在代表着元朝威仪和权势的忽都鲁揭里迷失面前，上至王愖，下至百姓，谈何尊严！因此，在忽都鲁揭里迷失面前，王愖选择了做一个弱者。

但是，细细研究自忽都鲁揭里迷失和亲高丽后的文献资料，人们就会发现，王愖不弱。他是以牺牲个人的尊严与荣誉，来换取国家领土的完整和百姓的安宁啊。那么，再来看王愖在忽都鲁揭里迷失面前忍气吞声、委曲求全的种种行为，他为了讨好元朝，表达对元朝的敬意，甚至在服装、发式乃至官制上不顾高丽臣民的反对，也效仿元朝，就不是悲哀，而是悲壮了。

有心人，天不负。委曲求全、含垢忍辱的王愖得到了元世祖忽必烈的赏识，再加上对女儿忽都鲁揭里迷失的疼爱，忽必烈对这个百依百顺的乘龙快婿有求必应，颁布了一系列对高丽有利的政令，也实施了许多亲近高丽的举措。

公元 1278 年，王愖与忽都鲁揭里迷失到元朝谒见元世祖。元世祖和皇后不仅派遣皇子脱欢、皇女心哥歹及阿伊哥赤大王妃等人亲自迎接了三十里路，在开平府东门外盖了大帐等恭候他们俩，用隆重的礼节迎接王愖与忽都鲁揭里迷失，还答应了王愖上奏的一系列事情。他答应了王愖打造船只征讨日本的请求；撤换及禁用了茶邱等干预高丽内政的元朝官员；准许高丽凡是国家没有解决的麻烦事，都上奏元朝解决掉，此令一出，元朝上下的官员，不敢再对高丽君臣颐指气使、飞扬跋扈。不久，元朝还将谷州、遂安、殷栗三地归还给高丽。

这次元朝之行，王愖将高丽所有的麻烦事都一一奏请元世祖，并得到完美解决，高丽人感恩戴德，涕泪交加。

尝到甜头以后，只过了两年，即公元 1280 年，王愖又到元朝拜见忽必烈。《高丽史》载，见面后，王愖一口气向忽必烈上奏了七件事："一、以我军镇戍耽罗者补东征之师。二、减丽汉军，使阇里贴木耳益发蒙军以进。三、勿加洪茶丘职任，待其成功赏之，且令阇里贴木耳与臣管征省事。四、小国军官皆赐牌面。五、汉地滨海之人并充艄公、水手。六、遣按察使廉问百姓疾苦。七、臣躬至合浦，阅送军马。"王愖所奏之事，元帝忽必烈均爽快答应。

元朝对高丽的支持和帮助是持续而有力的，并且是多方面的帮助。

首先，是粮食方面有求必应，让高丽安稳度过饥荒。《高丽史》记载，公元 1280 年，"赌以民饥，乞贷粮万石，从之"，元朝应王愖之请，给了高丽万石粮食。仅仅过了两个月，"以其国初置驿站，民乏食，命给粮一岁，仍禁使臣往来勿求索饮食"，元朝又给了高丽一年的粮食，还禁止元朝来往高丽的使者向高丽索求饮食；公元 1291年，"以其国饥，给以米二十万斛"；公元 1292 年，"以天谴民饥，宥二罪以下。元遣万户徐兴祚运江南米十万石来赈饥民"，高丽受灾，元朝给高丽运送了十万石江南米赈灾；公元 1293 年，"元遣江南千户陈勇等载米二十艘来，又献鹦鹉一双，其他土物甚多"，又给高丽送去大米及其他东西，助高丽百姓解决饥荒之灾；公元 1295 年，"元辽阳省奉帝旨，以江南远米三千石赈双城"。细翻史册，可以看出，十多年间，每逢高丽受灾，元朝都及时出手，源源不断地给高丽送去了大量的米粮，赈济灾民。

其次，是财物方面出手大方，在王愖与忽都鲁揭里迷失回国拜见元世祖时，赐其大量的金银及鞍马等贵重物品。公元 1277 年，王愖与忽都鲁揭里迷失入朝谒见元世祖，走的时候，元帝赏赐王愖海青、金印、鞍马等礼物；同年十二月，王愖又请求入朝，元世祖赐给他和他的随行人员大量珠宝和彩币，等王愖回高丽时，元世祖不仅赏赐他一百五十匹骏马，还派人专程帮他送回高丽；公元 1278 年，王愖与忽都鲁揭里迷失公主带着儿子一起到元朝朝见元帝忽必烈，皇太后、太子妃及皇后都非常喜爱他们的儿子，分别赐给他们各种礼物，太子妃还给世子赐了个名字叫益智礼普化；公元 1281 年，王愖以高丽牲畜不旺为由，将驿站由四十站合并为二十站，但元朝仍以一匹马八百锭的价钱进行给付；公元 1291 年，王愖与忽都鲁揭里迷失到大都朝见元帝，重病中的元帝忽必烈，虽不能召见他们两个，但给他们的赏赐却相当丰厚，其他的王室及驸马都无法与其相比。

在赏赐大量贵重礼物同时，元朝皇帝世祖和成宗还多次册封王愖以及他的儿子，给他们授官，颁印。公元 1275 年，忽必烈派使者叫王愖改官职名号；公元 1277 年，王愖奏请元世祖，将名字改为王賰，但在各种文献史书中，仍多以王愖或王谌作记载。七月，忽必烈按照"王賰"的名字重铸驸马金印等，赐给王愖；公元 1281 年，在王愖的请求下，忽必烈同意增加驸马字，并随后将金议府升为三品；公元 1291 年，忽必烈封王惃的世子为特进、上柱国，并赐银印；王惃派人到元朝上奏，将名字从王賰又改为王昛。因王惃忠诚于元朝，并立下了大大的功劳，忽必烈赐他推忠宣力定远功臣的称号；公元 1293 年，已到了元朝的王惃携公主去看望皇太子的真金妃子，太子妃赠送给王惃大量珍贵礼品；公元 1296 年，元成帝当政，再次将高丽佥议司升为二品；公元 1297 年，成宗封王惃为逸寿王，立世子王謜为高丽王；公元 1298 年，因王謜有罪，成宗废除了他的高丽王，重新立他的父亲王惃为高丽王，一直到公元 1304 年王惃去世后，王謜才又继承王位。

由此可以得知，自忽都鲁揭里迷失和亲高丽后，虽然王惃个人受尽了屈辱，但元朝与高丽的关系更加密切了。据《高丽史》《新元史》《元史》等史料记载，后改名为王昛的高丽王王惃，与忽都鲁揭里迷失又多次到元朝拜、探亲，使高丽这个驸马国在元朝政治体系中的地位大大提升，经济上也得到了大大的回报，特别是在战争期间被元朝占据的高丽领土，也在王惃一次一次的请求中，慢慢回到了高丽的版图之中，令高丽人举国欢喜。

其实，甘愿受辱取悦忽都鲁揭里迷失，只是王惃赢得元朝信任的途径之一，长期向元朝进献鹰、黄漆、斋银、纻布、楮币、鹘、人参、鹄肉、羊、脯、獭皮、野猫皮、黄猫皮、狍皮、鞍鞯、白马等大量珍宝玩物，是王惃取悦元朝的另一种途径。

仅公元 1296 年五月到七月，高丽就不顾路途遥远，相继派将军李连松到元朝进献耽罗皮货、右副承旨吴仁永进献纻布、大将军南梃进献耽罗马、上将军崔世延和将军李茂进献鹘等，多达五次。十一月，王惃与公主去谒见元成宗，亲自进献了大量的金银宝器及兽皮、纻布等特产。随着高丽的珍宝玩物源源不断地送往大元，高丽请元朝将耽罗国重新收归为高丽的附属国的心愿，也得以实现。

为了博得元朝的欢心，高丽不仅给元朝进献无数良马、珍宝、特产，还给元朝敬献了一种特殊的"礼物"——处女。

据《高丽史》载，公元1275年，"以将献处女于元，禁国中婚嫁"，因为要给元朝献处女，高丽竟然下令国中所有的处女都不准结婚出嫁；公元1287年，"公主将入朝，命选良家子女。使忽赤搜索人家，虽无女者亦惊扰，怨泣声遍闾巷"，忽都鲁揭里迷失命人挑选良家女子进献元朝，有女无女人家都遭到惊扰，百姓怨声载道；公元1287年，"有旨：良家处女先告官，然后嫁之，违者罪之。因命许珙等选童女"，高丽王下旨，不经官方批准，不能出嫁，否则论罪处罚；公元1288年，"遣上将军车信如元献处女"；公元1290年，"遣上将军车信押处女十七人献于元"；公元1293年，"王及公主如元，选良家女三人以行"，高丽王王愖和公主亲自选了三个良家处女送往元朝。

上述种种措施，固然让元朝示好与高丽，但与元朝结盟御敌，随时出兵助元对外作战，并帮元朝制造战舰、战船、箭镞等作战武器，提供军粮，才是王愖得到元世祖忽必烈赏识的关键因素。

公元1274年，王愖派高丽大将随元朝元帅忽敦东征日本，将日本打败。在这次战争中，蒙古人和汉人军队出兵二万五千人，高丽出兵八千人，艄公、引海、水手等六千七百人，出动战舰九百余艘；公元1276年，元帝命令高丽建造战船和箭镞；公元1277年，王愖主动上奏要帮元朝造船讨伐日本，以报元朝大德。同年，王愖还派人到元朝请求派兵助元征讨北部边境地区；公元1278年，高丽大将金方庆率军先与日本作战，杀了日军三百人。再次与日军作战时，元朝大将茶邱被日军打败，元朝大将范文虎率三百五十艘战舰来参战，恰遇海上起大风，还是被日军打败了。从此以后，元朝多次诏令王惼筹备粮食，建造战船，想准备好后再东征日本，耗费了大量的资财，高丽人不堪重负，开始埋怨起来。公元1285年十二月，仅这一个月，元朝就又多次派人到高丽，督促高丽造船备粮，并从高丽征调军粮十万石。公元1288年，王惼听说成吉思汗铁木真的幼弟铁木哥斡赤斤的玄孙乃颜发动了叛乱，派遣高丽大将柳庇到元朝，请求出兵助元征讨乃颜。元朝批准后，王惼亲自领军出兵，助元朝平了乃颜之乱。公元1289年，叛军乃颜余党再次发动叛乱，忽必烈命令高丽出兵保卫东沈，并下诏赐封王惼为征东行省左丞相，担任右丞相的蒙古人塔出还派使者请王惼支援五千军马及军粮给建州。公元1290年，海者侵犯元朝边境，忽必烈亲自率军征讨海者，派阿旦不花到高丽征兵相助；公元1295年四月，高丽送到辽阳的船有一百五十五艘，大米两万多石。因此，从公元1274年高丽王王惼迎娶元朝忽都鲁揭里迷失公主到公元1290年近二十年时间里，只要元朝一有战事，王惼或出兵，或造船，或出粮；或主动，或受命，都举全国之力，助元作战。

当然，在全力助元作战的同时，高丽也时时向元朝求助，请求元朝派兵帮助高丽平息内乱，抵御外辱，巩固政权，保护疆土。

据《高丽史》记载，公元1275年，"元遣蛮子军一千四百人来，分处海州、盐州、白州三州"，替王惼守护重镇，稳定政局；公元1278年，"达鲁花赤依蒙古制置巡马所，每夜巡行，禁人夜作"，达鲁花赤依想办法帮助维护高丽的社会安全。为减轻高丽负担，也让高丽能高度自治，忽必烈处罚、打压了作奸犯科的忻都等高丽大臣，撤回了驻守高丽的蒙古军，把治国边防的权力交还给了高丽；公元1279年，王愖向元朝上奏，请忽必烈允许他以后对高丽作奸犯科者治罪，忽必烈答应了。同年，王愖到元朝谒见忽必烈时，就蒙古大将茶丘"以军人妻子一百二十八人为请"，蒙古大将孛剌尽力祖护茶丘之事上奏，忽必烈毫不犹豫地为王愖撑腰，主持正义，下令"军人妻有儿息者，归其夫。国人官高有罪者，申奏而后罪之"，保全了高丽军人的家庭。公元1281年，"王与忻都、茶丘议事，王南面，忻都等东面。事大以来，王与使者东西相对，今忻都不敢抗礼，国人大悦"。公元1282年，王愖因遭日本侵犯，请求忽必烈派五百蒙古兵保卫金州，忽必烈也答应了。在元帝忽必烈的强力支持下，不仅是高丽周边的国家不敢对高丽有非分之想，就连元朝上下都一改昔日对高丽傲慢无礼的态度，对高丽王王愖敬重有加。同年，元朝派兵戍守耽罗，保高丽平安，还将东征日本时逃到元朝的高丽人，改名后遣还高丽，回归故里。公元1290年，日本和哈丹先后入侵高丽，特别是哈丹，来势汹汹，长驱直入，直逼南京海洋界，王愖不得不退守江华岛。得到报告，元朝迅速出兵，助高丽征讨哈丹。公元1291年，元朝和高丽两军合力攻伐，大败哈丹，使其撤退，保全了高丽的领土完整，还高丽百姓一方安宁。

根据史料统计，从公元1273年到公元1292年的十九年时间里，高丽与元朝互相出兵援助或征伐、或防御、或平叛，先后八次对敌耽罗、日本和叛军乃颜。除了出兵助阵，高丽还按照元朝要求，帮助打造战舰，出海作战。

《元史》载，公元1293年，元世祖因为王愖"世守王爵，选尚我家。载旌藩屏之功，宜示褒嘉之宠"，遂对其赐号为推忠宣力定远功臣，以示嘉奖。忽必烈去世后，元成宗铁穆耳见王愖年龄较大，特批准他乘小车至殿门。按照当时蒙古的规定，非蒙古人是不能进入殡殿的。王愖能够入祭，他在元朝的受宠程度可见一斑。

高丽国政治地位提升，经济得到发展，领土回归版图，个人受到元朝敬重。如此一算，王愖在忽都鲁揭里迷失面前受到的种种屈辱，就算不了什么了。为了取信元朝，至公元1294年，高丽成为元朝属国已有七十六年之久。据《高丽史》载，等王愖与忽都鲁揭里迷失结婚后，公元1275年，元朝专门派人出使高丽，指示高丽"贡子女、革官名、减宰相"之事。于是，高丽改革官制，并于"癸未，遣金议赞成事俞千遇如元贺正，告改官制，献处女十人"，再于公元1276年，按元使达鲁花赤要求，"改宣旨曰王旨，朕曰孤，赦曰宥，奏曰呈"，连整个高丽国也从礼制上按照藩属国礼仪诚心事奉元朝，丧失国家主权，又何谈个人尊严！

国家兴亡，匹夫有责，作为一国之君的王愖，更是责无旁贷。

四

任性跋扈、贪婪爱财的忽都鲁揭里迷失，也不是全无是处。她到底是大元帝国的公主，还是有相当的见识的。

忽都鲁揭里迷失在政治上的远见卓识首先体现在治国王道上。据《高丽史》载，公元1282年，王愖与公主出去打猎，公主怒责王愖，问他"游畋非急务，何为引我至此？"问得王愖无言以对。等到了目的地一看，又责问负责打猎一事的大臣"此地无鹅鹄，何诱王远来?"然后转头再问王惎"惟游畋是务,奈国事何?"公主三问,以国为重,毫不糊涂。公元1284年,王惎任命家奴为自己家乡东京的副使,公主又以"家奴为邑宰,可乎?南班人得居中外重任,始自何代?"又是连发三问,问得任人唯亲的王惎满面惭色。蒙古族是个能歌善舞的民族,忽都鲁揭里迷失自然也酷爱和擅长歌舞。但她能趁王惎独自到元朝朝拜时,自个儿在家连着多日奏乐取乐,通宵达旦,却绝不允许王惎有此爱好。为什么呢?原来她担心王惎玩物丧志,影响国家政事。史书记载,王惎精通音律,曾让内竖与伶人击鼓奏乐,公主知道后,派人对王惎说,"以丝竹而理国家,非所闻也",王惎一听,赶紧停止了。公元1292年,王惎与公主到元朝去谒见元帝,到了金郊后,王惎恼怒供给的物品不及时,杖打西海按廉使瘐瑞。到了凤州后,却对当地官员轻言细语,态度温和。公主见此情况,告诫王惎,在返程时要体恤臣民,不要再做前倨后恭、敛民取悦的事情。从这些事件中,一个大国公主、一个王国正妃明理懂事、体察下情的美好品质就体现出来了,一代贤后形象呼之欲出。

其次,忽都鲁揭里迷失公主嫁到高丽后,加强了高丽与元朝的交流互动。据《高丽史》记载,自公元1278年至公元1296年十八年间,忽都鲁揭里迷失与王惎先后七次到元朝谒见元帝,上奏国事,进献贡品,增强感情。公元1278年,"四月甲寅朔,王及公主、世子如元",应元帝忽必烈之命,王惎携公主、世子到元朝谒见元帝,九月回高丽;十二月,"王如元",第二年二月回高丽;公元1284年,"夏四月庚寅,王及公主、世子如元",王惎携公主、世子到元朝,九月回国;公元1287年九月,"戊寅,公主、世子如元",王惎在燕京，元帝忽必烈命公主和世子入朝，十二月王愖从元朝回高丽；
公元 1289 年十一月，"壬子，王及公主、世子如元"，王愖携公主、
世子到元朝谒见元帝，第二年三月回国；公元 1293 年十月，"己亥，
王及公主如元，选良家女三人以行"，王愖与公主选了三个良家女子
前往元朝，第二年正月元帝忽必烈去世，四月元世祖忽必烈之孙、
皇太子真金第三子孛儿只斤·铁穆耳即位，就是元成宗。这一次，
因元朝发生了一系列变故，王愖与公主在元朝住到八月才回高丽；
公元 1296 年八月，元朝定下了王愖世子的婚期，元成帝催促王愖到
元朝觐见。九月，"丁亥，王与公主如元"，王愖与公主到达元朝。
十一月，"壬辰，王与公主诣阙，世子以白马纳币于帝，尚晋王之
女，宴皆用本国油蜜果，诸王、公主及诸大臣皆侍宴。至晚酒酣，
令本国乐官奏《感皇恩》之调。既罢，王与公主诣隆福宫，太后设
毡帐置酒，入夜乃罢。癸巳，世子以白马献于太后，太后以羊酒宴
世子。帝与太后临轩，诸王、公主、百官侍宴。甲午，王与公主侍
宴于长朝殿，世子以白马献于晋王，仍以酒羊宴"，在元朝为世子王
謜举行了盛大的婚礼，一直到第二年五月，公主与王愖才回高丽。

纵观中国古代和亲史，和亲女子出嫁之后能够频频回国与亲人
团聚的，有文字记载的，元朝公主忽都鲁揭里迷失似乎是第一个。
不过，虽然忽都鲁揭里迷失回国次数较多，但也并不是她想回国就
回国的。不管是她，还是高丽王王愖，想到元朝觐见元帝，都必须
经过元帝批准后才能成行。因此，翻开《高丽史》，还有两次忽都鲁
揭里迷失和王愖在入朝途中，被元帝敕令返程的记载：公元 1281 年
三月，元皇后去世，忽都鲁揭里迷失派人到元朝请求批准她赴元奔
丧。还未得到回信，四月，"庚寅，公主如元"，忽都鲁揭里迷失就

迫不及待地踏上了赴元的旅程，可是，七月，"乙巳，公主至懿州，帝敕还国，丁未乃还"，等她到达懿州时，接到元帝诏令，要她返回高丽，她只得乖乖地掉头回国；公元1291年九月，王惜准备赴元朝见元帝，"丁未，王次兴义驿，郎将康湜还自元，帝命王停入朝"，当他抵达兴义驿时，从元朝回来的高丽良将康湜带来元帝的命令，让他停止入朝，没办法，他也只得乖乖地返回高丽。

虽得命入朝，却未能成行的记载也十分清楚：公元1276年十月，"甲子，元遣忽剌歹命王及公主以明年五月入朝"，在忽都鲁揭里迷失出嫁两年后，元帝派人叫王惜与公主在第二年五月入朝，王惜做好了入朝的准备，但史书上未有二人入朝记载。根据《高丽史》记载，1277年夏天，公主生了个女儿。推测应该是公主即将生产，未能成行；公元1288年九月，"乙未，帝命王及公主入朝"，元帝诏令王惜与公主入朝。王惜派人先行一步到元朝奏明他将亲自入朝，但是，还没等他成行，高丽重臣林贞杞去世，王惜亲自在康安殿为他布置灵宝道场，"帝命王勿朝"，得知此事后，元帝诏令王惜不用入朝，于是此行罢却；三年后，即公元1291年，"冬十月丁卯，帝命王贺正入朝"，元帝又下诏令，命王惜入朝恭贺新春。因王惜在安南打猎，便派大臣到元朝恭贺新春，又派上将军柳庇、将军许评如到元朝请世子回国，但他自己却并未依元帝之命入朝。

强硬的忽都鲁揭里迷失毕竟只是个女子，离家太远，也太久，再多的回国探亲也弥补不了被千山万水隔阻的亲情与思念。

公元1296年，忽都鲁揭里迷失最后一次到元朝谒见元帝，并在元朝给世子举办了盛大的婚礼。第二年五月，将世子及其新婚妻子留在元朝，独自和丈夫王惜回到高丽的忽都鲁揭里迷失，看到寿宁宫盛开的芍药花，折了一枝，拿在手中把玩良久，想到千里万里之外的亲人与故土，不由悲从中来，泪流满面，竟至思念成疾，染病去世。魂断半岛的忽都鲁揭里迷失，年仅三十九岁。十六岁上岛，三十九岁离世的忽都鲁揭里迷失，在这个海风习习的半岛上生活了二十三年。

在这二十三年里，因为忽都鲁揭里迷失的努力、影响和作用，高丽安然生活在大元朝的护翼之下，国泰民安，蒸蒸日上。而她本人也努力为高丽王室开枝散叶，和王愖共育两男一女，为维护高丽王室的稳定与兴旺立下汗马功劳，继王愖之后任高丽王的忠宣王，就是忽都鲁揭里迷失的儿子王謜。公元1277年正月，王謜被册立为高丽世子。公元1298年，王謜即位高丽王。

母亲溘然长逝，王謜无法接受。公元1297年六月，王謜从元朝回来奔丧。七月，王謜对母亲的突然离世心生疑惑，将他认为与母亲突然离世有关的人都杀了。九月，忽都鲁揭里迷失被葬在高陵，谥号庄穆仁明王后，即庄穆王后。公元1298年，高丽忠宣王王璋受禅登基后，追尊庄穆王后为庄穆仁明太后。

虽然忽都鲁揭里迷失在世时对王愖任性跋扈，但因为她和亲高丽让元朝和高丽的关系日益友好，两国国力日渐强盛，功不可没，因此，早在公元1294年，元世祖去世，元成宗即皇帝位后，元成宗就将忽都鲁揭里迷失公主册封为平安公主，册文说：

朕嗣有令绪，时庸展亲，眷先朝帝女之贤，视今日宗藩之贵，肆扬焕号，用率彝章。厘降高丽国王公主忽都鲁揭里迷失，毓秀天潢，承徽宸极。孝恭有则，早闲壶范之慈；警戒无违，特借公宫之

287

重。正嫔仪于贰馆，敦王化于三韩。车服不係其夫，义方以教其子。既优既渥，是惟茅土之分；来归来宁，与睹邦国之庆。因廷臣之建议，即邑国以疏封。于以锡丹阆紫禁之恩，于以彰赤阘軿车之宠。於戏！周王姬为妇道之准，以成其肃庸；唐汉阳以皇姑之尊，深戒乎骄侈。罔俾前代，得专令名，可封平安公主。

公元 1307 年四月，元成宗因病去世，在位十三年，年仅四十二岁。五月，元世祖忽必烈的曾孙孛儿只斤·海山即位，就是元武宗。公元 1309 年，大元皇帝元武宗追封忽都鲁揭里迷失为皇姑齐国大长公主高丽国王妃，他在册文中对忽都鲁揭里迷失大加赞扬：

三韩为国，五季已王，虽居东海之滨，实享南面之奉。由其先有功于太祖，许帝室以连姻。故季女钟爱于世皇，即公宫而命醮。方穰青轩之桃李，俄晞白露于蒹葭。永怀懿亲，用隆恤典。高丽王璋妣皇姑安平公主高丽王妃，发祥坤掖，分派天潢。以舜妃癸比之宵明，为古公亶父之姜女。善于媲德，车服不矜其夫家，乐有娠贤，茅土已缵其父服，可谓全妻道之终始。苟不因汤沐之安平，原进大封，曷彰尊属？於戏！自他邦而北阙，最道路之五千；移近甸於东秦，尽山河之十二。

忽都鲁揭里迷失，这朵在朝鲜半岛摇曳了二十三年的罂粟花，成为中国古代和亲史上引人注目的一抹艳丽，绚烂，耀眼。

トトトトトトトトト

无可奈何花落去

　　蒙古女子宝塔实怜不是个传统意义上的好女人，逆经叛道，伤风败俗。但就是这么一个被世人唾弃的女人，却在她的有生之年，享尽了人世间的荣华富贵，左右着位于朝鲜半岛的高丽国的国家政局，影响着高丽国的兴衰存亡。

　　满怀着对宝塔实怜的好奇，翻开厚厚的典籍，细细研读，发生在千百年前的那一幕幕血泪交织的历史场景，如一幅幅年代久远的画，慢慢地浮现在人们眼前。人们于深深的叹息声中，依稀看到一朵怒放的花朵，最终在政治与爱情的凄风冷雨中惨然凋落……

一

　　这个名为孛儿只斤·宝塔实怜的女人，不是一个普通的女子。她是大元帝国元世祖忽必烈的长子真金之子晋王甘麻剌的女儿，即忽必烈的亲孙女，大元帝国的金枝玉叶，也是第二位远嫁朝鲜半岛，和亲高丽的大元公主。可是，即使宝塔实怜贵为大元帝国公主，位居高丽国的正宫，可以左右高丽国的命运，也无法主宰自己的爱情与婚姻。

　　大元帝国对高丽的征伐，自公元 1224 年元朝使者在高丽被杀之后开始，一直打到公元 1259 年高丽王王皞派高丽将军金宝鼎和御史宋彦琦等人到元朝奉上奏表以示臣服，还派其世子王倎到元朝为质子后，战争才结束。元世祖非常高兴，他说，高丽是远隔大元万里之国，当年唐太宗亲征都不能让它臣服，现在高丽国的世子主动归附于我，这真是天意啊！公元 1260 年，王皞去世。得到消息后，江淮宣抚使赵良弼对元世祖说，元朝对高丽征讨了二十多年，还是未能让高丽臣附于元，现在王皞死了，建议大元把王倎送回高丽，立他为王，王倎必定会对元朝感恩戴德，这样不费一兵一卒，就可以得到高丽国。《元史》载，元世祖听从了赵良弼的建议，命令王倎回国即位高丽王，并制文说，"世子其王矣，往钦哉，恭承丕训，永为东藩"，让高丽国永世为元朝的藩属国。

　　公元 1274 年，大元公主忽都鲁揭里迷失下嫁给高丽王王愖，她是战后第一位走上朝鲜半岛的大元公主。公元 1297 年，在高丽生活了二十三年的忽都鲁揭里迷失公主在高丽病逝。经过大元帝国二十多年的征讨和忽都鲁揭里迷失二十多年的努力，高丽国依诏履行君长亲朝、子弟入质、编民户、出军役、输纳赋税、设置达鲁花赤等一系列奴役性条款，最终彻底沦为大元帝国的臣仆，成为大元帝国征服东亚的马前卒。

　　据《新元史》载，为讨好宗主国，高丽世子王愖入朝为质，等他回到高丽时，他辫起头发，穿着胡服，高丽人看到后，都叹息着流下眼泪，"宋松礼、郑子玙开剃而朝，余皆效之"，但高丽人还是或主动或被迫接受了这个改变，"蒙古之俗，剃顶至额，方其形，留发其中，谓之怯仇儿"，高丽人接受的开剃礼，就是蒙古习俗之一。

高丽不惜改变高丽长久相沿的民风习俗，改变右衽蓄发的服饰，转而模仿蒙古人辫发胡服，向元朝以示臣服之意。其实，民风习俗的改变与否，高丽百姓在意，元朝并不在意。元朝在意的，是如何削弱高丽作为一个王国存在的独立性，怎么绑牢元朝与高丽的宗藩关系，让高丽永为藩属。

因此，在通过和亲将高丽王王愖封为元朝驸马后，元朝还不放心，公元1276年，派使者达鲁花赤责问高丽王王愖，说他们执政时怎么能冒用大元帝国专用的"宣旨""朕""赦"呢？王愖一听，忙派使者金方庆前去解释，表明高丽并不敢僭越，只是遵循祖宗留下的旧制度而已。于是，元朝让高丽将省、部、爵位、国王庙号等僭越上国的官号全部更正。

为进一步控制高丽，方便东征日本，公元1281年，元朝将高丽全境设为"征东中书省"。《高丽史》载，公元1283年，"帝册王为征东中书省左丞相，依前驸马高丽国王。命与阿塔海共事"，王愖，这个后又改名为王賰、王昛，成为宝塔实怜公主公公的高丽王，与元朝官员一并位列征东中书省左、右丞相，身为一国之君的同时，还身兼元朝朝廷的地方命官，按规定娶蒙古公主为后，将高丽贵族女子嫁给元朝宗室及朝臣为妻妾，把平民寡妇、孤儿、逆贼之妻、僧人之女、罪犯的妻女嫁给南宋军士。

由此，纵观元朝和高丽的和亲历史，无论是第一位和亲高丽的忽都鲁揭里迷失，还是第二位和亲高丽的宝塔实怜，还是后来相继远嫁高丽的其他大元公主，名为和亲，实为下嫁，都只是元朝用来控制高丽，干涉高丽王室血统的一种政治手段罢了。有着强大的元朝做后盾，下嫁到高丽的大元公主，就少了女儿的温柔，多了一份仗势跋扈的戾气，肆意地凌辱丈夫，迫害后宫嫔妃。这些和亲高丽的大元公主一到高丽，凭着她们在高丽王室的特殊地位，无论高丽王是否有正室，她们都一律自动正位中宫。她们的儿孙，也是继承高丽王位的首选。面对元朝的悍妇，大多数高丽王均敢怒而不敢言。在这样一种和亲历史背景下，也就有了宝塔实怜公主和亲高丽王王謜后，发生的一系列令人瞠目也令人唏嘘的故事。

迎娶宝塔实怜公主的是王謜。《高丽史》载，"忠宣王讳璋，字仲昂，古讳謜，蒙古讳益知礼普化，忠烈王长子，母曰齐国大长公主"。王謜是第一位和亲高丽的大元公主忽都鲁揭里迷失和高丽王王愖的长子，即元世祖忽必烈的亲外孙。公元1275年九月，王謜在高丽出生。公元1277年三月，王謜被册立为世子。七月，他的父亲王愖派人到元朝上书中书省，请元朝给世子赐名。公元1278年，王愖与忽都鲁揭里迷失公主带着儿子一起到元朝朝见元帝忽必烈，"公主又抱世子见于太子妃，妃名之曰益智礼普化"，太子妃给世子赐了个蒙古名字叫益智礼普化；公元1291年，世子王謜独自到元朝谒见元帝忽必烈，向元朝求助，请求元朝派兵讨伐哈丹，元帝命那蛮歹王率一万兵马讨哈丹。九月，王謜被元世祖忽必烈册封为高丽王世子，授特进、上柱国，并颁赐金印。册封制文说，"嗣有尔嫡，亲是我外甥，载嘉入告之勤，式立于藩之副。克供尔职，思报国恩"，并赏赐了水精杯、犀角莲叶杯、玉杯、珍味等珍玩珠宝和美味。到了年底，高丽派人到元朝请世子回国。

公元1292年四月，将军金延寿从元朝回到高丽，告诉王愖与忽都鲁揭里迷失公主，世子王謜已于四月四日上路回国。不久，王謜回国，设浆市，上寿，侍宴，并在宴会上起舞助兴，王愖与忽都鲁揭里迷失公主尽兴才罢。接着，王謜娶高丽重臣赵仁规的女儿为妃。没过几天，王謜又赴元朝，长期宿卫元大都，与外公外婆家的人生活在一起，直到公元1295年八月，元帝赐封王謜为仪同三司、上柱国、高丽国王世子、领都佥议使司，并赐两台银印后，才回高丽。回到高丽后，王謜先后被任命为判都佥议密直监察司事、署事于都佥议司、判中军事，身居要职，处理政务。然后，在高丽只待了八个月的王謜，于十二月，重返元朝。

当王謜在短期回国后再次赴元时，时任大元帝国的皇帝元成宗将晋王甘麻剌的女儿孛儿只斤·宝塔实怜公主嫁给了他。王愖先是于公元1296年正月派遣副知密直事柳庇到元朝为世子王謜请婚，然后于三月，派遣大将军刘福和给世子送去置办婚礼的钱，接着八月，高丽大臣金延寿从元朝回到高丽，报告王謜的婚期，并传达元帝催促王愖速速入朝觐见的旨意。最后，九月，王愖与忽都鲁揭里迷失公主带着由庞大的人马组成的迎亲队伍浩浩荡荡地奔赴元朝。

身上流淌着一半蒙古血液的王謜，在元大都按照蒙古礼仪举行盛大的婚礼，迎娶了他的蒙古新娘。据《高丽史》记载，公元1296年十一月，"壬申，王与公主诣阙，世子以白马纳币于帝，尚晋王之女。是日，宴皆用本国油蜜果，诸王、公主及诸大臣皆侍宴。至晚酒酣，令本国乐官奏《感皇恩》之调。既罢，王与公主诣隆福宫，太后设毡帐置酒，入夜乃罢。癸巳，又以白马八十一匹献于太后，太后以羊七百头、酒五百瓮宴王。帝与太后临轩，诸王、公主、百官侍宴。甲午，以白马八十一匹献晋王，仍以酒三百瓮、羊四百头宴"，王謜按照蒙古献白马和以九或九的倍数为吉祥数的仪式，连续三天分别向元帝、太后、晋王各敬献了八十一匹雪白的骏马，祈祷婚姻的幸福。盛大的婚礼上，那用数百只肥嫩的羊、数百坛甘冽的酒准备而成的蒙古式大宴，该是催生了多少美好的祝福！而身在大都，免了远嫁的辛苦与悲凄的新娘宝塔实怜公主，彼时的心底，定是荡漾着幸福的涟漪，憧憬着爱情的甜蜜，那从马头琴里飞出的旋律，也定是一个个欢乐的音符了。

可是，白色的骏马，盛大的婚宴，欢快的马头琴，并未给承受着蒙古和高丽两国满满的祝福的宝塔实怜带来应有的幸福。婚礼结束后，公元1297年五月，王惛与忽都鲁揭里迷失公主回到高丽，世子王謜及其新婚妻子留在了元朝。看到寿宁宫盛开的芍药花，想到千里万里之外的亲人与故土，忽都鲁揭里迷失公主不禁悲从中来，竟至思念成疾，不久就染病去世。六月，王謜回到高丽奔丧。十月，在处理了母亲的后事后，王謜又回到元大都。

公元1298年正月，一代王妃宝塔实怜公主，随夫回国，前往远离元大都的高丽国。《高丽史》载："世子至自元。庚子，世子妃宝塔实怜公主来，王幸金郊，百官郊迎，仪仗伎乐如迎王礼。帝使阿木罕太子、瓮吉剌歹丞相护行以来。"王謜先公主一步回国，宝塔实怜随后抵达高丽。欢迎新王妃的仪式非常隆重，高丽百官都到郊外迎候元朝公主，盛大的仪仗队鼓乐齐奏，以欢迎高丽王的礼仪欢迎宝塔实怜。就连她的公公逸寿王王惛，也亲自赶到金郊以"王礼"迎候这位来自元大都的儿媳妇。元朝十分重视这桩婚事，派的是元朝太子阿木罕和丞相瓮吉剌歹这两位重量级的人物，护送宝塔实怜公主前往高丽。

年仅三十九岁就突然去世的忽都鲁揭里迷失，让王謜的父亲——身为高丽国王和忽都鲁揭里迷失丈夫的王惛很是惶恐。公元

1298 年正月，等王謜回国后，为了给元朝一个交代，高丽忠烈王王
愖主动以"丧配偶""春秋方髦""疾恙交功"等原因，上书元成
宗，要将高丽王位传给儿子王謜，王謜上书推辞，没被允许。于是，
有着一半蒙古血统的王謜在元朝的支持下，成为新一代高丽王，即
高丽忠宣王。同时，和他的父亲王愖一样，既是一国国君，又是大
元帝国的一个地方官员，他的父亲王愖则被加封为推忠宣力定远保
节功臣、开府仪同三司、太尉、驸马、上柱国、逸寿王。

　　一到高丽，宝塔实怜立即被册立为高丽正宫王后。可是，这一
切的荣耀与尊贵，都不是这个蒙古女子心中所想。这一去，宝塔实
怜就开始走上了一条为情而战的不归路。

二

　　宝塔实怜不是王謜唯一的王妃。

　　一离开元大都，远离了元朝的束缚，在宝塔实怜公主之前就已
迎娶了好几位出身高贵的妃子的王謜，再也不用看元朝脸色行事的
王謜，在感情这件看不见摸不着的事情上，放纵了自己，毫无顾忌
地将万千宠爱都放在了高丽平壤君赵仁规的女儿赵妃身上，与宝塔
实怜公主这位正宫王妃之间没了半点夫妻情分，把她晾在了一边儿。

　　身处异域、独守空房的宝塔实怜公主，开始独自品尝这桩政治
婚姻的悲哀。此时，红烛未灭，锦被尚暖，曼妙的青纱帐中，那肩
负着政治使命远嫁高丽，手握管理后宫，可以插手政治、监督国王
的重权的宝塔实怜，不再是位高权重的大元公主，只是一个温柔妩
媚，等待丈夫柔情呵护的寻常女子。这自心底流淌出来的柔情，与

政治无关，与权力无关。可是，可怜的宝塔实怜公主，不是王謜的有缘人，得不到他的一丝丝情意。

王謜的满腔柔情，都给了赵妃。

王謜在与赵妃的温情缱绻中，忘了一切。他忘了蒙古骑兵铁蹄的坚硬与冷血，忘了这个马背上的民族融在血液里的剽悍和霸气，忘了高丽只是大元的一个藩属国，忘了他只是大元的一个外孙而已，更忘了他是一国之君，儿女情长之事，于他，似乎只是奢谈。在他的心里，放置的应该是江山，而不是美人。这一忘，就让他从此陷入了有志不能酬、在国君王位上几番沉浮的困境，更让他的婚姻成为中国和亲史上最为不堪的一段。

本就飞扬跋扈、蔑视高丽的大元公主，岂愿遭此冷落，独守空房。第一位嫁到高丽的忽都鲁揭里迷失公主不愿意，宝塔实怜公主更不愿意。即使不是大元公主，作为一个女人，一个正值青春年华的妙龄女子，也会为捍卫自己的爱情与婚姻，奋起而战。

五月，本是百花争艳的季节，而高丽公元 1298 年的五月，却风寒马啸。《高丽史》载，"公主妒赵妃，公主之乳媪与无赖之徒潜谋，以公主失爱，遣阔阔不花、阔阔歹与大将军金精、吴挺圭等如元告太后"。战争打响，宝塔实怜最先想到的，就是自己身后强大的后盾大元帝国，她在乳母的帮助下，准备让随从阔阔不花等人将用畏吾儿字写有"赵妃诅咒公主，使王不爱"字样的书信送到元大都，向太后告状。为什么要用畏吾儿字写信呢？"畏吾儿，古回鹘也。元古无字，八思巴始制蒙古字，然往来多用畏吾儿字"，原来，古蒙古没有自己的文字，后来虽然有了自己的文字，但往来书信还是多用畏吾儿字。

　　且不管宝塔实怜公主诬告赵妃的做法正确与否，她准备告状一事却行事不密，被人偷偷告诉了王諴。可惜王諴还未认识到事情的严重性，没有及时去安慰宝塔实怜，竟派人去找阔阔不花二人询问书信的事。直到王諴派去询问阔阔不花的人被打，王諴才从与赵妃的温情中惊醒过来，意识到大事不好，感到害怕，忙向他的父亲王愖求助。

　　宁被忽都鲁揭里迷失公主当众打骂受辱也不愿激怒得罪大元的王愖，一听事情原委，立即意识到了事情的严重性，亲自赶到公主宫中，一边好言劝慰，想平息儿媳宝塔实怜的怒气；一边将金银财物赏赐给宝塔实怜的随从，甚至还把漂亮美女送给阔阔不花做老婆，盼其从中周旋美言，平息宝塔实怜的怒气。可这一切，都太晚了。《高丽史》载："公主犹遣阔阔不花、阔阔歹与大将军金精、吴挺圭等如元告之。"那份用畏吾儿字写的材料，最终还是被送到了元太后手中。

　　曾集千般宠爱于一身的赵妃，就此福尽爱绝，并被落井下石。

　　去大元送告状信的阔阔不花没走几天，高丽王宫门口就贴了一张字条，说赵仁规的妻子会使神巫诅咒，让王諴不爱公主而只爱她的女儿。正找不着碴儿的宝塔实怜公主，这下子可得了理儿。她既不管赵仁规是不是高丽重臣，也不管高丽国国人是什么看法，立即揪住这张字条不放，对赵妃一家老小下了狠手。她二话不说，先将赵仁规及其妻子儿女和女婿统统抓了起来，然后准备再派人去大元报告此事。

　　真是一波未平，一波又起啊。已知道宝塔实怜公主厉害的王諴，一反原来毫不理睬宝塔实怜公主的态度，为了自己的小命和高丽的前途，急忙派重臣先后前往公主府，苦苦恳求宝塔实怜打消再到大元告状的念头。大概是先前被王諶冷落得太狠，或者是要借机大耍威风，任王諶万般请求，宝塔实怜公主也不肯答应，仍是再次一状告到了元太后那里。

惹怒大元公主的后果很惨。《高丽史》载："阔阔不花等与太后使者还自元，以帝命囚崔冲绍及将军柳温于巡马所，又囚赵妃。元又遣使来鞫仁规，凡乘传者百余，遂以仁规如元。又鞫仁规妻，极残酷，妻不胜苦，诬服。"赵妃一家先后都被囚禁起来，并被押到了元大都，赵妃则由皇太后亲自审讯。赵妃的母亲在酷刑逼供下，屈打成招。同时，皇太后还派遣蕃僧和道士到高丽，大施法术，以便解除宝塔实怜公主身上的诅咒，"又遣洪君祥享王，欲使王与公主合欢"，并专门派人到高丽调解王諶和宝塔实怜公主的关系，希望他们能和好如初。

可是，令宝塔实怜和王諶都没有想到的是，夫妻之间因妒生恨发生的矛盾冲突，竟成了王諶和王愖各自的支持者相互攻讦的契机。

正当夫妻两个闹得不可开交、赵妃一家的性命危在旦夕之时，高丽有人说王諶自从娶了元朝公主以后未尽夫妻之道，对不起宝塔实怜，才导致公主的妒忌。公元1298年，元朝中书省大臣也提出了王諶有罪应当废除的建议，并被正在盛怒中的元朝君臣立即采纳。八月，元成宗派人到高丽召王諶与宝塔实怜公主入朝。在王愖招待元朝使者的宴会上，元朝使者突然向王愖宣布了让王諶退位、王愖复位的密诏，诏书说：

谕前高丽国王王昛，曩以卿表请授位于世子諶，是用诏諶往嗣王爵，国事仍命听卿训导。今闻莅政以来，颇涉专擅，处决失宜，众心疑惧。盖以年未及状，少所经练，故未能副朕亲任之意，今遣使诏卿依前统理国政，且诏謜入侍阙庭，使之明习于事。

于是，仅仅做了七个月高丽王的王謜被废，王謜和宝塔实怜公主一起回到了元朝，这一去，就是十年。

废掉王謜的建议能够立即被采纳并迅速实施，除了与宝塔实怜公主连告两状、王謜与宝塔实怜夫妻失和这两个原因外，其实还另有其因。

公元 1298 年五月，王謜对百官说：

先王设官分职，盖欲得人，而共图庶务。孤于幼岁入侍天庭，躬承先帝之训，目睹大都之制既详矣。及叨重寄，凡诸时弊，一皆蠲罢，惟宰执之数，倍于古制。公家议论，多少异同，事事稽滞，宜当减省。又顷者因避上朝之制，百官名号，早曾改之。然或有同而不改者，有不同而改之者。所更之号，亦不师古，容有未称。孤当即位之初，遽革成规，惧乖物议，然随时沿革，古亦有之。载按历代官职不涉上朝官号者而易置之，或罢不急之司合于一局，庶官省而事易理也。

原来，一登王位，王謜便对高丽进行大刀阔斧的改革，整肃朝政，立资政院。一系列的措施，目的只有一个：摆脱大元控制，强国自立。王謜的这些做法，自是正想方设法让高丽成为大元永远的藩属的元朝所不允许的。因此，尽管王謜是身上有着一半蒙古血统，并在大元生活了多年的元朝亲外孙，可当这个亲外孙触犯了大元的利益，危及大元的政权时，大元还是毫不留情地将这个亲外孙从高丽的王位上给咔嚓了，并于公元 1298 年六月，派右丞相阿里灰、洪重喜，中书左丞相杨炎龙到高丽废了王源制定的新官制。七月，重新制定高丽官制，任命官员。

由此，原本春风得意、意气风发的王源，顷刻间失了美人，丢了江山。

回到元朝后的宝塔实怜公主和王源之间，掺杂了太多的家国人事，也不用再谈任何情分了。《高丽史》载，"时宝塔失怜公主失爱于前王，徙居祗候司"，两人分室而居，形同陌路。

三

宝塔实怜公主是个可怜的女子。

宝塔实怜公主费尽心机寻求娘家的支援，想得到一份属于自己的爱情，却落得个王源被废，夫妻失和的下场。那种打击给宝塔实怜公主带来的痛苦，人们不得而知，但从她随后的言行来看，大概就是人们所说的，最大的悲哀莫过于心死了。因为心死，所以虽然宝塔实怜公主贵为大元公主、高丽王妃，可在她的心里，已没有身为大元帝国公主和高丽王妃应有的政治意识和家国情怀，她一心追求的，只是对她来说可望而不可求的爱情，而当爱情也成为奢望时，便堕落为追求情欲，为所欲为了。

于是，可怜的宝塔实怜公主，从此坠入地狱。

《高丽史》记载，自夫妻失和后，"公主素不谨，每与内僚诸人乱”，这样一来，王謜对宝塔实怜公主就更加瞧不起，夫妻感情也更加冷漠了。宝塔实怜公主的视线与感情便渐渐转移到他人身上。让宝塔实怜公主深陷地狱不能自拔的那个人叫王琠。瑞兴侯王琠是高丽神宗靖孝王的后代，王愖执政时，王琠以秃鲁花的身份在元朝居住。“琠貌美，忠烈使之袨服，数往来，以观公主”，王愖让相貌英俊的瑞兴侯王琠身着礼服与公主常常来往，探望公主，时间一久，公主因“王益不屑，故遂属意于琠”，与王琠走到了一起。

一陷入情感旋涡，宝塔实怜公主就没了半点政治头脑，再一次被阴险的政治家们当成了棋子利用。从公元1301年到公元1306年，五年之间，宝塔实怜的公公——王愖的支持者竟三次劝说王愖向大元“表请改嫁公主”，想将宝塔实怜公主改嫁给没有半点蒙古血统的高丽贵族后代瑞兴侯王琠，断了有着一半蒙古血统的王謜再继高丽王位的后路。堂堂的大元公主、高丽王妃公然与高丽显贵王琠产生孽情，本就是一件伤风败俗、被人耻笑、理应受罚的事情，现在不仅没有挨骂受罚，反而还被堂而皇之地提出“改嫁”，并且还是向宝塔实怜的公公提出，让她的公公亲自上表“改嫁”，实在是荒唐之极。

可这荒唐事，也已无关伦理道德和礼义廉耻了，在提议者眼里，只有权力和王位。宝塔实怜公主的生死荣辱、喜怒哀乐，无人在意，此时的她，仅仅只是可以利用的一枚政治棋子而已。

可悲而又可笑的是，这个荒唐之极的提议，竟得到了王謜的亲生父亲、生怕再次丢掉王位的王愖的认可。《高丽史》载，公元1301年，“忠烈遣都佥议司使闵萱表请改嫁公主，萱不敢进而还”，王愖派高丽大臣闵萱前往元朝，请求公主改嫁。王愖糊涂，使者闵萱却不糊涂，他到了元大都之后，根本就没有递上"表请"的文书就回高丽了。两年后，公元1303年九月，"王如元请沮前王还国，又欲以公主改嫁瑞兴侯琠"，在元朝准备让王謜复位的传闻下，焦急的王愖接受了大臣的建议，准备亲自到元朝阻止王謜回国，并说服大元同意将宝塔实怜公主改嫁给瑞兴侯王琠。他刚走到平壤，大元便传旨不许王愖入朝。

民风剽悍、有着收继婚风俗习惯的蒙古国，想来是看破了王愖入朝的本意，而他们也大概是不以宝塔实怜公主和王琠之间的孽情为意的，他们在意的是谁是高丽王君。换掉有着蒙古血统的王謜而让没有蒙古血统的王琠成为下一代高丽王，这是大元断断不会答应的。因此，王愖只能半途而返了。

随后，元成宗派刑部尚书塔察儿、翰林直学士王约来到高丽。《高丽史》载，王约对王愖说："天地间至亲者父子，至重者君臣，彼小人知自利，肯为王国家地耶？"面对王约的质问，王愖满面羞惭，或许还有恐惧，他流下了泪水，借口自己年老，听信奸人所言，才有如此糊涂之举，愿意亲自入元奉表，请王謜回国即位高丽王，那些小人奸党，都听从元朝使者处置。于是，作奸犯科的一干人等，都被囚到行省。

再过了三年，即公元1306年，赴元朝拜的王愖在儿子王謜府中不慎将牙齿摔折，借此机会，王愖的死党王惟绍等人赶紧又给他支着，一面劝他搬到宝塔实怜公主府中居住，一面对大元左丞相阿忽台、平章八马辛进言，说王謜对父亲不孝，又长期与宝塔实怜公失和，王愖早就想撤掉王謜的王位继承人资格，另以瑞兴侯王琠为王位继承人，劝大元不如就遂了王謜想削发为僧的意愿，让他出家，而让王珹娶了公主算了。

据《高丽史》载，这一番说辞，确实说动了左丞相阿忽台、八马辛，但当他们乐滋滋地找到右丞相说这事时，却遭到了右丞相答剌罕一顿斥责："益智礼普化王，世祖之甥，宝塔公主，亦宗室女也，废嫡改嫁，于理安乎!"右丞相明智，他一针见血地指出，废掉嫡亲外孙而立宗室后人为王，那是不合理的。因此，改嫁一事又未得逞。不仅改嫁一事未成，王惟绍等人还因犯离间高丽王父子关系、逆理乱常等重罪，被抓了起来。改嫁一事，也至此终于落幕。

听闻王惟绍等人被抓，宝塔实怜公主竟"怒甚，召文衍杖之。又使人守门，禁出入王所告状者，诸从臣皆离散"，由《高丽史》记载可知，改嫁王珹，并不只是王愖的支持者空穴来风、异想天开的一时冲动，公主自己也有心思在其中吧。只可惜这个笨笨的公主，一心只在情感中纠结的女子，看不透政治的迷雾，她属意的这一位如意郎君，因为没有蒙古血统，注定了永远做不了她的新郎。

数计不成，王愖的从臣见让公主改嫁无望，王愖的王位眼看难保，便死了心，对王愖说，愿意陪同他东出齐化门返回高丽国。可是，王愖与儿子王謜的关系已势同水火，他成天担心儿子王謜会在归国途中谋害自己，不想回国。他的从臣却不由分说，一起上奏元帝，请求奉王回国。元朝立即准许了王愖从臣的上奏，并马上设宴为王愖饯行，数次增加驿马，催促王愖早日回国。

压根儿就不想回国的王愖无计可施后，干脆喝了痢疾药，在床上从夏天躺到秋天。大概在他心里唯一的救命稻草就是宝塔实怜吧，在元朝无数次的敦促之下，王愖不得不回国时，他竟提出与宝塔实怜公主一起回高丽国的要求，期望借公主做自己的护身符，并与儿子一争雌雄。这个愿望，据《高丽史》载，随着皇后的一顿训斥"翁与妇偕行，可乎？如不得已，我且还都，备仪以送，亦未晚也"，当然也注定落空了。

公元 1307 年正月，元成宗去世。三月，前王王謜奉元朝太子之令，逮捕了王愖的一干死党，重掌高丽国政权，王愖的死党及宝塔实怜心心念念的情郎王璹都服罪被杀。五月，在元朝再也无立足之地的王愖，回到高丽国。公元 1308 年七月，王愖去世。

八月，王謜从元朝回国奔丧，并在高丽寿宁宫举行高丽王即位仪式。高丽国的政权，正式回到王謜手中。

四

可怜的宝塔实怜公主，还是有些幸运的。

宝塔实怜公主身为大元公主、高丽王妃，虽然公然行为不检，伤风败俗，却依然安然无恙，锦衣玉食，威风赫赫。这一切，自是她虽然和亲高丽，却长时间居住在娘家，一直受到娘家保护的缘故。有数据为证。公元 1296 年十一月，宝塔实怜公主嫁给高丽世子王謜。公元 1315 年，宝塔实怜公主在元朝因病去世。自公元 1296 年嫁给王謜到公元 1315 年在元大都因病去世，二十年内，宝塔实怜公主长期居住在元朝，只到高丽去过三次，每次所待时间只有数月，最长的一次也才一年多。合计起来，公主在高丽停留的时间还不足三年。

宝塔实怜第一次回高丽，是在结婚两年后跟着王謜回国就位高丽王，即公元 1298 年。《高丽史》载，"二十四年，公主自元来"，虽然欢迎仪式隆重热闹，但他们只在高丽待了八个月，便因王䫬的王位被废双双回元，"是年，忠烈复位，王与公主如元"，自此，王䫬与宝塔实怜在元朝待了十年。

第二次回高丽，是因为元成宗去世后，在皇位之争中助元武宗夺位有功的王䫬成为新皇帝的座上宾。王䫬在元朝的十年里，武宗和仁宗还未上位，他们两个与王䫬同吃同睡，昼夜不离，关系匪浅。当元成宗去世后，王䫬与爱育黎拔力八达太子等人一起制定计策，迎立怀宁王海山为大元皇帝，即元武宗。为回报王䫬，元武宗也出手相助王䫬，尽杀王䫬的反对派，罢免王惎在元朝任职的心腹，软禁王惎，让高丽国政尽归王䫬。

被废除王位不得不独自回到高丽的王惎，第二年便郁郁而逝。父子情无，但礼仪未失。王䫬带着宝塔实怜公主回国奔丧，接着在寿宁宫再登王位，并改名为王璋。可是，已在元朝生活多年的王䫬，对这个历经周折才争到手的王位似乎失去了兴趣，只在高丽待了三个月，就带着宝塔实怜公主又回到了元大都，去专心研究他颇感兴趣的元文化了。

公元 1310 年，元朝将宝塔实怜公主封为韩国长公主。同月，元朝还追谥了王䫬三代人，即追谥王䫬的曾祖王瞰为忠宪，追谥王䫬的祖父王禃为忠敬，追谥王䫬的父亲王惎为忠烈。

其实，重新复位的王䫬，并没有放弃高丽，他的人虽远在元大都，但他对国内政治的影响力不仅未减，反而大增。表面上，王䫬在大都与儒士、高僧过从甚密，享受着优雅的风花雪月，其实，暗地里，王䫬积极参与元朝宫廷的政治斗争，与元廷政治派系中保护朝鲜的温和派密切来往，交流着影响皇帝的方式方法，并想方设法

打击那些想把高丽彻底变成元朝内地行省的鹰派人物，改变高丽深受元朝压迫的地位。他还常常通过各类名目的使节传达政令，遥控着高丽朝廷，这是元朝不曾想到的。

王謜在元朝做了五年的遥控高丽王以后，元朝上下开始敦促这个甩手国君回国了。

公元 1311 年三月，元朝新任皇帝元仁宗继位。《高丽史》载，第二年正月，"帝与太后诏王归国"，元仁宗和太后催促王謜回国，但王謜不想回国，派人对用事大臣说，"今方农月，请待秋成"，元朝答应了他的请求。如父亲王愖一样眷恋元朝生活，不愿回国的王謜，想方设法拖延回国时间。公元 1313 年三月，元朝又催王謜回国，再也找不到借口的王謜，干脆把侄子封为世子，然后将次子王焘召到元大都，上书元仁宗，请求将王位传给王焘。见王謜确实无意再当高丽王，元仁宗只好同意他的请求，将王焘封为新一代高丽王，即忠肃王。

王謜不想当高丽王，想永居元大都的如意算盘，被新上任的高丽王王焘给打破了。王焘强烈要求王謜夫妇跟他一起回国。公元 1313 年，"与王还国，王使顺妃、淑妃迎于金岩驿，觌用币，宰枢亦如之，僧徒亦迎拜献币"，于是，宝塔实怜公主跟着王謜父子，第三次回到了高丽。这次回国，欢迎仪式也是非常隆重，高丽王室所有的妃嫔、大臣、僧徒都到驿站迎接、献币，其"车服断送之盛，前世所未有"。

爱上了元朝的山水人情，已把元朝作为第二故乡，拥有蒙古名字的王謜，只在高丽勉强住了几个月，就收拾行李，启程赴元。由此，蒙古文化的威力可见一斑。这一次，宝塔实怜公主没有随同王諆一起回到元大都，她一个人留在了高丽。

在高丽住了一年多的宝塔实怜公主，到底不习惯三面环海的朝鲜半岛的气候，只好动身回元。《高丽史》载，公元 1315 年，"公主如元，帝遣院使阔阔歹迎之。忠宣时在元，请迎于道，帝许之，乃至蓟州之南迎之"。元仁宗立即派人前去迎接，稀奇的是，与宝塔实怜公主早就恩断情绝的王諆，竟也请示元帝，前去迎接公主。于是，夫妻间少有的恩爱之举出现了，王諆跑了老远去迎接宝塔实怜公主。

可惜，不管王諆这一番举动是出自真心，还是别有目的，公主都来不及去猜测了。《高丽史》载，"公主在元，寻不豫"，"未几，薨"。回到元大都不久，宝塔实怜公主就因身患重病而去世。和亲高丽，却长期住在娘家，并在自己的家乡，在亲人的怀抱中与世长辞，这于尽给元朝添乱的宝塔实怜公主来说，算是最幸运的一件事了。

宝塔实怜公主魂断元朝，归葬高丽。这位生前因行为不检而屡屡被人们当作靶子来搅乱元朝和高丽政局的公主，依然得到了元朝和高丽两国的最高礼遇。当她的灵柩从元朝运回高丽时，元仁宗命令中书省御史台百官在路边祭奠公主。第二年，当宝塔实怜公主的灵柩运抵高丽时，高丽的文武百官头戴黑帽身着素服在郊外迎接，然后以隆重的礼节将她葬于永安宫。几年后，宝塔实怜被元朝追封为蓟国大长公主。

可是，再高的尊荣，在宝塔实怜公主的眼里，又抵得那直叫人生死相许的真爱几分！一朵娇艳的花儿，就此凋零。

琴瑟和弦奏华章

捧读中国历史，就是捧读一部由无数中华儿女用热血和生命写就的厚重史书。

数千年来，在中华民族的铿锵前行中，有燕赵悲歌的慷慨，也有筚路蓝缕的艰辛。在政治权衡和军事角逐的背景下，和亲，成为中国古代历史发展中无可回避的一种重要政治手段。人们不能忘记，最终发展成欣欣向荣、蒸蒸日上、团结和谐的中华民族大家庭的中国史书卷帙中，浸润着一个个如花女儿的泪水。唐朝诗人李颀在《古从军行》中长叹："行人刁斗风沙暗，公主琵琶幽怨多。"那些怀抱琵琶、绝尘远去的和亲女子，以柔弱之躯，肩负着国家和民族的重托，告别故土亲人，孤独地走向遥远陌生的异域。当国家强盛时，她们成为光照史册的灿烂星辰；而一旦国家贫弱，她们则要承担最惨痛的牺牲。因此，公主和亲多，少闻笑语声。

和亲高丽的蒙古公主宝塔失里是个特例。唯有她，与她的夫君高丽王王祺伉俪情深、举案齐眉。生前，集千般宠爱于一身；死后，也让王祺念念不忘，思念成疾。唐明皇和杨贵妃曾经演绎了一段惊天地泣鬼神的爱情故事，他们怎么也不会想到，五百年后，在遥远的朝鲜半岛上，也会留下"在天愿作比翼鸟，在地愿为连理枝。天

长地久有时尽，此恨绵绵无绝期"的遗恨，并成为中国古代和亲史
上不多的一段夫妻恩爱的佳话，感动千载。

一

宝塔失里是蒙古公主。在与位于朝鲜半岛上的高丽国和亲的蒙
古公主中，她是最后一位，也是元朝唯——位与高丽王相亲相爱的
和亲公主。

公元1274年，为了改善与高丽的关系，笼络、控制高丽，稳定
外蕃，然后将朝鲜半岛纳入自己的势力范围，并将高丽变成元朝东
征日本的前哨和基地，入主中原的元世祖忽必烈将自己的亲生女儿
忽都鲁揭里迷失公主下嫁给高丽世子王愖。从此，揭开了大元帝国
与高丽国之间的和亲序幕，开启了中原王朝公主嫁入朝鲜半岛的
先河。

自忽都鲁揭里迷失开始，元朝先后有七位公主嫁入高丽王室，
分别成为忠烈王王愖、忠宣王王璋、忠肃王王焘、忠惠王王祯、恭
愍王王祺等五位高丽王的王妃。在忽都鲁揭里迷失之后，公元1296
年，元朝晋王甘麻剌的女儿宝塔实怜嫁给高丽忠宣王王璋，宝塔实
怜生前被元朝封为韩国长公主，死后被追封为蓟国大长公主；公元
1316年，元朝营王也先铁木儿的女儿亦怜真八剌嫁给高丽忠肃王王
焘，死后，她被元朝先后追封为靖和公主、濮国长公主；公元1324
年，元顺宗的儿子魏阿木哥的女儿金童，嫁给高丽忠肃王王焘，死
时年仅十八岁，元朝追封她为曹国长公主；蒙古姑娘伯颜忽都，是
元朝宗王伯颜忽都的女儿，嫁给忠肃王王焘，死后，元朝追封她为

肃恭徽宁公主；元朝镇西武靖王焦八的女儿亦怜真班，嫁给高丽忠惠王王祯，先后被元朝封为德宁公主、贞顺淑仪公主。第七位下嫁高丽的，就是本文的主人公宝塔失里。她下嫁的夫君，是高丽恭愍王王祺。

藩属于元朝的高丽国，名为一国，实为元朝的一个行省。公元1281年，元朝将高丽设为征东行中书省，并赐给高丽王王愖征东行中书省大印，共同征伐日本。东征失败后，公元1282年，元朝撤了征东行中书省。但是，仅过了一年，公元1283年，元朝又将高丽设为征东中书省，并任命高丽忠烈王王愖为征东中书省左丞相，与元朝大将阿塔海共事。因此，高丽六代七位高丽王，除了因未成年就夭折的忠穆王王昕、忠定王王眠两位高丽王外，其他五位都是娶元朝公主为妻。一旦成婚，元朝公主就自动成为正宫王妃，所生孩子也自动获得嫡子地位，优先立为世子，并在继承王位前送到元大都作为质子，由元朝培养，随时准备继承高丽王位。

公元1277年，忽都鲁揭里迷失公主的长子王謜被册封为高丽世子。公元1297年，王謜被立为高丽王，即忠宣王。还有，据史书《高丽史》记载，"忠烈王三子：齐国大长公主生忠宣王，贞信府主生江阳公滋，侍婢盘珠生小君湑"。忠烈王王愖有三个儿子，按高丽旧例，应该将长子封为世子，继承王位。但是，忠烈王的长子江阳公滋因为不是元朝公主忽都鲁揭里迷失所生，虽然居长，也没能被立为世子，并且为了避开世子，还被送到了忠清道牙州东深寺；即使不是公主的蒙古姑娘也速真嫁给忠宣王王謜（后改名为王璋）后，生的儿子王鑑也被封为高丽世子。也速真与王謜的第二个儿子王焘，"年五岁，封江陵军承宣使，长封江陵大君，从忠宣王入元"，年仅五岁，就受大元封赐，并随父入元，在哥哥王鑑死后，继任世子，并随后继位高丽王。

嫁入高丽的和亲公主，当元朝强大时，凭着这个坚实的后盾，她们在高丽手握重权、欺辱夫君、贪财掠物甚至伤风败俗，让高丽受尽屈辱。而当元朝式微时，身为大元驸马，身上还有着一半的蒙古血统的高丽王也如越王勾践卧薪尝胆、忍辱日久后，纷纷爆发，对蒙古公主们就不再那么忍让与友善了。

在宝塔失里公主之前嫁入高丽的六位蒙古公主，有三位公主红颜薄命，婚后不久就去世，她们的夫君都是高丽忠肃王王焘。其中，第一个嫁给王焘的亦怜真八剌公主，只过了三年，就死了。据《高丽史》记载，元朝曾派人到高丽调查公主的死因，从抓获的馈人韩万福口中得知，"去年八月，王昵御德妃於延庆宫，公主妒，被王殴鼻血。又於九月，王如妙莲寺，殴公主，於俒夫介等救之"，元朝便怀疑是王焘打死了公主，将公主的女仆及馈人韩万福等人带回元朝准备问个水落石出，高丽却有恃无恐，派高丽大臣上书中书省，辩称是韩万福诬告高丽，拒不认罪。顾及元朝已处衰败之境，元朝不敢得罪高丽，此事不了了之，只在事后将亦怜真八剌公主追封濮国长公主作罢。那屈死的香魂，竟自如烟散去，引得人们不胜唏嘘。

亦怜真八剌公主的屈死，令大元敢怒而不敢言，憋屈之极，还不得不迅速再选了一个蒙古公主嫁给王焘。第二个嫁给高丽忠肃王王焘的曹国长公主金童，结婚后只有两年就死了，死时年仅十八岁，令人心痛之极。而第三个嫁给高丽忠肃王王焘的庆华公主伯颜忽都的遭遇，则让整个大元蒙受奇耻大辱，民众义愤填膺。据史书记载，王焘去世后，庆华公主为答谢王焘之子忠惠王王祯的宴请之礼，在自己的宫里回请王禛，没想到，王禛借口酒醉，强辱了身为王禛父亲皇妃的庆华公主。事后，忠惠王王禛还百般阻挠，不准受辱的庆华公主回归元朝。这一次，这口恶气元朝没有忍下去，及时派人到高丽安抚公主，并将王禛捉回元朝问罪。

由此可见，和亲公主的命运，自是与身后的国家的势力强弱有关，但自身的素养和品质，也是决定其命运好坏的关键因素之一。第一位嫁入高丽的蒙古公主忽都鲁揭里迷失的专横跋扈和第二位嫁入高丽的蒙古公主宝塔实怜的伤风败俗，让两代高丽王和高丽臣民受尽屈辱，因此，当元朝稍显势弱之相，高丽王便对蒙古公主恶言相向、肆意侮辱，甚至有要了她们性命的事情发生。

二

爱也罢，恨也罢，历史的车轮径自滚滚向前，定格到公元1348 年。

这一年十二月，在位四年的高丽忠穆王王昕去世，年仅十二岁。《高丽史》载，此时，"忠穆不豫，公主徙居密直副使安牧第，庶务皆取决"，高丽政权掌握在元朝德宁公主亦怜真班手中，将高丽国王的权柄交给谁，尚无定论。德宁公主准备了两个继位人选：一个是于彼时正在元朝居住的王祺，王祺是前一任高丽王王禛的母弟；另一个是王眡，王眡是王禛的庶子。

公元 1348 年四月，王眡被封为庆昌府院君。同年十二月，高丽政丞王煦等派李齐贤到元朝上表，将王祺和王眡两个人同时上报元朝，请元朝定夺继位人选。公元 1349 年二月，元朝选择了王眡，五

月，决定王眶继位高丽王。七月，王眶回国即位，即忠定王。王祺
依然是江陵大君，住在元朝。在王眶回国就位的同时，为了安慰未
被选上的王祺，元顺帝将鲁国公主嫁给了王祺。

鲁国公主就是宝塔失里。《高丽史》载："恭愍王徽懿鲁国大长
公主宝塔失里，元宗室魏王之女，王在元，亲迎于北庭，元封承懿
公主。"被元朝封为承懿公主嫁给王祺的宝塔失里，是真正的金枝玉
叶。她是元世祖忽必烈的五世孙女，元惠宗妥懽睦尔的再从妹妹。
她的高祖父为裕宗真金，曾祖父为顺宗答剌麻八剌，祖父为魏王阿
不哥，父亲是魏王孛罗铁木儿。

宝塔失里的出嫁，很有点无奈。

此时，由道教始祖丘处机在《陈情表》中赞为"天赐勇智今古
绝伦，道协威灵华夷率服"的成吉思汗创建的大蒙古帝国，在由忽
必烈建立大蒙古元帝国后，只在短短不到百年的时间里，因为朝廷
内乱、政权分裂、争权夺位，再加上自然灾害、国策顽固、人分四
等、徭役沉重等多种因素引发南北方农民动乱起事，尤其在王祺即
位前后，元朝到处爆发农民起义：方国珍起兵于浙东；刘福通、韩
山童等人在白鹿庄宣布起义；罗田布贩徐寿辉在今湖北蕲春西南的
蕲州起兵；公元 1353 年，张士诚也举兵造反，以高邮为都城，国号
大周，自称诚王。

因此，此时的元朝已是危机四伏、摇摇欲坠，不再有"梯航毕
达，海宇会同，元之天下视前代所以为极盛"的大元帝国之势了。
动乱时刻，抓牢高丽助元抗敌，成了元朝唯一的救命稻草。在这种
情况下，才有了前任高丽忠肃王王焘将迎娶的第一位蒙古公主殴打
致死后，元朝又乖乖地相继将两位年轻的蒙古公主嫁给他，婚后不

久，两位公主仍是含恨去世，元朝却不敢追究公主死因的奇耻大辱；才有了高丽忠惠王王祯胆敢侮辱身为其父爱妃的大元庆华公主的咄咄怪事。元朝原本用来笼络和控制高丽的和亲之策，发展到此时已渐渐变了性质，成了元朝巴结和讨好高丽国的屈辱之招。

虽然元朝渐已失势，但元朝和高丽多年形成的制度和规矩还是未变，宝塔失里和王祺在元大都按蒙古仪式成了婚，然后仍然居住在大都。不过，这桩政治婚姻，还是与往日有些不同。江陵大君王祺一改其他高丽王对蒙古公主的不屑和侮辱之态，他对宝塔失里非常敬重。成婚那天，王祺以隆重的礼仪，亲自到北庭迎接自己的新娘。王祺的诚意，让人们对这桩婚事有了不一样的期待。

王祺的真诚，给他带来了好运。王眠即位时，才十二岁，无法独立处理政事，德宁公主便以继母的身份帮助王眠处理政务，王眠无法阻止。因为母后专政，国王形同虚设，再加上王眠性格浮躁，少不更事，《高丽史》载，"尝夜王民近侍相戏谑达曙，或以墨洒侍学官衣，或有近女而行者，便生妒心。虽宰相至见撞击，往往以铁椎击人几死，或於科月取冰雪水和冻饭食人，狂悖类此"。王眠的行事，让国人颇是失望，于是，国人多归心于江陵君王祺。人心向背如此，元朝就不得不采取行动了。两年后，即公元 1351 年，元顺帝废了王眠，将他送到江华岛，然后顺应民心册立王祺为第三十一任高丽君主，即高丽恭愍王。十五年后，按照高丽惯例，王祺上表元朝：

自臣名祺，袭封归国，大而官司案牍，微而里巷书词，凡为字从示从其，而其声相同相近，悉皆请避，谓是故常。臣久乃知事多有碍，故众情之莫夺，惟自改之为便。臣曾祖忠烈王讳諶，改昛；祖忠宣王讳謜，改璋；考其所由，无不在此。臣今亦拟颗字为名，倘垂兼听，曲贷擅更。谨当期一节以厘东，立扬终始；誓专心於拱北，报答生成。

经元朝批准同意，王祺更名为王颛。这都是后话了。

公元 1351 年十二月，虽然北国冰封，天寒地冻，但承懿公主宝塔失里乐呵呵地跟着敬她爱她的夫君王祺，踏上了远赴高丽之途，开始了她的王妃生涯。

三

可是，天下大乱，国将不保，何况于人！

位于朝鲜半岛，地窄国小的高丽国的命运，与元朝的命运休戚相关。夫君的无限怜爱，也不能保于动乱中嫁给王祺的宝塔失里公主一方平安。

肩负着家国重任的宝塔失里，与王祺伉俪情深的宝塔失里，集元朝公主、和亲公主和高丽王妃等多种身份于一身的宝塔失里，没有因为国家的动乱而无所作为，有着和亲史上的和亲公主们少有的担当和勇敢。关键时刻，通过长期和亲建立起来的同盟关系起了重要作用，当元朝大乱，各地农民揭竿而起时，宝塔失里与夫君王祺应元朝之命派兵相助，成为元朝平定动乱的中坚力量。

《高丽史》记载，公元 1352 年，"元以讨捕河南贼魁，遣万宁府提点七十来分布赦，王出迎于行省"。元朝到高丽为追讨河南贼寇，派人到高丽求助，恭愍王亲自迎接使者。公元 1354 年，高丽大臣平康府院君蔡河中从元朝回到高丽，向高丽王传达元朝丞相脱脱的话，命令高丽派兵助元南平动乱，"秋七月癸亥，柳濯、廉悌臣等四十余人率军士两千如元，王幸迎宾馆亲阅送之"，高丽派兵两千到元朝助阵，恭愍王亲自阅兵相送。在高丽的大力相助下，公元 1355 年，元朝诛杀韩山童、韩咬儿，平定了河南之乱。但是，高丽在助阵中，看到元朝已乱，恭愍王也趁机派兵攻打元朝双城等地，"收复和、登、定、长、预、高、文、宜州，及宣德、元兴、宁仁、耀德、静边等镇。咸州以北，自高宗戊千没于元，今皆复之"，将原来被元朝占据的土地都收复回国。

高丽如此作为，不仅让元朝震怒，立即派兵攻打高丽，也让乱贼抓住元朝与高丽反目的机会，频频入侵高丽。公元 1359 年，在颍川起兵的刘福通率领三千红巾军渡过鸭绿江，入侵高丽。十二月，红巾军再次渡过鸭绿江，入侵高丽，攻陷义州，杀掉高丽大将朱永世和一千多百姓。自此，红巾军屡侵高丽，一直到 1362 年被高丽灭掉才止。《高丽史》载，公元 1362 年正月，高丽众将"率兵二十万屯东郊，总兵官郑世云督诸将进围京城。乙丑昧爽，诸将四面进攻，我太祖以麾下亲兵二千人奋击先登，大破之，斩贼魁沙刘、关先生等，贼徒自相蹈籍，僵尸满城，斩首凡一十余万级，获元帝玉玺、金宝、金银铜印、兵仗等物。余党破头潘等一十余万遁走，渡鸭绿江而去，贼遂平"。

三年间，高丽连失义州、静州、麟州、西京、原州等地，铁州、丰州、凤州、安州、黄州、朔州等地被入侵，红巾军势力一度强大至极。公元 1361 年十一月，红巾军号称将兵百万而东进，剑指高丽京城，形势严峻。王祺只好避其锋芒，迁都南下，仓皇逃窜。兵临城下，众人皆乱。宝塔失里却从容不迫，关键时刻显示了一个大国公主和一国王妃的气度和勇敢。《高丽史》载，"十年，避红贼，从王南幸，事出仓促，去辇而马，见者皆泣下"。事起仓促，去辇而马，王妃的大度、女人的辛苦和国难的悲哀，怎能不让人百感交集！值得庆幸的是，已生罅隙的元朝与高丽，在共同抗击红巾军的过程中，又重修于好。

其实，宝塔失里面临的最大的威胁，不是动乱，而是子嗣问题。

或许是天妒红颜，尽管宝塔失里和王祺夫妻恩爱，他们结婚十年也没有生下一男半女。高丽王位，后继无人，急坏了元朝和高丽的大臣。最着急的，当然是宝塔失里公主了。最愧疚的，也是宝塔失里公主。出身皇室，她当然知道没有子嗣意味着什么。也正是心怀愧疚，深受夫君宠爱的宝塔失里一时冲动，做了一件令她后悔终生的事。

公元 1359 年，高丽宰枢以恭愍王即位十年却与宝塔失里公主没有子嗣为由，请求再为恭愍王选妃诞子。据《高丽史》载，宝塔失里贸然答应了高丽宰枢"王即位九年，未有太子，愿选良家女充后宫"的建议，由宰枢张罗着为王祺纳了一个新妃。可是，不久，宝塔失里就发现纳妃并不是王祺自个的想法，顿时悔恨交加，"公主复悔之，不进膳。於是，阉竖、女谒谗谤百端，公主遂有妒志"，深恨自己亲手将独有的快乐和幸福拱手让给了别人，连饭也吃不下了。充盈于胸的疚恨，让她再也无法保持一个女人的平和，因为她不是圣人，她到底只是一个渴望夫君情爱的普通女子，做不了娥皇女英，也渐渐心生妒意。

后宫争宠，到底只是小事，国家的安危与稳定，才是重中之重。因此，虽有妒意，宝塔失里终是把高丽的安危得失放在第一位，把她的夫君放在心头。

公元 1352 年，王祺想行宗庙祭祀大礼，判书云观事姜保说王祺当年不能亲自祭祀，王祺不听。《高丽史》载，宝塔失里知道后，对王祺身边的侍臣说，"若等侍王诣太庙，则吾必罪之"，王祺才未去祭祀，避免了触犯众怒。宝塔失里的通情达理与大元公主的威严，由此可见一斑。在提醒王祺顺应民心的同时，宝塔公主也投其所好，随着王祺学习佛法，夫妻俩志趣相投。公元 1356 年，"王幸奉恩寺，听僧普虚说法。公主从太后继至，侍女、僧徒杂还无别。王又邀普虚于内殿，公主、太后喜泣下霑襟，亲侑茶果，公主施琉璃盘、玛瑙匙等物"。由此，夫妻俩情意更笃，王祺对宝塔失里更加信任与喜爱。

事实证明，王祺对宝塔失里的真心喜爱，是没错的。《高丽史》载，"明年，兴王之变，王入太后密室，蒙毯而匿。公主坐当其户，乱定，王乃出"。公元 1362 年，高丽外患刚除，内乱又起。平乱之后，宝塔失里和王祺回到王京没安定几天，高丽内部就发生了"兴王之变"，高丽王族中人想趁乱抢夺王位。当气焰嚣张的叛军包围王宫，随时准备破门而入时，王祺吓得躲进了太后密室，蒙着毯子躲起来。宝塔失里公主呢，静坐王宫门口，直面疯狂叫嚣的叛军。此时，一个女子的沉着、镇定和无畏，就如千军万马，挡住了门外的血雨腥风。直到叛乱被平定下来，那些挥舞着大刀长剑的叛军也未敢踏进宫门一步。叛乱已定，宝塔失里才起身，迈步，从容离去。千钧一发之际，是她，镇住了叛军，稳住了军心和人心，为平定叛乱赢得了宝贵的时间。

宝塔失里保护的，不仅仅是她的夫君，她还让整个王宫和高丽国，避免了血流成河的灾难，也进一步维系了元朝与高丽之间的友好关系。

四

患难之中见真情。如此娇妻，怎能不爱！王祺对宝塔失里的爱，入骨三分。

公元 1365 年，与王祺成婚十五年后的宝塔失里终于怀孕，欣喜若狂的王祺竟以公主有身弥月为由，进行全国大赦，将他对宝塔失里母子的爱，遍施天下。纵观整个和亲史，因公主和亲之事而赦免罪犯的，这是第二例。公元 710 年，唐中宗不舍年幼的侄孙女金城公主和亲吐蕃，率文武大臣送至始平县时，下令赦免了始平县死罪以下的囚犯，以表示对金城公主的不舍、挂念与祈福。但这是和亲公主娘家人对远嫁女儿的深情，天经地义。像王祺身为和亲公主的夫君，以赦免罪犯来向公主示爱，纵观整个和亲史，好像仅此一例。其爱之真，天地可鉴。

只是，这喜讯来得太迟了些，宝塔失里已属高龄产妇。生产时，宝塔失里难产，危在旦夕。焦急的王祺束手无策，惶急中笃信佛教的王祺，下令免去犯人罪行为宝塔失里祈福，自己也始终不离宝塔失里左右，于袅袅佛烟中，祈盼佛祖，救母子于生死一线。可是，不管王祺有多么的不舍，不愿，不久，宝塔失里还是因难产而去世。

眼睁睁地看着怀中的爱妻永远地闭上了眼睛，王祺悲痛欲绝，守着已再不会对着他巧笑倩兮的宝塔失里，不愿离开。《高丽史》载，看到王祺如此悲伤，有人劝他保重，移步他宫休息一下，可王祺说："吾与公主约不如是，不可远避他处，以图自便。"不肯离开宝塔失里一步。

大义如此、勇敢如此、与夫君深爱如此的宝塔失里，早早逝去了。留下王祺如一只孤雁，终日哀鸣。而王祺对宝塔失里的爱与思念，也近疯狂。

王祺的疯狂首先表现在宝塔失里的丧事办理上。他不顾高丽臣民反对，举全国之力，耗尽大量的人、财、物来为宝塔失里操办丧事，建造陵墓。他把他对宝塔失里的满腔的爱，都用挥霍来发泄了。

宝塔失里的丧事办得异常隆重。据《高丽史》记载："辍朝三日，百官玄冠素服，设殡殿、国葬、造墓、齐四都监，各置判事、使、副使、判官、録事。又设山所、灵饭法、威仪、丧帷、輴车、祭器、丧服、返魂、服玩、小造、棺椁、墓室、铺陈、真影等十三色，各置别监，以供丧事。"王祺为宝塔失里停朝三日，还命百官都玄冠素服，为公主披麻戴孝，并将公主丧事所需物资、所办事情及工作人员都安排得非常细致到位，同时下令赏赐将丧事办得丰盛而又洁净的人。"于是争务华侈，至有称贷以办者。王素信释教，至是，大张佛事，每七日令群僧梵呗随魂舆，自殡殿至寺门，幡幢蔽路，铙鼓喧天，或以锦绣蒙其佛宇，金银彩帛罗列左右。观者眩眼，远近诸僧，闻者皆争赴"，此令一出，大家竞相攀比，务求奢华，丧事的耗资就没了个底儿，"丧事依齐国大长公主例，穷奢极侈，以此府库虚竭"，以至于等宝塔失里公主的一场丧事办下来，国库空了。

公元 1365 年四月，宝塔失里公主被葬到正陵，前往观看葬礼的人，都忍不住涕泪交加。笃信佛教的王祺，还曾想将宝塔失里公主火葬，被侍中柳濯阻止。

宝塔失里的丧事办得隆重奢华，陵墓也修得相当气派。《高丽史》载，公元1366年，"大起公主影殿于王轮寺之东南，令百官辇木石，数百夫挽一木，尚不能进，呼耶声动天地，昼夜不绝，牛死者相继于道"，王祺在王轮寺东南为宝塔失里建造影殿。这项工程动用人员之多、耗资之大，前所未有。数百人抬着巨木，呼喊声震天动地，昼夜不断，累死的耕牛不绝于路。而更令人瞠目的，是在那奋力运送木料、石头的队伍中，赫然出现高丽百官的身影！

宝塔失里的死，令王祺陷入了无尽的悲伤与哀思之中，王祺尽其所能，以各种方式表达或寄托对爱妻的思念之情。在安葬宝塔失里之前，王祺曾亲手为她写真。在宝塔失里安葬后，王祺日夜对着美食悲泣，三年没沾一点肉腥。许是觉得一个人的悲思还不足以表达对亡妃的怀念和敬重吧，王祺命令所有大臣在任职及出使之前，都必须到宝塔失里的陵前行礼。

公元1367年，元朝派人到高丽赐宝塔失里谥号为鲁国徽翼大长公主，王祺亲自到宝塔失里的魂殿宣布元朝所赐谥号，然后坐在公主的画像前，像从前一样，侍候公主吃喝。祭奠结束后，又到正殿徘徊良久，迟迟不忍离去。王妃虽死，但王祺对其事死如事生的言行，感人至深。其爱之深，苍天可鉴！后来，王祺命人更改宝塔失里的封号，并听从大臣李仁复等人的建议，将宝塔失里的"鲁国徽翼大长公主"改为"鲁国徽懿大长公主"。

为什么对宝塔失里的爱如此深切？公元1370年，当着群臣之面，王祺在云岩寺宝塔失里正陵前的一段公开表白，尽表其心：

有国有家，配匹莫重。矧兹内助之贤，宜在不忘。……徽懿鲁国大长公主，分派天潢，连芳戚畹。礼从亲迎，来嫔我家，潜邸燕京，既同甘苦。殆及东旋，再定祸乱。辛丑妖贼犯京，播迁于南，赞成克复；癸卯兴王仓猝之变，贼在跬步，横身障蔽。又其凶谋攘窃国玺，乃能出奇，密令收护，俾我国家，式至今日。比功提甲，亦无忝焉。温恭小心，循蹈妇则；慈祥惠爱，克著母仪；儆戒相成，多所匡救；是宜终始，共守宗祧。乃以弥月之辰，竟殒厥身。兴言及此，痛楚尤深。

因为勇敢、真爱和大义，生前得到夫君的怜爱，死后也得夫君苦苦追思和珍爱敬重的宝塔失里，功成名就。她不仅在元朝的和亲公主里面独树一帜，就是在所有的和亲公主里面，也光彩耀人。在中国古代和亲史里，由她和王祺琴瑟和鸣，共同奏响的一曲华彩乐章，千古流传。

青山犹在伊人远

滚滚长江东逝水，浪花淘尽英雄。是非成败转头空，青山依旧在，几度夕阳红。

白发渔樵江渚上，惯看秋月春风。一壶浊酒喜相逢，古今多少事，都付笑谈中。

明代文学家杨慎的一首《临江仙·滚滚长江东逝水》，算是把历史兴衰、人生沉浮的感慨一词写尽：江山永恒，人生短暂。

可是，纵然是"古今多少事，都付笑谈中"，那些在中国的历史进程中曾指点江山、力定乾坤的英雄人物，却不是那么容易被人遗忘的。就连一代伟人毛泽东，在"数风流人物，还看今朝"的冲天豪情中，也没忘记在中国历史发展重要节点上做出了不朽贡献的秦皇汉武、唐宗宋祖和一代天骄成吉思汗。

回顾历史，被人记起的，又何止这些人，更有无数的千古英雄，如灿烂的星辰，在历史的长空中熠熠闪光。而在这些璀璨的星辰里，人们不应忘记，一个来自科尔沁大草原的女人——布木布泰。她为统治了中国近三百年之久，也是中国古代历史上最后一个封建王朝的建立、巩固和发展做出了卓越贡献。同是搏击在政治激流中的女人，布木布泰虽然没有在历史的册页上留下多少笔墨，没有如慈禧垂帘听政而控宇内，更没有似武则天履至尊而御天下，但凡了解中国历史的人，却都不能不为这个历经四帝，躬助三朝，两扶幼主，为大清王朝奉献了一生的蒙古科尔沁和亲公主，写下一个大大的"赞"字，同时也留下深深的叹息。

一

自后金的前身建州女真与漠南蒙古科尔沁部开始，满蒙和亲，世代联姻，但布木布泰不是满蒙和亲第一人。

明朝末年，退居北方的蒙古诸部以大漠为中心，分成三大部分。据《大清统一志》记载，在大漠以南的各部称为漠南蒙古，"东接盛京、黑龙江，西接伊犁东路，南至长城，北逾绝漠，袤延万余里"，主要包括科尔沁、察哈尔、札赉特等部。《清史稿》记载，在大漠以北的称为喀尔喀蒙古，"东至黑龙江呼伦贝尔城，南至瀚海，西至阿尔台山，北至俄罗斯。广五千里，袤三千里"，包括车师汗、土谢图汗等部。大漠以西各部称为漠西蒙古，即卫拉特蒙古，其分布地区东自阿尔泰山，西至伊犁河流域，主要有准噶尔部、和硕特部等部。"蒙古强部有三：曰察哈尔；曰喀尔喀；曰卫拉特，即厄鲁特"，其中，察哈尔、喀尔喀、卫拉特势力最为强盛。

与建州女真首通婚姻的是蒙古科尔沁部。《清史稿》记载，"科尔沁部，在喜峰口外，至京师千二百八十里。东西距八百七十里，南北距二千有百里。东札赉特，西札噜特，南盛京边墙，北黑龙江"，距大清京城一千多公里。科尔沁部是蒙古的"黄金家族"，科尔沁部的始祖哈布图·哈撒尔，是元太祖成吉思汗的弟弟。他们的父亲也速该，是元烈祖神元皇帝。《蒙古秘史》记载："也速该把阿秃儿的（妻子）诃额仑夫人生了铁木真、合撒儿、合赤温、铁木格这四个儿子，又生了一个女儿，名为铁木仑。铁木真九岁时，拙赤合撒儿七岁，合赤温额勒赤五岁、铁木格斡惕赤斤三岁，铁木仑还睡在摇车上。拙赤合撒儿，生于1164年。身材魁伟强壮，力大善射。1189年铁木真第一次称汗后，任铁木真的带刀侍卫。从铁木真征战蒙古地区诸部，屡建战功。1204年，从铁木真出征乃蛮塔阳汗，受命指挥中军，立了大功，蒙古建国后，受封四千户。"哈撒儿英勇善战，尤其擅长骑射。因此，成吉思汗在称帝前，曾精选年轻力壮、武艺高强、箭法出众者组成一支卫队，守卫他的帐殿。这支人数不多却最为强悍，平时护卫帅帐，战时冲锋在前的带箭卫队的"兀勒都赤"，就由哈撒儿担任。《元史》记载，哈撒儿为成吉思汗开疆拓土立下了汗马功劳，"帝尝曰：'有别里古台之力，哈撒儿之射，此朕之所以取天下也。'"成吉思汗曾说，他能够取得天下，就是得力于两个弟弟别里台和哈撒儿的帮助。

在鲜卑语中意为"带弓箭的侍卫"的"科尔沁"，是哈撒儿统领的这支卫队的称呼。随着这支卫队的规模不断扩大，"科尔沁"成了一个常设军事机构，当人越来越多后，渐渐地就族群化了。后来，"科尔沁"由军事机构的名称演变成哈撒儿后裔所属各部的泛称，形成著名的科尔沁部。

蒙元时期，哈撒尔因为身份特殊，身担要职，手握重权，他的封地——水草丰美的呼伦贝尔大草原，也就享有了特殊的地位，成为大蒙古国境内的一个小封国。北元时期，科尔沁部一步步走向强盛。公元 1425 年，科尔沁被卫拉特打败，退避到嫩江居住，因为有同族部落叫阿噜科尔沁，科尔沁部落就叫嫩江科尔沁，以示区别。嫩江科尔沁与札赉特等三个部落一同放牧，服从察哈尔管辖。当部落的人越来越多后，部分科尔沁人开始东迁到大兴安岭以东的嫩江流域驻牧，一些向南挺进到达了明朝边境，与明朝进行互市贸易。当继续向西南挺进受阻后，又向东北边境发展到女真居住区域，以至逐渐疏远了与蒙古大汗之间的隶属关系以及与明朝的贸易关系，而与女真诸部之间联系紧密起来。

与科尔沁关系日益密切的女真，是长期生活在长白山和黑龙江流域的一个少数民族。当科尔沁部一步步发展壮大时，女真也在茁壮成长。他们建立了大金国，灭了北宋，与南宋、西夏并峙多年。

《金史》载："金之先，出靺鞨氏。靺鞨本号勿吉。勿吉，古肃慎地也。元魏时，勿吉有七部：曰粟末部、曰伯咄部、曰安车骨部、曰拂涅部、曰号室部、曰黑水部、曰白山部。隋称靺鞨，而七部并同。唐初，有黑水靺鞨、粟末靺鞨，其五部无闻。"起初粟末靺鞨依附高丽，姓大氏。唐朝重臣李勣攻占高丽后，粟末靺鞨保住东牟山，后来占据渤海称王。黑水靺鞨聚居在肃慎，东面临海，南接高丽，也依附于高丽，开元年间，向唐朝进贡。后来，渤海日渐强盛，黑水靺鞨又隶属于渤海，断绝了向唐朝进贡。唐五代时，契丹攻占了全部渤海之地，黑水靺鞨又归附于契丹。在契丹南部的黑水靺鞨人入了契丹籍，号称熟女真；而在北部的却没有入契丹籍，号称生女真。生女真所在地有混同江、长白山，混同江也叫黑龙江，所谓"白山""黑水"，说的就是这种情况。

公元 1115 年，金世祖的第二个儿子完颜阿骨打登上皇帝宝座，建立了大金国，并改年号为收国。公元 1234 年，在蒙古和南宋大军的夹击下，金哀帝连夜传位于元帅承麟，然后上吊自杀。不久，城破，金末帝被乱兵杀死，维持了一百多年的大金国，不幸被蒙古和南宋联手灭掉，女真残余部落，各自分散。

经过长期的战争、迁徙和融合之后，到明万历年间，女真族逐步分化成为建州、海西、东海三大部分。其中，以居于白山黑水之间的建州女真势力最强。公元 1559 年，清太祖努尔哈赤出生。他的出生，改变了建州女真的命运，也左右了中国历史发展的轨迹。努尔哈赤长大后，他以其祖父和父亲留下的十三副遗甲起兵，首先统一建州女真，再东取东海，西收海西，统一了分散在东北的女真各部，并初步建立起八旗制度。

建州女真，如一只草原雄鹰，蓄势丰满着自己的羽翼。

二

面对日益强大的努尔哈赤，不想坐以待毙的海西、东海女真诸部以及蒙古科尔沁部曾联手对抗过。

公元 1539 年，叶赫部纠集科尔沁等诸多部落，共九部三万多人，齐攻努尔哈赤，史称"九部之战"。声势浩大的九部联军各怀心思、军心不齐，被精通军事的努尔哈赤一眼看穿，预言这些乌合之众不堪一击，果然，战事发展如努尔哈赤所料，"敌大溃，我军逐北，俘获无算，擒乌拉贝勒之弟布占泰以归"，联军大败。

这一战，打出了建州女真的威风。特别是科尔沁贝勒明安被打得落荒而逃，再无与建州女真对抗的勇气。《清史稿》载："甲午春正月，蒙古科尔沁贝勒明安、喀尔喀贝勒老萨遣使来通好，自是蒙古通使不绝。""九部之战"的第二年，科尔沁台吉齐齐克子翁果岱、纳穆赛子莽古斯、明安等就先后派遣使者，向努尔哈赤贡献马匹、骆驼，请求通好，开始了与建州女真交往的历史。

科尔沁的示好，正合努尔哈赤心意。虽然"九部之战"努尔哈赤大获全胜，但双拳毕竟难敌四手。此时，羽翼尚未丰满的努尔哈赤南接明朝，西邻蒙古，正全力征讨东海女真、蒙古等部，并准备征伐明朝、摆脱明朝控制。由此，努尔哈赤对紧邻女真的蒙古科尔沁部收起弓箭，加紧采取笼络与怀柔政策，优待放还蒙古被俘将士，接受了科尔沁部的示好。此后，努尔哈赤继续使用这种恩威并施的政策，满蒙逐渐结盟。但是，要想使科尔沁部与满洲结成坚不可摧的同盟关系，只靠武力征服或施恩是不够的，最有效的办法，还是通婚联姻。

于是，古老的政治外交手段，被努尔哈赤用上了。

努尔哈赤看上的，是科尔沁台吉明安之女博尔济吉特氏。据《国朝耆献类征初编》载，博尔济吉特氏非常漂亮，努尔哈赤派人前去求亲，想把她娶回来。其实，明安贝勒的这朵草原之花，已名花有主，"布占泰初聘布寨女，既又聘明安女，以铠胄、貂、猞猁狲裘、金银、驼马为聘，明安受之而不予女"，明安原已将女儿许婚给海西女真布占泰。不过，明安收了布占泰的聘礼，却没将女儿嫁给他。当时，布占泰领导的海西女真和努尔哈赤领导的建州女真为争权夺地，一直战争不断，布占泰屡屡战败。

公元 1612 年正月，通婚联姻主意已定的努尔哈赤，不顾博尔济吉特氏早已许婚给布占泰的事实，执意派遣使者向科尔沁求婚。明安是蒙古科尔沁兀鲁特部贝勒，在攻打努尔哈赤的九部之战中，明安战败逃跑。此时，明安见布占泰败局已定，难成大器，便欣然接受了努尔哈赤的求婚，将女儿送与努尔哈赤成婚，使她成为走进爱新觉罗家族的第一位博尔济吉特氏。三年后，努尔哈赤又纳科尔沁部郡王也果尔的女儿博尔济吉特氏为妃，即寿康太妃。满蒙世代联姻的序幕，就此揭开。

具有独特战略地理位置的科尔沁部，从此臣服于建州女真。得到科尔沁部大力支持的努尔哈赤，加快了统一北方的步伐，公元1616年正月，努尔哈赤建立金国，登上皇帝宝座，定年号为天命年，史称后金。

从努尔哈赤统一女真各部建立后金到皇太极称帝建立大清，为长久安抚边疆，大清王朝采取了"南不封王，北不断姻"的策略，将皇廷的公主、格格下嫁给蒙古王公贵族。公元1639年正月，清太宗皇太极的三女儿固伦公主下嫁称尔沁驸祁他特。两年后，皇太极的四女儿因伦公主雅图也下嫁到科尔沁。由此可见后金想与科尔沁搞好关系，结成钢铁同盟的决心之大。并且，《清史稿》载，太祖努尔哈赤还"戒诸女已嫁毋凌其夫，违者必以罪"，反复告诫下嫁到蒙古科尔沁部的满洲公主不许欺凌丈夫，违反者就要治罪，以此收拢额驸们的心，让他们效忠于后金政权。当然，太祖更不想清朝公主受到夫家欺凌。据《清太祖实录载》记载，他对各位归附后金的蒙古贝勒说，凡是在大清结婚成家，娶大清公主的，都要让各位公主有所畏惧，不能受制于公主，让她们扰乱国政。如果有公主扰政，欺负丈夫，也不要那些贝勒动手，直接告诉皇太极，由他来处置。努尔哈赤这种压制公主，偏祖额驸的原则，大大增强了蒙古各部对后金政权的忠心。

等到康熙初年剪除三藩之后，"北不断姻"已成为大清帝国始终奉行不替的基本国策。数百年间，蒙古和女真两族联姻不断，世代相好。因此，和中国历史上的昭君出塞、文成公主入藏不同，这不是一个、两个女子的和亲，而是一大批女子的和亲。据《满蒙联姻与汉唐和亲之比较》中统计，从天命初到乾隆末下嫁到外藩蒙古的，"从公主到乡君就有七十余人之多，见诸《外藩蒙古回部王公表传》的额驸有六十九人，八旗中的尚不在内"，"嘉道年间，科尔沁、敖汉、巴林部共有公主子孙、台吉、姻亲三千余人，这在人口稀少的蒙古族是相当客观的数字"。正是这一大批女子，使入主中原的满族与北方的蒙古族保持了近三个世纪的通婚，建立了世代姻亲关系。也正是这种姻亲关系，对中国北方这两大尚武勇悍民族的长期和好、对清廷统辖与治理边疆蒙古地区，起到了至关重要的作用。

三

科尔沁部，这个有着蒙古黄金家族高贵血统的后裔中那些叫着博尔济吉特氏的女子们，嫁到大清后发挥的重要作用，可以由后来人们广为传诵的一个说法来见证：爱新觉罗氏的男人统治天下，博尔济吉特氏的女人统治后宫。

科尔沁部的莽古斯、明安本是兄弟，在明安的女儿嫁给努尔哈赤后，公元1614年，莽古斯也将女儿哲哲嫁给了努尔哈赤之子皇太极，此女就是后来的孝端文皇后。努尔哈赤非常重视后金与蒙古科尔沁的和亲，命令皇太极亲自迎到辉发扈尔奇山城，在此大宴宾客，与哲哲举行婚礼。《清史稿》载，皇太极即清太宗，是努尔哈赤的第八个儿子，"上仪表奇伟，聪睿绝伦，颜如渥丹，严寒不栗。长益神勇，善骑射，性耽典籍，谘览弗倦，仁孝宽惠，廓然有大度"，皇太极身材雄伟，聪明绝伦，擅长骑射，并且博览群书，胸怀宽广，在努尔哈赤征服女真各部、统一辽东半岛、征伐明朝、建立后金政权等一系列伟业中，立下汗马功劳。十一年后，"孝庄文皇后，博尔济吉特氏，科尔沁贝勒宰桑女，孝端皇后侄也。天命十年二月，来归。崇德元年，封永福宫庄妃"，孝端文皇后的侄女布木布泰，也嫁给了清朝太宗皇帝皇太极，被封为永福宫庄妃。

嫁入大清王朝的布木布泰，这个流淌着天胄贵族血液，并非美艳绝伦，也不见得妩媚妖娆，但因那高贵的血统给予了她与生俱来的磅礴大气和德才兼备的女子，是从广袤的科尔沁大草原款款走进大清王朝的众多女子中最令人瞩目的一个。

布木布泰是蒙古科尔沁部宰桑的二女儿。公元 1625 年二月，年仅十三岁的布木布泰由哥哥吴克善送到后金，与皇太极成婚。对布木布泰的到来，皇太极和努尔哈赤是由衷地感到高兴和欢迎的。皇太极在辽阳东北冈举行了盛大的欢迎仪式，努尔哈赤也率后妃和各贝勒、大臣远行辽阳城外十里相迎，并举行了盛大的婚礼。早在十一年前，布木布泰的亲姑姑哲哲就嫁给皇太极做了正房大福晋，但一直没有生育。因此，嫁给皇太极后，为爱新觉罗氏生子、维系科尔沁草原在后金宫廷中未来地位的重要责任，落到了布木布泰身上。从此，年纪尚幼的布木布泰成为年长她二十一岁的皇太极的侧福晋，开始了她危机四伏、步步惊心、与大清命运共沉浮的和亲生涯。

初入宫中，尽管有姑姑为正房大福晋在先，后宫有妃嫔无数，自幼饱读诗书，聪慧睿智的布木布泰，因处事果断，赞助内政，也稳稳居于宫中第二妃的位置。成婚两年后，布木布泰接连为皇太极生下三个女儿：长女皇四女邪图固伦雍穆长公主，次女皇五女阿图固伦淑慧长公主，小女皇七女固伦端南长公主。生了这么多女儿，却没有给皇太极诞下一位皇子，让后金上下以及科尔沁草原都着了急。于是，在布木布泰嫁给皇太极九年后，即公元1634年，布木布泰的姐姐海兰珠，一个守寡在家的科尔沁公主，又由布木布泰的哥哥吴克善送到了辽阳，姑侄三人，共侍皇太极。当然，这对有着"收继婚"风俗的北方民族来说，是正常不过的事，无可厚非。

只是，谁也没有想到，这位已近而立之年的科尔沁公主海兰珠，竟后来居上，成了皇太极心中的宝贝，宠冠后宫。再加上皇太极灭了蒙古察哈尔林丹汗后，将林丹汗的两位姓博尔济吉特氏的妻子也收入宫中，为平衡各方面的政治关系，布木布泰在后金的地位一落再落。

公元1636年，皇太极改国号为大清，在盛京称帝，皇太极不仅明确了官制，也建立起后宫五宫制度。布木布泰的姑姑哲哲，被立为皇后，位居中宫清宁，其位不可撼动；阿霸垓郡王额齐格诺颜的女儿博尔济吉特氏被封为次东宫麟趾宫贵妃；阿霸垓塔布囊博第塞楚祜的女儿博尔济吉特氏被封为西宫衍庆宫淑妃；布木布泰则被封为庄妃，居次西宫——永福宫，位置竟是最末了。而皇太极最为宠爱的海兰珠，皇太极竟以古代名妃常用的封惠号"宸妃"，赐封给海兰珠，并以《诗经》中象征爱情的诗句"关关雎鸠，在河之洲。窈窕淑女，君子好逑"为典，将宸妃居住的寝宫命名为"关雎宫"，地位仅次于中宫。皇太极对海兰珠用情之深，由此可见一斑。

曾经也被皇太极宠爱有加的布木布泰，安静地退守一旁。

四

海兰珠也不负皇太极对她的千般宠爱。

公元 1637 年，海兰珠一举得男，生下皇八子。皇太极欣喜若狂，大赦天下。可是，皇太极厚爱海兰珠，命运之神却对海兰珠有些苛刻。那被预言有极贵之相的皇八子竟然在两岁的时候不幸夭折，死的时候，连名字都还未起。被丧子之痛折磨着的海兰珠从此身染沉疴，公元 1641 年九月，正在率军征伐明朝的皇太极听说海兰珠病重，立即离开前线往回赶，结果人还未到盛京，海兰珠就已病逝。

海兰珠死后，皇太极悲痛欲绝。《清史稿》载，尽管他一度曾因悲伤过度陷入迷糊状态而有所警醒，"天生朕为抚世安民，岂为一妇人哉？朕不能自持，天地祖宗特示谴也"，认为自己是为安抚天下苍生而生，而不是为了一个女人而活，但事后皇太极仍是悲伤不已，每次经过海兰珠的墓前，都非常悲恸。海兰珠的母亲前来吊唁海兰珠时，他命令大臣以隆重的礼节招待，对在海兰珠丧事期间饮酒作乐的官员，都进行了严惩。

在皇太极为海兰珠生下皇子欣喜若狂时，布木布泰也已身怀龙子，就在皇八子出生后没几个月，即公元 1638 年正月三十，一声婴儿的啼哭划破永福宫上的长空，皇九子福临降生。据《清史稿》记载，"母孝庄文皇后方娠，红光绕身，盘旋如龙形。诞之前夕，梦神人抱子纳后怀曰：'此统一天下之主也。'"在布木布泰怀孕时就有吉兆，生产前，她又做了一个好梦，预示着她肚里的孩子将来是统一天下的君主。"寤，以语太宗。太宗喜甚，曰：'奇祥也，生子必建大业。'翌日上生，红光烛宫中，香气经日不散。上生有异禀，顶发耸起，龙章凤姿，神智天授"，布木布泰梦醒后，对皇太极说了梦中的情景，皇太极非常高兴，说是好兆头，生下的孩子肯定会成大事。第二天，布木布泰生产时，宫中红光莹莹，香气久久不散。而诞下的皇子，天生龙凤之姿，聪明之态。

儿女之情再长，毕竟天下大事最重。皇八子夭折后，有着文韬武略的皇太极，很快意识到皇九子诞生的重大意义，曾经门可罗雀的福临宫门前，也变得车水马龙起来。母凭子贵，此话真是不假啊。身为女子，有锦衣玉食，有娇儿卧膝，有丈夫呵护，此生足矣。此时的布木布泰，恐怕也会在某个红烛灯下，春花丛旁，偶有这种女儿心思吧。更何况，她的丈夫皇太极，本就是千古难觅的人中龙凤，何需她这个小女子抛头露面，插手政事，乱她清静。就这样做一只依人的小鸟，远离政治是非，不也甚好！

可是，天有不测风云，人有旦夕福祸。谁也没有想到，已在盛京称帝，改国号为大清，改族名为"满洲"，正雄心勃勃地向中原进军的皇太极，于公元 1643 年的八月，突然去世。正当盛年、"鹰扬天下"的皇太极，怎么可能想到自己会英年早逝！谁是皇位继承者的问题，或许压根儿就还没在他心里想过吧。于是，由于储嗣尚未定下，皇太极就突然去世没有留下只言片语，一时宫中大乱，一场激烈的权力角逐在暗中紧锣密鼓地进行。

本来隐于人后，只想相夫教子、安度时日的布木布泰，在这一突然变故之中，也立即回到科尔沁公主的身份，回到和亲满族的现实，想到了蒙古科尔沁的前途命运，想到了大清王朝的兴衰安危。

当然，想得更多的，恐怕还是她和儿子福临的未来。这位来自草原的蒙古公主，一下子从一个温情的小女子，迅速成长为一个斗志昂扬的政治女斗士。为了儿子，为了科尔沁，为了大清，她勇敢地、从容不迫地跻身到这场政治角逐的角斗场中。从此，由她，奠定了大清统治中国近三百年的坚实基础，写就了大清帝国辉煌的历史篇章。

五

在中国五千年的历史发展进程中，政权，似乎与女人无关。通晓中国历史的布木布泰，深谙此理。因此，她的出招，无声无息。

当时，有资格继承皇位的，有三个人。这三个人，在《清史稿》里，记载详尽。

一个是资历最老的礼亲王代善。"礼烈亲王代善，太祖第二子。初号贝勒。"代善是清太祖努尔哈赤的第二个儿子，两红旗旗主，英勇善战，战功赫赫。努尔哈赤为嘉奖代善勇敢克敌，赐予他"古英巴图鲁"的美号。根据白寿彝先生所著《中国通史》可知，"'古英'乃满文音译，意为'刀把顶上镶钉的帽子铁'，巴图鲁为英勇，是勇士的美称，既英勇，又硬如钢铁，更是勇士之最。这个尊号，有清一代，仅为代善所独有，可见努尔哈赤对代善的英勇，给予了高度的嘉奖"。只是，生于公元 1588 年，曾驰骋疆场的代善，此时已近花甲之年，因年老体弱，已没有继位之奢望；

一个是皇太极三十四岁的长子、肃亲王豪格。"肃武亲王豪格，太宗第一子。初从征蒙古董夔、察哈尔、鄂尔多斯诸部，有功，授贝勒。"豪格是清太宗皇太极的长子，他早在努尔哈赤、皇太极时期就领兵南征北战，战功赫赫。自公元 1626 年起，豪格就扬鞭跃马，在各个疆场上奋勇拼杀。公元 1636 年，豪格被封为肃亲王。此时，豪格除了自身拥有的实力外，他还有父亲亲将的两黄旗和伯父代善镶红旗、堂叔济尔哈朗镶蓝旗的拥护和支持；

　　一个是努尔哈赤的十四子、三十二岁的睿亲王多尔衮。"睿忠亲王多尔衮，太祖第十四子。初封贝勒。"多尔衮雄才大略，战功卓著，还在公元 1628 年，未满十六岁的多尔衮就因破敌有功，被清太宗皇太极赐美号"墨尔根代青"。多尔衮因战功卓著，闻名于朝廷内外。特别是西征察哈尔林丹汗残部时，多尔衮亲得元朝传国玉玺归献皇太极，让他获得了很高的威望，不仅晋封为睿亲王，还得到了英亲王阿济格、豫郡王多铎以及正、镶两白旗将领的拥护。

　　因此，最具竞争力的是豪格和多尔衮。一场暂时还没有硝烟的战争，便在豪格和多尔衮之间激烈展开。《清世祖实录》载："图尔格、索尼、图赖、锡翰、巩阿岱、鳌拜、谭泰、塔瞻八人，往肃王家中，言欲立肃王为君，以上为太子，私相计议。"两黄旗大臣都集中到肃亲王豪格家中，私下议定立肃亲王为君，以福临为太子。两派人马相互串联、游说、结盟、分崩、和好、再分崩，短短几天之内，纷争四起，危机四伏，眼看和平解决皇位问题已成奢望，便都欲置对方于死地而后快了。激烈争斗中的双方，谁也不知道等待他们的最终结果是什么。

　　据《沈阳状启》记载，公元 1643 年八月十四日，皇太极死后的第五天，诸王都聚集在大衙门，讨论皇位事。见两黄旗派兵引弓扣弦，围住大殿，一触即发，多尔衮命令两黄旗的人暂退一旁。安排就绪后，豪格和多尔衮两派终是按捺不住，在沈阳故宫大殿上就继位人问题展开了唇枪舌剑。年高辈尊的代善首挺豪格，认为他是皇太极的长子，应当承担一统天下的大任。自以为稳操胜券的豪格欲擒故纵，起身逊谢，说自己资历尚浅，福分不厚，不能担当大任，然后不顾劝阻，坚决离开了会场。他没有想到，他的假意谦让，立即给了多尔衮派一个机会，"英亲王阿济格、豫亲王多铎劝睿亲王即帝位，睿亲王犹豫未允"，阿济格、多铎乘机推出了多尔衮，多尔衮却迟迟不应。见此情况，多铎就想自己上位了，他说："若不允，当立我，我名在太祖遗诏。"多尔衮当场驳回了多铎的意见，他说："肃亲王亦有名，不独王也。"见自己上位无望，多铎又提出立代善为帝。在政坛上摸爬滚打了一辈子的代善可不想卷入漩涡，他推辞道："睿亲王若允，我国之福，否则当立皇子，我老矣能胜此耶。"言明自己已老，不能胜任，当立皇子。由此，册立之事，意见各一，一时陷入僵局，谁也不敢再多说一句。谁都明白，一个不对，就是兵刃相见、血溅当场了。而一旦动起手来，势均力敌的豪格和多尔衮谁也不会立即取胜，那么，漫长的内斗结果，就是毁掉整个大清王朝的前途了。见册立之事陷入僵局，暂退一旁，一直未作声的两黄旗终是按捺不住了，持剑上前，坚决要求立皇太极的儿子为君，不然的话宁愿跟随皇帝死于地下。代善也趁机说自己老了，不能参加朝政了，便与八王阿济格退下了。随着代善和八王阿济格的离开，豫亲王多铎作声不得，册立之事再次陷入僵局。

最后，据《沈阳状启》记载，还是权衡良久的多尔衮拍了板："汝等之言是矣，虎口王既让退，无继统之意，当立帝之第三子，而年岁幼稚，八高山军兵，吾与右真王分掌其半，左右辅政，年长之后，当即归政。"多尔衮口中的第三子，就是布木布泰的儿子福临。此言一出，虽大出大家意料，但冷静一想，与其两虎相争，毁清霸业，不如顺水推舟，折中消祸，倒也是个办法。于是，"和硕礼亲王代善会诸王、贝勒、贝子、文武群臣定议，奉上嗣大位，誓告天地，以和硕郑亲王济尔哈朗、和硕睿亲王多尔衮辅政"，并且一起发誓说，"有不秉公辅理、妄自尊大者，天地谴之"。就这样，布木布泰年仅六岁的儿子福临，被众臣议定为继承皇位的新君，多尔衮和济尔哈朗则同辅幼帝朝政。

虽然福临上位已成定论，但仍有人不甘心，多罗郡王阿达礼和固山贝子硕讬私下谋划策立多尔衮为新君，代善向多尔衮揭发了二人的阴谋，将二人诛杀。公元 1643 年八月，有惊无险的福临在笃恭殿登上大清皇位，年号为顺治。

没有一分战功，没费一兵一卒，六岁小儿就轻取皇帝宝座，看起来似乎纯属巧合的一件事。细细想来，就不那么简单了。据《清史稿》记载："太宗崩后五日，睿亲王多尔衮诣三官庙，召索尼议册立。索尼曰：'先帝有皇子在，必立其一。他非所知也。'"也就是说，在太宗去世后，多尔衮私下就册立之事已探测了重臣索尼的口气。在已知朝廷重臣非皇子不立的态度的情况下，多尔衮的提议，真只是一时情急的权宜之计吗？自皇太极去世后，各方势力已暗中活动了五天。五天之内，到底发生了些什么事？如海一样深的清宫内，到底涌动着多少暗流？人们不知道。但事实告诉大家，虽然只为一介女流，但有做正宫皇后的姑姑的支持，有着自己身为西宫庄妃的身份和地位，尤其是还有一个强悍的蒙古科尔沁部做后盾，那么，拥有一个有着一半蒙古血统的皇子的布木布泰，又怎么可能在皇位争夺中无动于衷！只不过，她不是男人，她以女性特有的隐忍，隐于幕后，静观其态，把控全局，时机成熟，便伺机出手了。而且，一出手，就成功。

人们惊异的眼光，不由得越过那个端坐在皇位上的幼帝，穿过厚厚的宫墙，直抵清廷后宫，望向那个低眉垂目的女人——布木布泰，在心怀畏惧之余，应该还有一份由衷的敬佩吧。

六

幼子即位成功，也就是蒙古公主布木布泰卷入清朝波涛汹涌的政治旋涡的开始。

这个来自科尔沁草原的女子，正式登上了历史舞台，连续扶持儿子福临和孙子玄烨两个年幼的皇帝，稳稳地把好大清之舵，为大清奠定了持续近三百年之久的伟大基业。而一个女人，与一群手握重兵的男人在政坛上争锋，就如与狼共舞，其中的艰辛、痛苦、危险甚至屈辱，可想而知。但再多的艰辛和痛苦，应该不会比自己倾情付出，却不被儿子理解接受，甚至母子成仇更痛苦、更委屈了吧。而这一切，正是布木布泰所承受的。也正是在这样危险、艰难的环境中，才让布木布泰——这个男人眼中娇弱的女子，以一名杰出的女政治家的身份，脱颖而出，光耀史册。

公元 1644 年，大清改元顺治，三十一岁的庄妃布木布泰被尊为孝庄皇太后。公元 1643 年，皇太极谥号称文皇帝，因此，布木布泰又被称为孝庄文皇太后。自此，她收起女儿情态，在中国的历史舞台上，以一名女政治家的智慧与才干与手握重兵的男人们斗智斗勇。

皇位刚定，公元 1644 年三月，李自成率领农民起义军攻陷明朝京都燕京，崇祯皇帝自缢身亡，明朝灭亡。消息传来，布木布泰当机立断，通过世祖发出诏令，派多尔衮立即率领大清兵马大举入关伐明。恰在此时，明朝大将吴三桂来信请求清朝出兵攻打李自成，多尔衮便与明朝降将吴三桂联手剿灭李自成的农民起义军。五月，在吴三桂的通力协助下，多尔衮没费一兵一卒，占领燕京。

多尔衮在燕京将一切事宜安排妥当后，就派辅国公屯齐喀、和讬等人回到盛京，迎接皇上前往燕京，定都燕京。迁都一事，并不顺利，朝中大臣意见不一，最后，布木布泰力排众议，迁都燕京。于是，据《清史稿》载，在公元 1644 年九月这个金色的季节里，"九月，上入山海关，王率诸王群臣迎於通州"。孝庄皇太后布木布泰带着幼帝福临偕大清文武百官，浩浩荡荡地向北京进发，入主中原。大清帝国近三百年入主中原的历史，就这样被一个女人轻轻拉开了帷幕。

本就人才济济的大清王朝，怎么会甘心受一个小儿和女子的控制和摆布。由此，一踏上历史舞台，布木布泰就成了一名斗士。

布木布泰的第一个对手，就是多尔衮。当初被布木布泰动用各种手段说服，也迫于各方反对势力的威胁放弃了皇位之争的多尔衮，并没有真正地放下称帝的心思。他放弃了皇位，但争得了辅政王的资格。他不糊涂，他不想看到辛辛苦苦打下的江山，被毁之一旦。而没了江山，又哪里还有皇位可坐呢？因此，尽管他称帝之心未死，但到底是久经沙场、心怀天下、也颇有心计的一代枭雄，先以折中之计稳住了局势，以辅政王的身份站到了离皇位最近的地方，再以雷霆手段对付政敌。

当上辅政王后，多尔衮开始一步步清除阻挡他走向帝位的障碍。他先是与济尔哈朗商议免去了诸王管理六部事的权力。能够与军功赫赫的多尔衮同为辅政王，掌控大清政权的济尔哈朗，自是不弱。他是和硕庄亲王爱新觉罗·舒尔哈齐第六个儿子，母亲为五娶福晋乌喇纳喇氏，是清太祖努尔哈赤的侄子，从小就被努尔哈赤收在宫中抚养。长大后，他随从努尔哈赤、皇太极南征北战，功勋卓著。因此，在大清王朝，济尔哈朗也是殊勋茂绩、一言九鼎的重臣之一。多尔衮自是明了济尔哈朗的重要作用，便借济尔哈朗之口告谕各位大臣，所有的事情都必须先报告多尔衮，写名排序的时候也必须先写多尔衮。由此，多尔衮开始专政，六岁的福临只是个摆设，其他文武大臣都唯他马首是瞻了。

尽管清朝大权已属多尔衮，多尔衮还是罗织罪名将当年和日后都妨碍他获得皇位的强劲对手、他的亲侄子豪格，废为庶人，并圈禁至死。而与他同为辅政王的济尔哈朗，即使从一开始就对他敬而远之，并一心一意为多尔衮主政清朝大权助力，也还是在三年后被多尔衮寻了个由头，免去了辅政王的职位。公元1648年三月，济尔哈朗遭到诬陷，先是被投入大牢，再差点被赐死，削为平民。后来改为从轻处罚，被降为郡王，远离了皇权中心。过了两个月后，才又恢复济尔哈朗和硕郑亲王的封号。处理了豪格和济尔哈朗，清廷上下，再也无人能与多尔衮抗衡，竟造成了在当时"唯知有摄政王，不知有皇帝"的尴尬情形。

至此，虽然未坐上皇帝宝座，但将皇权牢牢地抓到了手中的多尔衮，赫然就是实权皇帝一个了。

七

多尔衮一系列排除异己行动的目的，布木布泰当然明了。

可是，手无寸兵的布木布泰束手无策，只能隐忍不发地让顺治帝拼命地给多尔衮赏官、加封、授权，遏制多尔衮日渐膨胀的野心，不给他借口废帝自立。据《清史稿》记载，"上至京师，封为叔父摄政王，赐貂蟒朝衣。十月乙卯朔，上即位，以王功高，命礼部尚书郎球、侍郎蓝拜、启心郎渥赫建碑纪绩，加赐册宝、黑狐冠一、上饰东珠十三、黑狐裘一，副以金、银、马、驼"。公元 1644 年九月，当布木布泰和福临率领大清朝臣沿着多尔衮铺平的道路迁都燕京后，马上封多尔衮为摄政王，赐给他大量金银珠宝、马驼牲畜，并给他建碑纪绩。十月，再次加封多尔衮为叔父摄政王。不仅如此，第二年，"上称叔父摄政王，王为上叔父，惟上得称之。若臣庶宜於叔父上加'皇'字，庶辨上下，尊体制"，御史赵开心上疏，让福临对多尔衮的称呼由叔父摄政王改为皇叔父摄政王，这个提议很快就被礼部通过。"上赐王马，王入谢，诏曰：'遇朝贺大典，朕受王礼。若小节，勿与诸王同。'"不久，福临下诏让多尔衮只在清朝举行大典时向他行跪拜礼，平时就免了，多尔衮却假意推辞，说皇上还小，他不能违背礼数，等皇上亲政后，再免礼。"王以风疾不胜跪拜，从诸王大臣议，独贺正旦上前行礼，他悉免"，结果，只过了两年，即公元 1647 年，多尔衮就以有病不能跪拜为由，免行跪拜之礼。福临也宣告天下"叔父摄政王治安天下，有大勋劳，宜加殊礼，以崇功德，尊为皇父摄政王。凡诏疏皆书之"，正式封多尔衮为皇父摄政王。然而，尽管在布木布泰的授意下，顺治帝将多尔衮从辅政王一路升到叔父摄政王、皇叔父摄政王乃至最后的皇父摄政王，还特意免去多尔衮御前跪拜，遇元旦或庆贺大典，享受与皇帝一样的礼遇，和皇帝一起，接受文武百官的跪拜，仍未打消多尔衮的称帝之心。

随着多尔衮建立的功业愈大，他的权力欲望愈盛。他嘴上时时告诫朝中大臣要尊重皇上，还说等皇上长大了，将把政权归还给他，但背地里，却全然不是这么一回事。他偷用御用器皿，私制皇帝龙袍，命史官按帝制撰写起居注，营建规模超逾帝王的府第。大清皇帝的宝座，多尔衮志在必得了。

多尔衮的咄咄逼人之势，愁坏了布木布泰，眼看她的怀柔之策也行将失效之时，上天眷顾了这位辛苦的女人。公元 1650 年十二月，多尔衮在喀喇城暴死，死时年仅三十九岁。多尔衮死后，他私制皇帝龙袍，想谋篡皇帝大位的野心与事实才被大臣一一揭发，郑亲王济尔哈朗、巽亲王满达海、端重亲王博洛、敬谨亲王尼堪及内大臣等人趁机上奏：

昔太宗文皇帝龙驭上宾，诸王大臣共矢忠诚，翊戴皇上。方在冲年，令臣济尔哈朗与睿亲王多尔衮同辅政。逮后多尔衮独擅威权，不令济尔哈朗预政，遂以母弟多铎为辅政叔王。背誓肆行，妄自尊大，自称皇父摄政王。凡批票本章，一以皇父摄政王行之。仪仗、音乐、侍从、府第，僭拟至尊。擅称太宗文皇帝序不当立，以挟制皇上。构陷威逼，使肃亲王不得其死，遂纳其妃，且收其财产。更悖理入生母於太庙。僭妄不可枚举。臣等从前畏威吞声，今冒死奏闻，伏原重加处治。

大臣们历数多尔衮桩桩罪行，请求皇帝对多尔衮重加处治。接到奏折，福临没有半分犹豫，将多尔衮所享受的一切官爵俸禄一削到底，并让他收养的儿子多尔博回归自己宗族。

五年后，吏科副理事官彭长庚等大臣为多尔衮请功，认为他开国有功，请求恢复多尔衮的官爵。功高位显、重权在握的多尔衮，到底是何心思，自是引起人们诸多揣测，众说纷纭。但所有的声音，都应该比不过清朝高宗声音更有分量，更有说服力吧：

睿亲王多尔衮摄政有年，威福自专，殁后其属人首告，定罪除封。第念定鼎之初，王实统众入关，肃清京辇，檄定中原，前劳未可尽泯。今其后嗣废绝，茔域榛芜，殊堪悯恻。交内务府派员缮葺，并令近支王公以时祭扫。四十三年正月，又诏曰：睿亲王多尔衮扫荡贼氛，肃清宫禁。分遣诸王，追歼流寇，抚定疆陲。创制规模，皆所经画。寻奉世祖车驾入都，成一统之业，厥功最著。殁后为苏克萨哈所构，首告诬以谋逆。其时世祖尚在冲龄，未尝亲政，经诸王定罪除封。朕念王果萌异志，兵权在握，何事不可为？乃不於彼时因利乘便，直至身后始以敛服僭用龙衮，证为觊觎，有是理乎？实录载：王集诸王大臣，遣人传语曰：今观诸王大臣但知媚予，鲜能尊上，予岂能容此？昔太宗升遐，嗣君未立，英王、豫王跪请予即尊，予曰：若果如此言，予即当自刎。誓死不从，遂奉今上即位。似此危疑之日，以予为君，予尚不可；今乃不敬上而媚予，予何能容？自今后有忠於上者，予用之爱之；其不忠於上者，虽媚予，予不尔宥。且云：太宗恩育予躬，所以特异於诸子弟者，盖深信诸子弟之成立，惟予能成立之。朕每览《实录》至此，未尝不为之堕泪。则王之立心行事，实为笃忠荩，感厚恩，明君臣大义。乃由宵小奸谋，构成冤狱，岂可不为之昭雪？宜复还睿亲王封号，追谥曰忠，配享太庙。依亲王园寝制，修其茔墓，令太常寺春秋致祭。其爵世袭罔替。

公元1773年，高宗诏告天下，为多尔衮正名。他认为手握重兵的多尔衮若真有心，皇帝之位对多尔衮来说就如探囊取物。更何况，根据清朝皇室文献资料记载，当初在策议皇位人选时，英王、豫王等人就曾跪请多尔衮即位，但多尔衮断然拒绝，誓死不从，力排众议，推举皇太极的儿子福临即位，还要求大家尊崇皇上，不用讨好多尔衮。多尔衮对大清王朝，可谓是笃尽忠诚。至于说他有谋篡皇位之意，是苏克萨哈等人对他的诬陷。因此，高宗恢复了多尔衮的睿亲王封号，并追谥为忠。

不管多尔衮有无篡位之意，随着多尔衮的暴死，来自多尔衮的威胁，就此解除。辛苦周旋多年的布木布泰，终于长出了一口气。

布木布泰的政治智慧，与多尔衮周旋的辛苦，没有过多的文字记载。但是，从在坊间流传甚广的"庄妃劝降""太后下嫁"的野史传闻中，可窥其一斑。明朝重臣洪承畴最后降清，固然与布木布泰无关，但人们愿意将这段轶事与布木布泰联系起来，将功劳记在布木布泰名下，就与布木布泰给人们留下的聪慧、大气印象有关了。而众人传说孝庄太后下嫁多尔衮，当然更是深知政场险恶、女人柔弱的人们最能接受的，多尔衮能横扫千军、权倾朝野，却独独被一个深居后宫的柔弱女子所收服，甘居皇位一侧的最完美的理由了。

自古以来，就有"英雄难过美人关"之说，更何况，明朝遗臣张煌言《苍水诗集》中的《建夷宫词》一诗，似乎早就坐实了这段传闻：

> 上寿觞为合卺尊，慈宁宫里烂盈门。
>
> 春官昨进新仪注，大礼躬逢太后婚。
>
> 掖庭又说册阏氏，妙选嫦娥足母仪。
>
> 椒寝梦回云雨散，错将虾子作龙儿。

这首由抗清义士张煌言写就的诗歌，当然不足为信。但若真有其事，又有谁，有什么资格去谴责一位母亲、一个公主以及一个太后，不该不惜一切，保护儿子、民族和国家呢？

八

人们没有想到的是，多尔衮的去世，只解得了布木布泰一时之忧。公元 1651 年正月，顺治帝福临亲政，年仅十四岁。幼子亲政，成了布木布泰政治生涯中遭遇的另一个噩梦。

清朝入关之初，在摄政王多尔衮的强势推行下，对汉人施行了六大恶政——圈地、投充、逃人、薙发、易服、屠城。《清史稿》载："顺治元年，定近京荒地及前明庄田无主者，拨给东来官兵。圈地议自此始。於是巡按御史柳寅东上满、汉分居五便。部议施行。二年，令民地被指圈者，速筹补给，美恶维均。四年，圈顺直各州县地百万九千馀垧，给满洲为庄屯。八年，帝以圈地妨民，谕令前圈占者悉数退还。"公元 1644 年，在多尔衮的督促下，第一次颁布了"圈地令"：

我朝建都燕京，期于久远。凡近京各州县民人（汉人）无主荒田，及明国舅皇亲、驸马、公、侯、伯、太监等死于寇乱者，无主田地甚多。尔部可概行清查。若本主尚存，或本主已死而子弟存者，量口给与，其余田地尽行分给东来诸王、勋臣、兵丁人等。此非利其地土，良以东来诸王、勋臣、兵丁人等无处安置，故不得不如此区划。然此等地土，若满汉错处，必争夺不止。可令各府州县乡村，满汉分居，各理疆界，以杜异日争端。今年从东来诸王各官兵丁及见在京各部院衙门官员，俱著先拨给田园。其后到者，再酌量照前与之。

随后，清朝又两次公布了圈地令，将京城周边的荒地以及明朝留下的无主庄园、田地都拨给清朝入关的满洲贵族及官兵，以解决南下中原的满洲贵族及官兵的后顾之忧，清朝"跑马圈地"的法令自此实施。此举解决了入关满人的后顾之忧，却让没有了土地的汉民民不聊生，只有卖身给满洲八旗做奴隶，大多数汉族家庭流离失所，家破人亡，纷纷逃亡。这样，圈地行动激起了民变，大部分汉民加入了反清复明的行列，引起了社会的动荡。

见此情况，公元 1651 年，清朝下令将圈的田地如数退还给汉人。但是，虽然清朝政府三令五申停止圈地，仍断断续续地拖到公元 1669 年，康熙亲政后发出严厉警告"出旗为民、嗣后永不许圈"，圈地才彻底告终。

紧接着"圈地令"后颁布的是"投充法"和"逃人法"。公元1645年春，摄政王多尔衮颁布投充法，允许八旗官民招收贫民役垦，这些贫民成为近似佃农与欧洲农奴性质的农户，失去人身自由，可由主人随意买卖处置。可是，满洲贵族根本不管这些汉人是否是贫民，他们只要需要，就去任意逼迫汉人为奴。于是，凡在京城三百里内外，八旗庄头及奴仆人等，都将各州县村庄汉人逼勒投充，特别是各色工匠下令必须投充，如此，导致民心不安，只有逃跑。为巩固八固山统治集团的利益，多尔衮才制定了"逃人法"，逃跑的人、窝藏者、邻居及当地官员，都将受到严厉惩罚。《清史稿》载，"比者投充汉人，生事害民，朕甚恨之。夫供赋役者编氓也，投充者奴隶也。今反厚奴隶而薄编氓，如国家元气及法纪何？其自朕包衣牛录，下至王公诸臣投充人，有犯法者，严治其罪，知情者连坐。前有司责治投充人，至获罪谴。今后与齐民同罚，庶无异视。使天下咸知朕意"。顺治帝对投充汉人非常恼恨，下令对犯事投充汉人及相关人士严惩不贷。此举在各地汉族人民中间引起了巨大的骚动，进一步激化了满汉两大民族之间的矛盾。

满人入关，令汉人地没了，家没了，人身自由也没了。这还不够。清朝不是只要控制奴役汉人的身体，占有汉人的土地，为了能在中原大地上长治久安，他们还要征服汉人的心。自古以来就非常重视衣冠服饰，认为"身体发肤，受之父母，不敢毁伤，孝之始也"的汉族人，在清朝颁布"剃发令"后，屈辱地剃掉了前额的头发，以示对大清王朝统治的臣服。与剃发同时进行的，还有易服。清朝不仅要求汉人剃发，还要求汉人改穿满人服饰。凡是不愿剃发和易服的汉人，都遭到了清朝的残酷镇压。在清朝"留头不留发，留发不留头"的血腥政策下，无数座城市被屠城，大批大批的汉人倒在了清朝的屠刀之下。即使如此，仍有无数的汉人如明朝学者顾炎武在《断发》中所写的一样："一旦持剪刀，剪我半头秃，华人髡为夷，苟活不如死!"秉承着民族气节，宁死不屈。

多尔衮在汉人中推行的六大恶政，在顺治帝福临亲政之后，仍然继续。但是，顺治帝在继续六大恶政的同时，开始大量任用汉人做官，收买、安抚汉人。《清史稿》载，他对文武大臣下诏说，"朕自亲政以来，但见满臣奏事。大小臣工，皆朕腹心。嗣凡章疏，满、汉侍郎、卿以上会同奏进，各除推诿，以昭一德"，希望满臣和汉臣一起上奏国是，团结协作，同心同德。

顺治帝对汉人释放的好意，使汉人多少有了些喘息的余地。对于各地的反清暴乱，顺治帝也不是一味地镇压，他下谕不得轻动大军，玉石俱焚。但是，年少气盛的顺治在推行自己政令的时候，相当激进，在根深蒂固的"首崇满洲"的思想指导下，他没有很好地笼络汉人，也没有善待满蒙两族。这可与皇太后布木布泰的政治倾向完全相反了。事实上，这一对孤儿寡母能坐住皇位，正是得力于布木布泰身后势力强大、骁勇强悍的蒙古科尔沁部的鼎力支持。这一强大的后盾，怎么能弃之不顾呢? 政见相反的布木布泰和福临母子，很快反目，成为政敌。

与顺治相反，已经死去的多尔衮毕竟是一个政治人物，他所做的一切，不但是为了维护自己的利益，更是为了维护自己缔造了一大半的大清帝国的利益，因此，他没有贸然称帝，并将小皇帝福临的婚姻和自己的婚姻都纳入了政治考量。

多尔衮自己的十房正式妻妾中有六人为蒙古人。他的正妃博尔济吉特氏，是蒙古科尔沁部落吉桑阿尔寨的女儿。在她死后，多尔衮追封她为敬孝忠恭正宫元妃，多尔衮去世后，博尔济吉特氏又被追封为敬孝忠恭义皇后，次年追封被夺；三位名为博尔济吉特氏的继妃，分别是蒙古扎尔莽部落杜尔台吉的女儿、蒙古科尔沁部落拉布什西台吉的女儿和蒙古科尔沁部落索诺布台吉的女儿；还有两位名叫博尔济吉特氏的侧妃，一个出身蒙古，但部落名称及父亲记载不明，一个是蒙古科尔沁部索诺布台吉的女儿。《清史稿》载，"世祖废后，博尔济吉特氏，科尔沁卓礼克图亲王吴克善女，孝庄文皇后侄也。后丽而慧，睿亲王多尔衮摄政，为世祖聘焉"，而早在福临十二岁的时候，多尔衮就为他选定了未婚妻——蒙古科尔沁贝勒吴克善之女、顺治生母孝庄皇太后布木布泰的内侄女博尔济吉特氏。公元1651年八月，"戊午，册立科尔沁卓礼克图亲王吴克善女博尔济吉特为皇后"，顺治帝册立博尔济吉特为皇后。接着，顺治帝与博尔济吉特于"乙酉，大婚礼成"。

与前几任皇后不同，福临的这位博尔济吉特皇后既奢侈又善妒，常常与他发生矛盾，任性的顺治皇帝首先就拿她开了刀。公元1653年八月，福临以皇后无能为由，奏请母亲孝庄文皇太后废除皇后，将皇后降为静妃，这一提议，遭到大臣们的极力反对。礼部员外郎孔允樾据理力争，认为皇后并无过错，怎么能废除皇后呢？但是，福临不顾皇太后和大臣们的再三反对，坚决废掉了来自科尔沁部，名叫博尔济吉特氏的这位皇后。或许在他想来，既然为了增强军事实力，必须坚持满蒙联姻，那么就娶吧。而娶了再废，也是只有毫无政治头脑的福临做得出来的事情了。

为了消除顺治废后可能带来的消极政治影响，布木布泰不仅将自己与皇太极所生的三个女儿都嫁与蒙古贵族，还赶紧又选了蒙古科尔沁绰尔济贝勒的女儿博尔济吉特氏进宫为妃，然后又立为皇后。福临虽然遵命娶了她，立了后，但他对这位蒙古包里走出来的漂亮姑娘同样不感兴趣。他心中所属，是贵妃董鄂氏。

此时，福临刚刚得到宠妃董鄂氏，新娶的皇后又不合福临之意，于是，他趁皇太后身体不舒服时，责备皇后礼节不周，下令取消了皇后统摄六宫的权力。直到两个月后皇太后下旨，才又恢复皇后的权力。据《清史稿》记载："孝献皇后，董鄂氏，内大臣鄂硕女。年十八入侍，上眷之特厚，宠冠后宫。顺治十三年八月，立为贤妃。十二月，进皇贵妃，行册立礼，颁赦。上皇太后徽号，鄂硕本以军功授一等精奇尼哈番，进三等伯。十七年八月，薨，上辍朝五日。追谥孝献庄和至德宣仁温惠端敬皇后。"福临钟情的内大臣鄂硕的女儿董鄂氏，生前，尽得福临宠爱；死后，也享尽殊荣，被追谥为孝献皇后。福临不仅亲自动笔，饱含深情地撰写了《孝献皇后行状》，还因董鄂氏之死，悲痛难扼，不久就追随董鄂氏的香魂逝去。

其实，福临的废后之举，以及对蒙古后妃们的不友善，并不是因为科尔沁的公主们不美，不贤，不聪慧，他只是要与他的母亲布木布泰唱对台戏而已。可怜那些出身高贵的蒙古公主们，就这样成了顺治帝与布木布泰斗法的牺牲品。而一对亲生母子，就因为身在皇宫，居于庙堂，泯灭了母子之情。这让苦心抚养和扶持幼子的布木布泰情何以堪！

公元 1661 年正月，年方二十四岁的顺治帝福临因病去世。这位曾谨遵皇太后布木布泰训导，潜心研究治国方略的大清皇帝福临，留下遗诏：

朕以凉德，承嗣丕基，十八年於兹矣。自亲政以来，纪纲法度，用人行政，不能仰法太祖、太宗谟烈，因循悠忽，苟且目前。且渐习汉俗，於淳朴旧制，日有更张。以致国治未臻，民生未遂，是朕之罪一也。朕自弱龄，即遇皇考太宗皇帝上宾，教训抚养，惟圣母皇太后慈育是依。隆恩罔极，高厚莫酬，朝夕趋承，冀尽孝养。今不幸子道不终，诚恫未遂，是朕之罪一也。皇考宾天，朕止六岁，不能服衰经行三年丧，终天抱憾。惟侍奉皇太后顺志承颜，且冀万年之后，庶尽子职，少抒前憾。今永违膝下，反上廑圣母哀痛，是朕之罪一也。宗室诸王贝勒等，皆太祖、太宗子孙，为国藩翰，理宜优遇，以示展亲。朕於诸王贝勒，晋接既疏，恩惠复鲜，情谊暌隔，友爱之道未周，是朕之罪一也。满洲诸臣，或历世竭忠，或累年效力，宜加倚讬，尽厥猷为。朕不能信任，有才莫展。且明季失国，多由偏用文臣。朕不以为戒，委任汉官，即部院印信，间亦令汉官掌管。致满臣无心任事，精力懈弛，是朕之罪一也。朕凤性好高，不能虚己延纳。於用人之际，务求其德与己侔，未能随才器使，致每叹乏人。若舍短录长，则人有微技，亦获见用，岂遂至於举世无才，是朕之罪一也。设官分职，惟德是用，进退黜陟，不可忽视。朕於廷臣，明知其不肖，不即罢斥，仍复优容姑息。如刘正宗者，偏私躁忌，朕已洞悉於心，乃容其久任政地。可谓见贤而不能举，见不肖而不能退，是朕之罪一也。国用浩繁，兵饷不足。而金花钱粮，尽给宫中之费，未尝节省发施。及度支告匮，每令诸王大臣会议，未能别有奇策，止议裁减俸禄，以赡军饷。厚己薄人，益上损下，是朕之罪一也。经营殿宇，造作器具，务极精工。无益之地，靡费甚多。乃不自省察，罔体民艰，是朕之罪一也。端敬皇后於皇太后克尽孝道，辅佐朕躬，内政事修。朕仰奉慈纶，追念贤淑，丧祭典礼，过从优厚。不能以礼止情，诸事太过，逾滥不经，是朕之罪一也。祖宗创业，未尝任用中官。且明朝亡国，亦因委用宦寺。朕明知其弊，不以为戒。设立内十三衙门，委用任使，与明无异。致营私作弊，更逾往时，是朕之罪一也。朕性耽閒静，常图安逸，燕处深宫，御朝绝少。致与廷臣接见稀疏，上下情谊否塞，是朕之罪一也。人之行事，孰能无过？在朕日理万机，岂能一无违错？惟听言纳谏，则有过必知。朕每自恃聪明，不能听纳。古云：'良贾深藏若虚，君子盛德，容貌若愚。'朕於斯言，大相违背。以致臣工缄默，不肯进言，是朕之罪一也。朕既知有过，每自刻责生悔。乃徒尚虚文，未能省改，过端日积，愆戾愈多，是朕之罪一也。太祖、太宗创垂基业，所关至重。元良储嗣，不可久虚。朕子玄烨，佟氏妃所生，岐嶷颖慧，克承宗祧，兹立为皇太子。即遵典制，持服二十七日，释服即皇帝位。特命内大臣索尼、苏克萨哈、遏必隆、鳌拜为辅臣。伊等皆勋旧重臣，朕以腹心寄托。其勉矢忠荩，保翊冲主，佐理政务。布告中外，咸使闻知。

在遗诏中，福临列数了自己的十四宗罪过，主要是检讨自己未能遵守祖制渐染汉俗，重用汉官致使满臣无心任事等事宜，对于他自己所取得的政绩，则几乎全盘否定。因为这封遗诏在公布前要交由皇太后审定，因此，人们对这个罪己诏是不是出自福临自己的本意，深感怀疑。三月，福临葬于孝陵，庙号世祖。一切疑问，都随着福临入土，而成为永远的问号了。

在遗诏中，福临还交代了一件事，那就是由他才八岁的皇子玄烨入继皇位。玄烨是福临的第三个儿子，于公元 1654 年出生，天生英俊，声音洪亮，自小就气度不凡。公元 1661 年正月，玄烨依嘱顺利继位，改元康熙。第二年二月，玄烨的母亲慈和皇太后去世。

于是，来不及抚平中年丧子的悲伤，年近五十的布木布泰，又义不容辞地担负起抚养幼孙、扶持幼帝的重担。

九

带着仍是幼帝的孙子玄烨走进康熙王朝的布木布泰，迎头遇上第三个政治对手。这个对手，就是中国历史上大名鼎鼎的鳌拜。

根据遗诏要求，幼帝继位，辅其朝政的，分别是索尼、遏必隆、苏克萨哈和鳌拜。这四位辅政大臣，是福临为了避免摄政王专权的悲剧重演，有意撇开皇室亲王，安排的四位忠于皇室的满洲老臣。没有想到的是，虽然是千挑万选，但还是所择非人。位列第四的鳌拜，如顺治帝时期的多尔衮一样，也是一个野心勃勃、觊觎着皇帝宝座的辅政大臣。

据《清史稿》记载，"鳌拜，瓜尔佳氏，满洲镶黄旗人，卫齐第三子"，鳌拜是满洲镶黄旗人，卫齐的第三个儿子。最初，他以护军校的职务从军作战，作战英勇，屡建功勋。"六年，从郑亲王济尔哈朗围锦州，明总督洪承畴赴援，鳌拜辄先陷阵，五战皆捷，明兵大溃，追击之，擒斩过半。功最，进一等，擢巴牙喇纛章京"，公元 1641 年，鳌拜跟随郑亲王济尔哈郎围攻锦州，五战五捷，功劳最大，进一等功，升为巴牙喇纛章京；"八年，从贝勒阿巴泰等败明守关将，进薄燕京，略地山东，多斩获。凯旋，败明总督范志完总兵吴三桂军。叙功，进三等昂邦章京，赉赐甚厚"，公元1643年，鳌拜随贝勒阿巴泰打败明朝守关大将及明朝吴三桂的部队，进三等昂邦章京，赏赐丰厚；"顺治元年，随大兵定燕京。世祖考诸臣功绩，以鳌拜忠勤戮力，进一等"，清军平定燕京后，清世祖因为鳌拜忠心勤奋，授他为一等功；"世祖亲政，授议政大臣。累进二等公，予世袭。擢领侍卫内大臣，累加少傅兼太子太傅"，等清世祖亲政后，封鳌拜为议政大臣，累进二等公，并且可以世袭。提升为领侍卫大臣，还有少傅兼太子太傅一职。"十八年，受顾命辅政"，等到了公元1661年，劳苦功高的鳌拜被任命为幼帝的辅政大臣。

被大清世祖皇帝乃至整个大清王朝委以重托的鳌拜，很快暴露出专横暴戾的本性。鳌拜在四大辅政之臣中位列第四，但因为位列第一、历经四朝大臣的索尼年事已高，位列第二的遏必隆性格懦弱，位列第三的苏克萨哈威信不高，鳌拜专横暴戾、功勋卓著，因此，即使他们在心里不同意鳌拜的所作所为，也不敢与他争锋。专横跋扈的鳌拜常常罗织罪名将与己不合的人打入大牢，这样一来，三个人虽与鳌拜同列，却不敢正眼看他，任由他一人独大，为所欲为。与他有姻亲关系的苏克萨哈虽不时与他对抗，但是，鳌拜日益骄横，苏克萨哈是日渐失落。

见此情况，公元1667年，苏克萨哈趁康熙皇帝亲政的机会，请求去给先帝守陵，避开鳌拜，保全余生。可是，鳌拜对屡屡与自己对抗的苏克萨哈已起杀心。《清史稿》载："鳌拜与其党大学士班布尔善等遂诬以怨望，不欲归政，构罪状二十四款，以大逆论，与其长子内大臣查克旦皆磔死；馀子六人、孙一人、兄弟子二人皆处斩，籍没；族人前锋统领白尔赫图、侍卫额尔德皆斩：狱上，上不允。鳌拜攘臂上前，强奏累日，卒坐苏克萨哈处绞，馀悉如议。"他与同党大学士班布尔善给苏克萨哈捏造了二十条罪款，准备将苏克萨哈和他的长子一起以残酷的磔死之刑处死，而将他余下的六个儿子、一个孙子以及他兄弟的两个儿子都处以斩首之刑，将他的财产全部没收。还要将苏克萨哈族人中担任前锋统领的白尔赫图和侍卫额尔德都杀掉。案子报给康熙后，康熙不答应。结果鳌拜袖子一挥，冲到康熙面前，连奏几天，最终逼着康熙将苏克萨哈给绞杀了。

　　鳌拜对付同是辅政大臣的苏克萨哈尚且如此凶残嚣张，对付其他人就更是肆无忌惮了。鳌拜当权后，立即为他自己掌管的镶黄旗谋利益，他将正白旗的土地换给镶黄旗，再通过圈地补偿正白旗。鳌拜的这个做法，遭到了大学士兼户部尚书苏纳海等人的极力反对和阻挠。如此一来，本来就因为苏纳海不归附自己而怀恨在心的鳌拜，就更加恨他了。因此，鳌拜不顾皇上的命令，硬是将苏纳海等人给杀了。

　　就这样，鳌拜欺负玄烨年幼无知，广植党羽，排斥异己。《清史稿》载："鳌拜受顾命，名列遏必隆后，自索尼卒，班行章奏，鳌拜皆首列。"在索尼死后，本来排名最末的鳌拜，不管是朝官的行列，还是呈报给皇帝的奏章，他都排到第一位。自此，鳌拜把揽朝政，不管皇上旨意，肆意妄为，俨然是摄政王再出。只是，此时站在康熙玄烨身后的布木布泰，已不再是福临称帝时的后宫庄妃了。经过十多年的周旋和磨砺，这个已是孝庄太皇太后的蒙古女人，早已让人们见识到了她的政治手腕，不敢再等闲视之，言行有所顾忌了。只有不知死神临头的鳌拜依然故我。

　　公元 1667 年七月，玄烨十四岁，按例亲政。鳌拜不但没有收敛，反而变本加厉。玄烨亲政没几天，鳌拜就擅自诛杀了辅臣苏克萨哈及其子孙。鳌拜的存在已成为皇帝权威的一个严重威胁，但鳌拜羽翼已成，处理稍有不当，可能就会激成巨变。聪明机智、经验丰富的孝庄太皇太后，面对步步紧逼、日渐势大的鳌拜，再不像当年那样惊慌失措。她一边气定神闲地调教着孙子玄烨，一边通过升官加爵稳住鳌拜。同时，还运筹帷幄，暗暗布下了灭鳌巧计。

　　公元 1669 年五月，时机成熟。《清史稿》记载："戊申，诏逮辅臣鳌拜交廷鞫。上久悉鳌拜专横乱政，特虑其多力难制，乃选侍卫、拜唐阿年少有力者为扑击之戏。是日，鳌拜入见，即令侍卫等掊而絷之。於是有善扑营之制，以近臣领之。"当鳌拜进宫晋见时，一群天天在宫中玩着摔跤游戏的孩子突然一拥而上，将他擒住。王公大臣给鳌拜列数了三十条大罪，请求皇上诛灭鳌拜九族。但玄烨念及鳌拜为大清国效力时久，屡建战功，饶他不死，只没收了他的财产，将他关进大牢。魔头落网，党羽流散。威胁皇权的鳌拜集团，就这样未动一兵一卒，杀一批，关一批，降职一批，被连根拔除。鳌拜的儿子纳穆福也被免死，和鳌拜一起被关在牢中，直到鳌拜在牢中死后，纳穆福才被放出来。自此，皇权回归到玄烨手中，直到布木布泰临终，也再无强劲对手与他们祖孙争夺皇权。

　　青年丧夫、中年丧子的布木布泰的前半生，在冰与火中煎熬。这个备受煎熬的女人，也是被上天频频眷顾的女人。每每在她遭受磨难、痛不欲生之际，又给她一线希望，点燃她生命的火炬，熊熊燃烧。现在，丈夫和儿子的早逝，特别是儿子当权时与她政见相反、反目为仇的痛苦，终于都过去了。孙子玄烨一登上皇位，就尊封布木布泰为太皇太后，并对布木布泰言听计从，十分孝顺与恭敬。

据《清史稿》记载，"康熙九年，上奉太后谒孝陵。十年，谒福陵、昭陵"，公元1670年和公元1671年，玄烨奉布木布泰之命，先后拜谒了孝陵、福陵和昭陵。"十一年，幸赤城汤泉，经长安岭，上下马，扶辇；至坦道，始上马以从。还，度岭，正大雨，仍下马，扶辇。太后命骑从，上不可，下岭，乃乘马傍辇行"，公元1672年，布木布泰和玄烨去赤城温泉，一路上上坡下岭，又因下雨，很不好走。玄烨一遇上坡下岭就下马给布木布泰扶轿，对布木布泰照顾周全。公元1683年夏，"奉太后出古北口避暑。秋，幸五台山，至龙泉关。上以长城岭峻绝，试辇不能陟，奏太后。次日，太后辇登岭，路数折不可上，太后乃还龙泉关，命上代礼诸寺"，玄烨陪祖母布木布泰巡幸五台山，因长城陡峭险峻，轿辇上不去，玄烨将情况给布木布泰奏明后，布木布泰返回龙泉关，命令玄烨代她为各寺行虔礼。玄烨谨遵布木布泰所嘱，代礼诸寺。公元1682年，"上诣奉天谒陵，途次屡奏书问安，使献方物，奏曰：'臣到盛京，亲网得鲢、鲫，浸以羊脂，山中野烧，自落榛实及山核桃，朝鲜所进柿饼、松、栗、银杏，附使进上，伏乞俯赐一笑，不胜欣幸。'"有了好吃的，玄烨第一个想到的，还是布木布泰。

位高权重的布木布泰，并没有恃宠而骄，她生活俭朴，不事奢华。在平定三藩时，布木布泰将宫廷节省下的银两和绢帛都捐出犒赏官兵。还把宫中积蓄拿出来赈济灾民，全力配合并支持儿孙的事业。她体恤宫人，更改旧制，让那些命妇不再轮番进宫入侍。当清军北征察哈尔平叛时，叫玄烨告诫清军行军时不准抢劫掳掠，以免惊动慈宁宫庶妃住在察哈尔的九十多岁的母亲。

在后宫，布木布泰心怀仁慈，率先垂范；在政治上，也从不干政。但玄烨尊重布木布泰，朝廷中每有人才进退、官吏升降之事，他都先报告布木布泰，然后才实施。布木布泰曾劝玄烨，要他不可放松军事训练，用人行事要公正公平。《清史稿》载，布木布泰还写信告诫玄烨"古称为君难。苍生至众，天子以一身临其上，生养抚育，莫不引领，必深思得众得国之道，使四海咸登康阜，绵历数於无疆，惟休。汝尚宽裕慈仁，温良恭敬，慎乃威仪，谨尔出话，夙夜恪勤，以祗承祖考遗绪，俾予亦无疚於厥心"。可谓是苦口婆心，谆谆教诲了。

布木布泰的睿智、大度、仁心和勤俭，赢得了孙子玄烨的无比爱戴和尊崇。玄烨的聪慧与乖巧，对布木布泰的孝顺和敬重，让布木布泰深感欣慰，度过了一个幸福安逸的晚年。公元1685年夏，布木布泰生了病，正准备出塞避暑的玄烨听说后，立即骑马赶回京师，等他回到京师，布木布泰的病已好了。公元1687年九月，布木布泰的病重新发作，玄烨昼夜守护。十二月，玄烨到天坛祭祀，请求缩短自己的寿命，以增延祖母布木布泰寿数。在宣读祝告文时，玄烨边读边哭，陪祀大臣也都泪流不止。

可是，虽然玄烨的孝心足可感天动地，却无法阻止布木布泰生命的流逝。《清史稿》载："太后疾大渐，命上曰：太宗奉安久，不可为我轻动。况我心恋汝父子，当於孝陵近地安厝，我心始无憾。"布木布泰病危后，已知寿数将尽，她对玄烨交代了后事，说皇太极奉安已久，不能为了她轻动。况且她心里舍不得福临和玄烨父子，让玄烨在她死后，将她安葬在福临的陵寝孝陵附近。十二月，将一生都献给了大清帝国的布木布泰因病崩逝，享年七十五岁。布木布泰去世后，玄烨悲痛欲绝，准备在宫中守孝二十七个月，王公大臣多次劝他要遵守太皇太后遗诏，早早让她入土为安，他才将守孝二十七个月改为二十七天，然后将布木布泰生前所住的宫殿拆了，在孝陵附近重建"暂安奉殿"，停灵其中。公元1688年四月，玄烨将布木布泰的灵柩安放到昌瑞山。从此，玄烨每年都要前去谒见布木布泰。三十七年后，即公元1725年十二月，清世宗胤禛在昌瑞山停灵之地建造陵园，将布木布泰葬入地宫，她的陵园叫昭西陵。

来自蒙古科尔沁草原的布木布泰，为皇太极生了一个儿子，即清世祖福临；三个女儿，即长女固伦雍穆长公主、次女固伦淑慧长公主、三女固伦淑哲长公主。布木布泰的这三个女儿，都沿着母亲出嫁的路，分别嫁到了蒙古科尔沁草原上的弼尔塔哈尔、色布腾、铿吉尔格，将满洲与科尔沁的同盟友好关系用和亲这个手段夯实得更加牢固。

纵观历史，布木布泰是中国古代历史上唯一一个能够亲登帝位或者垂帘听政，却并未如此去做的女人。由此，人们记住了她，记住了这个低调内敛、温文尔雅的女人；记住了这位历经四帝，躬助三朝，两扶幼主，在四十五年的和亲生涯中，为开创大清帝国的鼎盛局面呕心沥血，鞠躬尽瘁的女人；记住了这位生活俭朴，不事奢华，全力支持孙子的事业的女人。

据《康熙起居注》和《清圣祖实录》记载，一代明君康熙称赞祖母布木布泰道："昔奉我皇祖太宗文皇帝赞宣内政，诞我皇考世祖章皇帝，顾复勌劳，受无疆休，大一统业。暨朕践祚在冲龄，仰荷我圣祖母训诲恩勤，以至成立。""设无祖母太皇太后，断不能敦有今日成立。"雍正皇帝对孝庄皇后的评价是："统两朝之养孝，极三世之尊亲。"大清帝国最有成就、最负盛名的两位大帝的赞扬和评价，可以说是对布木布泰一生功绩的最恳切也是最全面的褒扬了。因此，盛赞这位大清功臣的两位清朝大帝和另一位清朝大帝乾隆，毫不吝惜地对这位功臣大加封赐。

于是，在经过皇太极、顺治、康熙、雍正、乾隆五位清帝的累加谥号后，布木布泰由最初的一个普通侧福晋，一步步地被封为永福宫庄妃、圣母皇太后、昭圣皇太后、太皇太后，一直到最终谥号为孝庄仁宣诚宪恭懿至德纯徽翊天启圣文皇后，一举成为中国历史上最有名的贤后、清初杰出的女政治家。布木布泰对大清帝国的杰出贡献与重要作用，除了从众多皇帝赐予的诸多封号得以见证外，《清史稿》中的评价应该也算中肯了："世祖、圣祖皆以冲龄践祚，孝庄皇后睹创业之难，而树委裘之主，政出王大臣，当时无建垂帘之议者。殷忧启圣，遂定中原，克底於升平。"对清代皇妃的总评中，有这么一句话，"二百数十年，壶化肃雍，诐谒盖寡，内鲜燕溺匹嫡之嫌，外绝权戚蠹国之衅，彬彬盛矣"。如果说这句话对整个清代皇妃有溢美之嫌的话，那么用到孝庄皇后身上，应该说就丝毫也不过誉了。

只是，这位世人心目中的大家闺秀，母仪天下的典范，已于三百多年前长眠于地下，空留"青山依旧在，几度夕阳红"的遗恨，让世人久久地嗟叹和抒怀……

和风徐徐吹（代后记）

王 芳

佛说：万发缘生，皆系缘分。

2015 年，因了缘分，我不经意间一脚踏入历史的河流，在中国自汉至清两千余年的历史长河中，进行了将近五年的穿越和寻觅。

我不顾晨昏、不辞辛劳、不厌其烦地苦苦寻觅的，是心系着国家兴衰、民族存亡，早已消逝在远古的和亲路上的那些美丽的倩影。

似乎是上天注定，该由我来担负起这份寻觅的重任，去细细触摸历史的留痕，还原那些美丽女子曾经的喜怒哀乐，爱恨情仇。

我是湖北兴山人。因"环邑皆山，县治兴起于群山之中"而得名的兴山，是西汉时期和亲匈奴，给胡汉两族带来近半个世纪和平安宁的和平使者王昭君的家乡。王昭君主动请行出塞和亲的动人故事，随着家乡的香溪河水流淌千年，浸润成一种和美文化，滋养着香溪河两岸的昭君后代。我叫王芳，是喝着香溪河水长大的昭君后代的一员。因此，用文字回溯历史，讲述故事，传承精神，启迪后人，成为我义不容辞的责任。

2015 年，由中国民族学学会昭君文化研究分会主办的内刊《昭君文化》（2013 年创刊，2017 年停刊）为了拓宽研究范围，丰富研究内容，扩大和亲文化影响，开辟了"古代和亲女性那远去的背影"栏目，时任《昭君文化》主编的王占荣老师请我为此栏目撰文。我自此开始穿越历史，寻找千古美人，选择了刘细君等二十二位最具代表性的和亲女子，用文字述说她们曲折坎坷、惊心动魄的人生故事，用深情铭记她们"国家事重，死且无恨"的悲壮与大义。

整个过程中，我痛并快乐着。

痛来自历史文献记载的简略。纵观历史，中国几乎是一个由男人主宰的权力世界。在厚厚的各类历史文献中，除了唐朝的武则天"履至尊而治六合"，史书上记载详尽外，多的是男儿们驰骋沙场、斡旋政坛的史迹，少的是女儿们为民奉献、为国牺牲的记载。因此，在中国古代两千多年的和亲史上，无数和亲女子都没有在史册上留下只言片语，无声无息地湮没于历史的烟尘之中。我选择的二十二位和亲女子，在历史文献中均有记载，但记载的文字有的较为详细，如刘解忧、文成公主等；有的则是寥寥数语，如刘细君、衡阳公主等。并且，史书上的文字多是记载和亲女子们和亲时与和亲后的事迹，要想比较全面地了解她们的一生，难度太大。因此，和亲女子们的前生后世给人们留下了太多的争议。要考据、厘清那些争议，还原一个接近历史的和亲女子，成为写作中的一大难题。因此，我沉入史籍，大海捞针，于朋友们"老头子才研究历史，你怎么也对历史感兴趣，想早早地成为老婆婆儿"的善意笑言中，一点一点地寻找每一位和亲女子的历史真迹，并为在如烟的文献中突然发现一段、一句甚至是仅仅只有数字的和亲内容而狂喜。

痛来自我自身相关知识的匮乏，研究水平的粗浅。中国有句古话，无知者无畏。我就是了。当初答应王占荣老师撰文，我根本不知道这将是一个多么复杂、枯燥、繁重和艰难的写作任务，只想着是一个逼着自己学习提升的机会，就贸然答应了。一动笔，我就发现，不读书，不读史书，仅靠我原有的那点中文底子，是根本拿不下来的。摸着键盘指头却迟迟按不下去时，我才暗暗发怵，羞愧难当：我哪里是无畏，是太无知啊！幸运的是，我屡遇良师，幸蒙指教。前有《昭君文化》主编王占荣老师，后有三峡大学的吴卫华教授、王前程教授、彭红卫教授、黄权生教授、黄威博士以及武汉的任蒙老师等。更幸运的是，我还得到了湖北省作协、宜昌市委宣传部、宜昌市作协、兴山县委宣传部、兴山县昭君文化研究会、兴山县文联、兴山县文史办、兴山县图书馆、兴发集团等各级领导部门和当地支柱企业的大力支持和鼓励，在沿着和亲路进行深入采访时，得到众多亲友的温馨陪伴和倾情帮助，让我查阅的资料更丰富，写作的素材更全面，创作的决心更坚定，创作的劲头更足。在此，我多想说一声"谢谢"，可是，这一切，又怎是一个"谢"字可以了得！

痛还来自时间的紧张。我是一名中职语文教师，长年担任两个技能高考教学班的语文教学工作。教学，是我的本职工作，让我的每一个学生都有人生出彩的机会，让每一棵梦树都开花，是我的终极目标。繁重的教学任务，优质的教学效果，是要靠时间和汗水来做保证的。因此，我的创作全部利用节假日来完成。五年时间，每一个夜晚，每一个酷暑，每一个严冬，我都忍住了"世界那么大，我想去看看"的诱惑，静坐家中，与电脑为伴，与书籍为伴，与星星为伴，与月亮为伴。连昏达曙，创作不息。但我是凡人，不是神仙。吃喝拉撒，衣食住行，缺一不可。妥妥地摆平这一切事务的，是我的丈夫和我的父母。有句歌词说：军功章啊，有你的一半也有我的一半。这部文集，也浸透了我的家人辛勤的汗水和心血。

五年时间，终磨一剑。虽然辛苦，但痛中有乐。

一是通读史书之乐。在本书创作中，我主要以二十五史、《资治通鉴》《高丽史》等历史文献为主要考证依据。我的大学专业是汉语言文学，但对于上述这些史书，很久以来我却只知其名，不知其内容。在这次创作中，我不仅几乎通读了这些史书，还将《山海经》《蒙古秘史》《中国古代和亲史》等大量相关书籍或买原著，或租借，或网上搜索，进行阅读。阅读中，较为详细、系统地了解了中国发展的历史，在拓宽自己的知识面的同时，真切地体会到了"忘记历史，意味着背叛"的深刻含义，也真正明白了"读史，可以鉴今"的真谛，感受到了中华民族五千年文化的璀璨和伟大。

二是求知解惑之乐。史书，不好读。多数史书都是文言文，给读惯了白话文的我带来了很大的阅读障碍。有时，为了一句话甚至一个字的意思，一遍遍地查工具书、上网搜索，还不行的话，甘做学生，向大学的专家教授们远程求助，绞尽脑汁；有时，为了一个时间的确定，要一本一本地查阅各种文献，加以比较，互相印证，尽量得出最接近历史真相的结论。不过，想千方设百计考证时的痛苦，常常会被"山重水复疑无路，柳暗花明又一村"的惊喜所冲淡。

三是家国情怀之乐。"吾家嫁我兮天一方，远托异国兮乌孙王。穹庐为室兮旃为墙，以肉为食兮酪为浆。居常土思兮心内伤，愿为黄鹄兮归故乡。"这是中国长长的和亲史上第一位青史留名、远嫁乌孙的汉朝公主刘细君在伊犁河畔的抚弦悲歌。正是这一批批远嫁异族、和亲边疆的女子，用她们的青春、美丽、智慧甚至生命，为中华民族的发展、崛起与强大夯实了基础，为汉族和各少数民族的团结、友好与融合搭建了桥梁。在这些和亲女子中，有一部分正是"一带一路"中"古代丝绸之路"的开拓者和先驱者，她们为中国走出亚洲，与世界各国建交、发展、共荣做出了不朽的贡献。

写下此书，就是想让这些和亲女子的历史足迹和光辉事迹，给当今追求和平的人们以鼓舞，以激励，为促进世界的和平、团结、繁荣和发展贡献一份微薄的力量。只是，因学疏才浅，笔力不逮，书稿难免有瑕疵，还请各位方家批评指正。

那么，请轻翻书页，那二十二位美丽的和亲女子，正如一缕和风，徐徐吹来。

2019 年 7 月 7 日，古夫